Inhalt

... ihre Herkunft wird sie leiten ...

KAPITEL 1

„Gro … Großmutter?“ Melissa starrte auf die schimmernde Figur vor ihr. Da stand ihre Oma, redete mit ihr, als wäre sie nicht … tot. Melissa konnte es nicht glauben. Sie schluckte, schloss die Augen für einen Moment und sah dann erneut auf das Gemälde. Es änderte sich nichts. Melissa stellte sich vor Arionas und Phillip. In den letzten zwei Wochen war zu viel geschehen. Besonders auf dem Dachboden.

Ihr ganzes Leben hatte sich verändert. An ihrem siebtzehnten Geburtstag hatte sie das Weltenamulett gefunden. Bevor sie sich wehren konnte, hatte sie sich in einer anderen Welt befunden. Traveste. Anfangs glaubte sie, dem Berater Cerumak zu helfen, einen Mörder zu stoppen, aber schon bald hatte sie festgestellt, dass alles eine Lüge gewesen war. Cerumak hatte sie ausgenutzt, sie hintergangen. Erst durch Arionas ungewollte Hilfe war es ihr gelungen, zu entkommen. Auf ihrer Flucht hatte sie entdeckt, dass sie auf die Kraft im Amulett zurückgreifen konnte und war zu einer gefühlskalten Kampfmaschine geworden. Kein Gegner war vor ihr sicher gewesen. Aber, obwohl sie die Trägerin des

Weltenamuletts war, hatte sie Arionas Familie nicht retten können. Also hatte Melissa ihm vorgeschlagen, sie auf die Erde zu begleiten.

Und all das nur, weil sie auf den Dachboden hatte gehen müssen. Jetzt wusste sie nicht was sie tun sollte. Lachen? Schreien? In Ohnmacht fallen?

„Ja, mein Kind. Ich bin wirklich hier. Na, zumindest eine Erinnerung von meinem alten Leben. Lass dich ansehen." Ihre Großmutter streckte die Arme nach ihr aus, nur um im nächsten Moment selig zu lächeln und die Hände ineinander zu falten. „Wie groß du geworden bist."

„Großmutter?", fragte Melissa erneut. Sie hörte den Stoff der Bluse rascheln, als ihre Oma einen Schritt näherkam. Arionas keuchte hinter ihr auf. Melissa hob beschwichtigend ihre Arme und deutete ihm, sich zu beruhigen.

„Du hast vermutlich einige Fragen." Ihre Oma senkte den Kopf, sah sie an und zog die Augenbrauen hoch.

„Du bist tot", entfuhr es Melissa unbedacht. Im nächsten Augenblick fühlte sie die Hitze in ihre Wangen einlaufen. Sie wollte doch endlich denken, bevor sie sprach.

„Natürlich bin ich das", erwiderte ihre Großmutter und stemmte die Arme in die Hüfte.

„Aber … aber ich rede mit dir. Ich verstehe das nicht." Hilfesuchend drehte sie sich zu Phillip, ihrem Vater, der sie mit einem Schmunzeln auf den Lippen ansah.

Melissa versuchte ihre Gedanken zu ordnen. *Großmutter. Tot. Geist? Dafür spricht, dass ihr Körper durchsichtig ist,* dachte Melissa. Sie konnte durch die Gestalt sehen, erkannte das Gemälde dahinter, wenn auch einen Hauch dunkler. Die Farben ihrer Großmutter schimmerten dezent.

„Oh, Süße, natürlich verstehst du das nicht. Deine Mutter hat dich nie unterrichten können. Hätte sie auf mich gehört, wäre das …"

„Lina", unterbrach Phillip die Gestalt, die wild mit den Armen gestikulierte.

„Du hast ja Recht. Was interessiert uns die Vergangenheit?" Ihre Großmutter schmunzelte und klatschte in die Hände. Der Laut hallte merkwürdig dumpf auf dem Dachboden nach, als ob sie in einem Saal standen und nicht auf dem vollgerümpelten Dachboden.

Melissa hörte, wie Arionas einen weiteren Schritt zurückwich. Sie selbst versuchte noch zu verstehen, was gerade passiert war, aber wie musste es ihm erst gehen? Zögernd drehte sie sich um und sah ihm in die dunklen Augen. Seine Augenbrauen waren in der Mitte hochgezogen und er blickte an ihr vorbei. *So sieht also jemand aus, der einen Geist gesehen hat,* dachte sie. Melissa ging auf ihn zu und packte ihn an den Schultern. Es dauerte einen Moment, ehe er auf die Berührung reagierte. Seinen Augen wanderten Millimeter für Millimeter näher an ihren Blick heran.

„Was …?", stotterte er unbeholfen.

Was sollte sie ihm darauf antworten? In diesem einen Wort lagen Angst, Unwissenheit und das Versprechen sich sofort zu verteidigen, wenn es sein musste. Und Melissa wusste nicht, ob sie ihm diese Angst nehmen konnte. Sie hatte selbst kaum Antworten. Aber was sie hatte, wollte sie mit ihm teilen.

„Das ist meine Großmutter. Eigentlich ist sie … na ja … tot. Ich habe keine Ahnung, was hier vorgeht, aber ich finde es heraus, in Ordnung?"

Arionas nickte kaum merklich. Zufrieden bemerkte sie, dass sich seine blass gewordenen Wangen wieder mit Leben füllten. Ihr Vater hingegen schien den Anblick bereits gewohnt zu sein. Zumindest ließ er sich nichts anmerken. Schließlich wandte sie sich wieder an ihre Großmutter.

„Wie ich sehe, beherrschst du die fremden Sprachen bereits. Gut. Das ist schon mal etwas."

„Oma, was bist du?" Melissa konnte die Frage nicht mehr bei sich behalten. Sie drängte wie Galle an die Oberfläche.

„Tja, mein Kind, da sich deine Mutter damals weigerte, dich auch nur ein Stück weit zu unterrichten, muss ich wohl ganz von vorne beginnen. Es ist eine lange Geschichte und wenn ich mir dich so anschauen, willst du vermutlich erst einmal duschen."

Melissa erinnerte sich wieder an ihr Aussehen. Seit sie vor einigen Stunden aus Traveste zurückgekehrt war, hatte sie noch keine Möglichkeit gefunden, sich umzuziehen. Sie trug immer noch das Kleid, das ihr die Cousine von Arionas geliehen hatte. Allerdings sah es kaum noch wie ein Kleid aus. Risse von Schwertern zogen sich durch den Stoff. Sie selbst hatte eine breite Bahn abgeschnitten, um besser gegen die Wachen von Cerumak kämpfen zu können. An den Schmutz wollte sie gar nicht erst denken. Melissa nickte. Wenn sie ehrlich war, roch sie wie ein feuchter Iltis.

„Ich warte hier oben auf euch. Und wenn du wieder da bist, musst du mir den schmucken Mann dort vorstellen", sagte Lina und lachte leise.

***

Eine Stunde und einige Erklärungen zur Dusche später, standen Melissa und Arionas frisch gesäubert auf dem Dachboden. Phillip hatte sich währenddessen um das Essen gekümmert, so dass sie nun mit einem Teller Spaghetti auf dem Schoß vor dem Gemälde saßen. Sie hatte gar nicht gemerkt, wie hungrig sie gewesen war.

„Großmutter, das ist Arionas", stellte Melissa ihren Begleiter vor.

„Willkommen auf der Erde. Von welcher Welt kommst du?"

Melissa wollte gerade zu einer Übersetzung ansetzen, als Arionas bereits antwortete.

„Vielen Dank. Ich stamme aus der Welt Traveste."

„Du sprichst seine Sprache?", mischte sich Melissa überrascht ein.

„Ja und nein. Als Trägerin übersetzt das Amulett dir alles. Das weißt du bereits. Da mein früheres Leben eine Trägerin war, besitze ich die Fähigkeit ebenfalls noch."

„Dein früheres Leben?" Melissa schüttelte den Kopf. „Warum können wir dich eigentlich sehen?"

Ihre Großmutter strich sich eine ergraute Locke aus dem Gesicht. Fältchen erschienen um ihre Augen, als sie lächelte. Für einen Augenblick verlor Melissa sich in dem winzigen braunen Fleck im rechten Auge ihrer Oma. So lange hatte sie ihn nicht mehr gesehen und nicht realisiert, wie sehr sie Oma Lina vermisst hatte. Dieser Fleck hatte sich auch im rechten Auge von Melissas Mutter wiedergefunden, nur etwas größer. Melissa hatte es dann zur

Perfektion getrieben und gleich ein komplett braunes Augen bekommen, obwohl ihre Familie eigentlich blaue Augen hatte. Diese kleine Fleck warf sie augenblicklich in ihre Kindheit zurück und spürte die Sehnsucht nach einer intakten Familie, als noch alle gelebt hatten.

„Kein Geist, keine Erscheinung. Ich bin eine Erinnerung. Sämtliche Erfahrungen, die deine Großmutter bis zu ihrem Todestag gemacht hat, sind in mir vereint. Einige Generationen nachdem unsere Familie das Amulett in Besitz nahm, wurde das Gemälde erschaffen, um den nachfolgenden Generationen bei ihrer Aufgabe zu helfen. Deiner Aufgabe, Melissa."

„Ja, vielen Dank dafür", erwiderte sie und verdrehte die Augen. „Ich habe in den letzten zwei Wochen mehr erlebt, als in meinem bisherigen Leben."

Melissa stellte ihre halb aufgegessenen Spagetti auf den Boden. Das Bild von Parlus, Arionas Vater, blitzte vor ihren Augen auf. Allein die Vorstellung an das Blut in dem Parlus gelegen hatte, verdarb ihr den Appetit auf die rote Tomatensauce. Sie atmete schwer aus.

„Solche Dinge werden dir in Zukunft häufiger passieren. Das gehört von nun an zu deinen Aufgaben." Ihre Großmutter bedachte Melissa mit einem traurigen Blick. Gleichzeitig machte sie einen Schritt auf sie zu. „Erzähl mir von deinem Abenteuer auf Traveste."

„Abenteuer. Pft. Wenn du mich fragst, war es ein Albtraum." Melissa berichtete erneut, was sie einige Stunden zuvor ihrem Vater erzählt hatte. Es gelang ihr nicht, ihrer Oma in die Augen zu sehen. Sie starrte während ihres Berichts auf den roten, mottenzerfressenen Ohrensessel. Die ganze Zeit sah sie die

Bilder zu ihrer Geschichte in ihrem Kopf ablaufen. Als sie endete, herrschte Stille auf dem Dachboden. Ihre Großmutter hatte sie nicht unterbrochen, geschweige denn, sich bewegt. Wie eine Projektion mitten im Raum stand sie da und beobachtete Melissa.

„Ich habe dir alles erzählt. Jetzt stelle ich die Fragen", forderte Melissa mutig.

„Nicht in diesem Ton, Melissa", erwiderte ihre Großmutter, während sich ihre Augenbrauen zusammenschoben.

„Ich habe jedes Recht, Fragen zu stellen! Immerhin hat mich keiner auf DAS vorbereitet", brauste Melissa auf. Sie war müde, wollte nur noch schlafen. Außerdem zerrte die Müdigkeit an ihrer Geduld.

Wieder stemmte ihre Großmutter die Arme in die Hüfte. Dabei hingen die Ärmel ihres Kleides in ihren Händen. Ihre Finger spielten ungeduldig mit dem Stoff. Gerade öffnete sie den Mund, als Phillip dazwischen ging.

„Lina, sie soll heute noch irgendwann schlafen. Lass sie einfach ihre Fragen stellen."

Melissa sah, wie ihre Großmutter die Arme vor der Brust verschränkte, ehe sie den Mund schloss und nickte.

„Du hast ja Recht, Phillip." An Melissa gewandt sagte sie: „Es ist schön zu sehen, dass du eine der Eigenschaften unserer Linie auslebst. Du wirst es schwer haben, eine Trägerin in unserer Chronik zu finden, die keinen Dickschädel hatte." Lina lächelte und holte tief Luft. Melissa fragte sich, ob sie wirklich atmen musste oder es aus reiner Gewohnheit tat. Immerhin bestand sie aus nichts.

„Am besten beginne ich mit der ersten Trägerin. Um dir klar zu machen, wie lange das Amulett bereits in unserem Besitz ist: Du bist die einundfünfzigste Generation der Trägerinnen."

„So lange ist es schon in unserer Familie?", unterbrach Melissa. Ihr Mund blieb offen stehen. Sie rechnete im Kopf nach. Das mussten ... über 1000 Jahre sein. Wahnsinn! Sie kam aus dem Staunen nicht mehr heraus.

„Allerdings. Wann genau das Amulett zu uns kam, wissen wir nicht mehr. Aber wir wissen, warum wir es bekamen, warum du von nun an auf jeden Ruf hören wirst, der durch die Welten ausgesprochen wird."

Melissa stutzte. Sie fragte sich, warum ihre Oma die Lippen aufeinanderpresste, ehe sie weitersprach. „Vor einundfünfzig Generationen lebte eine Frau, unsere Vorfahrin. Sie war verliebt, unsterblich verliebt in einen Mann. Bald wurden sie ein Liebespaar und sie genossen einige Jahre des Glücks. Doch dann gab es eine Revolution auf der Erde. Die Menschen lehnten sich gegen die Götter auf. Unser Gott ist übrigens einer der Novensil, nur ist sein Name verloren gegangen. Er hat seinen Zorn über die Menschheit ergossen und tausende starben in Erdbeben, Überschwemmungen oder Vulkanausbrüchen. Auch unsere Vorfahrin verlor ihren Geliebten an diesen Tagen.

Ihre Wut war fürchterlich. Jeden Tag trainierte sie, um sich eines Tages an den Novensil zu rächen. Schließlich gelang es ihr, einen von ihnen zu sich zu locken. Zur damaligen Zeit wandelte die Novensil noch unter den Menschen, so dass es kein Problem

war, einen zu sich zu rufen. A
sie ihn an. Sie wollte ihn v
Herzen. Aber der Gott über
auch schwer verletzt. U
gefangen genommen und
gestellt. Alle Götter zusam
aber dazu kommen wir später.

Da die Novensil von jeher friedliebend – w
auch nicht gnädig - sind, beschlossen sie unsere Ahnin nicht zu töten, sondern sie anderweitig zu bestrafen. Die Novensil schmiedeten das Amulett der Welten und gaben es ihr. Von nun an und in alle Zeiten sollte die weibliche Linie Neumann den Novensil dienen, indem wir den Welten helfen. Sollte sich eine aus unserer Familie dagegen auflehnen und sich den Weisungen der Götter verwehren, würde nachläufig das Todesurteil vollstreckt werden." Ihre Großmutter wurde zum Schluss immer leiser.

„Ich sterbe, wenn ich mich weigere?" Melissas Stimme klang in ihren Ohren furchtbar hoch.

Das vorsichtige Nicken der schimmernden Gestalt sorgte dafür, dass sie vergaß zu atmen. Sie saß nur da und rührte sich nicht. Ein Inventarstück des Dachbodens. Erst als der Druck in Melissas Brust unerträglich wurde, sog sie die Luft laut ein. Ihr Herz machte einen Satz. Dieser eine Schlag holte sie aus ihrer Lethargie. Sie spürte wieder die Kälte des Dachbodens auf ihren nackten Unterschenkeln und Oberarmen. Eine Gänsehaut breitete sich über ihre Haut aus, als ein Luftzug sie erfasste.

„Spinnen die denn vollkommen?", rief sie aus. Arionas, der neben ihr immer noch seinen Teller Spagetti in Händen hielt, zuckte zusammen. „Die

…ich doch nicht für etwas verurteilen, was … getan habe. Was, wenn ich keinen Bock … den Welten zu helfen? Wollen sie mich dann … dem Unterricht zerren oder gleich vor den Augen …er anderen Schüler umbringen?"

Phillip rückte näher an sie heran und nahm Melissa in den Arm. Sanft streichelte er ihren Rücken, während er auf sie einredete: „Lina ist nur der Bote. Sie kann nichts für die Nachricht. Außerdem musste sie selbst jahrzehntelang die Aufgabe erfüllen, ehe deine Mutter sie übernahm."

„Ich fürchte, dir bleibt nichts anderes übrig, mein Kind." Melissa starrte auf den Sperrmüllberg, auf dem ihr alter Teddybär Benny thronte. Jetzt gerade wünschte sie sich zurück in die Zeit, als sie noch mit ihm abends im Bett gelegen hatte. Damals hatte sie keine Probleme gehabt. Zumindest nicht solche gravierenden. Melissa hatte sich höchstens Sorgen darum gemacht, was sie am Morgen zum Frühstück bekam. Aber jetzt?

„Melissa?" Arionas Stimme drang wie durch Watte an ihre Ohren. Seine Hand legte sich auf ihre Schulter.

„Ja", antwortete sie kaum hörbar.

„Ist alles in Ordnung? Du bist blass."

Das brachte sie endgültig zurück auf den Dachboden. Sie legte die Handflächen für einen Augenblick über ihre Augen, ehe sie mit beiden Händen durch ihr Haar fuhr und es nach hinten schob. Ihr Vater nahm den Arm von ihrer Schulter, blieb aber in ihrer Nähe.

„Nein, nichts ist in Ordnung, aber mach dir keine Sorgen. Damit muss ich fertig werden."

Seine Augen wurden schmal, als er sie ansah, aber er hakte nicht weiter nach. Stattdessen legte er ihr die Hand auf den Rücken. Die Wärme durchdrang sofort ihre kalte Haut und kroch bis in ihr Innerstes. Seine Berührung sorgte dafür, dass sie sich beruhigte. Die beiden hatten in den letzten zwei Wochen viel durchgemacht. Wahrscheinlich war Arionas der einzige, der verstehen konnte, was gerade in ihr vorging.

„Oma, gibt es keine Möglichkeit diesen Fluch loszuwerden? Ich meine, ihr müsst über die Jahre doch einiges gutgemacht haben."

„Leider nein, mein Kind. Jede der Trägerinnen wusste um ihr Los und hat sich stets bemüht, die Novensil zufrieden zu stellen. Doch die Götter geben uns nicht frei. Das Amulett wird eines Tages an deine Tochter weitergegeben werden. So wie ich es deiner Mutter gab."

Melissa schüttelte den Kopf und schloss die Augen. Ihre Hände bildeten Fäuste, als ihr eine Idee kam.

„Was, wenn ich keine Kinder kriege?", erkundigte sie sich.

„Du wirst eine Tochter kriegen. Meine Ururgroßmutter hat versucht, die Linie zu durchbrechen. Sie wollte keine Kinder bekommen. Doch auf einer Welt wurde sie eines Nachts überfallen. Sie konnte sich nicht gegen den Angreifer wehren. Einige Monate später bemerkte sie, dass sie schwanger war." Oma Lina nickte zu der Frau auf der linken Seite des Gemäldes.

„Und ihr glaubt, die Novensil waren das?"

Ihre Großmutter nickte, während sie eine Strähne aus dem Gesicht strich. Melissa war geschockt. Sie spürte, wie ihr Innerstes sich umdrehte. Die Novensil hatten eine Vergewaltigung angeordnet? Wie grausam war das denn? Methonius. Er war ein Novensil. Hatte er mit der Geschichte zu tun? Sie fasste sich an den Kopf. Das war zu viel für sie. Sie hatte noch nicht einmal begonnen ihre Reise nach Traveste zu verarbeiten und jetzt erfuhr sie, dass Götter … richtige Götter sie vergewaltigen lassen würden, wenn sie nicht freiwillig Kinder bekam. Ihr wurde übel. „Ist sie das?", fragte Melissa einer Eingebung folgend. „Deine Ururgroßmutter?"

„Ja, das ist sie."

Fünf Frauen. Ihre Oma und vier andere. Ururgroßmutter.

„Wenn das deine Ururgroßmutter ist, dann sind die anderen Frauen auch mit dir verwandt. Du hast gesagt, dass die vorherigen Generationen dort mit einer Erinnerung eingeschlossen sind."

„Eingeschlossen ist ein hartes Wort. Wir sind freiwillig hier. Aber ja, wenn eine Generation stirbt, erscheint sie ein Jahr später auf diesem Gemälde."

„Ein Jahr später? Warum?"

„Wenn die Erinnerung sofort auftaucht, würde die nachfolgende Generation nicht wahrnehmen, dass derjenige gestorben ist. Niemand würde trauern und die Erinnerung mit dem Verstorbenen verwechseln."

Melissa nickte. Das klang vernünftig. Sie betrachtete die fünf Frauen. Plötzlich sackte ihr Blut in die Beine, sie drohte aus ihrer sitzenden Position zu kippen. Nur Arionas Hand in ihrem Rücken hielt sie aufrecht.

„Ein Jahr?" Melissas Worte waren ein Flüstern. „Nach einem Jahr taucht die Erinnerung auf?"

Phillip nahm ihre Hand. Melissa fühlte den Druck, als würde eine Feder über ihren Handrücken streichen. Alles schien weit weg zu sein. Arionas

Wärme verschwand, die Anwesenheit ihres Vaters wurde blass. In ihrem Kopf rauschte ein Sturzbach. Das Einzige, was sie wahrnahm, war die schimmernde Gestalt einen Meter vor sich. Und die nickte in diesem Augenblick.

„Wo … wo ist Mama?" Ihre Stimme klang, als hätte sie eine ganze Nacht auf einem AC/DC Konzert mitgesungen. Sie hatte Angst vor der Antwort und trotzdem wollte sie sie unbedingt hören. Aber niemand schien ihr antworten zu wollen. Die Lippen ihrer Großmutter waren zu einem schmalen Strich verschmolzen und ihr Vater hatte den Blick abgewandt. Einzig Arionas sah sie mit großen Augen an. Doch er konnte ihr nichts sagen. Er war genauso verwirrt wie sie.

„Sagt mir, was mit Mama ist!", schrie sie haltlos. Melissa verlor die Kontrolle. Sie sprang auf und ging auf ihre Großmutter zu. Als sie nach ihr packen wollte, flog ihre Hand durch die Gestalt hindurch. Während des Moments, erfasste sie ein eigenartiges Gefühl. Keine Kälte, wie sie erst dachte. Ein Kribbeln, gefolgt von einem Schütteln am ganzen Körper. Melissa sprang erschrocken zurück.

„Redet endlich mit mir", brüllte sie wütend.

Da räusperte sich ihr Vater und nickte Lina zu. Diese legte ihre Hand auf ihr Herz, so dass ihre Ringe gegen ihre Halskette schlugen.

„Melissa, ich wünschte, ich könnte es dir schonender beibringen." Sie zögerte einen Moment, ehe sie fortfuhr. „Vanessa ist nicht tot. Sie ist seit fünf Jahren verschollen."

Melissa sah ihre Großmutter, hörte, was sie sagte, aber etwas in ihr versperrte der Nachricht den Weg zum Gehirn. Ihre Atmung flachte ab, ging nur noch stoßweise. Nach außen musste es so wirken, als zeigte sie keinerlei Reaktion auf das Gesagte, aber innerlich tobte ein Krieg in Melissa. Sie spürte, wie ihre Organe sich zusammenzogen, als sammelte ihr Körper all seine Energie für den entscheidenden Schlag gegen ihr Bewusstsein. Sterne tanzten vor ihren Augen, verkleinerten ihr Sichtfeld immer weiter, bis nur noch der Kopf ihrer Großmutter zu sehen war.

„Melissa?" Arionas Stimme klang dumpf, als würde er durch eine dicke Wand sprechen.

Ein Ziepen durchfuhr ihre Hüfte. Melissa presste ihre Hand gegen die Stelle, versuchte den Muskel zu lockern, aber es half nicht. Melissa atmete immer schneller. Auf einmal wurde ihr schwindelig. Das Gesicht ihrer Großmutter explodierte hinter einem farbenfrohen Sternennebel. Ehe sie sich irgendwo festhalten konnte, spürte sie bereits einen kurzen Schmerz in ihrer Schulter, dann wurde alles dunkel.

KAPITEL 2

Weiche Kissen. Kopfschmerzen. Melissa erwachte nur sehr schwerfällig. Als sie für den Bruchteil einer Sekunde die Augen öffnete, sah sie Arionas über sich. Sein Gesicht wirkte besorgt, dennoch beruhigte sein Anblick sie. Melissa wusste nicht genau warum, aber in seiner Nähe fühlte sie sich wohl. Irritiert über den Gedanken schüttelte sie den Kopf. Sie kannte ihn doch erst seit kurzem. Wie konnte sie sich dann in seiner Nähe fühlen, als ob sie vollständig war?

Ihre Fingerspitzen glitten über einen kuscheligen Stoff, als sie die Decke wegschieben wollte. Warum lag sie in ihrem Bett? Einen wohligen Moment lang konnte sie die Unwissenheit genießen, ehe die Ereignisse auf dem Dachboden auf sie niederprasselten.

Ihre Mutter lebte!

Ruckartig richtete sie sich auf. Sie befand sich im *Maschinenraum,* ihrem Zimmer. Arionas saß auf der Bettkante und betrachtete sie mit großen Augen.

„Geht es dir besser?“, erkundigte er sich mit sanfter Stimme.

Melissa wusste nicht, was sie darauf antworten sollte. Auch wenn ihr nicht mehr schwindelig war, fühlte sie sich hundeelend. Fünf Jahre hatte sie um ihre Mutter getrauert, sie vermisst und sich schließlich damit abgefunden, eine Halbwaise zu sein. Wie oft hatte sie mit ihrem Vater geweint oder Fotoalben durchgeblättert, um sich an sie zu erinnern? Jedes Mal musste er gewusst haben, dass sie am Leben war. Warum hatte er sie angelogen?

Sie konnte nicht sagen, ob es ihr besser ging, aber eines fühlte sie deutlich in sich aufsteigen: Wut. Darüber, dass sie schon wieder angelogen worden war. Darüber, dass ihr Vater ihr jahrelang etwas vorgespielt hatte. Sie hatte immer geglaubt, dass sie eine ganz normale Familie gewesen waren. Und jetzt erfuhr sie ein düsteres Geheimnis nach dem anderen? Was gab es noch alles, dass ihre Familie ihr verheimlichte? „Wo ist mein Vater?", fragte sie, statt eine Antwort zu geben. Die schroffe Frage tat ihr gleich darauf leid. Arionas hatte es nicht verdient, so behandelt zu werden. „Entschuldige. Es ist gerade etwas viel. Ich muss mit meinem Vater sprechen."

„Deine Großmutter sagte, er will Wasser holen. Ich habe dich in dein Zimmer gebracht." Er stockte kurz, ehe er weitersprach. „Was ist da oben passiert?"

Melissa atmete tief durch. Auch wenn sie wütend war, Arionas hatte nichts getan, um diese Wut zu verdienen. Nein, sie würde sich ihren Zorn für ihren Vater aufsparen. Sie hörte ihn bereits die Treppe hochkommen.

„Die Kurzfassung: Die Erinnerung meiner toten Großmutter lebt in einem Gemälde und meine Mutter lebt noch, obwohl ich dachte, dass sie tot ist. Dafür ist sie verschollen."

Ihr Vater trat ins Zimmer. Sein Gesicht war von Sorgenfalten durchzogen. Als er sie aufrecht im Bett sitzen sah, entspannten sich seine Gesichtszüge jedoch. Melissa setzte sich auf die Bettkante und wollte kontrolliert die Wut ablassen. Doch das Ventil in ihr platzte, alles drängte aus ihr heraus.

„Warum hast du mich angelogen? Nicht nur das Amulett. Das habe ich ja inzwischen verstanden, aber Mama? Wie konntest du das tun? Ich hatte ein Recht …" Ihre Stimme versagte und Phillip verschwamm vor ihren Augen. Während sie versuchte die Tränen zurückzuhalten, kam ihr Vater einen Schritt auf sie zu.

„Es tut mir unendlich leid. Glaub mir", sagte ihr Vater leise. „Dass ich dir nicht vom Amulett erzähle, musste ich Vanessa versprechen. Wir wollten dich nur beschützen. Deine Mutter hat mir zwar nie viel von ihren Abenteuern erzählt, aber ich habe ihre Verletzungen gesehen. Das wollte sie dir so lange wie möglich ersparen."

„Das gibt dir aber nicht das Recht, mir ihren Tod vorzugaukeln. Verdammt, Dad. Sie lebt!", unterbrach Melissa ihren Vater. Sie schüttelte den Kopf. „Wir hätten sie suchen können."

„Ja, aber wir wissen nicht, wo sie ist und warum sie verschwunden ist." Phillip wurde ebenfalls lauter. „Lass mich bitte ausreden, dann verstehst du es vielleicht. Als sie damals in eine dieser anderen Welten gerufen wurde, schien anfangs alles normal. Aber nach zwei Wochen war sie immer noch nicht zurück. Normalerweise hat sie sich immer einmal die Woche bei mir gemeldet, um mir zu sagen, wie lange es noch dauert. Doch diesmal nicht. Sie blieb einfach verschwunden. Ich wusste, dass Lina auf dem

Dachboden ist, also ging ich zu ihr. Aber sie konnte mir nicht mehr sagen, als dir jetzt. Mir blieb nichts anderes übrig, als zu warten. In den Tagen bin ich beinahe durchgedreht. Frag mich nicht, wie ich sie überstanden habe." Phillip atmete schwer, beruhigte sich aber langsam. „Dann, drei Wochen, nachdem sie verschwunden war, tauchte sie plötzlich auf. Sie sah fürchterlich aus, als hätte sie sich seit Wochen nicht gewaschen. Vanessa wirkte gehetzt." Seine Augen blickten aus dem Fenster, während er gedankenverloren seinen Ehering drehte. „Wir hatten keine fünf Minuten. Sie sagte, dass jemand sie gefangen genommen hätte, aber sie konnte fliehen. Wir müssten alle fortgehen, sagte sie. Du und ich wären ebenfalls in Gefahr. Während ich Klamotten packte, wollte sie dich holen. Plötzlich hörte ich ein Poltern auf der Treppe. So schnell ich konnte, rannte ich in den Flur. Aber ich kam zu spät. Eine Gestalt in einem schwarzen Umhang hielt sie auf der obersten Stufe fest. Egal wie sehr sie sich wehrte, sie konnte sich nicht befreien. Als nächstes sah ich das Licht, in dem ihr immer verschwindet. Ich hörte nur noch ein paar Worte: *Sucht nicht nach mir. Ich lie …* Dann war Vanessa weg."

Melissa entdeckte Tränen in den Augen ihres Vaters. Ihre Fäuste lockerten sich, auch wenn sie immer noch wütend war. Er litt genauso wie sie.

„Aber warum hast du mir gesagt, dass sie tot ist? Du hättest mir sagen können, dass sie verschwunden ist."

„Nein, hätte ich nicht. Ich habe versprochen, nichts über das Amulett zu verraten. Dieses Versprechen hätte ich gebrochen, wenn ich dir von der Art ihrer Entführung erzählt hätte. Außerdem sollten wir nicht nach ihr suchen. Derjenige, der sie entführt hat, scheint mächtig zu sein. Vanessa hatte schreckliche Angst vor ihm. Ich konnte nicht riskieren, dass du dich auf die Suche nach ihr machst."

Phillip stand direkt vor ihr und legte ihr den Arm um. Melissa schluchzte. Während ihr Vater ihr über den Rücken streichelte, verbarg sie ihr Gesicht in seinem Pullover. Einige Augenblicke lang ließ sie ihren Tränen freien Lauf. Dann wurde ihr klar, dass Arionas auch noch im Zimmer war. Schnell wischte sie ihre Tränen ab und setzte sich wieder auf ihr Bett. Dort schnappte sie sich ihr Kissen und lehnte sich an die Wand.

„Wer würde Mama so etwas antun? Warum sollte jemand sie entführen?", fragte Melissa.

„Wir wissen es nicht. Lina und ich haben lange darüber diskutiert, aber es gibt keine Erklärung." Phillip zuckte mit den Schultern, ehe er sich durch die Kurzhaarfrisur fuhr. Das Kissen an ihre Brust gepresst, sah sie die Sorge von Arionas. Sie lächelte ihm aufmunternd zu. Zumindest versuchte sie es. Als er jedoch ihre Hand nahm und sie festhielt, zeigte er ihr, dass es ihr nicht gelungen war. Einen Augenblick lang versank sie in seinen Augen. Wie konnte er sie nur in so kurzer Zeit so gut verstehen? Es machte ihr Angst, dass ein ihr eigentlich Fremder so viel von ihrem Seelenleben verstand, während sie selbst es zu verleugnen versuchte. Mühsam schluckte sie die Angst vor diesen intensiven Gefühlen herunter und erklärte ihm, was los war.

„Das ist schrecklich, Melissa." Arionas drückte ihre Hand. „Kann ich etwas für dich tun?"

Sie schüttelte den Kopf, presste die Lippen aufeinander und wandte sich gleich darauf an ihren Vater. „Warum hast du es mir jetzt erzählt?"

„Eigentlich hatte ich gehofft, es dir nie erzählen zu müssen. Lina und ich hatten geglaubt, dass das Amulett mit Vanessa verschwunden ist. Aber irgendwie scheint es den Weg zu dir gefunden zu haben. Es blieb mir nichts anderes übrig. Ich kann dich nicht unwissend in fremde Welten schicken. Vielleicht ist derjenige, der Vanessa entführt hat, auch hinter dir her. Lina ist die Einzige, die dir im Umgang mit dem Amulett helfen kann."

Melissa senkte den Blick. Das karierte Muster auf ihrem Kissen war auf einmal ungeheuer interessant. Am liebsten wollte sie allein sein. Niemand sollte bei ihr sein, der ihr weitere schlechte Nachrichten überbringen konnte. Viel mehr wollte und konnte sie nicht ertragen. Erst einmal musste sie das verarbeiten, was sie bisher erfahren hatte.

„Dad, können wir Arionas bitte sein Zimmer zeigen? Ich bin müde und würde gerne schlafen." Melissa traute sich nicht, ihren Vater anzusehen.

„Natürlich. Aber du wirst ihm noch einiges erklären müssen, ehe er ebenfalls schlafen gehen kann."

***

Melissa lag in ihrem Bett. Draußen war es dunkel. Der kleine Zeiger der Uhr stand auf der sechs. Vor sieben Stunden war sie eingeschlafen. Nachdem sie Arionas erklärt hatte, dass sein Zimmer nicht das eines Königs war und wie die Toilette funktionierte, war sie ins Bett gefallen. Obwohl sie müde gewesen war, ihr jeder Knochen schmerzte, hatte sie keinen Schlaf gefunden. Stattdessen hatte sie gegrübelt. Über ihre Mutter, den vorgetäuschten Tod und wo sie gefangen sein konnte. Aber egal, wie lange sie nachgedacht hatte, ein Gedanke ließ sie nicht mehr los. Auch jetzt musste sie wieder daran denken.

Ihre Mutter lebte! Wenn ihr Vater geglaubt hatte, dass Melissa sie nicht suchen würde, hatte er sich geirrt.

Da sie nicht mehr schlafen konnte, schwang sie sich aus dem Bett. In fünfzehn Minuten würde ihr Wecker sowieso klingeln. Sie stapfte schwerfällig die Treppe herunter und ging in die Küche. Zu ihrer Überraschung saß Arionas auf einem der Stühle und starrte aus dem Fenster. Obwohl seine Haltung kerzengerade schien, hingen seine Schultern nach vorn. *Wahrscheinlich denkt er an seine Familie,* überlegte Melissa. Immerhin hatte er sie erst vor einer Woche verloren.

„Was machst du denn schon hier?", erkundigte sie sich, während sie zum Toaster ging.

„Ich bin wach geworden, als dein Vater in der Küche saß." Bei dem Wort Küche stockte er und sah sich misstrauisch um. „Da ich nicht mehr schlafen konnte, ging ich zu ihm. Ich glaube, er sagte mir, dass ich hier sitzen bleiben sollte."

„Du sitzt schon seit zwei Stunden hier?" Ihr Vater verließ normalerweise um kurz nach vier das Haus. „Was hast du denn die ganze Zeit gemacht? Doch nicht nur aus dem Fenster geschaut, oder?"

Arionas zuckte mit den Schultern, bevor er nickte. Melissa staunte. Sie hätte sich sofort wieder aufs Ohr gehauen. Aber sie hatte auf Traveste schon festgestellt, dass Arionas ein Frühaufsteher war. Sie seufzte, als ihr klar wurde, dass sie an diesem Morgen ebenfalls würde reden müssen. Und zugleich konnte sie sich keinen besseren Gesprächspartner vorstellen.

Sein aufmerksamer Blick machte es ihr leicht, sich auf ihn zu konzentrieren.

„Was möchtest du zum Frühstück? Wir haben Cornflakes, Toastbrot, Schwarzbrot. Such dir was aus“, sagte sie und setzte sich zu ihm. Durch ihre kleinen Augen sah sie seinen verwirrten Gesichtsausdruck.

„Komm mal mit. Ich zeig dir mal, wo du was in der Küche findest.“

Nachdem Melissa den Rundgang beim Toaster beendete, ahnte sie bereits, dass Arionas nicht alles verstanden hatte. Aber das würde noch kommen. Beim Frühstück wiederholte er alles, was sie ihm erklärt hatte und vergaß dabei nur das Gefrierfach. Melissa war überrascht, wie gut er sich alles einprägen konnte. *Vielleicht braucht er nicht lang, um Deutsch zu lernen,* überlegte sie. Sie musste nur noch die Kontrolle über ihr Sprachwirrwarr erlangen und dann konnte sie ihn unterrichten.

„Also, wir müssen heute zur Schule …“

„Du gehst noch zur Schule? Bist du nicht schon zu alt dafür?“, unterbrach er sie.

„Zu alt? Nein, ich habe noch ein Jahr. Wie lange musstet ihr denn auf Traveste zur Schule gehen?“, fragte Melissa, während sie die Stufen zum ersten Stockwerk erklommen.

„Vor vier Jahren endete meine schulische Vorbildung. Seitdem habe ich am Hof des Königs gearbeitet.“

„Okay, hier auf der Erde läuft das etwas anders. Wir können bis zu dreizehn Jahre zur Schule gehen. Ich höre aber nach zehn Jahren schon auf. Dann will ich eine Ausbildung machen.“ Melissa hielt inne. „Wollte ist wohl der bessere Ausdruck. Mit dem Amulett dürfte das nichts werden. Egal. Zieh dich erst mal um. Ich glaube, Dad hat dir ein paar Klamotten gegeben, oder?"

Melissa schlurfte in ihr Zimmer. Sie packte ihre Schultasche, zog sich an und wartete im Flur auf Arionas.

Melissa musste an Eva denken. Sie hatte ihre beste Freundin gestern nicht mehr angerufen. *Was hätte ich ihr auch erzählen sollen,* dachte sie. *Entschuldige, ich war für zwei Wochen auf einer anderen Welt. Kommt in nächster Zeit häufiger vor.* Sie schüttelte den Kopf. Das Gespräch hatte sie dennoch nur heraus gezögert. Spätestens heute in der Schule würde sie auf Eva treffen. Und Melissa würde sie anlügen müssen. Dabei könnte sie gerade jetzt jemanden gebrauchen, mit dem sie reden konnte. Von allem, was ihr in den letzten Wochen passiert war, war die Info, dass ihre Mutter am Leben war, die beste und schlimmste zugleich. Es riss sie förmlich auseinander. Eva war die Einzige, die das verstehen konnte. Ihre beste Freundin konnte ihr helfen mit der Situation klar zu kommen, aber Melissa durfte nicht mit ihr reden. Spätestens nachdem sie von der Entführung ihrer Mutter erfahren hatte, wusste sie, dass die Warnung von dem alten Mann im Stuhl nicht nur leere Worte gewesen waren.

Vertraue auf das Amulett und behalte dein Geheimnis für dich. Je mehr Menschen davon wissen, desto gefährlicher wird es für dich.

So gerne sie mit Eva geredet hätte, sie durfte es nicht tun. Arionas blieb der Einzige, mit dem sie über das Amulett reden konnte. Und er wusste, wie sehr der Verlust eines Elternteils schmerzte. In dem Moment kam er die Treppe herunter. Er trug eine dunkelblaue Jeans und ein paar alte Turnschuhe ihres Vaters. Irgendwo musste ihr Vater noch ein ihm zu eng gewordenes, weißes Hemd heraus gekramt haben, über dem Arionas eine schwarz glänzende Weste trug. Seine Hemdärmel hatte er hochgekrempelt. Melissa war erstaunt, wie gut ihm die Sachen passten. Als sie jedoch ein Blitzen an seiner Hüfte sah, stutzte sie.

Melissa lachte laut auf. Sie wusste, dass er auf dem Rückweg von der Gefangeneninsel einem Soldaten das Schwert abgenommen hatte. „Willst du das mitnehmen?", fragte sie und presste die Lippen aufeinander, um ein Schmunzeln zu unterdrücken.

Arionas zögerte mit seiner Antwort und packte eine Hand auf das Schwert, als wollte er es beschützen.

„Trägt man auf deiner Welt keine Verteidigungswaffe?", erkundigte er sich stattdessen.

„Um ehrlich zu sein, nein. Hier trägt niemand eine Waffe, außer Polizisten. Na ja, und einige Verbrecher. Auf keinen Fall Schüler. Lass das Schwert lieber zu Hause."

Während sie die letzten Worte sagte, presste Arionas die Lippen zusammen. Sie wusste nicht, ob er sich an den Worten zu Hause störte oder aber an der Tatsache, das Schwert hier zu lassen. Dennoch brachte er es zurück in sein Zimmer. Melissa schmunzelte immer noch, als er wieder neben ihr stand. Als nächstes erklärte sie ihm das Fahrrad. Phillip hatte angeboten, seines vorerst zu benutzen. Um Arionas zu zeigen, wie es funktionierte, fuhr sie einige Male die Auffahrt hoch und runter. Sie runzelte die Stirn, als er auf Anhieb selbstsicher losfuhr. Zu gut waren Melissa ihre eigenen ersten Versuche in Erinnerung.

Bis zu ihrem siebten Lebensjahr hatte sie sich geweigert, auf ein Fahrrad zu steigen. Ihr waren die rollenden Gefährte suspekt gewesen. Erst als Eva damals ihr erstes Fahrrad bekommen hatte, versuchte sie es ebenfalls. Es endete in einer Katastrophe. Sie brauchte drei Tage, in denen sie diverse blaue Flecke und Schürfwunden davongetragen hatte.

Nun stand ihr die schwerste Aufgabe bevor. Arionas wurde das erste Mal mit der Außenwelt der Erde konfrontiert. Melissa hatte alle Mühe ihn davon abzuhalten, Menschen aus den Metallungeheuern zu befreien oder ihn zu stoppen, wenn er auf den unglaublich gut ausgebauten *Händlerwegen* fahren wollte. Am meisten irritierten ihn jedoch die Geräusche. Melissa sah, wie er ständig einem neuen Ton folgte. Sei es eine Hupe, zu laute Musik aus einem Auto oder das Rauschen eines vorbeifahrenden LKWs. Dass er dabei nicht ständig vom Fahrrad fiel, grenzte an ein Wunder. Schließlich entfernten sie sich von der Hauptstraße.

„Das sind viele Kinder", bemerkte Arionas. „Wie viele besuchen diese Schule?"

„So um die dreihundert, glaube ich."

„Das sind viele. Auf meine Schule gingen zweiundachtzig Kinder."

Melissa überlegte ihm zu sagen, dass das nur eine von fünf Schulen in Schwarzenbek war, aber wahrscheinlich würde er das sowieso kaum glauben können.

Als sie die letzten Meter zur Schule zurücklegte, bemerkte Melissa, dass sie das erste Mal, seitdem sie auf die Realschule ging, nicht mit Eva zusammen zur Schule gekommen war. Sie sah Evas Fahrrad bereits an der üblichen Stelle im Fahrradständer stehen. In ihrer Magengegend kribbelte es. Am liebsten wollte sie umkehren. Was ihr am heutigen Tage bevorstand, gefiel ihr gar nicht. Das Klingeln der Schulglocke lenkte sie von ihrer bevorstehenden Lüge ab. Mist, sie waren zu spät dran.

„Wir müssen uns beeilen, Arionas. Schließ dein Fahrrad ab." Kurz vor dem Lehrer erreichten sie das Klassenzimmer. Schnell schlüpften sie durch die angelehnte Tür und setzten sich an den einzigen Doppeltisch, der noch frei war. Eva war die Einzige, die von ihnen Notiz nahm. Melissa spürte, wie ihre Wangen rot wurden, als Evas Mund herunterklappte. In ihren Augen lag ein stummer Vorwurf, dem Melissa nicht standhielt. Schnell starrte Melissa woanders hin. Sie zog ihre Hefte heraus. Der Lehrer hatte inzwischen ebenfalls seinen Platz am Pult eingenommen.

„Wie ich sehe, haben wir ein neues Gesicht unter uns. Stell dich bitte einmal vor."

Kaum sagte der Lehrer das, drehten sich alle zu Arionas um. In den Gesichtern der Mädchen konnte Melissa sofort eindeutiges Interesse sehen. Irritiert blickte sie zu Arionas, ehe sie aufsprang. Dabei schlug sie mit dem Knie an ihren Tisch. Um den Schmerz zu unterdrücken, presste sie die Lippen aufeinander.

„Herr Töllner, das ist Arionas. Er stammt aus ..." Melissa kaute auf ihrer Unterlippe. Schnell, ein Land, in dem man kaum Englisch spricht. „... aus Bolivien. Er spricht weder Deutsch, noch Englisch, wohnt zurzeit bei uns und da er sonst nirgendwo hinkann, dachte ich, es ist in Ordnung, wenn er mit mir zur Schule geht. Vielleicht lernt er dann sogar noch etwas."

Ihre Finger trippelten nervös auf ihrem Heft. Hoffentlich glaubt er mir, betete sie.

„Bolivien?" Ihr Lehrer sah sie verdutzt an. „Ich muss das mit dem Direktor klären, ob er schon angemeldet ist. Schließlich kann nicht einfach jemand zum Unterricht erscheinen. Da gibt es versicherungstechnische Fragen zu klären. In dieser Stunde kann er aber noch hierbleiben."

„Danke schön, Herr Töllner." Erleichtert atmete sie aus, nur um gleich darauf wieder die Luft anzuhalten. Eva beobachtete sie aus schlitzförmigen Augen und strich sich dabei über die Lippen. Melissa war sich sicher, dass Eva ihr kein Wort glaubte.

***

„Bleib stehen, Melissa!", rief Eva ihr hinterher.

Mist, erwischt. Melissas direkter Weg zum Büro des Direktors, hatte ihr auch nichts genützt. Eva fing sie kurz vorm Lehrerzimmer ab. Melissa senkte den Blick, schloss die Augen und drehte sich dann um.

„Ja, was ist denn?"

Eva blieb einen Meter vor ihr stehen und zeigte ihr einen Vogel.

„Spinnst du? Du verschwindest für zwei Wochen von der Bildfläche, tauchst dann mit diesem Kerl auf und fragst mich, was ist? Geht`s noch?" Evas Augenbrauen schienen einen Kampf auszufechten. Beide kamen sich immer näher, aber sobald sie aufeinandertrafen, sprangen sie auseinander.

„Entschuldige, ich war krank", brachte Melissa mit einem Schulterzucken hervor.

„Ja, danke, das habe ich auch schon herausgefunden", bemerkte Eva bissig. „Hättest du mir nicht mal Bescheid sagen können, dass du wieder gesund bist? Wir hätten zusammen zur Schule fahren können."

Der Vorwurf stach Melissa direkt ins Herz und zog bis in ihren Nacken. Ihre Hände verschwanden in ihrer Hosentasche.

„Entschuldige, du hast Recht." Melissa beschloss, so wenig wie möglich zu sagen. So konnte sie die Lüge klein halten.

Eva schien zu zögern, aber dann trat sie einen kurzen Schritt auf sie zu.

„Schon okay. Erzähl mal, was hast du denn die zwei Wochen gemacht? Online warst du jedenfalls nicht." Nun kam Eva langsam näher.

„Nein, durfte ich nicht. Dad hat gesagt, wenn ich schon krank bin, dann soll ich mich richtig auskurieren. Also durfte ich kein Fernsehen gucken und nicht im Internet surfen. Und ich muss dir was gestehen." Melissa druckste einen Moment herum und trat auf der Stelle. „Ich habe ein Buch gelesen", sagte Melissa kleinlaut. Eva lachte laut auf.

„Schäm dich. Habe ich dir nicht verboten, solch ein schändliches Verhalten an den Tag zu legen?"

Melissa atmete erleichtert durch. Eva war zumindest für den Augenblick von ihrer Lüge abgelenkt. Ihre beste Freundin wandte sich an Arionas. Der erwiderte Evas Blick sekundenlang, ehe sie sich zögernd Melissa zuwandte.

„Du willst mir nicht wirklich sagen, dass Arionas aus Bolivien stammt, oder?"

Melissa presste all ihre Überzeugung in ein einziges Wort: „Doch."

„Ach Quatsch. Ich kann froh sein, wenn du Subjekt, Prädikat und Objekt in einem Satz richtig verwendest. Und jetzt behauptest du, du könntest bolivianisch oder was auch immer dort gesprochen wird?" Eva runzelte die Stirn. Ihr Misstrauen sprang Melissa entgegen und umfing sie, zwang sie die Lüge größer zu gestalten, als ihr lieb war.

„Ich habe es gelernt, als ich klein war. In den letzten Jahren habe ich es nicht gebraucht, aber ein bisschen was ist noch hängen geblieben."

„Nu komm, du verarschst mich doch. Ich kenn dich seit dem Kindergarten." Evas Haltung wurde angriffslustiger.

Arionas stand neben Melissa und machte Anstalten, sich vor sie zu stellen. Sie legte ihm eine Hand auf die Schulter.

„Alles ist in Ordnung, Arionas. Das ist Eva."

Überrascht hob Arionas den Kopf und blickte zu Eva. Nun schien er ihr Gesicht genauer zu studieren. Seine Augen huschten von links nach rechts. Melissa tat es ihm gleich, denn für einen kurzen Moment glaubte sie, Verwirrung in den Zügen ihrer besten Freundin zu erkennen. *Kein Wunder,* dachte Melissa. *Ich spreche auf einmal eine Sprache, die niemand auf dieser Welt zuvor gehört hat.*

„Wie begrüße ich jemanden auf deiner Welt?", erkundigte sich Arionas neugierig.

„Du gibst ihr die Hand und sagst ..." Melissa versuchte sich zu konzentrieren. „... Hallo."

Arionas legte seinen Kopf schief, wollte sie vermutlich besser verstehen, aber gleich darauf schüttelte er den Kopf.

„Du hast noch in meiner Sprache gesprochen."

„Eva, würdest du Arionas bitte einmal Hallo sagen?", wandte sie sich an ihre beste Freundin.

„Ups. Hast ja Recht. Ich war unhöflich." Mit ausgestreckter Hand kam sie Arionas näher. Nun stand sie zwischen ihr und Arionas. Für einen kurzen Moment huschte Evas Blick ängstlich zwischen ihnen hin und her, doch im nächsten Augenblick verschwand der Ausdruck. Eva begrüßte Arionas mit ihrem strahlenden Lächeln.

Nach zwei missglückten Versuchen gelang es ihm ebenfalls Hallo zu sagen. Während Eva versuchte, ihm weitere Wörter beizubringen, hauptsächlich Schimpfwörter, konnte Melissa durchatmen. Eva schien ihr fürs erste die Krankheit und die Geschichte über Arionas zu glauben. Auch wenn sie es immer noch tief bedauerte, Eva anzulügen, blieb ihr nichts anderes übrig, als diese Lüge aufrecht zu erhalten. Zumindest für den Augenblick. Eines Tages konnte sie Eva vielleicht einweihen, aber derzeit musste sie selbst erst einmal herausfinden, was mit ihr passierte.

KAPITEL 3

„Bin ich korrekt gekleidet für deine Welt?", fragte Arionas in der letzten Pause.

„Ja, besser als die meisten sogar, wieso?"

„Die Frauen aus deiner Klasse betrachten mich seltsam und lachen. Ich dachte, vielleicht liegt das an meiner Kleidung." Seine Stirn zog sich kraus, während er sich von oben bis unten inspizierte. „Oder erkennen sie, dass ich von einer anderen Welt stamme?"

„Nein, keine Angst. Wahrscheinlich finden sie dich einfach nur niedlich." Während sie antwortete, kam Eva auf sie zu.

Bitte lass sie nichts mehr fragen, dachte Melissa. In jeder Pause hatte Eva sie nach Arionas ausgefragt. *Wahrscheinlich glaubt sie mir immer noch nicht.* Aus dem Augenwinkel sah sie, dass Arionas sich mit nachdenklicher Miene zu den restlichen Mädchen aus der Klasse umdrehte. Ein leises Kichern verriet Melissa, dass sie schon wieder Arionas beobachtet hatten. Na, das konnte ja noch heiter werden.

„Diese Sprache klingt echt merkwürdig aus deinem Mund. Aber wahrscheinlich ist das dein schrecklicher Akzent." Ehe Melissa Widerworte einwerfen konnte, redete Eva weiter. „Was machst du heute Nachmittag?"

„Nichts, wieso?"

„Du schuldest mir noch einen Übernachtungsabend. Ich wäre bereit, dir für einen Nachmittag im Garten mit voller Bedienung zu verzeihen." Eva hakte sich bei ihr ein und strich sich die Haare betont gefällig aus dem Gesicht.

„Mit voller Bedienung? Aha." Melissa nickte, fuhr sich mit den Fingern übers Kinn, ehe sie auf Eva losging. „Deine Bedienung kannst du gleich haben." Mit den Fingern stieß sie Eva in die Seite und wuschelte ihr in der nächsten Sekunde durch die Haare.

„Gnade, Gnade", quietschte diese, als die Klingel Melissas Angriff unterbrach.

„Lass dir das eine Lehre sein. Leg dich nicht mit der allmächtigen Neumann an", flüsterte Melissa, verzog den Mund und zeigte mit dem Finger auf Evas Brust.

„Immer", rief sie mit verächtlich hochgezogenen Augenbrauen über die Schulter. Bevor sie zurück in den Unterricht gingen, verabredeten sie sich für den Abend.

Wie üblich bestand dieser aus einem entspannten Filmabend in den gemütlichsten Pyjamas und einer Menge Schokolade. Während sie nach Hause fuhren, beobachtete Arionas seine Umwelt. Für ihn war alles neu in dieser Welt. Auch wenn er jedes Detail in sich aufsog, spürte sie seine Unsicherheit. Als ihm ein Rollerfahrer auf dem Gehweg entgegenkam, griff er reflexartig mit der Hand an die Hüfte.

Melissa fand es erstaunlich, dass er noch niemanden angegriffen hatte. Arionas war in einer technisch fortschrittlicheren Welt, konnte die Sprache nicht sprechen und begegnete ständig etwas Neuem. Sie war sein einziger Halt hier. Wenn sie in eine andere Welt ging, musste sie ihn mitnehmen. Ein Prickeln glitt über ihre Haut, als ihr das klar wurde. Sie spürte dem Gefühl nach. Seltsamerweise freute sie sich darauf.

„Melissa?“, unterbrach er ihren Gedankengang.

Sie bogen ein letztes Mal ab. In seinem Gesicht spiegelten sich widersprüchliche Gefühle. Und das irritierte Melissa. Bis vor wenigen Sekunden hatte er noch mit großen Augen einem Pferdeanhänger hinterher gesehen. Jetzt jedoch zog sein Blick sie in ein Loch, in dem er selbst tief drin zu stecken schien. Nur mit Mühe unterdrückte sie ein Schluchzen. *Dieser Kerl treibt mich noch in einen seelischen Abgrund. Jedes Mal, wenn ich ihm in die Augen sehe, reißt mich seine Gefühlswelt mit,* dachte sie und konzentrierte sich auf seinen Nasenflügel.

„Gibt es einen Ort, an dem ihr eure Toten ehrt?“ Seine Stimme war so leise, dass Melissa den Zusammenhang aus den Wortbrocken erahnen musste. Als er ihr jedoch bewusst wurde, schluckte sie. Parlus, Lamara, Toran. Sie alle waren vor einer Woche gestorben. Außer auf der Gefängnisinsel hatte Arionas noch keine Möglichkeit gehabt, um sie zu trauern. Sie biss sich auf die Unterlippe, als ihr bewusst wurde, dass sie ihn noch nicht einmal gefragt hatte, wie es ihm geht. Ihre eigenen Probleme hatten sie zu sehr beschäftigt.

„Unsere Toten begraben wir auf einem Friedhof. Aber wir haben Kirchen, in die wir gehen können. Möchtest du eine besuchen?“

Arionas schien zu überlegen, während er auf die Auffahrt zum Haus bog. Auch als sie die Fahrräder abgestellt hatten und ins Haus gingen, schwieg Arionas. Melissa ließ ihm die Zeit. Sie selbst war seit dem vermeintlichen Tod ihrer Mutter nicht in einer einzigen Kirche gewesen. Die einzige Ausnahme war die Weihnachtsmesse, in die ihr Vater sie jedes Jahr zwang. In Kirchen fühlte sie sich unbehaglich. Dort waren, bis auf ein paar Kerzenhalter und eine Jesusfigur, keine Gegenstände an den Wänden angebracht. An den Wänden konnte sie sich mit ihren Gedanken nicht festhalten, konnte keine Geschichte darin finden. Anders als in ihrem Zimmer, dem Maschinenraum. Seit vier Jahren schmückte sie die Wände mit allem, was ihr auf dem Schrottplatz in die Hände fiel. Pylonen, LEDs und aussortierte Kabel von ihrem Vater. Es waren Geschichten, Vergangenheiten, an denen ihre Gedanken hängen blieben und nicht verletzt werden konnten.

Als sie den Maschinenraum betraten, antwortete Arionas schließlich.

„Wenn ich in eine Kirche gehe, würdest du mich begleiten?“

„Natürlich. Warum sollte ich das nicht tun?“, fragte sie erstaunt, während sie ihre Tasche ausleerte.

Arionas bedachte sie mit einem Blick, aus dem sie nicht schlau wurde. „Danke“, sagte er schlicht.

Melissa runzelte die Stirn, wusste nicht, was er damit meinte. Sie schluckte, als das Gesicht von Parlus vor ihren Augen aufblitzte. Aufgrund ihres vorlauten Eingreifens war Arionas Vater gestorben. Exekutiert im Thronsaal von Traveste. Das durfte sie Arionas aber nie erzählen. Sie hatte keine Ahnung, wie er sonst reagierte. Von Gewissensbissen angetrieben, winkte sie ab. „Nicht der Rede wert.“

„Doch. Du nimmst eine Menge auf dich, nur um mir zu helfen. Dafür möchte ich dir danken." Er kam einen Schritt auf sie zu und nahm ihre Hand. „Wenn du nicht gewesen wärst, würde ich nicht mehr leben. Deshalb schwöre ich dir hiermit, als dein Mann und dein Freund, solange für dich da zu sein, bis ich eines Tages nach Traveste zurückkehre."

„Das ist lieb, aber du musst das nicht." Das Gesicht von Parlus vor ihren Augen wurde größer. „Du schuldest mir gar nichts."

„Keine Widerrede. Ich werde dich beschützen, soweit es mir möglich ist." Arionas drückte ihre Hand, als wäre es beschlossene Sache.

„Du kannst mich nicht immer beschützen. Wenn ich in andere Welten reisen muss, kann ich dich wohl kaum mitnehmen. Du könntest dich vermutlich nicht mit den Einwohnern verständigen", widersprach sie ihm erneut.

„Wo liegt der Unterschied zur Erde?"

Melissa öffnete den Mund, schloss ihn jedoch gleich wieder. Dieses Argument konnte sie nicht so einfach zerschlagen. Einen kurzen Moment sah Melissa in die dunklen Augen. Trauer, eine winzige Spur von Triumph über die gewonnene Debatte und der ehrliche Wunsch bei ihr zu bleiben. Mehr fand sie nicht in den Fenstern zu seiner Seele. Schließlich nickte sie und spürte erneut dieses angenehme Prickeln auf ihrer Haut.

***

Melissa und Arionas saßen in der Küche. Phillip musste demnächst nach Hause kommen, daher hatte sie beschlossen, ihrem Vater eine Freude zu machen. Während sie die Hausaufgaben erledigte, kochte sie nebenbei Milchreis und zeigte Arionas die Buchstaben nach dem Alphabet. Zeitgleich malte er die ersten fünf Buchstaben immer wieder auf ein Blatt Papier. Als sie wieder einmal vom Umrühren zurück an den Tisch kam, lugte sie über Arionas Schulter. Seine Buchstaben wirkten noch reichlich unbeholfen, wie die eines Kindes. Wie seine kleine Schwester eines gewesen war. Lilliana. Sie presste die Lippen aufeinander.

„Wie geht es dir?", fragte Melissa kaum hörbar.

Der Bleistift, mit dem Arionas gerade ein C schrieb, knackte. Seine Knöchel traten hervor, als er den Stift umklammerte. Er drehte sich zu ihr um. Für einen schrecklichen Augenblick war sie sich nicht sicher, was er tun würde. Aufspringen und sie packen oder hinausstürmen. Doch stattdessen verschwand seine Wut. Er senkte seinen Kopf und sah auf seine Hände.

„Ich weiß es nicht", antwortete er beinahe lautlos.

„Wenn du reden möchtest, bin ich für dich da. Ich möchte nur, dass du das weißt." Melissa versuchte seine Augen einzufangen, während sich Arionas wieder setzte.

„Du bist die Einzige, mit der ich reden kann." Endlich sah er sie wieder an. „Wird es irgendwann einfacher?"

Melissa wusste nur zu gut, was er meinte. Aber was sollte sie ihm sagen? Sie war sich selbst ihrer Gefühle nicht mehr sicher. Ihre Mutter war nicht tot. Die letzten fünf Jahre hatte sie Dinge empfunden, die jeder Grundlage entbehrten. Sie hatte Tatsachen geglaubt, die nicht der Realität entsprachen.

„Um ehrlich zu sein: Nein. Man lernt, damit klarzukommen, aber es wird nicht einfacher. Du wirst dich immer fragen, warum der Stuhl neben dir leer bleibt, warum die Familienfeste so traurig sind. Aber nach einer Weile werden diese Gedanken leiser und man lernt weiter zu machen."

Arionas nickte und sie schwiegen. Melissa rührte den Milchreis um und setzte sich zurück an den Tisch. Erst wollte sie sich weiter um die Zusammenfassung vom ersten Kapitel von Emilia Galotti kümmern, aber dann bemerkte sie Arionas Hand. Diese hing in der Luft, zitterte. Aus einem Reflex heraus, legte sie ihre Hand auf seine und strich mit dem Daumen darüber.

Seine Haut fühlte sich warm an. Auf dem Handrücken erkannte sie zwei Narben, die sich an der untersten Stelle überkreuzten.

„Die habe ich Toran zu verdanken." Arionas lächelte warm und strich ebenfalls über die Narben. „Als er fünf Jahre alt gewesen ist, bekam er das erste Mal ein Messer. Du hättest sein Gesicht sehen sollen. Er war so stolz, dass er es nicht aus der Hand legte, egal wohin er ging oder was er machte. Wir tollten gerade im Garten, als er überrascht nach einem Trauke griff, einem kleinen Tier. Leider hielt er dabei sein Messer genau so, dass er meinen Handrücken erwischte. Ein halbes Jahr später erwischte er mich beim Kampftraining an fast genau derselben Stelle erneut." Arionas lächelte, aber in seinen Augen schimmerte es.

„Toran muss ein Wildfang gewesen sein", sagte Melissa, ebenfalls mit einem Lächeln auf den Lippen.

Arionas nickte, schaute zum Boden und wischte sich unauffällig über die Augen. „Wie geht es dir?", fragte er nach einigen Momenten der Stille.

„Gut", erwiderte sie knapp. Dabei spannte sich ihr Kiefer.

„Melissa, ich sehe, dass es dich beschäftigt", erwiderte Arionas sanft.

Sie zögerte einen Moment. Normalerweise würde sie mit Eva reden, ihr von dem Chaos in ihrem Innern erzählen. Eva hätte ihr mit ihrem Ordnungsfimmel sicher geholfen, das Ganze zu sortieren. Aber diesmal ging es nicht. Sie sah skeptisch zu Arionas. Melissa vertraute ihm. Sogar soweit, dass sie mit ihm über alles reden konnte. Und er tat das ebenfalls. Es war nur gerecht, wenn sie ihm dieses Vertrauen erwiderte. Sie nickte und berichtete, was sie die halbe Nacht wachgehalten hatte.

„Und ich weiß einfach nicht, was ich tun soll. Einerseits glaube ich, dass Dad Recht hat und es gefährlich ist. Andererseits habe ich auch Traveste ohne größere Schäden überstanden. Ich kann nicht einfach so tun, als wäre es mir egal. Sie lebt, Arionas. Sie lebt!"

„Du bist wütend, oder?"

„Natürlich bin ich das!", brauste sie auf und ballte die Fäuste. „Dad hat mich jahrelang angelogen. Nur, weil ich das Amulett gefunden habe, hat er es mir erzählt. Ansonsten hätte ich bis in alle Ewigkeit geglaubt, dass meine Mutter tot ist." Schon in der nächsten Sekunde war ihr der Ausbruch peinlich. Sie spielte mit dem Geschirrtuch, um sich zu beruhigen. Das karierte Muster mit der aufgestickten Gans erinnerte sie an den Milchreis.

„Ich kann dir nicht sagen, was du machen sollst", sagte Arionas und folgte ihr. „Aber ich glaube, tief in dir drin hast du es bereits entschieden. Was sagt dein Herz dir?"

Während sie mit dem Kochlöffel im Topf rührte, schloss sie die Augen. Arionas hatte Recht. Die Antwort deutete sich schon auf dem Weg zu ihrem Herzen an. Überall lagen Brocken von Sehnsucht verstreut. Als sie ihr Herz erreichte, war sie sich bereits sicher. „Ich bin die Einzige, die sie retten kann."

***

„Willst du das wirklich tun?" Arionas stand neben ihr, während sie ihren Rucksack packte. Ihre Finger rissen alle Kleidungsstücke aus dem Schrank. Sie wusste nicht, was sie erwartete, also wollte sie auf alles vorbereitet sein.

„Wenn du wüsstest, dass jemand aus deiner Familie überlebt hat, würdest du nicht auch alles tun, um ihn zu finden?", antwortete sie, als sie einen Pullover in ihren Rucksack stopfte.

„Doch, würde ich", gab er kaum hörbar zu.

Melissa hielt in ihren Bewegungen inne. Etwas in seinem Ton ließ sie aufhorchen. Seine sanfte Stimme klang, als würde Arionas jeden Moment aus dem Fenster springen. Ohne, dass sie es wollte, wurde sie wieder von seinen Gefühlen mitgerissen. Sie tauchte ab in den Kummer, der ihm im Gesicht geschrieben stand, spürte wie die Melancholie sie umspülte. Nur mit Mühe konnte sie sich diesem Strudel entziehen. Melissa presste ihre Zähne aufeinander. Wahrscheinlich würde sie noch eine Weile brauchen, ehe sie mit seinen offen dargebotenen Gefühlen zurechtkommen würde.

„Und ich würde dir bei der Suche helfen", erwiderte Melissa und legte ihre Hand auf seinen Arm.

Ohne Vorankündigung zog Arionas sie plötzlich in den Arm. Sie konnte sich gegen den Griff gar nicht wehren. Er drückte sie fest an sich und ließ ihr keine Chance zu entkommen. Melissa wunderte sich, denn etwas in ihr wollte gar nicht entkommen. Sie wollte genau an diesem Ort verweilen. Keinen Schritt von Arionas Herzen entfernt.

„Danke“, flüsterte Arionas.

Einige Sekunden standen sie in ihrem Zimmer, ehe sich Melissa räusperte. Aus dem Augenwinkel erkannte sie im Spiegel ihre roten Wangen. Arionas trat einen Schritt zurück, setzte sich auf den Drehstuhl und beobachtete sie beim Packen. Melissa wusste eigentlich nicht, was sie da tat. Bisher hatte sie keinerlei Anhaltspunkte, wo sie zu suchen anfangen sollte. Aber Melissa erhoffte sich von einem Gespräch mit ihrer Großmutter mehr Hinweise. Ihr Plan basierte auf dieser Annahme. Obwohl sie den Blindflug, den sie vor sich hatte, nicht unbedingt als Plan bezeichnen würde.

Schließlich schloss sie ihren Rucksack. Als letztes hatte sie ihr Handy neben die Wasserflaschen gestopft. Ohne ihr Handy fühlte sie sich nicht vollständig, als würde sie etwas verpassen. Es war Schwachsinn, das wusste sie. Sie würde in einer anderen Welt kein Netz haben. Trotzdem. Sie betrachtete den Rucksack. Nicht einmal ein Kugelschreiber hätte noch hineingepasst, so vollgestopft war er. Melissa drehte sich in ihrem Maschinenraum. Ein merkwürdiges Gefühl beschlich Melissa, während sie die drei parallel zueinander ausgerichteten Leuchtstoffröhren neben der Motorhaube betrachtete. Zwei leuchteten seit der

Installation vor vier Jahren kräftig, aber die Dritte flackerte immer wieder. Sie würde sie wohl bald austauschen müssen, damit sie nicht ganz den Geist aufgab. Ihre Fingerspitzen strichen über die Oberfläche.

Seltsam. Sonst fühlte sie sich absolut wohl in ihrem Zimmer. Nirgends war mehr eine glatte Wand zu erkennen, außer neben ihrem Bett. Selbst ihre Möbel waren bereits beklebt oder zugestellt. Sie schüttelte den Gedanken ab. Das ungute Gefühl lag sicher nur an ihrem Plan zu verschwinden.

Melissa verließ ihr Zimmer, schloss die Tür hinter sich. Ihre Hand ruhte einige Sekunden länger als sonst auf der Klinke. *Abschied,* schoss es ihr plötzlich durch den Kopf. *Es fühlt sich an wie ein Abschied,* dachte sie. Melissa riss ihre Hände von der Türklinke und drehte sich abrupt um. Wenn sie jetzt nicht ging, würde sie es sich vielleicht anders überlegen. Also marschierte sie hinauf auf den Dachboden.

Ihre Fäuste waren immer noch entschlossen geballt, als sie das Laken vom Gemälde riss. Im nächsten Augenblick erwachte ihre Großmutter zum Leben. Das detailgetreue Bild lächelte und glitt aus dem Rahmen.

„Hallo Arionas, Melissa. Geht es dir gut, Kind?", wandte sie sich sofort an Melissa.

„Ja, danke. Wegen gestern bin ich hier." Ihre Haltung entspannte sich. Jetzt gab es kein Zurück mehr. „Ich habe Fragen. Nicht nur zum Amulett. Auch zu Mama."

„Das dachte ich mir schon. Also, stelle sie."

Melissa schluckte. Womit sollte sie anfangen? Zu offensichtlich konnte sie die Fragen nicht stellen.

„Warum wurde Mama entführt?"

„Das fragen wir uns auch schon seit fünf Jahren, Melissa. Wir wissen es nicht. Wir wissen nicht einmal, wer sie entführt hat. Vanessa kam nur für einige Minuten hierher. Während sie das Amulett in der Katze verstaute, sagte sie mir, dass sie entführt worden sei und man sie erpressen würde. Mehr wollte sie mir nicht erzählen. Dann lief sie nach unten. Ich hörte gerade ihre Schritte auf dem Weg zu dir, als es auf der Treppe polterte. Phillip erzählte mir später, dass sie in diesem Moment verschwand."

Melissa war erschüttert. Jemand hatte ihre Mutter auf einer Welt entführt, sie gefangen genommen. Und nachdem sie geflohen war, hatte man sie von zu Hause entführt. Wer tat so etwas? Vor allem, wer außer der Trägerin des Weltenamuletts besaß die Fähigkeit, durch Welten zu reisen? Melissa spürte ihr Blut im Hals wie wild gegen ihre Haut pochen. Ihr Gegner, und als nichts anderen betrachtete Melissa ihn oder sie, musste ebenfalls über Kräfte verfügen.

„Kennst du andere Menschen oder Wesen, die durch Welten reisen können?", fragte sie ihre Oma.

„Soweit ich weiß, können es nur die Novensil und einige Völker. Diese Völker haben keine Heimatwelt oder sind technisch weiterentwickelt als wir. Doch die meisten sind Nomaden oder Händler. Ich bin nie einem solchen Volk begegnet, aber meine Ururgroßmutter half einmal einem Händlervolk. Sie waren überaus dankbar und nicht feindselig. Aber ich weiß nicht, ob es nicht auch andere Rassen gibt, die diese Fähigkeit beherrschen."

„Auf welcher Welt war Mama denn als letztes, als sie verschwand? Was hat sie da gemacht?" Melissa hielt den Atem an. Jetzt musste sie nur noch die Antwort abwarten. Beinahe zwanghaft versuchte sie, geradeaus zu gucken. Nicht unsicher wirken, sagte sie zu sich selbst. Eine Frage, wie jede andere. Ihre Großmutter legte ihre Hände vor der Brust ineinander.

„Sie war auf der Welt des Phoebon, im Zeichen des Pegasus. Soweit ich weiß, ging es um einen Aufstand, der dort von den Soldaten begonnen wurde. Der Herrscher rief Vanessa als Schlichterin."

Den Rest der Worte hörte Melissa nicht mehr. Ihr Herz schlug wie wild, als sie sich alle Symbole des Amuletts ins Gedächtnis rief. Drei mussten es sein. In ihrem Kopf begannen die Gedanken zu rotieren. Im Zeichen des Pegasus musste dem Pferd entsprechen, das bisher still auf dem Außenring ausgeharrt hatte. Und das Symbol für Phoebon musste der Schwan sein. Als sie nach Traveste gereist war, war erst ein Schwert, dann eine Sonne uns schließlich der Schwan aufgetaucht. Cerumak, der Berater des Königs von Traveste, hatte sie zur Verteidigung des Herrschers gerufen. Dafür musste das Schwert gestanden haben. Und es war Phoebons Welt im Zeichen des Lichts. Sonne. Licht. Phoebon. Schwan.

Aber was war das dritte Symbol? Scheinbar musste sie mit diesem Zeichen ausdrücken, was sie auf dieser Welt wollte. Sie suchte ihre Mutter. Ein Zeichen für Suche. Lupe. Fernglas. Beides befand sich nicht auf dem Amulett. Verdammt! Am liebsten wollte sie es sofort hervorholen und nach dem Symbol suchen. Aber das war zu auffällig. Sie musste sich mit ihrer Erinnerung zufriedengeben. Mühsam konzentrierte sie sich darauf, das Amulett in seiner

Gänze vor ihr inneres Auge zu rufen. Endlich, das Bild war vollständig.

Ein kalter Schauer lenkte sie plötzlich von ihren Gedanken ab. Das Amulett verschwand und sie sah in die durchsichtigen Augen ihrer Großmutter. Vor Schreck ging sie wenige Schritte nach hinten, stieß dabei mit Arionas zusammen.

„Alles in Ordnung?", hörte sie ihre Großmutter fragen. „Wurdest du gerufen?"

Melissa fasste sich an den Kopf. Jemand kam die Treppe hoch. Ihr Vater. *Nein, nicht jetzt*, dachte sie. Sie war der Lösung ganz nah, sie spürte förmlich, wie ihr Körper in eine fremde Welt gezogen wurde. Es fehlte nur noch dieses eine Puzzleteil. Da kam ihr eine Idee.

„Ja, jemand sagte, ich solle ihm bei der Suche nach etwas helfen. Aber ich kenne das Symbol für Suche nicht …"

Melissas Herz blieb stehen. Jeden Augenblick konnte ihr Vater auf dem Dachboden auftauchen. Er sollte nicht sehen, wie sie verschwand. Sie kämpfte mit ihrem Gewissen. Gerade log sie ihre Großmutter an. *Aber es ist für einen guten Zweck*, redete sie sich ein. *Ich werde Mama finden.*

„Ach Kind, das ist ganz einfach. Es gibt ein Symbol, das wie eine Tanne aussieht. Hätte es mir meine Mutter nicht gezeigt, wäre ich auch nie darauf gekommen. Die Tanne ist ein Symbol aus der keltischen Mythologie und steht unter anderem für die Suche."

Tanne? Ja, da war ein Baum auf dem Amulett. Jetzt hatte sie alles, was sie brauchte. Hastig riss sie an der Kette, an dem ihr Amulett hing und betrachtete es. Da! Alle drei Symbole waren vorhanden. Melissa schloss die Augen.

„Melissa? In welche Welt gehst du?“

Die Stimme ihres Vaters. Innerlich fluchte Melissa. Sie war nicht schnell genug gewesen. Was sollte sie ihm sagen? Noch mehr lügen wollte sie nicht. Sie entschloss sich für die Wahrheit, während der Baum in die Mitte des Außenrings wanderte.

„Entschuldige“, war jedoch alles, was sie herausbrachte.

Ihr Vater wurde kreidebleich. Er stand neben dem Gemälde, öffnete seinen Mund, aber sagte nichts. Erst ganz langsam, dann immer schneller schüttelte er den Kopf.

„Nein. Tu es nicht“, flehte er. Ihrem Vater brach die Stimme.

„Ich muss.“ Sie atmete tief durch. Das Pferd galoppierte an seine Stelle neben der Tanne. „Ich bin die Einzige, die sie finden kann. Verstehst du? Die Einzige.“

„Nein, Melissa. Das kannst du nicht tun“, rief ihr Vater.

Vibrationen. Arionas stand neben ihr, fasste ihr an die Schulter. Auch seine Hand vibrierte auf ihrer Haut. Der Schwan schwamm auf die Mitte des Amuletts zu.

„Mama lebt, Dad. Und ich werde sie suchen. Solange, bis ich weiß, wer sie entführt hat. Und wenn ich ihn gefunden habe“, Ihre Fingernägel bohrten sich in ihr Fleisch, als sie die Fäuste ballte, „dann kann er nur auf die Gnade seiner Götter hoffen.“

Im nächsten Moment verschwand ihr Vater vor ihren Augen.

KAPITEL 4

Melissa öffnete die Augen. Erst sah sie ihre Umgebung nur verschwommen, doch nachdem sie sich an die diffusen Lichtverhältnisse gewöhnt hatte, lichtete sich der Nebel. Arionas stand neben ihr, die Hand auf ihrer Schulter. Gut, er war mitgekommen.

„Wo sind wir?“, fragte er neugierig und hob den Blick zum Himmel.

Melissa sah sich um. Sie standen in einem Wald, rundherum nur dichtes Buschwerk. Vereinzelt erkannte sie bunte Vegetation, aber die Hauptfarbe ihrer Umgebung war grün. Als sie sich drehte, bemerkte sie nur wenige Meter von sich entfernt einen grauen Steinquader. Ein Muster von Symbolen zog sich über dessen Oberfläche. Eben solch einen Stein hatte sie bereits in der Höhle von Traveste gesehen. *Was es damit wohl auf sich hat,* fragte sie sich. Sie machte den ersten Schritt. Die Erde gab unter ihren Füßen nach. Irritiert blickte sie zum Boden. Dieser war mit verschlungenen Wurzeln überzogen, so dass sie keinen Erdboden erkennen konnte.

„Ich vermute mal auf der Welt des Phoebon, im Zeichen des Pegasus“, antwortete Melissa schließlich auf Arionas Frage.

„Ist das die Welt …?“

„Ja“, sagte Melissa. „Hier war meine Mutter zuletzt.“ Sie seufzte und Arionas drückte ihre Schulter, die er immer noch hielt.

Jetzt da sie hier war, wusste sie nicht, wie sie vorgehen sollte. Sie hatte sich so viele Gedanken über die Anreise gemacht, dass sie nicht weitergedacht hatte. In fünf Jahren konnte viel geschehen. Melissa konnte nur hoffen, dass sich jemand an sie erinnerte.

Schon nach den ersten Schritten merkte Melissa, dass die Luft in dieser Welt anders schmeckte. Auf der Erde war die Luft von Gerüchen durchzogen, auf Traveste war sie klar gewesen, aber hier …?

Melissa hielt inne. Sie konnte den Duft nicht einordnen, kniete nieder, roch an einer rotgrün gesprenkelten Glockenblume. Seltsam, ihr kam der Duft bekannt vor, aber sie wusste nicht, woher.

Ihr Verstand zwang sie schließlich weiterzulaufen. Beinahe eine Stunde liefen sie durch den Wald, ehe sie das erste Mal auf ein Anzeichen von Zivilisation trafen. Ein Feldweg, an dem Straßenschilder an einer Weggabelung angebracht waren. Niemand lief auf diesem Weg, aber Melissa beschloss, ihm zu folgen. *Irgendwohin muss er ja führen,* dachte sie.

Der Schweiß rann ihr vom Nacken bis in ihr T-Shirt herunter. Sie hatte sich bereits ihren Pullover ausgezogen und um die Hüfte gebunden, während Arionas den Rucksack trug. Ihre Haare hatte sie in ihrer Verzweiflung mit einem Teil ihres Schnürsenkels zusammengebunden. Gedanklich machte sie sich eine Notiz für Zopfgummis. Selbst Arionas atmete schwer. „Lass uns eine Pause einlegen", sagte er schließlich.

Im nächsten schattigen Bereich unter einem Baum ging sie zu Boden und blieb liegen. Arme und Beine weit von sich gestreckt. Arionas setzte sich zu ihr.

„Was glaubst du, wirst du hier finden?", erkundigte er sich.

„Im besten Fall meine Mutter, aber ich glaube nicht, dass sie sich noch hier aufhält. Vielleicht erinnert sich jemand an sie. Weiß etwas über ihre erste Entführung. Ich weiß nicht. Irgendwie sowas." Melissa zuckte mit den Schultern. Gleichzeitig richtete sie sich auf, lehnte sich gegen den Baumstamm und wischte sich den Schweiß von ihrer Stirn. Sie merkte schnell, dass es ein hoffnungsloses Unterfangen war. Sobald sie wischte, drang neuer Schweiß nach.

„Und wenn du hier nichts findest?"

„Dann suche ich weiter." Über einen Fehlschlag wollte sie nicht nachdenken. Ihre Kieferknochen zermahlten den Gedanken. Wind kam auf, trocknete die Perlen auf ihrer Stirn. Der Baumstamm war angenehm kühl. Als ob ihm die Hitze in dieser Welt nichts ausmachte. Sie wünschte sich ebenso temperaturunempfindlich zu sein. Das hätte viele Vorteile. Der Winter auf der Erde stand bevor und sie wusste jetzt schon, dass es nicht genügend Kleidung gab, um sie zu wärmen. Melissa war eine wandelnde Frostbeule. Selbst wenn sie Sport trieb, war ihre Haut eiskalt. Es dauerte keine fünf Minuten und sie fror nach dem Sport. Meist war das Zittern kurz darauf von vereinzelten Krämpfen in ihren Fingern oder

Füßen begleitet. Als wollte ihre Körper verhindern, dass sie sportlich werden könnte.

„Es hilft nichts. Vom Rumsitzen werden wir niemanden finden." Mit einem lauten Ächzen stemmte sie sich hoch. Nach zehn Minuten lichtete sich der Wald, so dass die Sonne stärker auf ihre Köpfe brannte. Melissas Verstand schmorte vor sich hin. Kein klarer Gedanke verließ mehr die Windungen ihres Gehirns. Stattdessen dachte sie nur daran, ihre Beine vorwärts zu bewegen. Linker Fuß, rechter Fuß. Linker Fuß ...

„Da vorne ist eine Siedlung."

Arionas riss sie aus ihrem Standby-Modus und sie schaltete ihre Augen ein. Etwa einen Kilometer entfernt, sah sie hinter einigen Bäumen versteckt eine einzelne Holzhütte.

„Wie erkennst du, dass es eine Siedlung ist? Da steht nur ein Haus." *Na ja,* dachte sie. *Selbst die Bezeichnung Haus ist übertrieben.*

„Hinter den Bäumen steigt Rauch auf. Siehst du die feinen Nebelschwaden rechts neben dem größten Baum?"

Melissa kniff die Augen zusammen. Nun, da sie den Wald verließen und sie den Rauch sah, glaubte sie, ihn zu riechen. Doch da war noch etwas anderes in der Luft. Sie schmeckte etwas Herbes auf ihrer Zunge.

„Riechst du das auch?", fragte Arionas in diesem Moment.

„Ja, seltsam, oder? Was ist das?"

„Es riecht wie das Malivenkraut, das mein ..." Arionas stockte. „... mein Vater immer geraucht hat."

Melissa schluckte, erinnerte sich aber an den Plan, den sie ursprünglich in Traveste, kurz nach dem

Tod von Parlus gefasst hatte. Sie wollte ihn normal behandeln. Dennoch wollte sie nicht gefühlskalt wirken. Er brachte sie das erste Mal in ihrem Leben dazu, nachzudenken, bevor sie etwas sagte. „Was ist das Malivenkraut?", erkundigte sie sich deshalb.

„Auf Traveste haben wir es zur Entspannung geraucht. Außerdem hat es eine heilende Wirkung bei Husten." Arionas ging mit großen Schritten voran, direkt auf die Holzhütte zu.

„Glaubst du, das Kraut gibt es auch in dieser Welt?"

„Wenn nicht, dann riecht das Kraut zumindest gleich. Aber du sagtest, dass wir in einer weiteren Welt von Phoebon wären. Vielleicht sind die Gegebenheiten in seinen Welten ähnlich."

Die Hütte kam näher, der Duft wurde beißender. Melissa sah einen Jungen, der um die Ecke der Behausung lugte. Als sie ihn sah, lächelte sie ihm zu. Erschrocken zog er seinen Kopf zurück und tauchte nicht mehr auf.

„Ich glaube, du hast ihn verschreckt", bemerkte Arionas zu allem Überfluss.

„Ach ne", erwiderte Melissa mit einem Schmunzeln. „Lass uns lieber schnell ins Dorf, nicht, dass er etwas Falsches über uns sagt."

Zügigen Schrittes hielten sie auf die Hütte zu und umrundeten sie schon bald. Beim Anblick der Siedlung blieb Melissa erschrocken stehen. Die Holzhütte war das einzige Gebäude, das fest stand. Alle anderen Behausungen waren dürftig gespannte Zelte. Dreckstarre Felle lagen auf den Zeltplanen. Zwischen den Wohnstätten waren Leinen gespannt, auf denen Tierkadaver hingen. Ein Junge saß unter diesen an einem Feuer und fächelte den Rauch in die

Richtung der Tiere. Zwischendurch hörte Melissa ein unterdrücktes Husten aus seiner Richtung. Hier in der Siedlung war der Geruch des Malivenkrauts am stärksten und wenn sie die Büschel neben dem Jungen betrachtete, wurde es wohl in regelmäßigen Abständen ins Feuer geworfen. Egal, wen Melissa betrachtete, die Menschen hatten seit mindestens drei Wochen kein Waschwasser gesehen. Bei einem Mädchen war sie sich nicht sicher, ob sie von Natur aus eine dunkle Hautfarbe besaß oder ob es Dreck war. Melissa fragte sich, was hier geschehen war. So konnten doch keine Menschen leben.

„Was wollt ihr hier? Wir haben keine Unterkunft und erst Recht keine Nahrung mit Wanderern zu teilen."

Ein Mann kam auf sie zu. Die dicke Knollennase war das erste, was ihr an ihm auffiel. Unfreiwillig wurde Melissa an ihren alten Spielkameraden Mr. Kartoffelkopf erinnert. Sie musste schmunzeln. An die Nase erinnerte sie sich besonders gut. Die hatte sie als Kind verschluckt und war beinahe daran erstickt.

Arionas zupfte sie am Ärmel. „Es ist seltsam, aber ich glaube, ich verstehe, was er gesagt hat. Keine Nahrung und keine Unterkunft, richtig?", flüsterte er.

Überrascht sah sie zu Arionas. Konnte er auch andere Sprachen übersetzen, weil er in ihrer Nähe war? Nein, Phillip hatte Arionas auch nicht verstanden. Wahrscheinlich lag es daran, dass sie in einer Welt von Phoebon waren. Sprachen die Menschen in diesen Welten alle dieselbe Sprache? Ehe sie es vergaß, nickte sie ihm zu. Dann wandte sie sich dem Mann zu, der inzwischen, auf einen Stock gestützt, einige Meter vor ihr hielt.

„Wir wollen keine Unterkunft oder Nahrung. Aber danke für das Angebot“, erwiderte Melissa freundlich. „Wir möchten nur Informationen.“

„Du wagst es, deine Frau so mit mir reden zu lassen? Hast dein Weib wohl nicht unter Kontrolle, was?“ Erwartungsvoll drehte er sich zu den anderen Männern um.

Schallendes Gelächter ertönte aus der Siedlung. Viele der Bewohner legten die Arbeit nieder und betrachteten Melissa und Arionas. Da erst fiel ihr auf, dass nirgendwo Frauen zu sehen waren. Das kleine Mädchen mit dem dunklen Gesicht war das einzige weibliche Wesen neben Melissa.

„Wage es nicht, so von ihr zu sprechen“, zischte Arionas, ehe sie zu einer Erwiderung ansetzen konnte.

Er stand neben ihr und sie spürte, wie sein Körper sich anspannte. Ein Prickeln glitt über ihre Wirbelsäule, als ihr klar wurde, dass er sich gerade für sie einsetzte. Noch nie hatte sich ein Junge vor sie gestellt, um sie zu beschützen. So langsam konnte sie die Entzückung der Disneyprinzessinnen beim Anblick ihrer edlen Ritter und Retter verstehen. Dennoch wollte sie die Situation nicht durch Gewalt eskalieren lassen. Zur Beruhigung legte sie ihm die Hand auf den Arm. „Danke, Arionas. Ich regle das schon.“

Melissa wandte sich wieder an den Mann. Er verlagerte sein Gewicht auf die andere Seite und setzte den Stock um.

„Hört zu, wir wollen nur ein paar Informationen von dir. Dann reisen wir auch schon weiter“, erklärte Melissa beschwichtigend.

„Mit einer Frau reden wir nicht", sagte er an Arionas gewandt. „Deine Aussprache klingt seltsam. Woher stammst du?"

Der Mann musterte Arionas von oben nach unten. Sein Blick blieb kurz bei der Jeans hängen, ehe er voller Gier die Turnschuhe betrachtete. Er selbst trug keine Schuhe. Insgesamt waren die Bewohner sehr luftig gekleidet. Mehr als ein dünnes Hemd und einen um die Hüfte gewickelten Stoff trugen die Männer nicht.

„Hallo?" Melissa hob die Hand und winkte überdeutlich, um die Aufmerksamkeit des Mannes zu erhaschen. „Warum redet ihr nicht mit Frauen?"

„Melissa, ich glaube, die werden wirklich nicht mit dir reden", sagte Arionas nach einigen Momenten der Stille.

Melissa warf die Arme in die Luft. „Kannst du ihm dann bitte diese Frage stellen? Ich bin nicht den ganzen Weg hierhergelaufen, nur um von einem diskriminierenden Idioten abgewiesen zu werden."

Melissa wurde wütend und es kostete sie einiges an Kraft, diese niederzukämpfen. In Traveste war ihr die Kontrolle mehrfach entglitten und jedes Mal hatte es kein gutes Ende genommen. Das wollte sie ändern, denn wenn die Wut erst einmal aus ihr herausbrach, war es vorbei mit der Diplomatie. Arionas stellte ihm dieselbe Frage.

„Erst sagst du uns, woher ihr kommt. Eurer Kleidung nach zu urteilen seid ihr nicht aus diesem Teil des Landes."

„Ihr habt Recht. Wir sind nicht von …" Melissa stieß ihm in die Seite. Sie wusste nicht warum, aber ein Gefühl sagte ihr, nicht so viel von sich preiszugeben. Arionas verstand sie sofort. „Wir sind nicht aus diesem Bereich. Wir stammen aus dem Norden und haben eine weite Reise hinter uns."

„Aus dem Norden, heh? Ist die Natur dort wirklich so brutal, wie man hört?", fragte der Mann und sah mit einem provozierenden Blick zu Arionas.

„Nicht, wenn man dort aufgewachsen ist und jetzt beantworte endlich meine Frage." Arionas Augen blitzten wild auf, als er den Mann betrachtete. Obwohl dieser sich kaum von der Stelle rührte, bemerkte Melissa ein winziges Schwanken in seiner Machtstellung. Für einen kurzen Moment klammerte sich der Mann an seinen Stock, so dass seine Knöchel weiß hervortraten, doch im nächsten Augenblick hatte er sich wieder unter Kontrolle. Er warf Melissa einen angewiderten Blick zu.

„Wahrscheinlich habt ihr im Norden nicht viel davon mitbekommen, aber wir dafür umso mehr. Frauen werden noch unser Untergang sein. Auch deiner. Merk dir das, Bursche." Er spuckte auf den Boden. „Kennst du die Geschichte des Soldatenaufstandes?"

Arionas schüttelte den Kopf.

„Vor sieben Jahren begann alles. Der König ließ einen Deserteur hinrichten. Es war eine harte Strafe, aber durch sein unerlaubtes Entfernen, wurden die Soldaten von Krulel auf seine Kompanie aufmerksam. In einem Hinterhalt wurden beinahe alle Männer dieser Kompanie getötet. Obwohl seine Strafe gerecht schien, waren einige Soldaten dagegen. In den nächsten zwei Jahren spitzte sich die Situation immer mehr zu. Aus belanglosen Kleinigkeiten wurden Schlägereien. Das Lager der Soldaten war gespalten. Schließlich kam es zum Aufstand.

Der König sah keine andere Möglichkeit, als sich Hilfe bei den Novensil zu erbitten. Hätte er das bloß nie getan! Die Novensil schickten uns die Trägerin des Weltenamuletts."

Melissa keuchte auf. Das war die Geschichte ihrer Mutter. Aus diesem Grund war sie hier. Auch wenn sie jedes Wort deutlich verstand, rutschte sie näher an den Mann heran.

„Sicher hast du die alten Legenden über diese Helferin der Novensil gehört. Sie tauchte hier auf, beriet sich mit dem König und dem Vertreter der Soldaten. Nach einigen Tagen gelang es ihr, beide an einem Tisch zu einen. Unser Land stand kurz vorm Frieden." Die Gesichtsfarbe des Mannes änderte sich schlagartig. Seine Wangen wurden rot, während er einen wilden Fluch losließ, bei dem selbst Melissas Wangen brannten. „Aber dieses Miststück verschwand einfach."

Melissa biss ihre Kiefer aufeinander. In ihr drang eine Wut hinauf, die sie verdächtig an die Macht aus dem Amulett erinnerte. Nein, sie durfte jetzt nicht auf ihn losgehen. Sie musste sich beherrschen, wenn sie mehr erfahren wollte. Arionas, der ebenfalls der Geschichte lauschte, nahm ihre Faust und öffnete sie mit seinen Fingern, legte seine in ihre. Diese Geste gab ihr die Kraft, um die aufstrebende Macht zu unterdrücken. Dankbar nickte sie ihm zu, gab ihm zu verstehen, dass sie nichts Unüberlegtes tun würde, zumindest vorerst nicht. Auch wenn der Typ es nicht wusste, aber er hätte Arionas danken müssen. Wenn es nach der Macht in ihr gegangen wäre, hätte er schon einige hässliche Knochenbrüche.

„Einen Tag, bevor der Friedensvertrag besiegelt werden sollte, war sie einfach weg. Der König und der Vertreter der Soldaten schoben sich gegenseitig die Schuld an ihrem Verschwinden zu. Nach einigen Stunden waren sie sich nur noch in einem einig: Die Novensil hatten sich mit der Frau zurückgezogen und überließen unser Land dem Schicksal. Am nächsten Tag begannen die Kämpfe. Dreieinhalb Jahre lang wurden alle Männer und Frauen in diesem Land eingezogen, um zu kämpfen. Jedem, der nicht in der Armee des Königs diente, wurde die Erlaubnis, seine Erträge auf dem Markt zu verkaufen, gestrichen. Jeder, der nicht in der Armee der Soldaten kämpfen wollte, wurde eines Besseren belehrt, indem sie sich an den Waren der Händler und Bauern vergriffen. Niemand konnte sich gegen diesen Krieg wehren. Er hat uns alle in den Untergang getrieben. Und alles nur wegen einer einzigen Frau. Dieses verfluchte Miststück ist schuld an dem ganzen Unglück. Wäre sie nicht verschwunden, würden tausende von uns noch leben. Niemand müsste so leben wie wir. Jeder hier in dieser Siedlung hatte einen Beruf, jeder eine Familie und ein Haus. Dann kam der Krieg. Schau uns jetzt an." Der Mann rümpfte angeekelt die Nase. „Und genau das ist der Grund, warum wir nicht mit Frauen reden. Egal, was sie sagen oder was sie tun, es ist eine Lüge und führt uns alle in den sicheren Tod!"

Bei den letzten Worten brüllte der Mann. Er hatte sich in Rage geredet. Aber Melissa ging es keinen Deut besser. Sie musste schwer mit sich kämpfen. Um sich abzulenken, wischte sie sich den Schweiß von der Stirn. Die Hitze war zwar zurückgegangen, aber wirklich abgekühlt hatte es sich nicht.

„Du hast keine Ahnung, wovon du redest!", flüsterte sie gerade laut genug, damit jeder es hörte.

„Halte die Zunge deines Weibes im Zaum, sonst muss Triliuk ihr Gehorsam beibringen", rief ein anderer aus der Runde der Männer.

Niemand flickte jetzt mehr das große Netz zwischen den Bäumen. Niemand schlug mehr Holz klein. Jeder verfolgte die Unterhaltung zwischen Melissa und dem Mann. Einige geiferten förmlich danach, dass das Ganze eskalierte. Wie konnten die Menschen auf dieser Welt nur solch eine Wut auf ihre Mutter haben? Vanessa war entführt worden, konnte am allerwenigsten etwas für den Krieg. Melissa baute sich einen Turm aus Steinen in ihrem Innern. In diese Mauern schloss sie ihre Wut ein, bis sie darauf zurückgreifen musste. Und sie wurde das Gefühl nicht los, dass dies bald der Fall sein würde.

„Ihr solltet auf sie hören. Ihr wisst nicht, womit ihr es zu tun habt. Die Trägerin ist eine Auserwählte der Novensil", raunte Arionas leise.

„Hört ihr das, Freunde? Im Norden glauben sie noch an die Novensil." Der Mann lachte und alle anderen schlossen sich ihm an. „Wir haben den Glauben in dem Moment verloren, in dem unsere Familien ausgelöscht wurden."

Melissas Wut verflog, als sie die letzten Worte hörte. Blitzschnell drehte sie sich zu Arionas um. Sie konnte zusehen, wie das Blut sein Antlitz verließ. Er entriss ihr seine Hand und ballte sie. Schweißperlen rannen sein Gesicht hinab. Vorsichtshalber schob sie ihren Arm unter seinen, da sie befürchtete, dass er jede Sekunde umkippen könnte. Es war das erste Mal, seit dem Tod seiner Familie, dass sie ihn so durcheinander sah. Zuvor war seine Ausstrahlung von seiner Trauer gezeichnet, aber jetzt …

„Verdammt noch mal! Die Novensil haben euch nicht verlassen. Man hat die Trägerin entführt. Sie kam nie zu Hause an!", brüllte sie Triliuk an.

„Da! Wieder eine Lüge. Ich sage dir, dein Weib erzählt nur Lügen. Woher will sie wissen, dass dieses verdammte Weibsbild von einer Trägerin nie zu Hause ankam?"

„Das ist nicht von eurem Interesse. Uns ist dieses Wissen bekannt", mischte sich Arionas ein. Gerade rechtzeitig, denn Melissa schmeckte bereits das Wort Tochter auf ihrer Zunge.

„Unterstellst du uns etwa, dass wir lügen?", begehrte Triliuk auf. Er reckte sein Kinn weit nach oben, als wollte er sein mangelhaftes Erscheinungsbild mit Größe wettmachen. Hinter ihm kamen die Männer näher.

Melissa überschlug die Gegneranzahl, falls es zu einem Kampf kommen sollte. Als sie auf knapp dreißig Männer kam, ärgerte sie sich, dass sie noch keine eigene Waffe besaß. Der Dreizack, mit dem sie auf Traveste gekämpft hatte, war ihr abgenommen worden, als sie auf die Gefangeneninsel geschickt worden war. Das Schwert, das sie auf ihrer Flucht erbeutet hatte, hatte sie zurückgelassen. Ohne Waffe gegen dreißig Gegner konnte sie nicht bestehen. Nicht einmal mit der Unterstützung von Arionas.

„Wir unterstellen euch gar nichts. Wir kamen zu dieser Siedlung, weil wir Fragen haben. Stattdessen behandelt ihr uns wie Gefangene, die ihr herum schubsen könnt. Wie schon gesagt, beantwortet unsere Fragen und schon sind wir weg."

Triliuk presste seine Lippen zusammen, sagte kein Wort. Als sie realisierte warum, verdrehte sie die Augen. Nach einem Hinweis an Arionas, wiederholte der ihre Frage.

„Dann stellt eure Fragen und verschwindet", zischte Triliuk schließlich.

„Du hast uns von der Trägerin erzählt. Du sagst, sie verschwand einfach. Woher wisst ihr, dass sie abgehauen ist?" Arionas stellte die Frage, während Melissa soufflierte.

„Das weiß jeder hier. Der neue König selbst hat es gesagt. Angeblich soll sie in den Wald gegangen sein. Seitdem hat niemand sie mehr gesehen. Aber glaub mir: Sollte sie noch einmal einen Fuß in unser Land setzen, wird sie angeklagt. Da kann sie noch so viel Auserwählte der Novensil sein."

Melissa schüttelte den Kopf. Jetzt war sie so schlau wie vorher. Wenn diese Männer nichts über ihre Mutter wussten, waren sie nutzlos. Wie ein Monster aus der Tiefe krochen Selbstzweifel in ihr hoch. Was, wenn sie auf dieser Welt nichts fand? Wenn ihre Mutter in eine weitere Welt gerufen worden war und sie niemandem Bescheid gegeben hatte? Die Steine ihres Turms bröckelten. Wut floss aus ihr heraus, lockerte ihre Zunge.

„Danke für deine überdurchschnittliche Gastfreundschaft. Es war mir eine persönliche Ehre, deine glänzende Stadt zu besuchen." Der Sarkasmus in ihrer Stimme wurde nur von ihrer angedeuteten Verbeugung übertroffen.

Obwohl sie mit einer Erwiderung gerechnet hatte, war sie überrascht, als Triliuk schrie: „Das lasse ich mir nicht bieten. Ich fordere dich zum Zweikampf!"

Erneute Stille. Dann brach der Jubel aus den Männern hervor. Melissa sah von Arionas zu Triliuk, musterte ihren vermeintlichen Gegner. Das Wort Zweikampf löste in ihr eine Sperre.

„Tu es nicht, Melissa", hörte sie Arionas sagen, doch es war bereits zu spät. Ihr innerer Turm wurde überrannt und ließ jeden wütenden Soldaten heraus. Melissa spürte ein kurzes Ziehen im Nacken, ehe ihre Fingerspitzen kribbelten. Jede Zelle ihres Körpers wusste, was zu tun ist. Die Hitze störte sie plötzlich nicht mehr. Ihr Blick fokussierte sich auf den Mann mit dem Stock.

„Wenn du dich traust", zischte Melissa.

Triliuk ließ ein abschätziges Schnauben von sich hören. Hinter ihm begannen die ersten Männer zu johlen. Sie schimpften auf Melissa, feuerten ihren Mann an. Arionas jedoch stand neben ihr und sagte kein Wort. Seine Hand ruhte auf dem Schwert an seiner Hüfte.

„Keine Angst, ich schaffe ihn auch ohne deine Hilfe", sagte Melissa mit einem Kopfnicken in seine Richtung.

„Darum mache ich mir keine Sorgen. Ich habe dich schon mit wesentlich stärkeren Gegnern kämpfen sehen. Deswegen bitte ich dich. Töte ihn nicht, sonst werden die Frauen hier niemals ein besseres Leben führen."

Tief unter Melissas Kampfwillen sprach er ihr Gewissen an. Allerdings konnte sie ihm in diesem Augenblick kein Versprechen geben. Sie konnte nicht vergessen, was ihr Gegner über ihre Mutter gesagt hatte. Dafür würde er büßen müssen.

Triliuk ging den ersten Schritt auf sie zu. Dabei schwang er seinen Stock. Ihr Verstand analysierte sofort seine Bewegungen, berechnete seine möglichen nächsten Schritte. Sie selbst blieb einfach stehen und wartete ab. *Warum auch Energie verschwenden, wenn der Knochen zum Hund kommt,* dachte sie mit einem bitterbösen Lächeln auf den Lippen.

„Seht ihr, Freunde? Sie wagt sich nicht einmal vor. Steht dort wie ein eingeschüchtertes Mädchen." Wieder lachten alle Männer.

Das kleine Mädchen mit dem dunklen Gesicht war die Einzige, die keine Miene verzog. Melissa tat es ihr gleich. Bis Triliuk sie erreichte, rührte sie sich nicht von der Stelle.

„Hast du Angst, Kleine?", fragte er mit einem Schmollmund und rückte mit seinem Gesicht näher. Melissa spannte ihre Muskeln an.

„Nein, aber du solltest."

Überrascht zog ihr Gegner die Augenbrauen hoch. Diesen Augenblick nutzte Melissa und sprang nach vorn. In einer fließenden Bewegung riss sie ihm den Stock aus der Hand, drehte sich in die Hocke und rammte ihm seine eigene Waffe in die Kniekehlen. Stöhnend knickte er ein. Melissa nahm den Stock und hielt ihn gegen seine Kehle. Alles hatte nicht länger als zwei Sekunden gedauert. Ein verächtliches Grinsen legte sich auf ihre Gesichtszüge. Triliuk war kein Gegner für sie.

Einige der Männer hatten noch nicht realisiert, dass der Kampf bereits vorüber war und jubelten immer noch Triliuk zu. Nur sehr langsam wurde es still. Als sie jedoch ihren Mann auf dem Boden knien sahen, waren sie erst schockiert. Dann wurden sie wütend. Melissa hielt die Macht aus dem Amulett aufrecht. Auch wenn sie nicht alle besiegen konnte, wollte sie vorbereitet sein.

„Das war ein Zweikampf. Ich habe ihn gewonnen. Zieht euch zurück und lasst uns gehen“, forderte Melissa mit einer Stimme, die selbst ihr eine Gänsehaut verpasste.

„Der Norden hat also Frauen, die kämpfen. Das werde ich mir merken“, stieß Triliuk zwischen zusammengepressten Zähnen hervor.

„Zwei Fragen habe ich und die wirst du mir beantworten“, forderte Melissa. „Wo ist der nächste Fluss? Und wie weit ist es zur Hauptstadt? Lüg mich an und ich komme zurück, um dich zu töten.“

Triliuk wartete einige Sekunden mit seiner Antwort, schien mit sich zu ringen, überhaupt etwas zu sagen. Ein kräftiger Stoß gegen seine Kehle belehrte ihn jedoch eines Besseren.

„Der Fluss ist etwa fünf Minuten hinter dem Waldstück. Zur Hauptstadt werdet ihr wahrscheinlich einen ganzen Tag brauchen. Folgt dem Fluss. Am Steingebilde wendet ihr euch nach rechts. Und jetzt verschwindet.“

Melissa zog sich zurück, während Triliuk aufstand. Auf dem Weg zu Arionas, warf sie ihm den Stock zurück. Kaum erreichte sie ihren Begleiter, ergriff sie seinen Arm und zog ihn hinter sich her. Ihre Finger juckten, forderten Blut.

„Wir sollten hier so schnell wie möglich weg. Sonst drehe ich um“, zischte sie.

Währenddessen kämpfte sie bereits gegen das Amulett an. Es fiel ihr schwer, dem Amulett den Dienst zu versagen, denn eigentlich war es genau das, was sie wollte. Triliuk verletzen. Er war ein schrecklicher Mann, der niemandem mehr weh tun sollte. Vor allem keiner Frau. Aber ihr Gewissen hielt sie zurück. Sie wollte niemanden absichtlich verletzen, nicht wenn sie es nicht musste. Also lief sie weiter.

KAPITEL 5

Ein Rascheln ließ sie hochschrecken. Ruckartig setzte sie sich auf, hielt den Atem an. Was war da? Melissa horchte in die Dämmerung. Die Sonne war zwar untergegangen, aber wirklich dunkel war es nicht geworden. Ein Mond schien gleißend hell, als hätte er eine eigene Sonne in seinem Innern.

Wieder hörte sie ein kurzes Rascheln. Ein Tier? Ein Mensch? Melissa fragte sich, ob Triliuk ihr gefolgt war, um sich zu rächen. Zutrauen würde sie ihm das. Sie hatte ihn vor seinen Freunden gedemütigt.

Als sie eine Minute lang keinen Laut vernahm, wollte sie es schon ihrer Müdigkeit zuschieben. Gerade, als sie sich hinlegte, knurrte es wenige Meter von ihr entfernt. Zwei leuchtende Augen erschienen im Gebüsch. Melissas Puls schoss in die Höhe. Die Müdigkeit verschwand. Sie kroch näher zu Arionas, der neben ihr schlummerte, ließ dabei das Tier nicht aus den Augen.

„Arionas, wach auf", flüsterte sie mit hoher Stimme.

Das Tier knurrte erneut, kam einige Schritte näher. Melissa sprang auf. Die Nacht war angenehm kühl, dennoch schwitzte sie. Sie hatte das Gefühl, dass ihr die Schweißtropfen im Rhythmus zu ihrem rasenden Herzen von der Stirn flossen.

„Arionas, hier ist ein wildes Tier." Diese Worte rissen Arionas aus dem Schlaf. Er öffnete die Augen und sprang auf, zog sein Schwert.

Melissa, die immer noch keine Waffe besaß, stellte sich hinter Arionas. Mit diesem Tier, was auch immer es war, würde er sicher klarkommen. Da trat das Ungetüm aus dem Gebüsch. Ihr Herz sackte in die Knie, als sie es erblickte. Ein Keuchen entfuhr ihrer Kehle. Das Tier reichte ihr mindestens bis zur Hüfte, war nachtschwarz und knurrte sie aus einem mit spitzen Zähnen besetzten Maul an. Ein weißes Mal auf der Stirn war das Einzige, was das Tier von der dunklen Umgebung absetzte. Auf zwei Pfoten kam es noch näher, schlich sich an sie heran. Hinter ihm peitschte sein Schwanz und wirbelte Moosstücke auf.

Drei weitere Tiere tauchten auf. Arionas schwang sein Schwert in Richtung der Tiere, versuchte sie zu vertreiben, aber die kreisten sie immer enger ein.

„So etwas habe ich noch nie gesehen", sagte Arionas. „Was sind das für Wesen?"

Melissa antwortete ihm nicht. Sie konzentrierte sich auf die Macht in dem Amulett. Die Tiere konnten jeden Moment angreifen. Kaum dachte sie das, sprang das erste Tier nach vorn. Arionas riss seine Waffe herum, schubste Melissa zur Seite. Überrascht über die plötzliche Bewegung, verlor sie die Kontrolle. Allerdings blieb ihr keine Zeit, um sich darüber zu ärgern. Durch den Ausfallschritt stand sie nicht mehr in unmittelbarer Nähe zu Arionas. Sofort griff eines der Tiere sie an. Die Panik trieb sie fort vom Amulett und den Kräften.

„Hau ab, verschwinde", brüllte Melissa es an.

Natürlich verschwand es nicht. Das Wesen packte ihren Knöchel und zog daran. Die spitzen Krallen bohrten sich in ihr Fleisch. Sie schrie auf. Der Schmerz explodierte in ihrem Kopf. Sterne vor ihren Augen erhellten ihr Sichtfeld. Doch kaum riss das Tier an ihrem Knöchel, veränderte sich Melissas Bewusstsein. War sie eben noch einer Ohnmacht nahe, schoss nun Adrenalin durch ihre Fingerspitzen.

Der Schmerz verschwand ebenso schnell, wie er aufgetreten war. Ihre Faust ballte sich und donnerte in einem einzigen Schlag auf den Kopf des Tieres. Ein kurzes Jaulen war zu hören, ehe das Vieh vor ihren Füßen zusammenbrach. Melissa rupfte die Krallen aus ihrer Haut und schleuderte das massige Tier seinen Kameraden entgegen. Diese aber ignorierten die leblose Kreatur und drangen weiter auf Melissa und Arionas ein. Arionas hieb mit seinem Schwert auf die Wesen ein, hielt sie für einige Sekunden von ihr fern. Aber aus der Dämmerung tauchten weitere Tiere auf und sie Arionas sprang zur Seite.

Melissa rammte ihr Knie gegen die Köpfe ihrer Gegner, trat ihnen in die Körper und schlug mit ihren Fäusten zu. Arionas hingegen köpfte seine Gegner, sofern es ihm möglich war.

Melissa hatte bereits drei der Tiere in die ewigen Jagdgründe geschickt, als auf einmal eines der Wesen Arionas Schwertarm zu fassen bekam. Die Zähne bohrten sich in seine Hand, so dass er die Waffe fallen ließ. Melissa überlegte nicht lange.

„Halt still", rief sie ihm zu, als sie absprang. Noch in der Luft drehte sie sich, kam mit dem Rücken auf dem Boden auf und griff nach dem Schwert. Ihr kühler Verstand hatte bereits berechnet, wie sie die Waffe halten musste. Zwischen Arionas und dem Tier rollte sie sich ab und riss in der Sekunde ihrer Aufwärtsbewegung das Schwert hinter sich her. Das Grollen aus dem Maul der Kreatur verstummte eine Sekunde später.

Mit dem Schwert in der Hand tobte Melissa durch die Reihen der Gegner. Ein Blick über die Schulter zeigte ihr, dass Arionas den Kopf des Beißers wegwarf. Während sie eine Schneise in die Linie der Kreaturen schlug, wunderte sie sich. Jedes denkende Wesen hätte sich längst zurückgezogen. Es war offensichtlich, dass diese Tiere ihr unterlegen waren. Aber scheinbar wollten diese nicht aufgeben. Sie bemerkte, dass sich einige ihrer Gegner um sie herumschlichen, um auf Arionas loszugehen.

„Fang", rief sie und warf in derselben Sekunde das Schwert zu Arionas.

In einer fließenden Bewegung fing er es auf und schlug den Kopf einer heranlaufenden Kreatur ab. Melissa fühlte nichts, als sie mit der Faust die Knochen unter der glatten Haut der Tiere zertrümmerte. Keinen Schmerz, kein Bedauern. So fiel ein Wesen nach dem anderen unter ihren Schlägen und Tritten, bis keines mehr übrigblieb. Melissa starrte zwischen die Bäume, lauschte auf ein Rascheln, doch es herrschte Stille. Selbst der Hain schien den Atem anzuhalten. Arionas harte Atmung war das einzige Geräusch in ihrer Umgebung.

„Sind alle tot?", fragte er leise.

Obwohl er angespannt in jede Richtung starrte, konnte Melissa die Erschöpfung deutlich in seiner Stimme hören. Melissa verband sich hastig mit einem

Stück ihres T-Shirts den verwundeten Knöchel. Überall um sie herum lagen zertrümmerte oder verstümmelte Körper. Soweit sie erkennen konnte, hatten Arionas und sie zusammen beinahe dreißig Tiere getötet. In der Dämmerung fielen die Körper kaum auf. Ein Hochgefühl erfasste sie, als sie daran dachte, dass der Großteil der Toten auf ihr Konto ging. Das erschreckte sie zu Tode und sie konzentrierte sich auf ihr eigenes Ich.

„Ja." Melissa antwortete erst, als sie wieder sie selbst war. Sie wollte nicht, dass Arionas die Freude in ihrer Stimme hörte, wenn sie an ihre Tat dachte. Dieses Glücksgefühl war es, das sie jedes Mal zögern ließ, sich in diese Kampfmaschine zu verwandeln. Arionas Schultern sanken nach vorn und er kam auf sie zu. Seine Hand hatte er notdürftig verbunden.

„Geht es dir gut?" Immer noch das Schwert in der Hand, fasste er ihr an den Oberarmen. Das kalte Metall des einfachen Griffs legte sich auf ihre Haut. Auf einmal spürte sie ihren Knöchel wieder und knickte weg. Blut floss aus dem pochenden Fuß in ihre Socke. *Die kann ich jetzt vergessen,* dachte sie und verzog den Mund.

„Nein. Nichts ist okay. Sieh dich um", brach es aus ihr hervor. Sie schluchzte. Im ersten Moment war sie selbst überrascht, wollte es unterdrücken. Keine Schwäche zeigen. Aber dann sah sie Arionas in die Augen. Sie wusste nicht, warum, aber in seiner Nähe wollte sie sich nicht verstellen. Ihm gegenüber wollte sie ehrlich sein.

„Es war notwendig, um unsere Leben zu verteidigen." Arionas sah sie verwirrt an.

„Arionas, wir haben bestimmt das komplette Rudel dieser Wesen ausgelöscht. Ohne Rücksicht", rief sie laut aus und riss sich von ihm los. Hinter ihren Wangen spürte sie ein Ziepen. Gleich darauf füllten sich ihre Augen.

„Ich habe es schon mal zu dir gesagt und ich wiederhole mich gerne: Lieber deren Leben, als das der Trägerin."

„Was habe ich denn bisher geleistet? Warum sollte mein Leben wichtiger sein, als das von dreißig Lebewesen? Ich habe Calina geschworen, dass ich nie an mir zweifeln werde, aber wie kann ich das nicht tun, wenn durch meine Handlungen unschuldige Menschen oder Tiere sterben?"

Sie konnte die Tränen nicht mehr zurückhalten, ließ sich auf den Boden fallen. Dabei musste sie aufpassen, nicht in die spitzen Zähne eines der Wesen zu fassen. Arionas eilte zu ihr.

„Hör zu, Melissa. Du bist die Trägerin des Weltenamuletts. Du sagst selbst, dass du es erst seit etwa zwei Wochen besitzt. Schau dich an. Du reist in Welten, als wäre es eine Selbstverständlichkeit, du kämpfst, als hättest du nie etwas anderes getan. Dies liegt dir im Blut. Du wurdest geboren, um genau diese Aufgabe zu erfüllen."

Melissa schniefte, wischte ihre Tränen mit ihrem Pullover ab und versuchte Kontrolle über ihre Stimme zu erlangen. Sie sah zu Boden, traute sich nicht, ihm in die Augen zu sehen. Obwohl die Nacht warm war, fröstelte Melissa.

„Aber genau das ist der Punkt." Sie atmete tief durch, ehe sie doch zu ihm aufsah. „Was ist, wenn ich nicht dazu geboren sein will?"

***

Arionas weckte sie, als die Sonne erneut ihren Weg gen Horizont antrat. Wind kam auf und kühlte ihren erhitzten Körper zumindest zeitweise. Gerade als Melissa sich aufgerafft hatte, hörte sie ein Schnauben hinter sich. Sie drehte sich so rasant um die eigene Achse, dass ihre Wirbelsäule knackte. Zwischen den Baumstämmen erkannte sie ein Tier. Von der Statur erinnerte es Melissa an einen Stier, nur dass dieser hier keine Hörner trug. Ein Geweih thronte auf dem massigen Kopf der Kreatur.

Melissa gab Arionas ein Zeichen, still zu sein. Dieser hielt sofort in seiner Bewegung inne, hob nur den Kopf der möglichen Gefahr entgegen. Keiner der beiden rührte sich. Das Tier stampfte mit seinen Hufen auf den weichen Boden. Melissa glaubte, die Vibrationen bis zu ihren Füßen zu spüren. Ihr Blick war gefangen von dem der Kreatur. Sie war sich sicher: Sobald sie den Blick senkte, würde das Tier angreifen. Es war ein Machtspiel. Irgendwie schien der Stier zu wissen, dass sie ihm gefährlich werden könnte. Sein Körper zitterte, während sein Kopf sich hin- und herwarf. Melissa zwinkerte. Das Brennen in ihren Augen war zu stark geworden. Kaum öffnete sie ihre Augen wieder, rannte das Tier los. Mit seinem breiten Geweih pflügte er durchs Unterholz, riss ganze Büsche aus der Erde.

Er hielt direkt auf sie zu. Anstatt jedoch auszuweichen, blieb sie stehen. Das Muskelspiel des Tieres faszinierte sie. Auf und ab sprangen diese unter der Haut. Ein Teil von ihr schrie auf, wollte mit einem weiten Hechtsprung verschwinden, aber ein anderer Teil konnte von dem Anblick nicht genug bekommen.

Erst als sie den Schaum vor dem Maul erkennen konnte, erwachte sie aus dieser Starre. Bevor Melissa allerdings springen konnte, riss Arionas sie zu Boden. Hart prallte sie auf der Erde auf. Viel Zeit sich auszuruhen, blieb ihr nicht. Das Tier bemerkte, dass es sein Ziel verfehlt hatte und stoppte. Es bremste jedoch nicht mit den Hufen, wie Melissa es kannte. Diese Kreatur behielt sein aufgebautes Tempo bei, hakte sein Geweih in einen der Baum und umrundete ihn mit voller Geschwindigkeit. So blieb Melissa kaum genügend Zeit, um sich aufzurappeln.

„Verschwinde von hier", rief sie Arionas zu, stahl ihm sein Schwert und rollte sich in letzter Sekunde zur Seite.

Das Tier war aufgestiegen und trampelte nun wutentbrannt auf der Stelle, an der ihr Körper wenige Sekunden zuvor noch gelegen hatte. Melissa nutzte den Augenblick und rammte das Schwert mit all ihrer gewöhnlichen Kraft in das Fleisch des Tieres. *Hoffentlich treffe ich nichts Lebenswichtiges,* flehte sie. Der Kopf des Tieres wandte sich ihr zu. Er schnaubte Melissa an. Der Blick, den die Kreatur ihr zuwarf, ließ ihre Innereien trotz der Außentemperatur zu Eis erstarren.

Ich habe es nur noch wütender gemacht, dachte sie und riss das Schwert aus dem Körper. Aber es sah nicht so aus, als ob der Stier aufgeben wollte. Dass er das wirklich nicht wollte, bekam sie nur einen Wimpernschlag später zu spüren. Das Geweih raste auf sie zu und traf sie am Kopf. Melissa wurde von den Beinen gerissen. Benommen lag sie auf der Erde und wusste für einen Moment nicht, wo sie sich befand.

„Hei, hierher. Komm zu mir", hörte sie Arionas rufen.

Aber die Rufe galten nicht ihr. Melissas Blick klarte sich wieder auf. Ein leichtes Übelkeitsgefühl war alles, was blieb. Sie sah, wie Arionas wenige Meter von der Kreatur entfernt auf und ab hüpfte.

„Was zum Teufel …?“ Melissa kniff die Augen zusammen. *Er will mich beschützen*, dachte sie. Aber er hatte keine Waffe. Aus ihrer liegenden Position sprang sie auf die Beine. Während sich das Tier auf Arionas einpendelte, wurde sie erneut von der Kraft überrollt. Kurz vor der Kreatur, setzte Melissa zu einem wahnsinnigen Sprung an und gelangte so auf den Rücken. Unter ihren Beinen spürte sie das Muskelspiel des wilden Tiers.

„Lauf weg, Arionas“, rief sie ihm entgegen, bevor sie das Schwert in den Nacken der Kreatur rammte.

Es kreischte auf, schlug mit den Hufen und dem Geweih um sich. Melissa musste aufpassen, nicht von dem Kopfschmuck aufgespießt zu werden. Aber die Kraft aus dem Amulett half ihr. Sie riss das Schwert heraus, warf es Arionas zu. Mit den Händen stieß sie sich von der ledernen Haut ab und landete hinter dem Tier. Die Hufe kamen ihr gefährlich nah, so dass sie sich nur mit Hilfe eines Sprungs in Sicherheit bringen konnte. Die Kreatur zerstampfte den Erdboden. Melissa spürte, wie die Kraft nachließ. Bisher konnte sie diese nicht aufrechterhalten, wenn sie nicht in Gefahr war. Hoffentlich hatte das Tier genug und verschwand.

Plötzlich ging ein Ruck durch den Körper des Tiers. Für einen Moment stand es still, ehe es sich schüttelte. Im nächsten Augenblick fixierten die eisblauen Augen sie. Melissa war verwirrt. Das Tier hatte einen schrecklichen Treffer eingesteckt. Eigentlich hätte es weglaufen müssen. Stattdessen donnerte es auf sie zu. Keine Spur von Schmerz. Die

Aufschläge der Hufe waren bis zu ihrer Position zu spüren. Melissa stellte sich dem Tier entgegen.

„Verschwinde endlich von hier, Arionas!"

„Nein, ich bleibe bei dir", entgegnete dieser, während er sich neben sie stellte.

Sie schüttelte den Kopf. *Wie kann jemand nur so stur sein,* fragte sie sich. Allerdings wusste sie nicht, wem dieser Gedanke galt. Arionas oder dem Stier.

Das Tier erreichte sie in dem Moment, in dem Melissa das Kribbeln in ihrem Nacken spürte. Sie machte einen weiten Satz zur Seite, drehte sich im Sprung und trat dem Tier gegen den Kopf. Während sie vorwärts ausrollte, hörte sie einen erneuten Schrei. Die Luft vibrierte von dem Schmerz, der aus diesem Jaulen sprach. Arionas rammte der vom Tritt benommenen Kreatur gerade das Schwert in die Augen. Der Stier rannte noch einige Schritte weiter, riss die Waffe mit, ehe er einfach umfiel. Stille erfüllte die Umgebung. Selbst die Äste an den Bäumen hielten in ihren Bewegungen inne. Melissa konnte diese Trauer nachempfinden. Ihre Selbstsicherheit brach zusammen. Sie hatte erneut getötet. Zumindest hatte sie den Tod dieses Tieres nicht verhindern können. Sie schluchzte.

Für einen kurzen Moment glaubte sie ein Flimmern über dem toten Körper zu sehen. Sie trat näher heran, aber bevor sie etwas erkennen konnte, schreckte ein Rascheln sie auf. Normalerweise hätte solch ein Rascheln ihren Puls nicht in die Höhe getrieben, aber diese Welt war ihr nicht geheuer. Ständig griffen Tiere sie an. Die Blätter des Gebüschs zu ihrer Linken bewegten sich, obwohl der Wind abgeflacht war. Arionas schien ebenfalls etwas bemerkt zu haben. Er ging in die Hocke, das Schwert angriffsbereit in seiner Hand. Seine Miene war angespannt und enthüllte Melissa, wie ihr Gesicht vermutlich in dieser Sekunde aussah.

Das Rascheln wiederholte sich. Todesmutig wagte sich Melissa vor, ging einige Schritte auf das Gebüsch zu. Etwas bewegte sich dahinter. Die Umrisse deuteten auf ein kleines Wesen hin. Zumindest knurrte es noch nicht. *Bitte lass dahinter nicht noch ein Tier sein, das uns angreift*, flehte sie. Dann schob sie mit erhobener Faust blitzschnell die Sträucher zur Seite. Das Wesen dahinter stieß einen spitzen Schrei aus.

Verblüfft hielt Melissa inne. Vor ihr saß ein kleines Mädchen. Höchstens fünf Jahre alt. Der Schmutz ließ kaum einen näheren Blick auf ihre Haut zu. Melissa senkte ihre Faust und hielt dem Mädchen ihre Hand entgegen.

„Schon gut, das Monster ist weg", sagte Melissa, in der Hoffnung, dass sie nicht für das Monster gehalten wurde.

Doch die Kleine schrie weiter. Sie duckte sich unter Melissas Händen hinweg, trat nach ihr.

„Au", entfuhr es Melissa, als ein Tritt sie am sowieso schon angeschlagenen Knöchel traf. „Jetzt hör mal auf. Ich will dir nur helfen." Die Worte entfuhren ihr schärfer, als sie eigentlich wollte. Doch es hatte die gewünschte Wirkung. Das Mädchen hörte auf zu schreien. Arionas kam näher, steckte sein Schwert weg. Als er das Mädchen anlächelte, zuckten ihre Mundwinkel ebenfalls für den Bruchteil eines Augenblicks.

Was hat der Kerl nur, dass er ein Lächeln bekommt und ich den Schmollmund, fragte sie sich, konnte sich die

Frage aber selbst beantworten. *Er ist einfach unfassbar sympathisch. Das habe ich ja auch von Anfang an gespürt.*

„Was machst du hier?", erkundigte sich Arionas mit sanfter Stimme und setzte sich zu dem Mädchen ins Gebüsch.

Erst rückte sie ein Stück weit weg von ihm, aber dann guckte sie ihn von unten an. Melissa wurde vollkommen ignoriert.

„Ich hab mich verlaufen", gab die Kleine nach einer Weile zu. Dabei wandte sie den Blick ab und spielte mit dem plötzlich äußerst interessanten Grasbüschel vor ihr.

„Wo wohnst du denn? Vielleicht können wir dir helfen?"

Melissa schüttelte den Kopf, wollte Arionas klar machen, dass sie auf keinen Fall noch jemanden mitnehmen konnten, aber der ignorierte sie. Als wenn sie nicht schon genug Probleme hatten, wollte er einem Mädchen helfen. Sie hatten Wichtigeres zu tun. Melissa wollte ihre Mutter finden und nicht jede Verzögerung mitnehmen, die sich auf ihrem Weg befand.

„Ich wohne in Filano, der Hauptstadt", sagte das Mädchen schließlich.

Natürlich tut sie das, dachte Melissa bissig. Arionas hob den Kopf. Es lagen Hoffnung und ein inniges Flehen in ihnen, so dass Melissa gar nicht anders konnte, als Ja zu sagen. Melissa war irritiert, dass Arionas sich so sehr um ein kleines Mädchen sorgte. Aber als sie darüber nachdachte, ahnte sie den Grund. Eine gewisse Ähnlichkeit zu seiner toten Schwester Lilliana war vorhanden. Plötzlich war Melissa die Ablehnung gegenüber dem Mädchen peinlich. Arionas kämpfte mit seiner Trauer, seinem

Verlust. Wusste immer noch nicht, wie er mit der Situation zurechtkommen sollte. Da kam sie daher und wollte einem kleinen Mädchen nicht helfen. Diese Situation zeigte ihr einmal mehr, was für ein Mensch sie war. Egoistisch und nicht ein bisschen einfühlsam. Das musste sie wirklich ändern. Verdammt. Diese Aufgabe brachte sie an den Rand ihres Charakters und stieß sie mit einem fröhlichen Lachen über die Klippe. Sie würde lernen müssen, über sich hinauszuwachsen, wenn sie nicht platt wie eine Flunder aufschlagen wollte.

„Wir können dich mitnehmen. Wir wollen ebenfalls in die Hauptstadt. Wie ist dein Name?", fragte Arionas und legte sein charmantes Lächeln auf.

Als das Mädchen große Augen bekam, musste Melissa ungewollt schmunzeln. *Was soll's,* sagte sie sich, *es liegt auf dem Weg.*

Die nächsten Stunden unterhielt sich Arionas mit Riela, dem Mädchen. Die Kleine taute auf, so dass sie schließlich sogar auf die Schultern von Arionas kletterte und sich tragen ließ. Melissa beobachtete die beiden amüsiert. Bisher hatte sie Arionas noch nie so viel reden hören. Er plapperte mit Riela über alles, was sie sahen. Die Blüten eines Baumes, die über sie in trudelnden Bewegungen hinweg flogen. Das Wetter. Arionas fand heraus, dass es gerade Hochsommer in dieser Welt war. Zur Mittagszeit hielt sich normalerweise niemand außerhalb der Behausungen auf.

Nach einer Weile tobten sie sogar über die Felder, spielten Verstecken. Melissa fragte sich, woher er die Energie für solche Spiele nahm. Sie selbst hatte das Gefühl, in dieser Hitze einzugehen. Inzwischen war sie sich auch sicher, einen Sonnenbrand zu haben. Ihre Haut im Gesicht spannte und fühlte sich heiß an. Es wurde Zeit, dass sie die Hauptstadt erreichten. Kaum dachte sie daran, quiekte Riela auf.

„Da ist die Hauptstadt. Guck, Arionas." Sie schlug ihm auf den Kopf, da sie gerade wieder auf seinen Schultern saß.

Melissas Blick folgte Rielas ausgestrecktem Arm und erblickte tatsächlich eine Siedlung. Die Häuser reihten sich eng an eng. Nur ein zweistöckiges Gebäude in der Mitte besaß einen Garten und somit etwas Freiraum rundherum. Auf dem Dach des Hauses konnte Melissa eine Art Glockenturm erkennen. Aber sicher war sie sich nicht. Die Stadt war zu weit entfernt und nicht besonders groß.

„Ich gucke bereits, Lil…", antwortete Arionas mit einem Schmunzeln auf den Lippen, doch plötzlich änderte sich seine Mimik rasant. „Riela, meine ich natürlich." Arionas blickte auf den Boden, presste seine Lippen zusammen. Dann sah er herauf zu Riela. Diese starrte ihn mit ihren blauen Augen an und wartete scheinbar darauf, dass er etwas sagte. Melissa wusste, warum er schwieg und legte eine Hand auf seinen Arm. Sie verstand ihn und war für ihn da. Mehr wollte sie ihm gar nicht sagen.

Den verbliebenen Weg bis zur Hauptstadt, redete er kaum noch mit Riela. Stattdessen runzelte er immer öfter die Stirn, wenn er Filano anstarrte.

Melissa hingegen musste sich einfallen lassen, wie sie zum König vorgelassen werden durfte. Einfach herein marschieren und sagen, dass die Trägerin ihn zu sprechen wünscht, konnte sie abhaken. Auch die Tatsache, dass sie eine Frau war und somit nichts zu sagen hatte, half nicht sonderlich. Schließlich erreichten sie das Stadttor.

„Wer seid ihr und was wollt ihr hier?“ Die Wache am Eingang der Stadt schnauzte Arionas unfreundlich an. Melissa wurde gar nicht erst beachtet.

„Riela hat sich verlaufen. Wir bringen sie zurück zu ihrer Familie“, antwortete Arionas knapp.

„Ihr seid nicht von hier. Woher kommt ihr?“, bemerkte eine der Wachen und betrachtete ihre Kleidung.

„Wir stammen aus dem Norden“, wiederholte Arionas seine Lüge.

Ein Teil in ihr musterte die Bewaffnung der drei Männer in der Umgebung. Nur zur Sicherheit. Aber es war unnötig. Die Wachen winkten sie gelangweilt durch den Eingang.

Sicherheitshalber tastete sie nach dem Amulett. Wenn es hier jemand sehen würde, wüssten die Bewohner sofort, wer sie war. Sie atmete erleichtert durch, als sie die vertrauten Umrisse gut versteckt unter dem T-Shirt ertastete.

„Wo wohnst du?“, fragte Melissa.

Riela sah sich um, als müsste sie sich zuerst orientieren. Dann zeigte sie eine Straße hinauf.

„Vielen Dank“, rief sie. Gleich darauf rannte sie los.

„Hei, warte. Wir bringen dich nach Hause“, brüllte Melissa hinter Riela her.

Aber diese wollte nicht hören. Melissa lief hinter ihr her, dicht gefolgt von Arionas. Sie rempelte diverse Passanten an, stieß mit den Ellbogen gegen so manchen Einkauf. Doch das kleine Mädchen verschwand in der Menschenmenge.

„Na klasse. Sie hätte uns vielleicht zu jemanden führen können, der Kontakt zum Herrscher hat." Melissa ärgerte sich und schlug gegen ihre Hüfte.

„Keine Sorge, wir finden schon jemand anderen", erwiderte Arionas.

Melissa sah auf. Seine Augen waren erneut von Trauer durchzogen. Den Blick hatte sie schon einmal an ihm gesehen. Und zwar kurz nachdem seine Familie getötet worden war, als er alles verloren hatte.

„Sie hat dich an Lilliana erinnert, nicht wahr?", fragte sie leise, während sie auf ihn zuging. Ein vierbeiniges Tier, dass Melissa an ein Minikrokodil erinnerte, knurrte laut auf, schnappte sogar nach Arionas. Doch die Besitzerin zog kräftig an der Leine der knöchelhohen Kreatur. Gleich darauf verschwand das Tier mit den hellblauen Augen in der Menge.

Als sie seine Hand ergriff, schob sich Arionas Kiefer vor. „Ich will nicht darüber reden."

Das genügte Melissa als Bestätigung. Sie ließ ihn in Ruhe, drückte nur seine Hand und drehte sich dann um.

KAPITEL 6

Arionas fand eine ältere Frau, die gewillt war, dem jungen Paar eine Unterkunft für die Nacht zu bieten, im Gegenzug für ein wenig Hilfe im Haushalt. Es war bereits später Abend. Nachdem Melissa und Arionas ihr geholfen hatten, das Haus von Spinnenweben und Tieren zu befreien, wurde ihnen sogar eine Suppe vorgesetzt. Sie duftete lecker, aber die Konsistenz erinnerte Melissa an pürierten Schlamm mit einer Prise Kieselsteinen. Zuerst wollte Melissa dankend ablehnen, aber außer einigen Scheiben Zwieback, hatte sie tagsüber kaum etwas gegessen.

„Vielen Dank“, bemerkte Arionas, dem die Suppe sichtlich schmeckte. Die alte Frau wirkte geschmeichelt und füllte ihm gleich noch eine Kelle auf.

Nun traute sich auch Melissa an die Suppe, die ihr tatsächlich schmeckte. Arionas und Lie, wie die ältere Frau hieß, unterhielten sich über den Soldatenaufstand. Melissa versuchte wegzuhören. Denn jedes Mal, wenn die Sprache auf ihre Mutter kam, wurde sie wütend. Erst als Arionas sie unter dem Tisch anstieß, folgte sie wieder dem Gespräch.

„… alles geändert."

„Was meinst du, Lie?", hakte Arionas nach.

„Na, ich meine alles", erwiderte Lie und machte eine alles umfassende Geste. „Und das schlimmste daran ist immer noch, dass es ein Missverständnis war." Sowohl Melissa, als auch Arionas hielten die Luft an. Lie schien das zu bemerken und kicherte in sich hinein. „Dachte ich mir doch, dass euch das interessiert. Die alte Lie weiß immer noch, wie man Geschichten erzählt. Früher habe ich auf den großen Märkten gearbeitet. Ich war Erzählerin, wisst ihr? Ach, wie war das schön vor all den Menschen zu reden. Jeder von ihnen lauschte nur meinen Geschichten. Selbst meine Konkurrenten." Wieder kicherte sie. Lie schwelgte in Erinnerungen, berichtete Melissa von ihrem besten Auftritt. Selbst der Statthalter war gekommen, um ihr zuzuhören. Lie wollte einfach kein Ende in ihren Ausschweifungen finden.

„Was war das für ein Missverständnis?", unterbrach Melissa sie schließlich.

Erst schaute die alte Frau verwirrt zu ihr auf, aber dann leuchteten ihre Augen auf. „Ja, das Missverständnis. Jeder in Filano und Umgebung glaubt, dass die Weltenamulett-Trägerin einfach verschwunden ist, uns angeblich im Stich gelassen hat. Aber das stimmt nicht."

Melissas Beine kribbelten. Mühsam unterdrückte sie ihre Aufregung, rieb mit der rechten Hand über ihren Oberschenkel. Sie wusste nicht, was sie erwartete. Sie durfte nicht zu viel erhoffen. Und doch … Die Hoffnung, endlich einen Hinweis gefunden zu haben, übermannte sie.

„Ich stand gerade auf dem Marktplatz und erzählte von der Legende des Feuersees, als die Trägerin auftauchte. Ihren Namen weiß ich nicht mehr. Ist ja auch egal. Na jedenfalls, jeder wusste natürlich, wer sie war. Seit Tagen verkehrte sie im damaligen Palast. An dem Tag schlenderte sie auf dem Marktplatz, um sich die Meinungen aus dem Volk anzuhören. Alles war normal, aber von einem Moment auf den nächsten wirkte sie vollkommen durcheinander, als hätte sie eine schreckliche Nachricht erhalten. Wir wussten nicht, was los war. Sie rannte sofort los. Einige Soldaten verfolgten sie, baten sie sich zu erklären. Direkt vor meinem Erzählpult hielten sie an. Ich erinnere mich noch gut an ihre Worte.

Ich wurde in eine andere Welt gerufen. Es ist ein Notfall. Doch der Friedensvertrag ist so gut wie gesichert. Richtet das dem König aus.

Danach verschwand sie und tauchte nie wieder auf. Leider fasste der Soldat die Worte falsch auf. Er glaubte, dass sie einzig für den König arbeitete und ging somit nicht zum König. Er erzählte es niemandem. Später erfuhr ich, dass ich wahrscheinlich die einzige Überlebende bin, die diese Worte gehört hat."

Stille.

Melissa konnte nicht glauben, was sie da hörte. Das Ganze kam ihr mehr als seltsam vor. War sie auf die einzige Frau gestoßen, die über den Verbleib ihrer Mutter etwas wusste? Wie wahrscheinlich war das? Ihre Hoffnung fiel in sich zusammen. Der Staub, der dabei in ihrem Inneren aufgewirbelt wurde, bedeckte die Ruine vollends. So schnell würde niemand mehr ihre Hoffnung ausgraben können. Melissa zog die Stirn in Falten.

„Wenn du das weißt, warum hast du dann nicht die Ehre der Trägerin gerettet und alles klargestellt?“, hakte Melissa nach.

„Der Krieg brach unmittelbar aus, nachdem die Trägerin verschwunden war.“ Sie zuckte mit den Schultern. „Ich ging zu meinen Kindern in den Osten des Landes. Dort waren die Kämpfe nicht so schlimm. Erst letztes Jahr kehrte ich nach Filano zurück. Natürlich habe ich versucht die Menschen von der Wahrheit zu überzeugen, aber der jetzige König hat gute Arbeit geleistet. Keiner glaubte mir. Im Gegenteil. Die Menschen behaupten, die alte Lie wäre verrückt. Pah, mein Verstand ist jünger als viele andere“, ereiferte sie sich.

„Ja, das glauben wir dir“, warf Arionas ein und beschwichtigte die ältere Frau damit.

Lie war bereits aufgesprungen und hatte mit ihrer Faust auf den Tisch geschlagen, so dass die leeren Suppenschüsseln klapperten. Melissa war jedoch nicht davon überzeugt. Ihre Großmutter hatte gesagt, dass Vanessa sich immer meldete, wen sie auf eine andere Welt ging. Warum sollte sie diesen Vorsatz brechen? Welcher Notfall war so wichtig, dass sie direkt aufbrechen musste?

„Auf welche Welt ist sie denn gegangen, wenn sie gegangen ist? Was für ein Notfall war es?“, fragte Melissa weiter.

Sie fing einen fragenden Blick von Arionas ab, ignorierte ihn aber. Ihre Wahrnehmung konzentrierte sich auf Lie. Dabei schärften sich ihre Sinne. Sie hörte ein Rascheln, als der Wind durch die

Gardinen des Hauses fuhr. Der würzige Duft der undefinierbaren Suppe stieg ihr in die Nase. Unter ihren Fingerspitzen spürte sie die angenehme Kälte des Holztisches. Und ihre Augen nahmen jede noch so kleine Veränderung in Lies Gesicht wahr, als sie antwortete.

„Du glaubst mir nicht", stellte Lie fest, anstatt eine Antwort zu geben.

Melissa schüttelte den Kopf.

„Man kann es dir nicht verübeln. Der König verbreitet die falsche Nachricht seit Jahren. Und da kommt die verrückte Lie und behauptet etwas anderes." Die alte Frau seufzte und senkte den Blick. „Ich will trotzdem deine Fragen beantworten. Leider weiß ich nicht, warum oder wohin sie ging. Vermutlich hat sie es niemandem erzählt."

Obwohl Melissas Hoffnung bereits begraben war, fühlte sie die Schläge der Schaufel, die gerade den Staub auf der Ruine festigten. Arionas hingegen schien noch nicht aufgegeben zu haben.

„In welche Richtung lief sie?"

„Genau kann ich es nicht sagen, aber sie nahm den Weg zum Osttor", sagte die alte Frau und ging zur Küchenzeile, um ihre Schale zu füllen.

„Das ist die Richtung, aus der wir kamen", murmelte Arionas. „Hast du eine Ahnung, warum sie aus der Stadt rausging, wenn sie einen Notfall folgen wollte?", wandte er sich an sie.

Melissa zuckte mit den Schultern, hielt dann aber inne. „Ich kann es nicht genau sagen. Wenn ich aber raten müsste, hätte ich eine Idee. Als ich nach Traveste reiste, kam ich in einer heiligen Höhle an. Zumindest hat Cerumak das behauptet. In der

Höhle war so ein Steinquader mit Zeichen drauf. Als ich versucht habe, mit dem Amulett von der Insel zu verschwinden, funktionierte es nicht. Erst wieder in der Höhle. Hier sind wir auch in der Nähe eines solchen Steinquaders angekommen. Vielleicht braucht das Amulett diese, um mich in die Welten zu bringen. Wenn es wirklich so wäre, hätte sie zurück zu dem Quader gehen müssen, um in die Welt mit dem Notfall zu reisen. Vielleicht ist sie deshalb nach Osten gegangen."

Sie hielt inne, als Lie wieder zurück an den Tisch kam. Es war nur eine Vermutung, die ihr in den Sinn kam. Doch als sie darüber nachdachte, erschien es ihr vollkommen logisch. *Vielleicht haben wir zu Hause auch so einen Steinquader im Haus verbaut,* überlegte sie. Schließlich war sie bisher immer dort angekommen.

„Aber wenn sie in eine andere Welt gereist ist, dann kann sie überall sein", flüsterte Arionas. „Wir haben keine Spur, wohin sie gegangen ist."

Sie schloss die Augen, zählte bis zehn und atmete tief durch. Es gab einen Ausweg. Es gab immer einen. Sie musste ihn nur finden. Daran musste sie einfach glauben.

***

Melissa und Arionas verabschiedeten sich von Lie. Diese gab ihnen noch ein halbes Brot mit auf den Weg. Kaum waren sie außer Hörweite und in der Menge der Menschen untergetaucht, packte sie Arionas Arm. In der Nacht war ihr eine Idee gekommen.

„Als ich das Amulett gefunden habe, bin ich ohne Angaben von Koordinaten gereist. Ich kam damals in eine Höhle. Angeblich, weil ich Fragen gehabt hatte, aber die Typen waren mir nicht ganz geheuer. Das wichtigste ist, dass ich dort hinkam, ohne zu wissen, wohin ich ging. Vielleicht gelingt es mir noch einmal."

„Du willst auf gut Glück in eine andere Welt reisen?"

„Was haben wir denn hierher gemacht?", stellte Melissa die Gegenfrage.

Arionas nickte, überlegte einen Moment. „Du glaubst, du schaffst das noch einmal?" Melissa spürte, wie sich sein Blick in sie hineinbohrte. Ihr wurde ganz anders, wenn sie die dunklen Augen so nah bei sich wusste.

„Sicher bin ich mir nicht, aber was haben wir zu verlieren?"

Ein Mann drängelte sich eng an den beiden vorbei, rempelte Arionas an. Melissa fühlte sich ein wenig auf die Erde zurückversetzt. Da entschuldigten sich auch die wenigsten, wenn man jemanden anstieß. Als jedoch ein Wagen mit einem Wesen auftauchte, das sie nie zuvor gesehen hatte, wurde sie wieder nach Filano zurückgeholt. Der Hals des Wesens war beinahe so lang wie ihr Unterarm. Eine halbrunde Halskrause stellte sich auf, als es an ihnen vorbeifuhr. Sofort begann es zu toben und gegen die Gitter zu schlagen. Melissa erschrak fürchterlich, als es direkt neben ihrem Ohr laut aufbrüllte. Sie schrie auf, was jedoch der Lautstärke des Wesens deutlich unterlegen war. Vor Schreck sprang sie einen Schritt nach hinten, direkt in Arionas Arme.

Der fing sie auf, hielt sie fest. Melissas Schrei erstickte in ihrer Kehle, kaum dass seine Arme sie umschlossen. Hastig blickte sie auf, wollte sich befreien, verlor dabei aber das Gleichgewicht. Ihr Herzschlag füllte ihren Brustkorb zur Gänze aus.

„Vorsicht, Melissa", schrie Arionas über das Brüllen des Wesens hinweg. Er zog hart an ihrem Oberkörper. Doch da war noch jemand anderes, der ebenfalls an ihr riss. Ihr Herz sackte in sich zusammen. Etwas Kräftiges, Großes umschloss ihre linke Wade. Erneut schrie sie auf. Ein Blick über ihre Schulter bestätigte ihren Verdacht. Es war das Wesen aus dem Käfig. Kaum sah sie in die stahlblauen Augen, rastete es aus. Mit der dreifingrigen Hand riss es Melissa von den Beinen, warf sie hin und her. Arionas war ihr einziger Halt, damit sie nicht unkontrolliert gegen die Käfigstangen schlug.

„Arionas!", brüllte sie verzweifelt.

Mit aller Kraft klammerte sie sich an seinen Oberkörper. Er stemmte sich mit seinem Gewicht gegen die Kraft des Wesens. Panik überfiel sie. Obwohl seine Muskeln sich sichtbar spannten, wurde sie immer weiter zu dem Wesen gezogen. Doch Arionas hielt dagegen. Melissa spürte, wie es an der Hüfte spannte. Es zog und brannte, als ob ihre Haut aufriss. Sie trat nach der fremden Hand. Jeder Tritt fühlte sich an, als ob sie ihren Fuß gegen Stein presste.

Ohne, dass sie es wollte, durchfuhr sie das Kribbeln. Doch diesmal war es anders. Sie hatte es nicht selbst hervorgerufen. Es war wie auf Traveste, als sie es das erste Mal gespürt hatte. Etwas übernahm die Kontrolle über ihren Körper. Ohne ihr Zutun. Ihre Haltung versteifte sich für einen

Moment. Sie wurde zum Auto und jemand anderes lenkte sie. Ihr Blick senkte sich gen Boden. Dann war sie nicht mehr sie selbst. Ruckartig riss sie den Kopf hoch und sah zu Arionas auf.

„Lass mich los", flüsterte sie. Trotzdem verstand er sie sofort.

Der Zug an ihren Beinen verstärkte sich. Melissas Verstand arbeitete bereits auf Hochtouren. Sie berechnete die Größe des Tiers und schätzte ab, wo es wohl am verwundbarsten wäre. Genau in der Sekunde, in der Arionas sie losließ, griff sie nach seinem Schwert und zog es mit der Wucht des Rückpralls aus der Scheide. Die Arme des Tiers waren länger als ihr eigener Körper. So blieb Melissa etwa ein Wimpernschlag, um ihren Körper herumzuwirbeln, die Abstände der Käfigstangen zu kalkulieren und ihre Haltung diesem Abstand anzupassen. Das Ganze wurde jedoch von dem Wesen erschwert, das sie immer noch hin und her wirbelte. Vor ihrem inneren Auge sah sie bereits ihren zerschmetterten Körper auf dem Marktplatz liegen. Aber dann wurde ihre Flugbahn ruhiger.

Das Wesen zog sie in seinen Käfig. Um Millimeter verpasste eine der Stangen Melissas Nase.

Als sie jedoch direkt in die Augen des Wesens blickte, stockte selbst ihr kalkulierender Verstand. Die Aussicht in die abgrundtief wütenden Augen ließ sie in ihren Bewegungen innehalten. Plötzlich war sie wieder sie selbst. Einen Moment lang hatte sie nicht aufgepasst. In ihrer Panik hatte sie die Kontrolle über ihren Körper zurückverlangt. Melissas Atemfrequenz stieg rapide. Ihre Bewegungen wurden hektischer. Sie versuchte sich aus den Fängen des Wesens zu winden. Die von Borsten überzogene Haut kratzte an ihren Oberarmen.

Ich brauche die Macht aus dem Amulett, schrie sie in sich hinein.

Eine Antwort kam nicht. Nur mühsam gelang es ihr, das Schwert nicht zu verlieren. In ihrer Verzweiflung startete sie wilde Angriffe auf den Hals des Wesens. Obwohl Melissa etwa einen Meter über dem Boden schwebte, hatte sie das Gefühl auf dem Meer zu sein. Aufgewühlt und sie auf einem kleinen Fischkutter.

Einer ihrer unkontrollierten Angriffe fand sein Ziel in der aufgestellten Halskrause. Doch das Wesen rächte sich sofort, indem es sie mit voller Wucht gegen die Käfigstangen schleuderte. Der Aufprall drückte Melissa die Luft aus den Lungen. Erst danach stürzte sie zu Boden. Sie landete unsanft auf dem steinharten Boden des Käfigs. Der Schmerz, der ihre rechte Hüfte durchfuhr, ließ sie aufschreien. Als der Schrei ihre Kehle verließ, wandelten sich ihre Gedanken. Das Stechen in ihrer Hüfte war nur noch eine dumpfe Hintergrundmelodie in ihrem Wahrnehmungsorchester. Ihre Gedanken gaben den Takt an, während ihre Muskeln sich wie Geigensaiten spannten. Melissa sprang auf. Das Wesen vor ihr baute sich auf, soweit es der Käfig zuließ. Ihre Augen folgten dem Ungetüm, bis sie mit dem Kopf nachrücken musste. Gut und gerne drei Meter musste ihr Gegner groß sein.

Aber sie hatte keine Zeit mehr, sich die Anatomie des Wesens anzusehen. Zwei Arme zischten in Melissas Richtung. Ihre Finger umfassten das Schwert fester. Dann schlug sie zu. Die Kraft des

Schlags vibrierte hoch bis in ihre Schulter, als sie auf einen Widerstand traf. Das Wesen jaulte auf, als sich die Waffe in den Arm grub. Sofort riss Melissa das Schwert heraus und sprang zur Seite, um dem zweiten Arm auszuweichen.

Samtweich landete sie auf einem Bein, stützte sich mit dem anderen Knie auf dem Boden ab, ehe sie einen Frontalangriff startete. Ihre Umgebung verschwamm, als sie sich auf den Bauch des Wesens konzentrierte. Die Menschen, die eben noch neben dem Käfig laut aufgeschrien hatten, verstummten für sie. Wurden eine farbenfrohe Masse, die sie umgab. Für Melissa gab es nur noch den einen Punkt am Bauch, den sie jetzt unbedingt treffen wollte. Treffen musste. Sollte sie ihn verpassen, würde sie diesen Käfig nicht mehr lebend verlassen.

Der gesunde Arm flog auf sie zu, wollte sie von ihren Vorhaben abhalten. Melissa tauchte unter dem Schlag durch. Das Wesen wich vor ihr zurück. In einer fließenden Bewegung führte sie das Schwert über ihren Kopf. Ein Schritt. Sie erreichte den Punkt. Mit einem lauten Aufschrei sprang sie ab, stieg auf, immer höher. Dann stieß sie zu.

Das Wesen brach zusammen. Sie hatte es nicht getötet, zumindest hoffte sie es. Aber es war dennoch schwer verletzt. Bevor es wieder zu sich kommen konnte, kletterte sie aus dem Käfig. Nach und nach verließ die Macht aus dem Amulett sie. Zuerst dachte sie, immer noch den Lärm der Menschenmenge ausgeblendet zu haben, doch dann sah sie sich um. Schweigen. Jeder starrte sie an. Arionas war der Einzige, der sich bewegte. Er ging auf sie zu, wirkte aber ebenfalls irritiert über die plötzliche Stille auf dem Marktplatz.

„Alles in Ordnung?“, fragte er beinahe lautlos.

Melissa, immer noch abgelenkt von der stummen Menge, nickte. Ihr war die ganze Situation nicht geheuer. Waren die Menschen von ihrer Kampfkunst beeindruckt? Oder waren sie irritiert, dass eine Frau sich gegen solch ein Wesen durchsetzen konnte? Egal, was es war, es machte Melissa Angst. Arionas schien das zu spüren, denn er nahm sie in den Arm und hielt sie fest an sich gedrückt.

Endlich löste sich die Starre der Menschen. Die ersten rührten sich, tuschelten hinter vorgehaltener Hand. Immer wieder zeigte ein Finger auf sie.

„Lass uns hier verschwinden“, sagte Melissa schließlich. Sie wollte diese Welt so schnell wie möglich verlassen. Die Tiere schienen etwas gegen sie zu haben.

Arionas machte den ersten Schritt. Dabei behielt er Melissa weiterhin im Arm. Kaum jedoch entfernten sie sich von dem Käfig, schrien die Menschen auf. Melissa hielt in ihrer Vorwärtsbewegung inne. Der Kreis um sie wurde engmaschiger. Dort, wo zuvor noch Lücken waren, rückten nun die Bewohner von Filano zusammen. Jetzt war Melissa umso verwirrter.

„Melissa, wir sind umzingelt“, flüsterte Arionas in ihr Ohr. Sie wusste nicht, ob sein warmer Atem an ihrem Ohr oder die Tatsache, dass er Recht hatte, ihr eine Gänsehaut über den Nacken jagte.

„Gutes oder schlechtes umzingelt sein?“, fragte sie.

Nach einem Blick in die Gesichter der Menschen, gab sie sich diese Antwort selbst. Die meisten von ihnen standen unbeteiligt da, aber einige fletschten die Zähne und kauten auf ihren Kiefern. Erschrocken über solche offensichtlichen Anzeichen von Abscheu, wich sie zurück. Wussten diese Menschen, wer sie wirklich war? Möglichst unauffällig blickte sie an sich herab. Ihr T-Shirt verdeckte das Amulett. Nur jemand, der wusste, dass es sich an einer Kette um ihren Hals befand, konnte winzige Umrisse erkennen.

„Was ist hier los, Arionas?“

Bevor der jedoch antworten konnte, stieß das Wesen im Käfig einen schrillen Schrei aus. Melissa ließ Arionas los und hielt sich die Ohren zu. In ihrem Gehörgang knackte es, als ob sie gerade einen Druckausgleich machte. Als Melissa das Wesen genauer betrachtete, verstummte es. Es sackte erneut in sich zusammen, atmete kaum noch.

„Ergreift sie!“, ertönte es auf einmal hinter Melissa.

Sofort wirbelte sie herum. Auf sie und Arionas stürmten etwa zwanzig Männer zu. Melissa hielt immer noch das Schwert in ihrer Hand. Mehr aus einem Reflex, als aus einem Verteidigungsgedanken, riss sie die Waffe herauf. Dennoch hatte es eine gewisse Wirkung auf die Männer. Der Angriff der Männer wurde schwächer, die Schritte kürzer. Dennoch rannten sie weiterhin auf sie zu. Melissa starrte das Schwert in ihren Händen an, dann auf die Männer und zum Schluss zu Arionas. Ein seichtes Kribbeln durchfuhr ihren Körper, verlangte die Kontrolle. Melissa schlug es nieder.

Sie schüttelte den Kopf. *Nicht noch mehr Menschen,* ging es ihr durch den Kopf. Seitdem sie das Amulett gefunden hatte, waren mindestens zehn Menschen durch ihre Hand gestorben und nochmal so viele verletzt worden. Es reichte. Sie biss sich auf die Lippen, fand die Kraft, um dem Amulett zu widerstehen und senkte die Waffe gen Boden.

Nur eine Sekunde später war sie von mehr als der Hälfte der Männer umzingelt. Ihr wurde das Schwert aus der Hand gerissen. Das Kribbeln wurde stärker. Sie musste sich darauf konzentrieren, nicht gegen die Männer zu kämpfen. Keine Toten mehr!

Es schienen die Soldaten der Stadt zu sein. Alle trugen dieselbe lederartige Uniform. Gleich darauf wurden ihre Arme gepackt und nach hinten gezogen. Nach einem Blick über die Schulter bemerkte sie, dass sich Arionas ebenfalls wehrte. Bei ihm machten sie jedoch kurzen Prozess. Vier Männer warfen ihn zu Boden und nagelten ihn dort fest.

„Ey, lasst ihn los", brüllte sie den Mann an.

Ihr Instinkt ließ sie gegen diese Behandlung angehen. Indem ihre rechte Schulter nach vorn ruckte, befreite sie ihren Arm. Sofort waren drei weitere Männer bei ihr und hielten sie fest. Melissa war bewegungsunfähig, solange sie nicht auf die Macht des Amuletts zurückgriff. Und dagegen wehrte sie sich mehr als gegen die Hände der Männer.

„Schweig, Weib!", hörte sie aus der Menschenmenge.

Sofort kehrte Stille ein. Zwischen den Menschen bildete sich eine Gasse. Alle neigten ihre Köpfe gen Boden. Ein Mann trat aus der Menge hervor. Er war größer als jeder andere Mann, den sie kannte. Er trug ebenfalls eine lederartige Rüstung, aber für seine Uniform war sicher mehr als eine Kuh gestorben. Auf dem Kopf trug er einen Helm, der mit einem Federschmuck ausgestattet war. In allen erdenklichen Farben erstrahlte das Muster auf seinem Helm. Aber was ihr wirklich Sorgen machte, waren die Muskeln an seinen Armen und Beinen. Die Adern traten an den Oberarmen hervor, so dass seine

Haut aussah, als wenn sie gleich aufplatzen würde. Es erinnerte sie an den Schauspieler Dwayne „The Rock" Johnson.

Melissa blickte in die Augen der umstehenden Menschen. Jeder von ihnen wich voller Angst zurück. Melissa musste zugeben, dass der Mann eine furchteinflößende Ausstrahlung besaß. Dennoch. Sie musste etwas gegen diese Verhaftung unternehmen. Auf keinen Fall wollte sie lange festgehalten werden. Jetzt, da sie wusste, dass ihre Mutter nicht auf diesem Planeten verschwunden war.

„Was wollt ihr von uns?", brüllte sie dem Mann entgegen.

Einer der Soldaten schlug ihr mit der flachen Hand in den Nacken. Der Treffer ließ sie zusammenzucken. Sie ignorierte den kurzen Schmerz und konzentrierte sich auf The Rock, wie sie ihn taufte.

Keine Regung. Seine Gesichtszüge wirkten wie eine schroffe Felsformation. Ecken, Kanten, spitze Felsen, wohin sie sah. An mancher Stelle erkannte sie eine Einkerbung, wenn eine Narbe die Felsen trennte. The Rock blieb vor ihr stehen. Melissa musste den Kopf in den Nacken legen, um ihm in die Augen zu schauen. Der Mann war mindestens 2,20 m, wenn nicht sogar noch größer.

„Schweig, du Missgeburt der Natur", flüsterte der Mann ihr zu.

Melissa setzte zu einer Erwiderung an, als sie Arionas sah. Unmerklich schüttelte er den Kopf. Sofort schluckte sie ihre Bemerkung runter. Doch so einfach war es nicht. Sie spürte, wie sich die Bemerkung in ihrer Luftröhre mit winzigen Härchen festklammerte, erneut versuchte, ausgesprochen zu werden. Melissa hustete. Ein Teil von ihr wollte diese Bemerkung genüsslich auf der Zunge zergehen lassen, aber der Teil mit dem gesunden Menschenverstand hinderte sie daran. Also schluckte sie so lange, bis die Bemerkung keine Chance mehr hatte.

„Was wird uns vorgeworfen?“, rief nun Arionas.

Der große Mann sah ihn an, als wäre er ein Insekt, das ihn auf der Haut kitzelte.

„Ihr habt ein Klarin verletzt.“

„Ist das der Name dieses Wesens?“, erkundigte er sich. Sein Kopf ruckte in Richtung des Käfigs.

Der Mann nickte, verengte allerdings seine Augen zu Schlitzen. „Du kennst es nicht? Woher kommst du?“

„Aus dem Norden“, antwortete Arionas knapp.

„Pah, im Norden huldigt ihr wohl noch den Novensil!“ Der Mann verzog angewidert seinen Mund.

„Was genau wird uns vorgeworfen?“, fragte Arionas, der sich auf die Lippen biss. Er bemühte sich, stillzustehen. Ihr ging es genauso. Immer mehr Menschen versammelten sich um sie herum, gafften neugierig.

„Ihr habt das Klarin verletzt. Dieses Geschöpf ist ein heiliges Wesen unserer Allmacht. Wer das Wesen verletzt, wird dieselbe Verletzung als Strafe erleiden.“ Der Mann drehte sich zu der Menschenmenge um. „Erzählt es jedem. Morgen bei Sonnenaufgang werden diese beiden Ungläubigen mit einem Schwert durchbohrt.“

KAPITEL 7

Melissa saß in ihrer Zelle auf dem Steinfußboden, den Rücken an der Wand. Ein Bett hatte sie nicht. Es war stickig. Die Kälte, die ihr eine Gänsehaut verschaffte, kam jedoch nicht aus der Umgebung. Es waren die glatten Wände, die sie nervös werden ließen. Keine Erhebung, keine Einkerbung. Nicht mal ein Name, der in die Steine geritzt war. Alles war monoton. Sie konnte sich nirgendwo mit ihren Gedanken festhalten. Von diesen Wänden prallte alles ab. Ihre Angst wurde sofort als Echo zu ihr zurückgeschleudert. Genauso die Sorge um Arionas. Nichts blieb hängen. Die einzige Abwechslung boten die Stangen ihrer Zellentür.

Sie schlang die Arme um die Knie, biss die Zähne zusammen, damit sie nicht mehr klapperten. Melissas Finger strichen gedankenverloren über die Wand zu ihrer Rechten. Warum hatte sie sich nicht gewehrt? Als der Hauptmann von Filano, so hatte er sich ihr vorgestellt, ihre Strafe vorgetragen hatte, war sie sprachlos gewesen. Melissa hatte sich einfach verhaften lassen. Gegenwehr Fehlanzeige. Stattdessen hatte sie sich in diese Zelle schleppen lassen. Arionas hatte noch einige Male gegen die Stadtwachen gewettert, hatte versucht sich zu befreien, aber es hatte nicht geholfen.

Ihre Fingerspitzen ertasteten eine Unebenheit in der Wand. Endlich. Immer wieder fuhr sie über diese Stelle. Ihre Fingernägel kratzten an den Steinen. Nach einiger Zeit brach ein Stück der Wand heraus. Überrascht sah sie auf, erwachte aus ihrer Lethargie. Sie kratzte weiter an der Wand, doch es löste sich auch nach einigen Minuten nichts mehr ab. Melissa fiel zurück in ihre ursprüngliche Haltung und strich mit dem Finger über die Stelle. Die einzige, die in der Zelle nicht glatt war. Ihr Rettungsanker neben dem Amulett.

Irgendwann wurde es kälter. Die Sonne musste bereits untergegangen sein. Sie steckte die Hände in die Hosentaschen. Ihre Finger umschlossen ein Stück Papier. Melissa zog es hervor. Als sie darauf herumdrückte, spürte sie eine nachgebende Masse. *Ah, ein altes Kaugummi,* dachte sie. *Wäre ich jetzt McGuyver, könnte ich daraus eine Bombe bauen und von hier verschwinden.* Ihre Lippen verzogen sich zu einem schiefen Grinsen, obwohl ihr gar nicht danach war.

Sie packte das Kaugummi aus. Es war schon hart und ließ sich kaum noch kneten. Dennoch begann sie damit zu spielen. Nach einer Weile war es so weich, dass sie es formen konnte. Um sich von dem Gedanken abzulenken, morgen ein Schwert in den Bauch gerammt zu bekommen, fing sie an, aus dem Kaugummi das Amulett zu modellieren. Erst die silberschimmernde Kugel in der Mitte, dann die Streben, die diese mit dem Außenring verbanden. Symbole waren nicht auf dem Kaugummi. Dafür reichte der Platz nicht aus. *Nicht schön, aber selten,* dachte sie, als sie ihr Werk betrachtete.

Da kam ihr ein Gedanke, der ihr ein Lächeln schenkte. Sie würde in dieser Zelle eine eindeutige Erinnerung ihrer Anwesenheit hinterlassen. Melissa presste das Miniaturamulett in das Loch an der Wand. Den Brocken aus der Wand warf sie aus der Zelle. Melissa musste kichern, als sie sich das Gesicht des Mannes vorstellte, der als nächstes in dieser Zelle sitzen würde und das Amulett fand. Sicher würde er einen Riesenschreck bekommen.

Eine Wache lugte zwischen den Gitterstäben hervor. Er hielt eine Fackel in der Hand, die ihr sein Gesicht zeigte.

„Dir wird dein Grinsen morgen vergehen", hörte Melissa ihn sagen.

„Warum haben die Bösen eigentlich nie einen neuen Spruch auf Lager?", fragte sie mehr sich selbst, als dass sie mit der Wache sprach. Doch diese schien sie verstanden zu haben.

„Hast du mich gerade beleidigt?"

Melissa verdrehte die Augen, behielt aber den Kommentar für sich.

„Sei froh, dass der Hauptmann befohlen hat, euch nicht anzurühren, bis das Urteil vollstreckt wurde. Es wäre mir eine Ehre, ganz persönlich Hand an dich zu legen." Der Blick, den er ihr dabei zuwarf, war mehr als schmierig. Eine Gänsehaut überzog ihren Nacken, als sie sich vorstellte, wie dieser Mann sie berührte. Unwillkürlich schüttelte sie sich. Sofort begann die Wache zu grinsen. Seine Zunge fuhr gierig über die Lippen, als er an ihrem Körper hinabblickte. Melissa zog sich tiefer in die Ecke zurück.

„Wenn ich dich so sehe, bekomme ich richtig Appetit." Die Wache fuhr sich mit der Hand über den Schritt.

Angewidert wich Melissa zurück. Er trat näher an die Zellentür. Die Flammen seiner Fackel vertrieben die Schatten aus ihrer Zelle. Sie konnte seine Augen deutlich sehen und erschrak. Dieser Mann kannte keine Hemmungen, hatte sie schon vor langer Zeit hinter sich gelassen.

Bis zu den Haarspitzen elektrisiert, sprang sie auf. Melissa suchte nach einem Weg, die Wache schnellstmöglich auszuschalten. Aber alles, was ihr einfiel, war, die schwere Zellentür mit voller Wucht gegen den Mann zu schleudern. Aber ohne die Kraft des Amuletts undenkbar.

Tür aufschließen, Tür ins Gesicht schlagen. Das wäre eine Idee.

Die Wache trat an die Zellentür heran, kramte an seinem Bund nach einem Schlüssel. Melissa wich in die hinterste Ecke zurück.

Tür aufschließen, Tür ins Gesicht schlagen.

Die Angst lähmte sie. Ihre Vorstellungskraft ging mit ihr durch. Sie dachte daran, was die Wache alles mit ihr anstellen konnte, fühlte bereits die Berührungen auf ihrer Haut.

„Nein!", schrie sie laut auf. „Bleib weg von mir."

Wieder lachte er.

Tür aufschließen, Tür ins Gesicht schlagen. Der Gedanke brannte sich in ihren Kopf. Melissa sah, wie er den richtigen Schlüssel fand. Bevor er ihn jedoch ins Schloss stecken konnte, hörte sie ein leises Klicken. Im nächsten Moment öffnete sich die Zellentür wie von Geisterhand. Als hätte jemand gegen die Tür getreten, donnerte sie der Wache ins Gesicht.

Melissa stand in ihrer Zelle, war verwirrt. Die Wache lag bewusstlos auf dem Boden. Die Tür stand offen. Ihr Weg in die Freiheit war geebnet. Dennoch konnte sie sich nicht bewegen. Ihre Füße schienen an dem Zellenboden festgewachsen.

Was war da gerade passiert? Die Frage ließ sie nicht mehr los. Ihr Verstand arbeitete auf Hochtouren. Aber egal wie sehr sie überlegte, ihr fielen nur zwei mögliche Erklärungen ein. Entweder konnte sie die Zukunft sehen oder ihre Gedanken hatten die Zellentür bewegt. Beide Erklärungen bereiteten ihr eine höllische Angst. War das eine weitere Kraft aus dem Amulett? Melissa zitterte. Wenn ja, was stand ihr noch alles bevor?

Sie zwang sich, die Frage wegzuschließen. Ihre Starre löste sich auf. Mit wenigen Schritten stand sie außerhalb der Zelle, warf der Wache einen angewiderten Blick zu und lief los. Melissa war bereits ein paar Meter entfernt, als ihr etwas einfiel. Sie schnappte sich das Schwert, das an der Hüfte der Wache hing und band es sich selbst um. So schnell ihre Füße sie tragen konnten, ließ sie ihre Zelle hinter sich.

Ihr nächster Gedanke galt Arionas. Er war ebenfalls gefangen, allerdings wusste sie nicht wo. Melissa folgte einem Gang, der zum Ausgang führte. Bei ihrer Verhaftung hatte sie sich den Weg zur Sicherheit gemerkt. Als sie durch die erste Tür lugte, fand sie sich in einem runden Flur wieder. Von diesem Flur gingen sieben weitere Türen ab. Melissa runzelte die Stirn. Welche sollte sie wählen? Arionas konnte überall stecken. Außerdem wusste sie nicht, wie viele Wachen sich noch in dieser unterirdischen Anlage befanden.

„Arionas, wo steckst du?“, fragte sie leise in den Flur hinein.

Niemand antwortete. Melissa seufzte. Ihr blieb nichts anderes übrig als einen Gang zu wählen. Eine Tür konnte sie ausschließen, denn dahinter befand sich der Ausgang. Einen Augenblick lang zog sie es in Betracht, diese Tür zu wählen. Die Freiheit war nah. So nah … aber gleich darauf schüttelte sie den Kopf. Nicht nach allem, was sie zusammen durchgemacht hatten. Ihre Haut prickelte, als sie daran dachte, wie vollständig sie sich in seiner Nähe fühlte. Niemals würde sie Arionas zurücklassen. Niemals.

Das Schwert fest umklammert, ging sie auf die Tür zu. Ihre Finger umschlossen den kühlen Knauf. Sie spürte ihren Herzschlag in ihren Fingerspitzen. Er schlug gegen das Metall, als wollte er anklopfen, die Wachen vor ihrer Ankunft warnen. Klick. Die Tür öffnete sich einen Spalt breit. Vorsichtig schob sie den Kopf vor, schielte in den Gang, der sich dahinter erstreckte. Ihre Kopfhaut kribbelte. Auch wenn sie noch nicht auf das Amulett zurückgriff, war sie auf einen Angriff vorbereitet. Sie war nur einen Gedanken von der Kontrolle des Amuletts entfernt. Aber ihre Aufregung war umsonst. Niemand befand sich in diesem Gang. Zudem entdeckte sie auf keiner Seite Zellentüren. Das musste der falsche Gang sein. Sie probierte zwei weitere Türen aus. Beides Fehlschläge.

Inzwischen kribbelte ihre gesamte Haut. Bei jeder Tür stieg ihr Adrenalinspiegel weiter an. Schließlich öffnete sie die dritte Tür. Dahinter sah sie eine Wache, die den Gang abschritt. Das Adrenalin, welches sich bisher angesammelt hatte, entlud sich mit einem Schlag. Melissa schüttelte sich, schaute zu Boden. Jedes ihrer Haare stellte sich kampfbereit auf. Als sie das nächste Mal die Wache sah, berechnete sie bereits die Distanz zwischen ihrer und seiner Position.

Sie verfolgte seine Bewegungen, seine Schritte. Kaum drehte er ihr den Rücken zu, schlüpfte sie durch die Tür in den Gang. Mit einer Lautstärke, die einer fallenden Feder Konkurrenz gemacht hätte, schlich sie hinter ihm her. Sie hielt den Atem an, hob das Schwert über den Kopf. Nur noch wenige Schritte.

Dann endlich erreichte sie ihn. Mit voller Wucht rammte sie den Schwertknauf in den Nacken des Mannes. Sofort sackte der Körper nach vorn. Ihre Arme fingen ihn auf, ohne den Befehl dazu erhalten zu haben. Als sie sicher war, dass die Wache bewusstlos war, forderte sie umgehend die Kontrolle über ihren eigenen Körper zurück. Der Mann fiel ihr sofort aus den Armen, da sie ihn nicht mehr halten konnte. Er schlug dumpf auf dem Boden auf.

Erschrocken hielt Melissa den Atem an. Das Geräusch war nicht laut gewesen. Dennoch konnte es jemand gehört haben.

Stille.

Halt! Was war das? Nicht weit von sich entfernt, hörte sie Stoff über den Boden ratschen. Der Laut kam aus einer der Zellen zu ihrer Linken. Alles in ihr schrie danach, loszulaufen. Einfach zu verschwinden. Was, wenn dort noch eine Wache lauerte und sie überrumpelte?

„Arionas?“ Ihre Stimme war ein Hauchen. Hätte sie nicht gewusst, was sie gesagt hatte, sie hätte sich selbst nicht verstanden. Sie horchte in den Gang hinein. Nach einigen Sekunden kam die Antwort.

„Ich bin hier." Erleichterung durchströmte ihre Adern, neutralisierte das Adrenalin. Mit zitternden Fingern griff sie an den Gurt der bewusstlosen Wache, löste den Schlüsselbund. Gleich darauf stand sie vor der Zelle von Arionas. Sie konnte kaum einen einzelnen Schlüssel greifen, so sehr zitterten ihre Finger. Beinahe war sie versucht, sich dem Amulett hinzugeben, nur um ruhigere Finger zu bekommen. Aber das wäre der einfache Weg. Zumindest im ersten Moment. Die Konsequenz wollte sie lieber nicht riskieren. Immer wieder ruckte ihr Kopf zu beiden Seiten. Nach mehreren erfolglosen Versuchen fand sie den richtigen Schlüssel. Kaum war die Tür aufgeschlossen, sprang Arionas hinaus. Allerdings hatte Melissa nicht damit gerechnet, dass er sie umarmen würde. Überrascht stand sie da und ließ es zu.

Ein Kribbeln lief ihren Rücken hinab. Sie schrieb es ihrem Instinkt auf Verteidigung zu und verdrängte das Bedürfnis, ihn ebenfalls zu umarmen.

„Für eine Weile dachte ich, du hättest aufgegeben", flüsterte Arionas dicht an ihrem Ohr. Sie war froh, dass es ihm gut ging.

„Warum das denn?", fragte sie und schob ihn ein Stück von sich fort.

Sie erforschte seine dunklen Augen, versuchte zu erkennen, was er meinte. Doch er verschloss sich vor ihr. Das erste Mal, seit sie ihn kannte. Warum?

„Später. Wir müssen hier verschwinden, bevor jemand die Wache findet", flüsterte er und stahl der Wache das Schwert.

„Oder die Wache in meinem Gang“, ergänzte sie, als sie die ersten Schritte in Richtung Ausgang rannten.

„Wie konntest du dich befreien?“

Melissa zuckte mit den Achseln und verzog den Mund. „Wenn ich das wüsste.“

***

Bis zum Ausgang kamen sie ohne Probleme. Nur eine Wache kam in ihr Sichtfeld. Melissa und Arionas zogen sich zurück und entkamen damit einer Konfrontation. Kaum entfernte sich der Mann, rannte sie weiter. Melissa wollte aus diesem Gefängnis fliehen, ohne jemanden zu töten. Ihr reichte es. All die Männer, die ihrer Hand bisher zum Opfer gefallen waren. Sie fand es sinnlos zu kämpfen, wenn jedes Mal jemand starb. Deshalb wollte sie verschwinden, ohne eine Blutspur zu hinterlassen.

„Dort vorn müsste der Ausgang sein“, flüsterte Arionas und zeigte auf eine Holztür.

Melissa nickte. Der Ausgang lag direkt dahinter. Allerdings saß davor noch mindestens eine Wache, die den Eingang bewachte. Dort befand sich auch ihr Rucksack. Zum Glück hatte die Wache auf eine Leibesvisitation verzichtet, sonst hätten sie das Amulett gefunden.

„Wir könnten einfach durchbrechen“, schlug Melissa vor.

„Wenn sich mehr als zwei Wachen am Ausgang befinden, werden wir aufgehalten. Solange wir keinen anderen Ausgang kennen, müssen wir kämpfen.“

Sie atmete aus und schloss die Augen. Aber gleich darauf riss sie sich zusammen. Wenn sie jederzeit die Kontrolle über ihren Körper zurückfordern konnte, gelang es ihr vielleicht, auch während des Kampfes die Kontrolle zu behalten. Dann konnte sie verhindern, eine der Wachen zu töten. Für Melissa war das ein Hoffnungsfunke, den sie durch stetes Pusten am Leben erhielt.

Die Tür war kalt, als Melissa mit den Fingern über die Oberfläche strich. Das Licht flackerte, während sie den Knauf drehte. Sie nickte noch einmal Arionas zu, dann riss sie die Tür auf. Sofort stürmte er an ihr vorbei. Sie hörte umgehend hektisches Treiben hinter der Tür. Eine der Wachen brüllte nach Hilfe, doch mitten im Schrei erstarb die Stimme. Melissa rannte in den Empfangsbereich des Gefängnisses. Obwohl sie der Macht des Amuletts nachgab, versuchte sie sich zurückzuhalten. Heute würde niemand sterben. Doch dass sie sich zurückhielt, hatte seine Tücken. Es gelang ihr nicht, sich vollends zu konzentrieren. Zwar nahm sie die Wachen im Raum war, aber sie berechnete nicht automatisch die Gefahr, die von ihnen ausging. Es war, als stotterte ihr Antrieb. Das Schwert ihres Gegners donnerte auf ihre Waffe nieder. Melissa knickte unter der Wucht ein. Kraftvoll riss sie ihr Schwert zur Seite, schob dabei die Wache nach rechts und trat ihm in seine empfindlichste Stelle. Diesmal war es an der Wache einzuknicken. Melissa hörte einen Schrei hinter sich. Aus dem Augenwinkel sah sie, wie Arionas die zweite Wache zu Boden zwang. Der Mann kniete ohne Waffe vor ihm. Arionas war gerade dabei, sein Schwert auf ihn niederzuschmettern.

„Nein!“, brüllte Melissa, ehe sie nachdenken konnte.

Das Schwert stoppte einige Zentimeter vor dem Kopf der Wache. Sie warf einen schnellen Blick auf die Wache zu ihren Füßen. Diese schien mit seinen Schmerzen beschäftigt zu sein. Also rannte sie zu Arionas, der sie wiederum voller Verwirrung ansah. Sie ergriff seinen immer noch erhobenen Schwertarm und hielt ihn zurück.

„Lass ihn am Leben“, sagte sie leise. „Du hattest recht. Frauen haben hier keinen guten Ruf. Was passiert wohl, wenn ich hier weitere Männer töte?“

Melissa sah ein Flackern in seinen Augen. Gleich darauf war sein Kampffunke erloschen. Er wandte sich der vor ihm knienden Wache zu und verpasste ihm einen harten Tritt gegen den Kopf. Dann nickte er ihr zu. Melissa griff nach ihrem Rucksack, der im Schrank hinter der am Boden liegenden Wache lag. Dann verließen sie das Verlies über eine Treppe nach oben.

KAPITEL 8

Sie waren bis zum frühen Mittag gelaufen. Bis zum Fluss hatten sie es geschafft. Melissa war am Ende ihrer Kräfte. Vor lauter Erschöpfung ließ sie sich in das Wasser fallen, um daraus zu trinken. Klitschnass kletterte sie schließlich ans Ufer und fiel neben Arionas ins Gras. Die Sonne würde ihre Kleidung wieder trocknen. Ihre Lunge brannte, als ob die Luft in dieser Welt mit Feuer gespickt war. Arionas keuchte ebenfalls. Minutenlang saßen sie einfach nur da und sagten nichts. Um sich von den Schmerzen in ihrer Brust abzulenken, betrachtete sie den Himmel. Die Wolken hatten sich inzwischen verzogen. Die Sonne schickte ihre hellen Strahlen auf ihren Körper.

„Wie bist du aus der Zelle gekommen?“, fragte Arionas.

Sie zögerte, wollte nicht aussprechen, was die Wache mit ihr vorgehabt hatte.

Melissa seufzte. „Ich weiß es wirklich nicht. Die Wache war dabei mich … anzugreifen. Meine Gedanken waren wie blockiert. Die ganze Zeit habe ich nur daran gedacht, wie die Tür aufspringt und ihm mit voller Wucht ins Gesicht schlägt.“ Sie zuckte mit den Schultern. „Und auf einmal passierte es.“

„Die Tür sprang auf und schlug der Wache ins Gesicht?“ Arionas Tonfall ließ keinen Zweifel daran, dass er ihr glaubte. Aber ein Hauch von Überraschung schwang auch darin.

„Ja, es war seltsam.“ Sie wollte es nicht aussprechen, aber es klang nach der einzig logischen Erklärung. „Als ob ich es mit meinen Gedanken getan hätte.“

Es war ihr unangenehm, solche Mutmaßungen auszusprechen. *Wie er wohl darauf reagiert,* fragte sie sich. Unauffällig blickte sie zu Arionas. Seine Augenbrauen schossen nach oben. Zweifelte er an ihrer Aussage? Doch gleich darauf lächelte er.

„Deine Kräfte entwickeln sich weiter“, sagte er schlicht.

„Was meinst du?“

„Zuerst gelingt es dir, innerhalb eines Augenblicks die Kraft von fünf Männern aufzubieten. Nun gelingt es dir, Dinge mit deinen Gedanken zu bewegen. Dein Talent als Trägerin ist unbestreitbar.“ Er saß im Schneidersitz neben ihrem Kopf und lächelte zu ihr.

Er glaubte ihr. Ein heißer Schauer durchfuhr sie. „Aber ich habe es gerade erst drei Wochen. Wo soll das denn enden?“, murmelte sie vor sich hin.

„Niemand außer den Trägerinnen kennt die Macht des Amuletts.“

„Die einzige Trägerin, die es mir erklären könnte, ist in irgendeine Welt verschwunden und hat vergessen sich abzumelden“, bemerkte sie bissig.

„Das ist kein Grund, mich dafür verantwortlich zu machen“, erwiderte er und kniff die Augen zusammen.

Er sah sie an, sagte aber nichts mehr. Melissa biss sich auf die Lippe. Er konnte nichts für ihre

Unzufriedenheit. „Entschuldige. So war das nicht gemeint. Du kannst wirklich nichts dafür. Es ist nur … Ach, ich bin mit der Gesamtsituation unzufrieden." Sie schloss die Augen. Bleigewichte hingen an ihren Lidern. Die wärmenden Strahlen der Sonne umfingen sie wie eine Bettdecke. Der harte Erdboden verwandelte sich in ihrer Vorstellung in eine Matratze, auf der sie es sich gemütlich machte.

„Wir finden eine Lösung für …", hörte sie Arionas Stimme noch, ehe sie einschlief.

***

„Melissa!"

Der Schrei schreckte sie auf. Ihre Augen öffneten sich, obwohl die Bleigewichte immer noch auf ihren Lidern lagen. Es war hell, aber nicht mehr so heiß. Männer strömten auf sie zu. Nein, keine Männer, Wachen, korrigierte sie. Obwohl sie gegen die Erdanziehungskraft kämpfen musste, stand sie auf. Ungeschickt gelang es ihr auf die Beine zu kommen. Sofort ergriff Arionas ihren Arm und rannte los. Immer dem Flusslauf entlang. Die Bewegung weckte Melissa endgültig, ebenso wie ihre Gedanken. Von den Wachen aus Filano gescheucht, lief Melissa stur hinter Arionas her. Der schien sich den Weg zurück in den Wald gemerkt zu haben.

Nach und nach gelang es ihnen, einen Vorsprung gegenüber den Wachen aufzubauen. Immer wieder warf sie einen Blick über die Schulter, sah, wie die Soldaten zurückfielen. Arionas umrundete die Siedlung von Triliuk weitläufig. Melissa war ihm dankbar, auch wenn es ein Umweg war. Auf eine weitere Konfrontation konnte sie verzichten.

Tausende von Schritten später erreichten sie den Wald. Ihre Lunge war quasi nicht mehr existent. Verbrannt durch die übermäßige Zufuhr der heißen Luft in dieser Welt. Hinter einer Baumreihe legten sie eine Rast ein.

„Vermutlich haben wir sie abgehängt", keuchte Arionas und ließ sich neben ihr nieder. Inzwischen war es Abend geworden. Melissa spürte in ihren Beinen Ameisen hoch und runter laufen. Kaum lag sie auf dem moosähnlichen Erdboden, streckte sie alle viere von sich. Für einen Moment war ihr Ruhe vergönnt, dann spürte sie das schmerzhafte Ziehen in ihren beiden Füßen. Melissa stöhnte auf.

„Was ist los?", fragte Arionas sofort.

„Muskelkrämpfe", war alles, was sie sagen konnte. Sie biss sich auf die Unterlippe.

Im nächsten Moment begann ihr rechter Oberschenkel sie ebenfalls heftig zu foltern. Sie musste sich zusammenreißen, um nicht aufzuschreien. Strecken, lockern. Ihre Gedanken drehten sich nur noch um die Minimierung der Qual. Die Wachen, die sie verfolgten, waren ihr vorerst egal. Nicht einmal Arionas nahm sie in dieser Zeit wahr. Minutenlang lag sie zusammengerollt da, kniff die Augen zusammen und versuchte den Schmerz weg zu atmen.

Schließlich lösten sich die Krämpfe auf. Heimlich wischte sie sich die Tränen aus den Augen. Melissa hatte schon immer Krämpfe in ihrem Leben gehabt. Mehr, als normale Menschen. Aber bisher waren sie noch nie so schmerzhaft gewesen. Es fühlte sich an, als ob sie schlimmer wurden. Sie flehte ihren Körper an, dass dieser Krampf sich nicht so schnell wiederholen würde.

„Geht es dir besser?“, hörte sie Arionas fragen, kaum dass sie die Augen aufschlug. Sein Gesicht war von Sorgenfalten durchzogen. Sie nickte schnell, um ihn zu beruhigen. Dennoch blieb er dicht bei ihr sitzen. „Bekommst du sowas öfter?“

„Schon seit ich denken kann. Aber noch nie so schlimm.“

Er nickte, als hätte sie damit alles erklärt. Melissa beobachtete ihn. Seine Augen huschten durch den Wald, als erwartete er jederzeit die Wachen. Aber ab und an glitt sein Blick zu ihr. Sobald sie ihn allerdings ansah, schaute er schnell weiter. Das Ganze ging drei Mal so, ehe sie die Augen verdrehte und ihn ansprach: „Arionas, du siehst aus, als ob du mich etwas fragen willst.“

„Ich frage mich nur ... Du hast vielleicht mit deinen Gedanken das Schloss geöffnet. Kannst du das wiederholen?“

Melissa schluckte. Telekinese fand sie cool. Schon öfter hatte sie sich gewünscht, diese Kraft zu besitzen. Aber sie wirklich zu haben, stand auf einem anderen Blatt. Wenn sie diese Kraft genauso gut beherrschte wie das Kämpfen, war es ein Problem. Die Kontrolle hatte sie bisher nie erlangen können. Wer sagte ihr, dass ihr das jemals gelingen würde?

„Nein, ich will das nicht“, sagte sie und schüttelte entschieden den Kopf.

Arionas nickte, gab ihr zu verstehen, dass er es verstand. Dennoch öffnete er den Mund. „Du musst keine Angst haben. Die Kräfte sind dein

Vermächtnis", sagte Arionas. „Das Amulett ist für dich gedacht, Melissa, denk immer daran."

Melissa schloss die Augen. „Hilfreich wäre es sicher." Sie wusste, dass er Recht hatte. Trotzdem machte es ihr Angst. „Ein anderes Mal, Arionas. Wir müssen erst einmal meine Mutter finden. Das ist das einzige, woran ich im Moment denken kann. Verstehst du das?"

„Besser wohl als viele andere", murmelte er.

Melissa tastete nach seinen Fingern. „Es tut mir wirklich leid um deine Familie. Habe ich dir das eigentlich schon gesagt?"

Sie öffnete die Augen, schaute zu ihm. Er hatte den Kopf gesenkt und die Lippen aufeinandergepresst. „Danke. Es bedeutet mir viel, dass du es verstehst."

Eine Weile schwiegen sie, ehe er den Kopf hob und sich zu ihr legte. Seine Finger lagen noch immer in ihren. Das Gefühl seiner Haut auf ihrer war wunderschön. Sie konnte gar nicht genug davon bekommen, wollte am liebsten mit ihm liegen bleiben.

Melissa drehte sich zur Seite, so dass sie ihn anschauen konnte. Seine lockigen Haare klebten an seiner Stirn, während ein einzelner Schweißtropfen seine Schläfen hinunterrann. „Ich weiß, dass es nicht leicht sein kann", begann sie. „Deine Familie ist gestorben und jetzt machst du dich mit mir auf die Suche nach meiner Mutter. Nicht mal zwei Wochen danach. Ist sehr schräg für dich, oder?"

Arionas schloss die Augen. Sie konnte dennoch den Schmerz in seinem Gesicht erkennen. „Es brennt. Jeder Gedanke an sie brennt wie eine Sonne in meinem Herzen. Ich wünschte, ich könnte endlich vorankommen, sie vergessen, damit ich weiterleben kann. Aber sie sind in jeder freien Sekunde bei mir. Jeder Augenblick, den ich nicht abgelenkt bin, tut weh, denn ich sehe sie."

„Arionas", begann Melissa und wusste gar nicht, was sie sagen sollte. Dass er so offen darüber sprach, überwältigte sie. „Möchtest du lieber wieder zu mir nach Hause?" Sie dachte kurz nach. „Oder nach Traveste?"

„Nein, ich glaube nicht, dass ich es ertragen könnte, meine Heimat zu sehen." Er schüttelte den Kopf und stieß die Luft heftig aus. „Ich glaube, dass ich hier an der richtigen Stelle bin." Auch er drehte sich zu Melissa und schaute ihr tief in die Augen. „An deiner Seite kann ich Gutes bewirken. Dir und den Welten helfen. Vielleicht ist das meine Aufgabe, meine Strafe dafür, dass ich nicht mit meiner Familie gestorben bin."

„Das darfst du nicht einmal denken!", entfuhr es ihr lautstark. „Was auf Traveste passiert ist, war nicht deine Schuld. Bitte, versprich mir, dass du das nie wieder denken wirst."

Arionas hob überrascht die Augenbrauen. „In Ordnung", antwortete er nach kurzer Zeit. „Dennoch glaube ich, dass mein Platz an deiner Seite ist. Zumindest für den Augenblick. Wenn du Gutes tust, habe ich das Gefühl, dass ich einen Teil dazu beigetragen habe. Und das brauche ich im Moment. Glückliche Menschen oder Bewohner, denen ich helfen konnte."

Es fiel ihr schwer, nicht in Tränen auszubrechen. Arionas berührte sie mit seinen Worten, wie es noch niemand zuvor geschafft hatte. Und doch wandte sie sich ab, rollte sich zurück auf den Rücken. Sie konnte den Schmerz in seinen Augen nicht ertragen. Den Schmerz, den sie ausgelöst hatte, indem sie vor dem König von Traveste seinen Vater als Attentäter bezeichnet hatte. Ihre unbedachten Worte damals waren mit daran schuld, dass er ohne Familie leben musste.

„Was sind das für Tiere?", fragte sie abgelenkt und deutete hinauf. Über ihnen kreisten Geier, als ob sie ihre nächste Mahlzeit ins Auge gefasst hatten. Sie runzelte die Stirn. Tatsächlich kamen die Vögel immer näher, vereinzelt stürzten sie sich auf ihre Position.

Arionas zuckte mit der Schulter. „Sie sind schon eine Weile über uns, aber sie kommen näher."

„Warum hast du denn nichts gesagt? Meinst du, das sind Spionagevögel?"

Amüsiert hob Arionas eine Augenbraue. „Ich glaube nicht, dass die Menschen in dieser Welt Zeit haben, einen ganzen Schwarm Vögel abzurichten." Er zeigte auf eine Gruppe von Vögeln, die sich von dem Schwarm abspaltete. „Vor allem nicht, dass sie in solchen Formationen agieren."

Melissa wandte den Blick nicht von der Gruppe ab. „Du meinst wohl angreifen", murmelte sie, als die Tiere mit dem Schnabel voran auf sie niederstürzten. „In Deckung."

Beide rollten unter einen Busch, der voll mit stacheligen Beeren hing.

„Warum greifen die uns an?", fragte Arionas. Von seiner Trauer war nichts mehr zu sehen.

„Siehst du die Augen?" Melissa zeigte auf die Tiere. „Die sind stahlblau. Also entweder sind die Tiere in dieser Welt alle mit derselben Augenfarbe gesegnet oder irgendetwas stimmt nicht mit ihnen."

Sie wichen immer wieder Vögeln aus, die kreischend auf sie hinabstürzten und ganz offensichtlich ihr Gesicht als Ziel hatten.

Plötzlich änderte sich etwas. Im ersten Moment konnte sie sich nicht erklären, was es war. Sie spürte diese Veränderung mehr, als dass sie sie wirklich sah. Keine Angriffe mehr. Etwas verschreckte die Angreifer. Unter lautem Kreischen zogen sie sich ungeordnet zurück. Doch das beruhigte sie nicht sonderlich. Ganz im Gegenteil. Etwas, was diese rasenden Vögel vertrieb, wäre sicher noch gefährlicher. Melissa sah sich um. Der Wald gab keinen Hinweis auf einen weiteren Angreifer. Melissa nutzte den Moment, um zu Arionas zu kriechen.

In der Hitze, sogar zwischen den Bäumen, wurde ihr bewusst, dass sie bereits an diesem Ort gewesen war. Der Duft der Blumen. Bei ihrer Ankunft hatte sie ihn schon wahrgenommen. Arionas saß zwischen zwei mit Blüten besetzten Büschen. In der inzwischen fast vollständigen Dunkelheit konnte sie die Farbe nicht ausmachen. Er verband sich eine Risswunde, die den Boden mit Blut beträufelte.

„Wir sind in der Nähe des Steins", sagte sie und fasste ihn an den Oberarm.

Arionas sog zischend die Luft ein, als sie ihn berührte. Zu spät bemerkte Melissa die vielen Kratzer auf seiner Haut. Das Blut klebte an ihren Fingern. Schnell wischte sie es an ihrer Hose ab.

„Geht es dir gut?", fragten sie gleichzeitig.

„Jaja. Es geht schon." Sie bot ihm die Hand und nach kurzem Zögern ergriff er sie. „Komm hoch."

„Lass uns weiter. Wer weiß, vor was die Vögel geflüchtet sind."

Er hatte also dieselbe Vermutung wie sie, denselben Gedanken. Wieder war da dieses warme, vertraute Gefühl im Magen. Mit einem Nicken schickte sie ihn los. Sie lief hinter Arionas her. Die Luft flimmerte vor ihren Augen. Die schwarzen Bäume schienen sich zu bewegen. Kurz dachte sie an ein Spiegelkabinett. Jene, in denen man dicker und dünner wurde. *Wahrscheinlich ist es ein durch die Hitze auftretendes Phänomen,* überlegte sie.

Immer wieder warf sie einen Blick über die Schulter, aber die Vögel blieben verschwunden. Arionas und Melissa rannten vollkommen allein durch den Wald. Dennoch fühlte sie sich beobachtet. Etwas hatte die Vögel verscheucht. Da war sie sich sicher.

Plötzlich stutzte sie. Warum flimmerte die Luft in der Dämmerung?

Die Frage bohrte sich in ihr Bewusstsein und blieb stecken. Sie hielt an. Im Schatten des Baumes hing immer noch das Flimmern in der Luft. Es bewegte sich nicht. Ein Teil von ihr erkannte diesen Anblick, doch sie konnte ihn nicht benennen.

In dem Augenblick, da die Sonne endgültig verschwunden war, nutzten ihr allerdings sämtliche Bemühungen ihres Körpers nichts mehr. Melissa schrie auf, als sie die Verwandlung des Flimmerns beobachtete. Hätte sie mit der Wimper gezuckt, hätte sie es verpasst. Das *Ding* blieb durchsichtig, allerdings bekam es eine Form. Mensch. Vor ihr schimmerte ein Mensch.

Aber kein lebender. Sie erschrak. Geister. Als ihr das klar wurde, rannte sie los. Egal, was diese Wesen waren, die Vögel waren garantiert vor ihnen geflohen. Die Bäume verengten sich, stellten sich ihr in den Weg, während sie Schritt für Schritt über den Boden jagte.

„Arionas!“, schrie sie hinter ihm her.

Doch er schien sie nicht zu hören. Sie riss ihre Augen auf, versuchte in der Finsternis etwas zu erkennen. Wie in der Nacht zuvor regierten die Wolken am Himmel. Der Mond als Einzelkämpfer hatte keine Chance, deren Frontlinie zu durchbrechen.

Der Steinquader musste hier irgendwo sein. Ihr Blick huschte von links nach rechts. Dabei entdeckte sie weitere Geister. In der Dunkelheit waren sie nur durch einen unheimlich wirkenden Schimmer auszumachen. Aus allen Richtungen kamen sie auf Melissa zu. Allerdings konzentrierten sich einige auf Arionas, kreisten ihn ein. Die Arme der Geister griffen immer wieder nach seinem Körper. Der Wald verschwamm in einer grauen Mauer. Erneut beschleunigte sie ihre Schritte.

Auf einmal tauchte direkt vor ihr ein Geist auf. Das durchsichtige Gesicht wirkte emotionslos, zeigte keinerlei Regung. Das Antlitz bot nur wenig menschliche Züge. Es erinnerte Melissa an einen Orang-Utan mit Biberzähnen. Sie hatte sein Kommen nicht bemerkt. Mit voller Geschwindigkeit raste sie in seine Arme.

Kälte.

Als ob sie mit einem Schwall Eiswasser abgeduscht worden wäre. Sie keuchte. Es fühlte sich an, als ob alle ihre Glieder in der Bewegung versteiften. Der liebliche Duft des Waldes verschwand, alles was sie auf ihrer Zunge schmeckte, war Eis. Das Gefühl hielt nur einen Augenblick an. Kaum hatte sie den Geist durchquert, verschwand es. Sie nahm die Wärme ihrer Umgebung in sich auf, lockerte damit ihre Gliedmaßen. Obwohl sie nicht gebremst hatte, spürte sie dennoch, wie ihre Bewegungen langsamer wurden. Stöcker knackten unter ihren Füßen, sie spürte Steine, die sich in ihre Sohle bohrten. Sie presste die Lippen aufeinander und fixierte Arionas. Arionas schien zwar intuitiv den Geistern auszuweichen, aber dennoch wurden es immer mehr.

Nur noch ein paar Meter, flehte sie ihren Körper an. Sie hatte ihn beinahe eingeholt. Arionas wich gerade einem Geist aus, streifte dabei jedoch mit der Schulter einen anderen. Sofort hing sein Arm schlaff herunter. Melissa erkannte erst die Verwirrung über das, was da passierte. Im nächsten Moment brüllte er laut auf. Dann blieb er stehen, packte seinen Arm.

Ihr Herz trommelte im Takt der Schritte in ihrer Brust. Ein Geist schwebte auf Arionas zu. Wenn sie ihn nicht rechtzeitig erreichte … Nein, daran durfte sie jetzt nicht denken.

Melissa achtete währenddessen darauf, dass sie nicht über eine Wurzel stolperte. Bitte lass es funktionieren, flehte sie. Lass mich in der Nähe des Steinquaders sein. Sie kramte im Laufen unter ihrem T-Shirt nach dem Amulett. Kaum ertasteten ihre Fingerspitzen das kühle Material, spürte sie schon die Vibrationen. Die Steine, die ihr vom Herzen fielen, erleichterten ihr die letzten Schritte ungemein.

Sie achtete nicht mehr auf die Symbole, die das Amulett auf dem Außenring sammelte. Der Geist hatte Arionas beinahe erreicht, streckte die durchsichtigen Finger nach ihm aus.

„Nein!", brüllte Melissa und sprang ab.

Sie warf sich zwischen die Hand und Arionas. Als der Geist sie berührte, glaubte sie zu ersticken. Egal, wie sehr sie versuchte einzuatmen, es funktionierte einfach nicht. Als hätte ihr Körper den Dienst quittiert. Mit allerletzter Kraft hob sie ihre Arme und packte Arionas. Sein Schrei klingelte in ihren Ohren. Weißes Licht ummantelte sie und Arionas und beendete die Kälte abrupt.

KAPITEL 9

Mit ihrer Schulter bremste sie den Sturz ab. Wo war sie? Sie riss die Augen auf. Gleich darauf schloss sie diese wieder.

Die Sonne schien.

Erleichtert lachte Melissa auf. Geschafft. Sie waren auf einer anderen Welt. Neben ihr regte sich Arionas. Sie wollte ihm die Hand auf den Arm legen, wollte ihm mitteilen, dass er sich noch erholen konnte. Aber ihr Arm reagierte nicht. Erschrocken versuchte sie aufzustehen, aber sie konnte nur den Kopf anheben. Sobald sie versuchte ihre Beine oder den Oberkörper zu bewegen, passierte gar nichts.

Der Aufprall auf dem Boden, schoss es ihr siedend heiß durch den Kopf. Hatte sie ihre Wirbelsäule verletzt? Verzweifelt versuchte sie, ihre Finger zu bewegen, spürte einem Kribbeln nach. Irgendetwas, aber … nichts.

„Arionas?"

Melissa vernahm ein Stöhnen neben sich. Arionas kam in ihr Sichtfeld.

„Was ist passiert?", fragte er benommen und hielt sich den Kopf.

„Ich kann mich nicht bewegen." Ihre Stimme klang piepsig in ihren Ohren. Ihre Augen brannten. Mühsam blinzelte sie gegen die Tränen an, schluckte den Klos in ihrem Hals herunter.

„Wie bitte?", fragte er. Bei dem Versuch seinen linken Arm zu ihr zu bewegen, scheiterte er.

Seine Miene zuckte für einen kurzen Moment, ehe er sich wieder fing und sie sorgenvoll anblickte.

„Du kannst deinen Arm auch nicht bewegen." Melissa verlor die erste Träne. Sie rollte ihre Wange hinab. „Dann muss es die Berührung mit den Geistern gewesen sein." Melissa stockte. Sie wollte sich nicht ausmalen, was passiert wäre, wenn sie nicht in eine andere Welt gereist wären.

„Was machen wir jetzt?", fragte Arionas und sah ihr tief in die Augen. Die Welt um sie herum, egal wie sie aussehen mochte, verschwand aus ihrem Bewusstsein. Für sie zählte nur, dass sie bei Arionas war. Er war in Sicherheit. Wieder war da dieses warme Kribbeln, ehe sie schluchzte. Und dann ließ sie den Tränen ihren Lauf. Ohne zu zögern, legte er sich zu ihr. Er hob ihren Oberkörper mit dem gesunden Arm hoch und drehte sie an seine Brust.

„Shhht", sagte er immer wieder und streichelte ihren Kopf. Ein wohliges Gefühl kribbelte durch ihre Brust. Melissa genoss seine Berührungen und wurde schließlich immer ruhiger, bis auch das letzte Schluchzen verebbt war. Sie hob den Blick, sah ihm in die dunklen Augen. Das Gefühl, das daraus sprach, raubte ihr den Atem. Erschrocken ruckte sie mit dem Oberkörper nach hinten, schrak vor dem zurück, was sie fühlte.

Melissa hielt mitten in der Bewegung inne. „Ich habe mich bewegt", sagte sie überrascht. Sie setzte sich auf. Noch immer fiel es ihr schwer, sich zu rühren, aber wenn sie ihre ganze Kraft aufbot, gelang es ihr. Glücklich sah sie zu Arionas. Doch kaum erblickte sie ihn, schluckte sie ihren Freudenschrei herunter.

„Es ist nicht von Dauer." Er wirkte verwirrt, gar nicht glücklich über diese Tatsache. Unbeholfen begann Melissa ihre Finger zu kneten. Der Dreck unter ihren Fingernägeln war auf einmal ungeheuer interessant.

„Wir sollten uns bald wieder vollkommen bewegen können", sagte sie.

Melissa beschäftigte sich damit, herauszufinden, in welcher Welt sie diesmal gelandet waren. Um sie herum waren Felsen. Monoton erhoben sie sich, verwehrten ihr den Blick auf den Rest der Welt. Mittendrin in dieser Felsenlandschaft stand erneut ein Steinquader. Allerdings ragte er, anders als die bisherigen, mindestens fünf Meter in die Luft. Sie saß zu seinen Füßen. Aus Langeweile klopfte sie auf den Steinboden. Zu ihrer Überraschung hallte das Material nach. Als sie darauf schlug, war der Hall noch lauter.

„Cool", entfuhr es ihr. Dieser seltsame Boden lenkte sie von Gedanken über Arionas ab.

In ihrer Umgebung befanden sich einige wenige … Bäume. Sie glaubte jedenfalls, dass es welche waren. Ein Geflecht von Lianen hatte sich zu einem stammähnlichen Gebilde zusammengefunden. Am oberen Ende, etwa einen Meter über dem Felsboden, liefen die Lianen in vier breite Äste auseinander.

An deren Ende hingen graugelbe Kokons. Belustigt beobachtete sie, wie diese viel zu großen, eierförmigen Objekte im Wind schwankten.

Arionas saß im Schneidersitz neben ihr. Als sie seine kerzengerade Haltung sah, streckte sie automatisch auch ihren Rücken durch. *Wenn du so weitermachst, hast du im Alter einen Buckel,* drohte ihr Vater ihr in regelmäßigen Abständen. Seine Hand strich gedankenverloren über den tauben Arm.

„Wie geht es dir?", fragte sie. Ihren Körper konnte sie wieder vollständig bewegen, abgesehen von einem sich ankündigenden Muskelkater in ihrer Wade, bedingt durch die Krämpfe.

„Ich hätte nie gedacht, andere Welten zu sehen", erwiderte er, starrte dabei weiterhin auf den Steinquader.

Melissa stutzte. Was hatte das mit ihrer Frage zu tun? Sie saß nur da und wusste nicht, was sie sagen sollte.

„Auch wenn Traveste nicht die schönste Welt sein mag, sie ist ... war mein Zuhause. Dort habe ich immer meine Zukunft gesehen. Als Angestellter am Hof des Königs. Wäre vielleicht eines Tages Berater geworden. Mit meiner Familie an meiner Seite, bis ich eine eigene Familie gegründet hätte." Er seufzte, schüttelte den Kopf. „Doch all diese Pläne werden sich jetzt niemals erfüllen."

Melissa schluckte. Sollte sie mit ihm darüber reden, was ihn beschäftigte? Hier? In einer fremden Welt, von der sie nicht wusste, ob sie sie ebenfalls bald angriff? Sie entscheid sich schweren Herzens dagegen und verschob es auf einen ruhigeren Moment, in dem sie mit ihm darüber sprechen könnte. „Du wirst neue Pläne machen. Wart's ab. Komm, lass uns nachsehen, wohin uns das Amulett geführt hat", sagte sie daher.

Eine piepsige Stimme in ihrem Kopf schrie kurz auf, als sie ihn so rigoros abschmetterte. Aber sie sprang auf und ging einige Schritte. Bei jedem Auftreten ertönte ein Echo unter ihren Füßen. Sie war versucht den Rhythmus von *We will rock you* zu stampfen, ließ es aber bleiben.

Einige Sekunden später hörte sie auch den Hall von Arionas Schritten. Gut, er kam hinterher. Sie atmete erleichtert auf. Der Weg, dem sie folgte, führte sie hinter einen Felsvorsprung. Dahinter erstreckte sich eine Aussicht, die sie nicht erwartet hatte.

Das felsige Gebiet endete direkt hinter dem Vorsprung und ging in ein gigantisches Kiesbett über. Hellgraue Kieselsteine mischten sich mit dunkelbraunen, so dass es wie ein zusammengepuzzeltes Mosaik aussah. Kein Gras, keine erkennbaren Wege. Alles bestand aus Kieselsteinen. Als sie ihren Kopf nach links wandte, entdeckte sie ein Meer. Eine Brise fuhr durch ihr Haar, trug den Salzgehalt der See auf ihren Schwingen. Rechts von ihnen lag ein Wald. Einige Bäume wuchsen auf dem Kiesbett, sahen ebenfalls aus, als ob Lianen zusammengewuchert wären. Erst auf dem freien Feld dahinter, begannen die Bäume zu wachsen, wie Melissa sie kannte.

„Wow", entfuhr es ihr. Sie fragte sich, was für Bewohner in solch einer Welt wohl leben mochten. Menschen? Affenähnliche Wesen? Und was für Bäume trugen nur vier Früchte? Dafür aber groß genug, um eine Familie zu ernähren.

Auch Arionas hielt neben ihr an. Sein tauber Oberarm berührte ihre Schulter. Er spürte es vermutlich noch immer nicht. Sie mochte seine Nähe, auch wenn sie unbeabsichtigt war. Ihre Schuhe knirschten auf dem Kies. Mit weiten Schritten hielt sie auf den Wald zu. Die Bäume standen so dicht, dass Melissa sich fragte, ob überhaupt Sonnenlicht auf den Boden drang.

Sonne. In dieser Welt musste es mitten am Tag sein. Anders als in der Welt von Phoebon im Zeichen des Pegasus. Melissa stöhnte, als sie daran dachte, noch eine Weile wach zu bleiben. Ihr taten bereits alle Muskeln weh und sie brauchte dringend Schlaf. Sonst würde ihr Körper sicher in nicht allzu ferner Zukunft aufgeben. Immerhin hatte sie keine Erholung von ihrem Abenteuer in Traveste gehabt. Außerdem musste sie dringend etwas essen, um ihrer aufsteigenden, schlechten Laune den Mund zu stopfen. Zwar war sie von den neuen Eindrücken begeistert, aber sie hätte es mehr genießen können, wenn sie gesättigt und ausgeschlafen hier stehen würde. Dieses Herumgereise ohne feste Möglichkeit zu schlafen oder essen zerrte an ihren Nerven.

„Wie willst du vorgehen?", erkundigte sich Arionas bedächtig.

Melissa zuckte mit den Schultern. „Wir suchen die Einwohner und fragen, ob sie meine Mutter gesehen haben."

„Und was machst du, wenn die Bewohner sie nicht kennen?", fragte er mit deutlichen Zweifeln in der Stimme.

„Ich werde sie finden, Arionas", merkte sie lauter an, als sie gewollt hatte. „Hör auf, an mir zu zweifeln."

„Hör auf, mich anzuschreien", sagte er ruhig. Melissa runzelte die Stirn und spürte, wie ihr leerer Magen wie ein schwarzes Loch für ihre Vernunft war. Und sie konnte nichts dagegen tun.

„Ich schreie an, wen ich will. Du hast mir gar nichts zu sagen. Ich bin die Trägerin!" Der Satz verließ ihren Mund, ehe sie darüber nachdenken konnte.

„Nur weil du die Trägerin bist, werde ich nicht auf meine Meinung verzichten. Das ist nicht meine Art." Seine Antwort war leise, bedrohlich leise. Melissa zuckte zusammen. Ein Teil von ihr stimmte ihm zu, aber das schwarze Loch gab nicht nach. Sie blieb stehen und sah ihm in die Augen.

„Du hättest nicht mitkommen müssen, wenn du nicht von mir überzeugt bist."

„Melissa, es geht nicht um dich!" Er erhöhte seine Stimme nun ebenfalls. „Was ich auf Traveste von dir gesehen habe, hat mich von der Trägerin, von dir, überzeugt. Aber seitdem du weißt, dass deine Mutter am Leben ist, lässt du dich zu sehr von deinen Gefühlen leiten, ohne auf die Gefühle von anderen zu achten. Du bist wie ein Riese, der mit Gewalt an sein Ziel zu kommen versucht, statt mit Logik."

„Logik? Logik?" Sie schnappte nach Luft. „Meine Mutter lebt und wird irgendwo gefangen gehalten! Das Einzige, was ich in den letzten beiden Tagen getan habe, ist nachzudenken, wo sie ist und wer sie entführt hat. Ich dachte, gerade du könntest mein Bedürfnis nach meiner Mutter verstehen." Die Stille zwischen ihnen spannte sich wie ein Laken, in das der Sturm hineinblies.

„Da hast du wohl falsch gedacht." Arionas warf ihr einen letzten, wütenden Blick zu. Dann drehte er sich auf dem Absatz um und marschierte davon.

Melissa ließ sich auf dem Rasen zu ihren Füßen nieder. *Verdammt,* wütete sie innerlich. *Dieser Kerl macht mich wahnsinnig.* Ihr Blick folgte Arionas und sie spürte, wie die Kraft des schwarzen Lochs nachließ. Ihre Vernunft kehrte zurück und sie stand wieder auf. Er war bereits im Wald verschwunden, so dass sie ihn nicht mehr sehen konnte. Sie bekam ein schlechtes Gewissen. War sie zu herzlos gewesen? Er war ganz allein in dieser fremden Welt. Es war unklug zu verschwinden. Sie biss sich auf die Unterlippe und drehte sich in alle Richtungen.

„Sollte ich ihm nachlaufen?", murmelte sie. „Oder braucht er einen Moment für sich?" Melissa hatte keine Ahnung, was sie tun sollte. Ihre Finger kneteten einander. Wenn sie ihm nachlief, konnte es sein, dass er wütend war und es erneut zum Streit kam. Das wollte sie nicht. Sie wollte Arionas nicht wütend sehen. Das war das letzte, was er gebrauchen konnte. Vielleicht sollte sie ihm einen Moment Ruhe gönnen, damit er seine Gedanken sortieren konnte. Melissa nickte. Ja, so würde sie es machen. Sie reckte den Kopf und schaute sich um.

Das Meer erstreckte sich bis zum Horizont. Als sie allerdings ein wenig genauer hinsah, erkannte sie die seltsame Verfärbung des Wassers. Von der Ferne sah es ockergelb aus. Feine Wellen rollten auf das Kieselufer, doch das Wasser verschwand in den Rillen zwischen den Steinen. Was dort wohl für Tiere lebten? Sie stellte sich einen Schwarm von stacheligen, ockergelben Fischen vor. Eine Gänsehaut überzog ihren kompletten Körper. Fische. Diese Lebewesen mochte sie partout nicht. Es kam nur äußerst selten vor, dass ihr Vater sich einen Fisch briet, aber wenn, dann mied sie an diesem Tag den Kühlschrank solange es ging.

Auf dem Wasser dümpelten keine Schiffe. Also waren die Bewohner vermutlich keine Fischer. Sie drehte den Kopf. Vereinzelte Felder waren in weiter Ferne zu erkennen. Abgesteckte Reviere. Vielleicht Bauern. Das Land war flach, besaß aber immer wieder einige Hügel, die ihr die Sicht versperrten. Einige dieser Anhöhen waren nicht bepflanzt, zeigten einen ähnlichen Farbschimmer, wie das Kieselbett am Meer. Genau konnte sie es nicht erkennen, aber vermutlich waren die Punkte auf dem Farbschimmer die seltsamen Bäume.

Immer wieder wurde ihr Blick von dem Wald angezogen. Es war, als ob Arionas nach ihr rief, aber sie hörte nichts. Bis auf einmal ein feines Brüllen erklang, dass seinen Ursprung zwischen den Bäumen zu haben schien. Sie versteifte sich. *Dunkler Wald, unheimliche Geräusche, einsamer Reisender. Der Stoff, aus dem Horrorfilme gemacht werden,* dachte Melissa und stemmte die Hände in die Hüfte.

„Arionas", murmelte sie gleich darauf und lief los.

Die Finsternis des Waldes umfing Melissa. Ihre Muskeln schmerzten, als sie über hochgewachsene Wurzeln klettern musste. Erst als sie in die Schatten trat, merkte sie, wie warm es in dieser Welt war. Die Sonne hatte sie nicht gebraten, wie auf der vorherigen, aber dennoch ausreichend erhitzt, um mit einem T-Shirt durch die Gegend zu laufen. Zwischen den Bäumen wurde es jedoch kühl. Sie bereute, ihren Pullover in Filano gelassen zu haben. Für die nächste Reise musste sie sich definitiv Ersatzklamotten einpacken. Da kam ihr ein Gedanke. Sie holte ihren

Rucksack nach vorne. Nach kurzem Kramen fand sie das Handy.

„Ich wusste, du würdest mir nützlich sein", sagte sie und begann, sich eine To-Do-Liste in einer App anzulegen. Zufrieden steckte sie das Handy wieder in ihre Hosentasche.

In den Schatten konnte sie Arionas nicht erkennen. Ihre Finger tasteten sich an den Bäumen entlang, spürten die feuchten Stellen, an denen Moos wuchs. Melissa schmeckte die nasskalte Luft. Unwillkürlich musste sie zittern. Neben ihr hörte sie etwas. Sie fuhr herum. Was war da?

„Arionas?", rief sie leise in die Richtung, aus der das Geräusch gekommen war.

Plötzlich hatte sie das Gefühl beobachtet zu werden. Sie konnte es sich nicht erklären. Ein Grummeln in ihrer Magengegend. Ein Blick, der sich in ihren Rücken bohrte. Unvermittelt drehte sie sich um. Sie erkannte eine Bewegung zwischen zwei eng zusammenstehenden Bäumen. Farne und Büsche verhinderten einen genaueren Blick. Aber sie glaubte, ein weißes Hemd gesehen zu haben. Arionas. Wollte er sich vor ihr verstecken? Mit beiden Händen zog sie an den Gurten ihres Rucksacks und sorgte so dafür, dass er eng an ihrem Rücken hing.

Links von ihr knackte es. Nur ihre Augen bewegten sich. Ihr restlicher Körper blieb regungslos stehen. Ein Rascheln, nicht weit von ihr. Er kam näher. Ihr Herz pochte in einem herzlich uninteressierten Rhythmus in ihrer Brust. Dann hörte sie nur wenige Schritte hinter sich im Gebüsch ein Brummen. Es klang wie der Vibrationsalarm ihres Handys. Stille. Arionas bewegte sich nicht mehr. Wie in Zeitlupe drehte sie sich um. Im nächsten Moment sprang sie über das Wurzelwerk ins Gebüsch.

„Erwischt", rief sie und packte das weiße Hemd.

Doch es war nicht Arionas.

„Argh, lass mich los", hörte sie eine tiefe, knorrige Stimme sagen. Schwere Schläge trafen sie am Oberschenkel. Genau auf die Stellen ihres Muskelkaters. Es war definitiv nicht Arionas. Sie war sich nicht einmal sicher, ob es ein Mensch war. Das weiße, was sie festhielt, war kein Stoff, sondern das Haar des Wesens. Noch immer wehrte es sich gegen den Griff, aber Melissa sah nicht ein, die potenzielle Bedrohung freizugeben. Auch wenn sie vor dieser zwergenhaften Kreatur keine Angst hatte. Das Wesen reichte Melissa gerade einmal bis zur Hüfte und malträtierte diese mit Fausthieben. Die Treffer waren nicht sonderlich gehaltvoll, so dass Melissa sie ausblenden konnte.

„Was bist du?", fragte sie das Wesen.

Bisher konnte sie noch keinen sonderlich guten Blick auf das Gesicht ihres Beobachters erhaschen.

„Das geht dich nichts an, du elender Mörder."

„Mörder?" Irritiert starrte sie auf das kleine Wesen. Melissa sah sich um, ob sie auf dem Weg in den Wald aus Versehen jemanden getötet hatte. Aber sie konnte kein totes Lebewesen erkennen. „Ich habe niemanden getötet."

„Jetzt sprecht ihr garstigen Biester auch noch unsere Sprache, wollt uns wohl belauschen, ihr von Gensira verfluchten Missbildungen."

„Jetzt sei doch endlich mal ruhig. Ich bin keine Mörderin", unterbrach sie die Fluchtiraden der Kreatur.

„Grasfressender Nackttroll! Übergroße Missgeburt. Mich wirst du nicht töten."

„Halt die Schnauze", brüllte Melissa, doch es zeigte keinerlei Wirkung. Es wollte nicht auf sie hören. Von diesem Wesen würde sie kaum den Aufenthaltsort von Arionas erfahren. Also ließ sie es los. Verdutzt hielt die Kreatur in seiner Verteidigung inne. Dann ruckte der Kopf nach oben. Das erste Mal hatte sie freie Sicht auf das Gesicht ihres Beobachters.

Definitiv nicht menschlich, entschied sie. Königsblaue Tätowierungen verzierten die Haut, soweit sie es erkennen konnte. Gelbe, runde Augen starrten sie aus einem mausgrauen Gesicht an. Diese waren weit aufgerissen, als ob die Kreatur seine Freiheit nicht glauben konnte. Doch als sie einen Schritt auf das Wesen zuging, zuckte es erst und verschwand dann im Wald. Sofort verschmolz es mit der Umgebung. Melissa schüttelte den Kopf.

Ob das die Einwohner dieser Welt waren? Oder Tiere? Auf jeden Fall sprachen sie. Die Aussagen des Wesens - sie konnte nicht genau sagen ob es ein Mann oder eine Frau gewesen war - verwirrten sie immer noch. Aus irgendeinem Grund hielt es sie für eine Mörderin. Dabei suchte sie nur nach … Arionas. Ihr fuhr ein Schreck durch die Glieder. Durch die unverhoffte Begegnung hatte sie ihre Suche nach ihm verdrängt. *Ob er auch auf so ein Ding getroffen ist,* überlegte sie. Ihr Blick glitt nach oben. Es kam ihr so vor, als ob es dunkler wurde. Und das ziemlich schnell. Sicher ging die Sonne unter.

„Arionas", rief sie.

Sie horchte in den Wald hinein, lauschte auf verdächtige Geräusche. Aber da war nichts. Kein

Brummen eines Tiers, kein Knacken eines Zweiges. Nur der Wind, der durch die Bäume fuhr. Melissa warf die Arme in die Luft und begann sich mit Flüchen auf den Lippen durch das hohe Unterholz zu kämpfen.

Nachdem sie Arionas Namen gefühlte Hundert Mal durch die eng stehenden Bäume gerufen hatte, ließ sie sich schließlich auf einer hochgewachsenen Wurzel nieder. Arionas blieb verschwunden. Sie trank einige Schlucke aus einer der Flaschen, die sich noch in ihrem Rucksack befanden. Es kühlte ihre erhitzte Kehle. Mit beiden Ellbogen lehnte sie sich auf ihre Oberschenkel. Während ihr Herz mit ihrer Atmung um die höhere Frequenz konkurrierte, schloss sie die Augen.

Diese Welt war seltsam. Eigentlich hätte sie mehr Leben erwartet. Schließlich war alles in diesem Wald grün und wirkte so lebendig. Als sie sich mit den Händen auf der Wurzel abstützte, durchfuhr sie ein Stromschlag. Sie zuckte zurück. Was war das? Bäume, die unter Strom standen? Irritiert starrte sie auf die braungraue, verschlungene Wurzel. Warum bekam sie einen Stromschlag? Sie saß seit mehreren Minuten darauf und nichts war passiert. Vorsichtig näherten sich ihre Finger wieder dem Holz. „Au."

Reagiert wohl nur auf Haut, dachte sie. Schnell stand sie auf. *Vielleicht ein automatischer Abwehrmechanismus der Natur*. Melissa seufzte. Jetzt durfte sie nicht einmal ihre Füße ausruhen. Nein, so schnell gab sie nicht auf. Sie probierte weitere Wurzeln aus, aber egal, welche größere Pflanze sie mit ihrer Haut berührte: sie versetzten ihr immer einen Schlag.

„Was soll das?", murmelte sie vor sich hin.

Sie suchte nach Hinweisen für dieses Phänomen. Gerade als sie aufgeben und wieder aus dem Wald heraus gehen wollte, hörte sie hinter sich ein Geräusch. Erst hielt sie es für ein Tier, aber dann schimmerte im letzten Licht der untergehenden Sonne ein weißer Haarschopf hinter einem Busch. Melissa blickte genauer hin. Tatsächlich. Es musste dasselbe Wesen sein, das sie kurz zuvor freigelassen hatte. *Na, sonderlich intelligent scheint das Ding nicht zu sein,* dachte sie.

„Warum verfolgst du mich?", sagte sie und ging auf den Busch zu. Sofort war ein Rascheln zu vernehmen und die weißen Haare verschwanden. Melissa verdrehte die Augen. Sie war müde, ihr tat alles weh und über ihren knurrenden Magen wollte sie gar nicht erst nachdenken. Das letzte, worauf sie Lust hatte, war ein Versteckspiel. Und da ihr das Wesen scheinbar nichts tun wollte, ließ sie es bleiben.

Da es immer schneller dunkler wurde, suchte sie sich einen Platz, an dem sie liegen konnte, ohne ständig unter Strom gesetzt zu werden. Allerdings musste sie aufpassen, denn direkt zu ihrer Rechten war ein großer Busch mit roten Blüten, der ihr sicher die Nacht zur Hölle machen konnte, wenn sie sich zu sehr bewegte. Die Stille des Waldes und die Anstrengungen des Tages ließen sie schnell einschlummern. Ihr letzter Gedanke galt der Suche nach ihrer Mutter.

***

„… einer von diesen Mördern."

„Aber dieses hier hat mich freigelassen. Es trägt auch keinen Sauger bei sich." Die tiefen Stimmen weckten Melissa. Die Worte dröhnten beinahe in ihren Ohren. Sie blinzelte einmal blitzschnell. Es war noch immer dämmrig, aber sie konnte zwei Umrisse erkennen. Das Wesen vom Nachmittag. Melissa erschrak, sprang auf und legte eine Hand auf den Schwertknauf, während sie ihre beiden Beobachter ins Visier nahm.

„Was wollt ihr von mir?", fragte sie leise.

Trotz ihres Schreckens konnte sie die Müdigkeit nicht endgültig abstreifen. Ihr Herz raste, aber ihre Augenlider wollten nur mühsam geöffnet bleiben. Eines der Wesen sprang sofort ins Gebüsch und wurde dank der gräulichen Hautfärbung beinahe unsichtbar. Das zweite jedoch stolperte nur einige Schritte zurück. Auf den ersten Blick konnte sie keinen Unterschied zwischen den beiden Wesen erkennen. Die Frisur und auch die Augen waren identisch.

„Hörst du? Es spricht unsere Sprache", rief es über die breite Schulter hinweg.

Diese Stimmen. Melissa fragte sich, wie so kleine Wesen, eine so tiefe Bassstimme haben konnten.

Ein zustimmendes Brummen kam aus einem der Büsche. Melissa schmunzelte. Ihr Instinkt sagte ihr, dass sie keine Angst vor den Beiden haben musste, obwohl sie ihr nachts auflauerten. Allerdings wusste sie nicht, ob sie ihm im Moment vertrauen konnte. Dieser dämliche Instinkt hatte Arionas vertrieben und ihn wütend gemacht. Auf einmal wurde es hell. Direkt vor ihrem Gesicht schwebte eine kleine Kugel mitten in der Luft. Sie blendete Melissa, so dass sie zur Abschirmung die Hand vor die Augen hob und weiter das kleine, blau tätowierte Ding vor ihr sehen konnte.

„Verratet ihr mir endlich, was ihr von mir wollt oder haltet ihr mich einfach nur die ganze Nacht vom Schlafen ab?"

Die gelben Augen sahen sie irritiert an. Im nächsten Moment knisterte in der viel zu kleinen Handfläche ein strahlend blauer Ball. Melissa umfasste den Griff ihres Schwertes fester. *Was zum Henker ist das denn*, fragte sie sich.

„Frag endlich, du neugieriger Wipfelträumer", rief das Wesen aus dem Busch.

Das Knistern verstärkte sich. Melissas Blick war gefesselt von der leuchtenden Kugel und den feinen Verwirbelungen, die darin tanzten.

„Warum hast du mich freigelassen?" Die Kugel in seinen Händen warf hauchdünne Blitze in alle Richtungen. Allerdings verpufften diese schon nach wenigen Zentimetern.

„Deshalb habt ihr mich beobachtet?", fragte sie überrascht.

„Natürlich", antwortete das Ding vor ihr, als ob es selbstverständlich wäre.

Melissa konnte nicht verstehen, was daran so besonders war, bis ihr eine Idee kam. Vielleicht waren schon andere Menschen hier gewesen und hatten diese Wesen angegriffen. Das würde auch erklären, warum es für diese beiden so besonders war, dass sie einen von ihnen freigelassen hatte.

„Was hätte ich sonst tun sollen?", fragte sie vorsichtig an. Plötzlich fühlte sie sich nicht mehr so sicher. Wenn Menschen diesem Volk Leid zugefügt hatten, war sie in Gefahr. Woher sollte sie wissen, ob nicht noch mehr von ihnen im Wald saßen? Sie konnten jederzeit angreifen.

„Das, was ihr immer tut. Uns töten!“, kreischte das versteckte Wesen.

„Jetzt sei mal leise, Moglan oder ich verfluche deine nächsten Sporen“, zischte das Wesen und drehte sich zu seinem Kameraden um.

Sporen verfluchen? Melissa fragte sich, ob das Amulett richtig übersetzt hatte. Es ergab keinen Sinn für sie. Allerdings musste es eine Beleidigung gewesen sein, denn es ertönte ein empörtes Grummeln zwischen den Zweigen. Das Brummen blieb als stetes Hintergrundgeräusch.

„Also?“ Als wenn das kleine Ding ihr drohen wollte, spielte es mit der Kugel in seinen Händen. Es warf sie von der einen in die andere. Melissas Blick folgte der Flugbewegung, wie bei einem Tennisspiel. Ein Rascheln hinter ihr lenkte sie kurz ab. Zu spät sah sie, wie die Kugel auf sie zuraste. Ungebremst traf sie auf ihre Brust. Melissa wollte laut aufschreien, als ihr bewusst wurde, dass der Treffer gar nicht wehtat. Ganz im Gegenteil. Von der Stelle, an der die Kugel sie berührt hatte ausgehend, kribbelte etwas durch ihre Brust. Es fühlte sich genauso an, wenn sie die Kampfkunst aus dem Amulett abrief. Das Prickeln durchbrach jede Barriere in ihrem Körper und raste bis hinauf in ihr Gehirn. Sie schüttelte sich kurz, dann war es vorbei. Wütend sah sie das kleine Wesen an.

„Was hast du mit mir getan?“, fragte sie leise und griff wieder fester um ihr Schwert.

„Wer bist du?“ Anstatt ihre Frage zu beantworten, stellte er ihr eine. Mutig stand er vor ihr, die Hände in die beleibten Hüften gestemmt. Erst jetzt fiel ihr auf, dass er keine Kleidung trug.

„Melissa Isabell Neumann.“ Sie stutzte. Eigentlich hatte sie nicht antworten wollen.

„Woher kommst du?“, fragte er weiter.

„Von der Erde.“ Erneut sagte sie etwas, obwohl sie es nicht hatte tun wollen. Dennoch konnte sie sich nicht dagegen wehren. Die Antworten suchten sich ihren Weg selbst, entwickelten einen eigenen Willen. Sie zog ihr Schwert. „Was geht hier …?“ Bevor sie die Frage zu Ende stellen konnte, unterbrach das Wesen sie.

„Willst du uns umbringen?“ Diesmal zitterte die Stimme und er wich einige Schritte zurück.

„Ich bin mir da im Moment nicht so sicher“, sagte sie zwischen ihren zusammengebissenen Zähnen hindurch.

Sie beobachtete das kleine Wesen, wie es den Kopf weiterhin in ihre Richtung hielt, aber seinen restlichen Körper von ihr wegdrehte. Er lächelte sie an. Im nächsten Moment entfernte er sich seitlich einige Schritte von ihr.

„Hörst du. Ich habe es dir gesagt, Mogrinan“, hörte Melissa die Stimme aus dem Busch. „Dieser zu groß geratene Dieb will nur unsere Magie.“

„Eure Magie?“, hakte Melissa verwirrt nach. Waren diese kleinen Kreaturen etwa magisch veranlagt?

„Ihr seid immer hinter unserer Magie her. Ihr Menschen tötet uns dafür. Aber wir lassen uns das nicht mehr gefallen“, rief ihr Gegenüber streitsüchtig aus seinem Versteck heraus. Es ballte seine Fäuste, die sofort in schillerndem Blau aufleuchteten. Doch was Melissa viel mehr verwirrte, waren die Haare. Eigentlich lagen sie glatt am Kopf an, reichten in einem strengen Zopf bis zur Schulter. Aber nun richteten sie sich wie der Kamm eines Hahns auf. „Wir haben einen von euch gefangen."

„Arionas", entfuhr es ihr.

Sofort legte sie die wenigen Schritte zwischen sich und dem Wesen zurück. Aus dem Gebüsch kam ein erstaunlich lauter Warnschrei, aber für ihr Gegenüber war es zu spät. Sie packte ihn am Haaransatz. Sogleich verschwand der blaue Schimmer aus seinen Fäusten und sie stand wieder in der Dunkelheit.

„Wo ist er?"

„Dir werde ich nichts verraten, du elende Vertretung deines Volkes. Du kannst meinetwegen alle Magie aus mir heraussaugen, aber ich werde dir nichts sagen."

„Meine Güte, warum sollte ich euch töten oder eure Magie stehlen? Ich wüsste nicht einmal, wie ich das machen soll. Mein …" Melissa räusperte sich. „… Mann und ich sind hier, weil wir auf der Suche nach jemandem sind. So, ich pack jetzt meine Waffe weg." Sie steckte das Schwert in die Scheide. „Seht ihr? Ich will euch wirklich nichts tun."

„Das ist eine Falle, Mogrinan. Glaub dem Menschen kein Wort. Das haben diese magiegierigen Mörder auch zu Mogwar gesagt. Und was ist aus ihm geworden?" Das Wesen hinter den Zweigen machte ein Geräusch, das wie Puff klang, allerdings mit einem Echo.

Melissa schüttelte den Kopf über so viel Misstrauen. Was auch immer diesen Wesen durch die Menschen widerfahren war, hielt nachhaltig an.

„Kein Trick", sagte sie nur. Genervt verdrehte sie die Augen. Sie hatte wirklich Besseres zu tun, als sich mit diesen kleinen Kreaturen abzureden. Sie konnte sich nicht entscheiden welchem Geschlecht die beiden angehörten. Aber wenn sie raten musste, hätte sie auf Männchen getippt.

„Warum seid ihr zwei Menschen genau hier?“ Die Augen verengten sich bei ihrem Gegenüber, so dass diese plötzlich wie die einer Katze aussahen.

Wieder antwortete Melissa der vollen Wahrheit entsprechend. Etwas in ihrem Kopf zwang sie dazu, es auszusprechen, auch wenn sie den Winzlingen nichts mehr verraten wollte.

„Ich suche meine Mutter. Sie ist vor fünf Jahren verschwunden, als sie zu einer Welt wollte, die Hilfe benötigte.“

„Dein Zauber ist nicht stark genug, Mogrinan. Sie lügt und erfindet Worte. Glaub dieser ausgesetzten Kreatur kein Wort.“

„Mein Wahrheitszauber ist vollkommen ausreichend“, dröhnte die tiefe Stimme von Mogrinan.

„Ihr habt einen Wahrheitszauber auf mich …“ Melissa überlegte kurz, wie sie es ausdrücken sollte „… geworfen?“

„Damit wir rausfinden, was wir wissen müssen.“

„Die haben bestimmt einen Weg gefunden, um sich unserer Magie zu entziehen“, rief das Wesen aus dem Gebüsch, das ständig raschelte, weil er zitterte. Er hatte tatsächlich Angst vor ihr.

„Jetzt reicht es aber, Moglan. Du kommst da jetzt sofort heraus oder ich zwinge dich dazu.“

Melissa verfolgte belustigt wie der zweite aus dem Gebüsch gekrochen kam. Dessen Finger blitzten immer wieder blau auf. Es war ein helleres Blau als bei Mogrinan, wirkte nicht so kräftig.

„Untersteh dich“, drohte Mogrinan ihm und ließ ebenfalls einige blaue Blitze aus seiner Handfläche schießen.

„Sind wir uns jetzt endlich einig, dass ich keine Bedrohung bin?“, fragte sie mit einem Schmunzeln auf den Lippen.

Mogrinan nickte und stieß gleich darauf Moglan in die Seite. Notgedrungen bewegte er ebenfalls seinen Kopf rauf und runter, allerdings war sein schmaler Unterkiefer beleidigt vorgeschoben.

„Auch auf die Gefahr hin, dass ich mich wiederhole. Wer seid ihr?“

„Wir gehören dem Stamm der Mogmieds an. Wenn du uns nicht töten willst, bist du dann kein Mensch? Du siehst aus wie einer.“

Der Name des kleinwüchsigen Volkes brachte sie zum Kichern. Er klang niedlich und passte zu ihnen, wenn sie ihre Größe bedachte. Doch die tiefen Stimmen … Mogrinan kam einige Schritte näher, so dass nur noch eine Armlänge sie trennte. Neugierig starrten die kugelrunden Augen sie an. Die vier Finger lagen auf seiner Stirn, als müsste er angestrengt nachdenken. Erst jetzt sah sie, dass die Mogmieds keinen Daumen hatten. Moglan wich im Hintergrund bereits wieder einige Schritte in Richtung des Gebüschs zurück.

„Doch, ich bin ein Mensch. Darf ich fragen, was ihr mit Arionas vorhabt?“

Die Neugier verschwand aus Mogrinans Miene und sein Mund öffnete sich. „Oh, oh“, hörte sie ihn leise sagen.

Sofort drehte der Mogmied um und rannte in den Wald hinein. Melissa blieb verdutzt mit Moglan zurück. Dieser starrte sie nun an, als ob sie die Bedrohung des Jahrhunderts war. Der Wind strich durch die Blätter, brachte kühle Luft mit sich. Er fuhr Melissa in die müden Glieder. Noch immer herrschte die Dämmerung. Durch die bedrückend dicht stehenden Bäume konnte sie den Mond kaum erkennen. Nur vereinzelte Fetzen eines reich besprenkelten Sternenhimmels.

Beide lauerten auf eine Reaktion des anderen. Sie fühlte sich wie in einem Westernduell. In ihrem Kopf hörte sie sofort die typische Melodie, kurz bevor der entscheidende Schuss abgefeuert wurde. Es fehlte nur noch das tote Grasbüschel, das zwischen ihnen hindurch fegte.

Zieh, dachte sie in Gedanken und grinste. Schließlich machte Moglan einen Schritt rückwärts. Melissa, die ihre einzige Verbindung zu Arionas nicht verlieren wollte, ging einen auf ihn zu.

„Bleib weg von mir.“ Die tiefe Stimme irritierte Melissa jedes Mal, wenn der Mogmied sprach. Sie passte einfach nicht zu diesem kleinwüchsigen Volk. Moglan wich weiter einige Schritte ins Unterholz. Zwischen den hochgewachsenen Büschen und Wurzeln verschwand er beinahe. Melissa musste einige Stromschläge einstecken, während sie Äste beiseiteschob. Dann sah sie ein kurzes blaues Schimmern. Im nächsten Moment baute sich ein Stein zwischen den beiden als Barriere auf. Moglan versteckte sich hinter seinem neu erschaffenen Gebilde. Melissa blieb stehen. *Soll mich das jetzt aufhalten,* fragte sie sich irritiert. Links und rechts konnte sie den Stein umrunden. Ganz abgesehen davon, dass sie über ihn hinwegsehen konnte. *Besonders helle scheinen diese Mogmieds nicht zu sein,* dachte sie und schüttelte den Kopf.

Melissa ging um den kleinen Felsen herum und konnte sich in letzter Sekunde ein Lachen verkneifen. Moglan stand mit dem Rücken zum Stein, die Arme weit von sich gestreckt und kniff die Augen zusammen.

„Buh", flüsterte sie gleich neben Moglans Ohr. Das hatte sie sich nicht verkneifen können. Der kleine Körper erstarrte, nur seine Nase zitterte. Melissa lachte leise.

Der Schrei, der die Kehle des Mogmieds verließ, brachte die Luft zum Vibrieren. Sie spürte, wie der Ton in ihr Trommelfell eindrang und auf ihren Knochen weiterlief.

„Nu komm schon. Das war ein Spaß", rief sie ihm nach. Melissa folgte ihm. Mit ein wenig Glück rannte er direkt zu den anderen Mogmieds, wo sie Arionas finden konnte. Auch wenn sie wusste, dass es für ihre Wirkung als Trägerin nicht gut war, hatte sie nicht widerstehen können. Es war das erste Mal seit Tagen, dass sie gelacht hatte und das war ihr gerade wichtiger als irgendwelche diplomatischen Beziehungen zu einem Volk, von dem sie nicht einmal wusste, ob sie dieses jemals wiedersehen würde.

KAPITEL 10

Moglan rannte mit ihr einige Minuten durch den Wald, der immer dichter wurde, bis er plötzlich aufhörte. Innerhalb eines Wimpernschlags wurde der Wald begehbar, als befände sie sich mitten in einer Blase. Geblendet senkte sie den Blick und verlangsamte ihre Schritte. Vor ihr öffnete sich die Wohnstätte der Mogmieds. Sieben gigantische Bäume mit ausladenden Blätterkleidern standen in der Mitte der Lichtung und bildeten das Zentrum. Von den Ästen hingen ovale, graue Kokons, die über Wendeltreppen rund um die Stämme zu erreichen waren. Zwischen den vom Wind bewegten Blättern blitzten ab und an bunte Blüten auf. Weiß, Burgunderrot, Aquamarinblau. Jede strahlende Farbe war vertreten.

Sie staunte über diese Wohnanlage. Die Mogmieds passten sicher in die Kokons. Ihr Blick schweifte ab. Die Sterne strahlten ihr vom Firmament entgegen. Für einen Moment wurde sie von der Aussicht verzaubert. Sie versank in dem Funkeln der Sterne, doch das übermäßig laute Grölen von Moglan holte sie zurück in die Wirklichkeit. Ein Holzgestell erregte ihre Aufmerksamkeit. Es stand mitten zwischen den Bäumen.

„Noch ein Zapfenträger, noch ein Zapfenträger“, hörte sie Moglan schreien.

Irgendwas schien mit dem Amulett nicht zu stimmen. Die Übersetzungen der Sprache in dieser Welt waren fragwürdig. *Oder soll das eine Bezeichnung der Mogmieds für die Menschen sein,* fragte sie sich. Moglan lief über den steinigen Untergrund auf das Holzgestell zu, während Melissa ihm seelenruhig folgte. Da erkannte sie Arionas. Er hing kopfüber am obersten Balken und wurde nur von einem Seil gehalten. Rund um ihn herum wuselten mindestens zehn Mogmieds, die alle bei den Rufen in ihren Bewegungen innehielten.

In ihren Augen sahen alle gleich aus. Weiße Haare, grauer Körper, blaue Flecken oder Symbole. Sie war nur noch einige Schritte von Arionas entfernt, als sie sah, dass sein Mund mit Blättern vollgestopft war. Seine Hände waren mit etwas gefesselt, was Melissa sehr an geflochtene Äste erinnerte. Arionas versuchte sich mit all seiner Kraft zu wehren. Sie sah die Ader an seinem Hals hervortreten. Gleichzeitig schlug er mit den zusammengebundenen Händen nach den Mogmieds in seiner Nähe. Diese wichen nur sehr zögerlich von ihm zurück, denn das hätte bedeutet näher an Melissa heranzutreten. Der Anblick von Arionas verängstigte sie. Aber sie wollte nichts falsch machen, indem sie ihn vorschnell befreite. Sie musste herausfinden, wie sie ihn von diesem Gestell herunterbekam. Ein aufgeregter Mogmied kam auf sie zugelaufen.

„Melissa Isabell Neumann, wie gut, dass du hier bist. Dein Freund scheint unsere Sprache nicht zu sprechen. Wir wollten ihn losbinden, aber er wehrt sich. Kannst du ihm das bitte sagen?"

„Klar … Mogrinan?" Es gab außer Moglan nur einen Mogmied, der ihren Namen kannte und der stand hoffentlich vor ihr. Als er keine Einwände erhob, nickte sie ihm noch einmal zu, ehe sie sich an Arionas wandte. Der war dabei, die Blätter aus seinem Mund zu spucken und mit den gefesselten Händen nachzuhelfen.

Sein Körper pendelte hin und her, als er versuchte den Balken zu erreichen. „Warum halten die mich hier fest?"

„Ich befreie dich. Keine Angst." Sie wandte sich an den Mogmied. „Kannst du deine Freunde zurückrufen, damit ich an das Gestell komme?"

Mogrinan winkte den Mogmieds zu, von Arionas wegzutreten. Die ließen sich das nicht zwei Mal sagen und stoben in alle Richtungen davon. Die meisten verschwanden in die Kokons in den Bäumen. Alle besaßen einen Einstieg über eine schmale Plattform, direkt vor den jeweiligen Behausungen. Ganz selten gingen zwei Mogmieds in einen Kokon, aber beim besten Willen konnte Melissa nicht ausmachen, wer davon das Weibchen und wer das Männchen war.

Mogrinan blieb neben ihr stehen, beäugte sie nur ab und an neugierig. Dann ging sie auf Arionas zu.

„Sie wollten dich eben losmachen. Hättest dich einfach nur nicht wehren müssen", sagte sie mit einem Schulterzucken.

„Wie bitte?" Er hielt in seinen Bewegungen inne, saß auf dem obersten Balken. Das Holzgestell knackte bedrohlich. Der Blick, den er ihr zuwarf, erinnerte sie einen Moment lang an Traveste. So ähnlich hatte er den König angesehen, nachdem der Parlus umgebracht hatte. Melissas Körper wich automatisch zurück.

„Entschuldige, das konntest du ja nicht ahnen. Ist die Sprache der Mogmieds sehr seltsam?“, schob sie nach, während sie seine Fesseln löste.

„Auf jeden Fall nicht menschlich“, bemerkte er und half ihr dabei, ihn zu befreien. „Ich hing hier eine ganze Weile. Diese kleinen Monster …“ Melissa vergewisserte sich mit einem Blick über die Schulter, dass Mogrinan ihn nicht verstand. „… haben mich die ganze Zeit mit Stöckern gepiekt und angestoßen. Das war kein Spaß.“

„Ach, die sind doch irgendwie niedlich. Beschwer dich nicht. Du bist doch jetzt frei.“

Arionas sprang von dem Balken herunter und kam mit stampfenden Schritten auf sie zu. Erst jetzt sah sie, dass er keine Schuhe mehr trug. Er lief mit blanken Füßen auf dem steinigen Untergrund, doch das schien ihn nicht weiter zu stören.

„Bei allen guten Novensil. Ich meine es ernst, Melissa. Hör mir zu“, sagte er gefährlich leise.

Er stand direkt vor ihr, nur wenige Zentimeter entfernt. Sie spürte die Spannung in seinem Körper. Seine Oberarmmuskeln sprengten beinahe das Hemd. Er würde sie doch wohl nicht schlagen, oder? Obwohl sie sich sicher war, dass er es nicht tun würde, ging Melissa einen Schritt zurück.

„Okay, entschuldige, aber jetzt bist du frei. Beruhig dich.“ Sie deutete hinauf zu den Sternen. „Es ist noch nicht einmal Tag. Wir schlafen jetzt erst einmal und morgen reden wir weiter.“

Bevor er noch etwas erwidern konnte, wandte sie sich an Mogrinan, der sie mit seinen großen, runden Augen interessiert beobachtet hatte.

„Ihr habt vermutlich keine Schlafmöglichkeit für uns, oder?"

Kritisch verglich sie ihre Größe mit der des nächstgelegenen Kokons.

„Ihr könnt direkt hier schlafen, wenn ihr wollt. Die Flauns werden euer Gewicht nicht halten. Braucht ihr etwas Bestimmtes?"

Eine Heizung, eine vollwertige Mahlzeit, ein Bett mit einem Dach über dem Kopf, dachte Melissa, sprach es aber nicht aus. Dankend lehnte sie ab. Aus ihrem Rucksack zog sie die zwei Decken hervor, reichte eine an Arionas weiter und breitete ihre auf dem Boden aus. Sie suchte eine Stelle, an der keine Steine lagen.

Ohne ein Wort zu sagen und mit einem Blick, der jedem Mogmied das Fürchten gelehrt hätte, drehte sich Arionas von ihr weg. Melissa lag auf dem Rücken, wusste nicht, ob sie sich jetzt besser fühlen sollte. Oder sicherer. Mogrinan jedenfalls stand unweit von ihnen und beobachtete sie. Ganz war die Angst vor den Menschen wohl noch nicht aus seinen kurzen Knochen verschwunden. Auch aus den Kokons glaubte Melissa Blicke zu spüren. Sie wünschte sich, dass es wenigstens ein wenig dunkler auf dieser Lichtung wäre.

Einen Augenblick später hörte sie Mogrinans tiefe, sonore Stimme einige Wörter flüstern. Sie sah noch, wie einer der blauen Flecken an seinem Rücken aufleuchtete, dann dimmte das Licht aus den Bäumen ab. Kurz darauf überkam sie eine tiefe, innere Ruhe und sie schlief ein.

Basstiefe Stimmen weckten sie. Diesmal war sie bereits auf den Anblick von Mogmieds direkt vor ihrem Gesicht vorbereitet.

„Guten Morgen", murmelte Melissa. Der pelzige Belag in ihrem Mund sagte ihr, dass sie dringend ihre Zähne putzen musste. Sie griff nach ihrem Rucksack, den sie als Kopfkissen benutzt hatte und wühlte darin, bis sie fündig wurde.

„Melissa Isabell Neumann." Der Name klang seltsam aus dem Mund der Mogmieds. Abgehackt und falsch betont. „Der neue Tag grüßt dein Antlitz und heißt dich willkommen."

„Du kannst mich einfach nur Melissa nennen. Und wer bist du?" Melissa setzte sich auf, streckte sich, so dass ein Kribbeln durch ihren Körper fuhr und ihre Glieder belebte. Arionas saß bereits neben ihr. Mogmieds umzingelten ihn und redeten auf ihn ein, doch er zuckte immer wieder nur mit den Schultern. Mit dem Finger zeigte er schließlich auf sich und sagte: „Arionas." Sogleich versuchten alle Umstehenden den Namen auszusprechen, was in einem heillosen Durcheinander endete.

„Ich bin Mogrinan. Erinnerst du dich nicht mehr an mich?"

So ein Mist, fluchte sie innerlich. *Es muss doch eine Möglichkeit geben, diese kleinen Viecher zu unterscheiden.* Sie betrachtete die drei Mogmieds, die sie umgaben, genauer. Der einzige Unterschied zwischen ihnen waren die Flecken. Einige hatten mehr, andere weniger auf der Haut. Auch in der Form unterschieden sie sich, aber Melissa würde jetzt ganz sicher nicht damit anfangen, die einzelnen Formen auswendig zu lernen.

„Doch, ich erinnere mich. Entschuldige", murmelte sie.

„In der Nacht habe ich beim Mogmied aufgrund eurer Ankunft vorgesprochen."

„Mogmied? Ich dachte, euer Volk heißt so", unterbrach sie verwirrt.

„Ja, aber unser Anführer heißt auch Mogmied, als Zeichen dafür, dass er allein über unser Volk bestimmt." Mogrinan hob seine Hand und schirmte seine Augen ab, als er nach oben sah. Melissa folgte seinem Blick, aber sie sah nur die Sonne, die über ihnen schien.

„Und was hat er gesagt?", hakte sie nach.

„Oh, ach ja. Du und dein Freund sollt ihn besuchen kommen. Allerdings ohne eure Waffen."

Melissa nickte. Das konnte sie verstehen. Die meisten Mogmieds starrten sie angsterfüllt an, als ob sie ihnen bei lebendigem Leib die Haut abziehen wollte. Dabei fand sie die Mogmieds ganz niedlich.

„In Ordnung", sagte sie und nahm ihr Schwert ab. Sofort stürzten sich vier Mogmieds darauf und stritten sich darum. Die Mogmieds um Arionas begannen ebenfalls an seinem Schwertgürtel zu reißen.

„Hei", rief er und sprang auf. Sofort stoben sie auseinander, versteckten sich teilweise hinter den Bäumen. Einer von ihnen war ganz sicher Mogrinan.

„Schon okay. Wir treffen den Anführer der Mogmieds. Nur ohne Waffen. Ich habe das Amulett aber noch bei mir", beruhigte sie ihn.

„Nein, ich behalte es um. Auch wenn diese Mogmieds klein sind, sie beherrschen Tricks, die ich noch nie zuvor gesehen habe. Sie konnten mich überwältigen. Ohne mein Schwert gehe ich nirgendwohin."

„Die Mogmieds beherrschen Magie und Zauber, so wie es aussieht. Bisher haben sie uns aber nichts getan." Na gut, den Wahrheitszauber ignorierte sie.

„Falsch. Dir haben sie nichts getan", widersprach er.

„Aber wir können den Anführer treffen. Der kann uns sicher mehr zu meiner Mutter sagen", flehte sie. Arionas musste doch wissen, dass es der einzige Grund war, weshalb sie in diese Welt gekommen waren.

Dennoch weigerte sich Arionas sein Schwert abzulegen. Also entschied sie sich, allein zu gehen. Ihr Begleiter blieb bei den restlichen Mogmieds, die sich langsam wieder hervortrauten.

„Mogrinan? Kannst du Arionas etwas zu essen bringen lassen? Wir haben schon seit gestern nichts mehr gegessen."

Sofort beauftragte er mehrere seiner Art. Melissa fragte sich kurz, was die Mogmieds aßen. Mit ihren Flecken auf dem Körper und dem strengen Zopf sahen sie wild aus, aber ihre kugelrunden Augen machten diese Vorstellung zunichte. Als Mogrinan losging, folgte sie ihm gemächlichen Schrittes. Obwohl sie nicht gefesselt war, fühlte sie sich dennoch nicht frei. Seit ihrer Ankunft in der Nacht, hatte Mogrinan ihre Seite nicht verlassen. Auch jetzt funkelten ihr einige blaue Mogmiedhände entgegen. Scheinbar war Magie ihre einzige Waffe. Allerdings wusste sie noch nicht, wie kraftvoll diese war. Daher wollte sie ihr bisheriges Glück nicht herausfordern.

„Du bist anders, als wir dein Volk bisher kennengelernt haben. Deswegen wird dir Mogmied Fragen stellen."

„Warum das?"

„Menschen töten Mogmieds", hörte Melissa links von sich. Beinahe hätte sie diese besonders tiefe

Stimme nicht wahrgenommen. In einem Unterstand saß ein Mogmied, der anders als die bisherigen, schlank war. Wo Mogrinan einige Kilo zu viel auf der Hüfte hatte, war dieser Mogmied schmal.

„Melissa, das ist Mogmied, Anführer der Mogmieds."

„Der neue Tag grüßt dein Antlitz und heißt dich willkommen", begrüßte er sie.

Es schien eine Begrüßungsformel unter diesem Volk zu sein. Mogrinan hatte sie ebenfalls mit diesen Worten geweckt.

Sie wiederholte die Worte. Deutliches Wohlwollen war auf dem Gesicht des schlanken Mogmieds zu sehen. Melissa lächelte. Ein guter Start. Doch gleich darauf spürte sie ein Kribbeln in ihrem Rücken, das sich bis in ihren Kopf hocharbeitete. Melissa kannte das Gefühl. Mogrinan hatte doch nicht etwa schon wieder …? Sie stemmte ihre Hände in die Hüfte, während sie sich zu dem Kleinwüchsigen umdrehte. Dieser hob sofort die Hände zur Verteidigung und wich vor ihr zurück. Diese Kulleraugen waren besser als jeder Dackelblick, den sie einstudiert hatte.

„Entschuldige, Melissa, aber wir müssen sicher gehen, dass du die Wahrheit sagst."

„Ja, ja, schon gut. Aber warnt mich das nächste Mal vor."

„Du hättest freiwillig einem Zauber zugestimmt?", fragte das Oberhaupt überrascht.

„Wenn ihr es mir erklärt hättet, vermutlich ja."

„Warum willst du uns nicht töten?", wollte der Mogmied wissen. „Alle anderen Zapfenträger, die bisher hier waren, haben es getan."

Melissa spürte, dass sie keine andere Wahl hatte, als die Wahrheit zu sagen. Zwar versuchte sie dennoch dagegen anzukämpfen, aber es war nicht sonderlich von Erfolg gekrönt.

„Ich wüsste nicht, warum ich euch töten sollte. Ich habe nur Fragen zu meiner Mutter. Deswegen bin ich hergekommen."

„Was ist eine Mutter?", unterbrach der Anführer der Mogmieds sie.

Melissa stutzte, musste aber umgehend antworten. „Na, meine Mutter. Sie hat mich geboren." Aber der Mogmied guckte weiterhin verwirrt. „Mütter füttern dich, wenn man ein Baby ist, waschen dich, wechseln dir die Windel?" Doch nichts davon schien den beiden etwas zu sagen. „Wie bekommt ihr denn eure Kinder?", versuchte sie es auf dem Weg.

„Kinder?"

„Jetzt sagt nicht, ihr seid unsterblich?" Eine andere Erklärung fiel ihr nicht ein.

„Nein, das können nur die heiligen Novensil. Wir leben etwa fünf Monde lang."

„Aber wie erhaltet ihr dann euer Volk?"

Der Mogmied stemmte sich hoch und trat aus dem Überstand. Seine Flecken leuchteten im Sonnenlicht. Das erste Mal nahm Melissa einen deutlichen Unterschied zwischen den einzelnen Mogmieds wahr. Der Anführer besaß wesentlich mehr Flecken als Mogrinan. *Ob das ein Zeichen der Stellung in diesem Dorf ist,* fragte sie sich.

„Das erklären wir dir später. Zuerst musst du noch einige Fragen beantworten. Willst du oder der andere Mensch uns töten?"

„Zum zehnten Mal: Nein."

„Kennst du jemanden, der uns töten will oder einen von uns getötet hat?"

„Nicht, dass ich wüsste." Inzwischen mussten die Mogmieds doch wissen, dass sie ihnen nichts anhaben wollte.

„Wie bist du in unsere Welt gekommen?"

Jetzt begann Melissa doch gegen den Zauber anzukämpfen. Sie presste die Lippen aufeinander, ballte die Fäuste. Aber sie spürte die Worte in sich, fühlte, wie sie ihre Luftröhre mit Eispickeln bewaffnet hinaufkletterten. Egal, wie oft sie schluckte oder einatmete, die Worte kamen dem Ausgang immer näher.

„Ich ..." Sie presste die Lippen aufeinander. Ihre gesamten Gesichtsmuskeln arbeiteten. Sie presste ihre Hand auf den Mund. „Ich bin die Trä ..." Verdammt, sie wollte es nicht gleich jedem auf die Nase binden, wollte nicht, dass von ihr Wunder erwartet wurden. Sie spürte, wie ein einzelner Schweißtropfen ihr erst die Wange und dann den Hals hinabfloss. Doch egal wie sehr sie sich abmühte, sie konnte es nicht verhindern. „... die Trägerin des Weltenamuletts, was mir die Kraft verleiht in fremde Welten zu reisen."

Gleich nachdem Melissa die Wahrheit ausgesprochen hatte, schloss sie die Augen. Die Reaktion der kleinen Wesen wollte sie nicht sehen. Die Mogmieds kamen ihr naiv vor, aber wenn sie jetzt erfuhren, wer sie war, würden sie sie im schlimmsten Fall verehren wie die Ewoks C3PO.

„Was ist ein Weltenamulett?"

Überrascht riss Melissa die Augen auf. Damit hatte sie nicht gerechnet. „Das Weltenamulett ist ein von den Novensil erschaffenes Gerät, was der Trägerin erlaubt, in andere Welten zu reisen. Allerdings muss sie den Völkern in diesen Welten helfen."

„Dann haben die Novensil dich geschickt?", fragte Mogrinan neugierig nach.

„Nein, ich bin hier auf der Suche nach meiner Mutter." Wie oft musste sie den kleinen Wesen das noch sagen?

„Es kann kein Zufall sein, Mogmied", sagte Mogrinan und verbeugte sich. Seine Stirn berührte dabei beinahe den Boden.

„Das glaube ich auch nicht. Ich denke, Gensira will nicht mehr länger zusehen, wie wir vernichtet werden und hat uns die Gehilfin der Novensil geschickt."

Mogmied ging auf sie zu, bis er direkt vor ihr stand. Seine blauen Symbole waren deutlich zu erkennen.

„Wovon redet ihr? Wer ist Gensira? Und erzählt ihr mir langsam mal, warum ihr immer vom Töten redet?", fragte sie neugierig.

„Gensira ist unsere herrschende Novensil. Sie hat das Volk der Mogmieds vor langer Zeit geschaffen. Wann genau, kann nur der Schreinhüter sagen. Wir konnten bis vor einigen Monden in Frieden leben. Doch auf einmal kamen diese verfluchten Zapfenträger. Sie sehen aus wie du und dein Kamerad. Zuerst waren sie sehr nett, brachten uns neues Essen und taten so, als ob sie unsere Freunde wären. Einige lernten sogar ein paar Wörter unserer Sprache." Die Augen des Anführers verengten sich zu Schlitzen. „Wir haben uns gewundert, warum sie in all der Zeit keine Magie nutzten. Als wir sie fragten, erklärten sie uns, dass sie so etwas nicht beherrschen würden. Also zeigten wir es ihnen. Ich weiß bis heute nicht, wie ihr ohne Magie leben könnt." Er sah Melissa kopfschüttelnd an.

„Am Anfang waren sie sehr beeindruckt. Wir haben ihnen immer mehr gezeigt. Schließlich fanden sie heraus, dass man uns die Magie entnehmen kann. Seither waren sie nicht mehr zu stoppen. Sie kommen unregelmäßig. Wir wissen nie, wann sie uns angreifen, aber es werden immer mehr. Sie stehlen unsere ureigene Magie." Mogrinan nickte bei jedem Satz eifrig.

„Wenn sie euch die Magie gestohlen haben, warum töten sie euch dann noch?", fragte Melissa schockiert. Inzwischen wunderte sie sich nicht mehr, dass Moglan so viel Angst vor ihr hatte.

„Aber dadurch töten sie uns. Wir leben nur durch die Magie, die wir von der Natur bei unserem Wachstum erhalten. Wenn sich unsere Magie dem Ende neigt, nutzen wir die Reste, um unsere vier Sporen zu verteilen. Aber die Menschen stehlen uns all unsere Magie, so dass wir uns nicht mehr zerstreuen können. Wir lösen uns auf und sterben."

„Das ist ja schrecklich", entfuhr es Melissa.

Mogrinan nickte noch immer. „Deswegen glauben wir, dass Gensira dich geschickt hat. Wir leben in immer weiter schrumpfenden Siedlungen. Der Wald dient uns als Schutzschild. Wir haben viele Zauber gesprochen, die die Menschen abwehren sollen, aber sie finden immer wieder einen Weg."

Melissa ging ein Licht auf. Die Stromschläge mussten so ein Abwehrzauber gewesen sein. Auf Dauer würden diese sicherlich schmerzhaft sein. Und sie konnte verstehen, warum die Mogmieds sie ausgesprochen hatten. Bei ihrer Ankunft auf der Lichtung waren ihr vielleicht einhundert der kleinen Wesen aufgefallen. Das waren nicht mehr viele.

„Mich hat niemand geschickt. Ich bin aus freien Stücken hierhergekommen.“ Sie schwankte noch, ob sie helfen sollte. Es war offensichtlich, dass sie die Hilfe brauchten. Aber das würde sie auf der Suche nach ihrer Mutter aufhalten. Wenn die Mogmieds nichts wussten, würde sie in dieser Welt für eine Weile festhängen.

„Es war ganz sicher ein Zeichen von Gensira. Du wirst uns helfen. Mogrinan,“, wandte der Anführer sich an seinen Untertanen zu ihrer Linken, „lauf schnell los und sag allen, dass wir Hilfe von den Novensil erhalten.“

Melissa wollte noch etwas einwerfen, aber da war Mogrinan bereits verschwunden. *Klasse,* dachte sie. *So viel zum Thema freier Wille.*

KAPITEL 11

Melissa überbrachte Arionas die Nachricht. Der zuckte nur mit den Schultern.

„Hast du keine Meinung dazu?", fragte sie ihn, als er gerade aufstand.

„Doch, aber die willst du ja nicht hören", sagte er und ließ sie stehen.

Die morgendliche Sonne verschwand hinter einer dichten Wolkendecke. Stirnrunzelnd sah sie ihm nach. Was meinte er damit? Spielte er auf den Vortag an? Sie sollte sich bei ihm entschuldigen. Wenn sie es nicht tat, würde er nicht mehr mit ihr reden und das war etwas, was sie nicht wollte. Seine Nähe, sein Verständnis für ihre Situation war alles, was sie davon abhielt, durchzudrehen. Das wollte sie nicht verlieren. Dennoch blieb Melissa allein unter einem Baum zurück, beäugt von einigen Mogmieds, die das Holzgestell auseinander bauten. Keiner von ihnen nutzte seine Hände. *Obwohl … Irgendwie schon,* dachte sie und legte den Kopf schief. Scheinbar wendeten sie wieder Magie an, denn ihre Hände glühten. Interessiert betrachtete Melissa das Vorgehen. Die Mogmieds sagten nichts, aber ihre

Gesichter waren angestrengt verzogen. Nach einigen Augenblicken waren die Hölzer sorgsam neben dem Baum gestapelt.

„Wie macht ihr das?“, fragte sie den ersten Mogmied, der ihr über den Weg lief.

Überrascht über die direkte Ansprache, wich dieser einige Schritte zurück. Seine Augen flitzten links und rechts zu seinen Kameraden, aber die beeilten sich, an ihr vorbeizukommen.

„Es ... Wir ... Das solltest du den Mogmied fragen.“ Damit verschwand er und ließ sie ebenso stehen, wie Arionas es bereits getan hatte. Was hatte sie nur an sich, dass jedermann vor ihr davonlief?

Sie konnte verstehen, dass die Mogmieds ein misstrauisches Volk waren. Scheinbar gab es hier keine Tiere oder anderen Gegner, die sie zu fürchten hatten. Bis auf die Menschen, die offensichtlich aus einer fremden Welt gekommen waren, da sie bisher keine Anzeichen von menschlichen Siedlungen gefunden hatte. Das Misstrauen war da nur zu verständlich.

Sie beschloss, Mogrinan zu suchen. Mit ein wenig Glück konnte er ihr sagen, ob ihre Mutter in dieser Welt gewesen war. Sie begann sich durch die umher wuselnden Mogmieds zu fragen. Aber sie fand Mogrinan nicht. Stattdessen lief ihr Moglan über den Weg.

„Mogrinan ist zu den anderen Lichtungen unterwegs“, bekam sie als knappe Antwort.

„Halt, nicht so schnell. Dann musst du mir halt mehr erklären.“

Der Mogmied sah zu ihr hinauf und musterte sie kritisch. Seine Wulst über den Augen zog sich zusammen, so dass dort ein dicker Balken entstand.

Melissa wollte sein Misstrauen nicht noch schlimmer machen und setzte sich auf den Boden. Moglan hielt in seiner Bewegung die Arme zu verschränken inne. Anstatt glücklich zu sein, dass sie sich auf sein Sichtfeld hinabbegab, begann er mit blauen Blitzen in den Fingern zu spielen.

„Was willst du wissen?"

Zuerst zögerte Melissa. „Willst du mich schon wieder mit einem Zauber belegen?"

„Um das klarzustellen. Das letzte Mal war es Mogrinan. Und ja, wenn du elender Zapfenträger mir etwas antust, greife ich auf meine Magie zurück und verwandele dich in einen Harnel."

Melissa runzelte die Stirn. Sollte das eine Drohung sein? „Keine Angst, ich werde dir nichts tun. Ich habe nur ein paar Fragen."

Moglan nickte ihr gefällig zu und Melissa atmete erleichtert auf. Das erste Mal hatte sie das Gefühl, dass diese Mogmieds ihr wirklich zuhörten.

„Vor fünf Jahren kam …"

„Was sind Jahre?", unterbrach er sie.

„Ähm … Eine Umrundung eurer Welt um die Sonne?"

„Das nennen wir aber Monde", sagte Moglan patzig, als ob er auf seine Bezeichnung beharren wollte.

„Moment." Melissa stockte. „Hatte euer Anführer nicht gesagt, dass jeder von euch nur fünf Monde alt wird? Heißt das, ihr werdet nur fünf Jahre alt?"

„Das heißt, wir werden fünf Monde alt", erwiderte Moglan stur.

Einige Augenblicke herrschte Stille zwischen den beiden. Moglan starrte furchtbar interessiert auf seine Blitze. Dann schob er sein Kinn vor, als er sie nach einer Weile wieder aus den Augenwinkeln betrachtete. „Wie alt wirst du denn?“, fragte er beiläufig.

So ein Kindskopf, dachte Melissa und verkniff sich ein Schmunzeln.

„Kommt drauf an. Einige von uns werden einhundert Jahre … ähm … Monde alt, andere nur siebzig.“

„Was? So alt? Wie macht ihr das?“ Nun schien er ernsthaft interessiert. Er näherte sich sogar einige Schritte.

Melissa zuckte mit den Schultern.

„Warum habt ihr ein so kurzes Leben?“, stellte sie ihm die Gegenfrage.

Moglan öffnete den Mund, wollte antworten, aber dann schloss er ihn wieder. Irritiert sah er zu dem Unterstand, in dem sein Anführer saß. „Gensira gab uns die Magie und diese Lebensspanne. Solange wir die Magie nutzen, werden wir etwa fünf Monde alt.“

„Ist ja auch egal. Darf ich dir immer noch meine Fragen stellen?“ Sie spielte mit den Händen in den Kieseln, auf denen sie saß. Die schmalen Steine rieselten durch ihre Finger, während zwei breite in ihrer Handfläche liegen blieben. Fasziniert bemerkte sie, dass die Kiesel leicht waren. *Wie Bernstein,* dachte sie. Ihre Mutter hatte Bernsteine gesammelt. In den Sommerferien waren sie immer an die Ostsee gefahren. Wenn Melissa nicht ins Wasser wollte, war sie mit ihrer Mutter am Strand spazieren gegangen. Sie hatten die Füße in den weichen Sand vergraben, Muscheln aufgesammelt, die noch geschlossen waren und flache Steine ins Meer geworfen. Das waren schöne Ferien gewesen. *Vielleicht können wir solch einen Ausflug wieder machen, wenn ich sie gefunden habe.*

„Vor fünf Monden kam eine Frau hierher. Sie sah aus wie ich." Melissa unterbrach sich, als sie die Fragezeichen in Moglans Blick sah. „Was?"

„Kannst du mir sagen, was eine Frau ist?" Seine runden Augen waren so weit aufgerissen, dass sie beinahe loslachen musste.

Sie zeigte auf sich. „Na, ich bin eine."

„Ich dachte, du bist ein Mensch?"

„Bin ich auch. Aber wir Menschen haben Frauen und Männer. Ich bin eine Frau, Arionas ist ein Mann."

„Den Zapfenträger, den wir aufgehängt haben?" Melissa nickte. „Aber der sieht doch genauso aus, wie du." Moglan schien vollends verwirrt. Sein Blick schweifte zum Wald, als hoffte er, dort Arionas zu sehen.

„Menschen sind schon etwas komplizierter. Das Thema können wir vielleicht auf ein anderes Mal verschieben. Diese Frau, von der ich spreche, sieht aus wie ich." Melissa schob ihren Brustkorb nach vorn und deutete mit ihrem Blick darauf. Moglan starrte nur verständnislos auf ihre Brüste. Sofort spürte sie die Hitze in ihre Wangen steigen. „Na jedenfalls, kam sie hierher. Kann sich einer von euch vielleicht an sie erinnern?"

Moglan legte den Kopf schief, als ob er nachdenken würde, während sein Blick weiterhin auf ihren Brustkorb gerichtet war. Unauffällig ließ sie ihre Schultern nach vorne fallen, so dass ihr T-Shirt alles verdeckte.

„Ich glaube nicht. Wir haben nur wenige Mogmieds, die noch fünf Monde alt werden. Die meisten werden vorher von den Menschen getötet."

Melissas Hoffnung brach zusammen. Sie hatte so sehr gehofft, hier einen Hinweis auf ihre Mutter zu finden. Was sollte sie jetzt noch machen? Weiter auf gut Glück in andere Welten reisen? Sie schüttelte den Kopf. Wenn ihr nichts anderes übrigblieb, würde sie das machen. Auf keinen Fall würde sie ihre Mutter aufgeben. Und wenn sie …

„Vielleicht weiß der Schreinhüter mehr“, riss Moglan sie aus ihren Gedanken.

„Wer?“

„Der Schreinhüter. Warte hier, ich muss mit dem Mogmied sprechen.“ Er sprang auf. Seine Angst schien einem unerklärlichen Willen ihr zu helfen gewichen zu sein. Mit den Händen deutete er ihr an, sich nicht zu bewegen. Gleich darauf sprintete er davon. Diese kleinen Wesen würden sie wahrscheinlich in den Wahnsinn treiben, wenn sie zu lange unter ihnen leben würde. Dauernd rannten sie weg. Dennoch amüsierte sie dieses Volk.

Ein Windstoß lenkte ihre Aufmerksamkeit auf ein paar Mogmieds, die mithilfe von Magie überdimensionale graubraune Blätter zusammenwoben. Je mehr Magie hineinfloss, desto gräulicher wurden sie. Als der erste fertiggestellt war, erkannte sie, dass es ein neuer Kokon war. Kaum endete die Arbeit an dem Schlafgemach, strömten zwei weitere Mogmieds herbei. Melissa vernahm ein dröhnendes Wispern, konnte jedoch nicht verstehen, was sie sagten. Gleich darauf erhob sich der Kokon in die Luft. Er tauschte den Platz mit einem anderen, der sofort zu Boden fiel.

Als sie ein Klicken wie von einer ins Schloss fallenden Tür hörte, horchte sie auf. Ihr Blick suchte die Umgebung ab, bis sie an einem seltsamen

Gebilde hängen blieb. Zuerst glaubte sie, es wäre ein gigantisches Schiff, mit dem die Mogmieds vielleicht auf dem Meer fahren würden, aber dann sah sie genauer hin. Es waren mehrere Kokons, die zusammengesteckt wurden. *Wie praktisch,* dachte sie. *Drei Kokons ergeben einen großen. Hoffentlich ist der für mich. Noch so eine Nacht auf den Kieseln überlebt mein Rücken nicht.*

Endlich tauchte Moglan wieder auf. Zumindest glaubte sie, dass er es war. Er kam aus Richtung des Unterstandes zu ihr gelaufen.

„Mogmied hat es erlaubt", rief er ihr schon von weitem entgegen.

„Wovon redest du?", fragte Melissa.

„Du darfst zum Schreinhüter. Sonst dürfen das nur wir. Aber Mogmied sagt, dass du als Gesandte der Novensil auch dorthin darfst."

„Verrätst du mir auch noch, was ich da soll? Wer ist dieser Schreinhüter?", fragte sie.

Moglan griff ihre Hand und zog daran. Jetzt war sie vollkommen perplex. War das der Mogmied, der sie in alles Mögliche hatte verwandeln wollen? Zu ihrem Erstaunen fühlte sich die Haut des Mogmied weich an. Irgendwie hatte sie Schwielen von der vielen Nutzung der Magie erwartet.

„Das erzähl ich dir unterwegs. Wir müssen zu ihm laufen. Es ist etwa eineinhalb Tage von hier entfernt."

„Ganz ruhig. Ich lauf doch nicht sonst wie weit, ohne zu wissen, warum. Und zweitens muss ich auf Arionas warten."

Auch wenn er immer noch wütend auf mich ist, kann ich ihn hier nicht allein lassen. Er spricht ja nicht mal die Sprache, dachte sie.

„Oh, der andere Zapfenträger?“, fragte Moglan und ließ ihre Hand los.

„Ja.“ Sie drehte sich gen Wald und rief Arionas Namen in alle Richtungen. Dabei spürte sie, wie ausgedörrt ihre Kehle war. Moglan rannte auf ihre Anfrage, wo es etwas zu trinken gab, los.

Melissa legte sich auf den Boden und entspannte ihre regelmäßig schmerzenden Muskeln. Immerhin waren die Krämpfe nicht wiedergekommen. Sie starrte in den Himmel. Die Sonne war immer noch hinter einer Wolkenschicht verschwunden. Sie schien sogar immer dunkler zu werden. Als ob sich über ihr etwas zusammenbraute. Melissa verdrängte das miserable Gefühl in ihrer Magengegend. Sie musste sich überlegen, wie sie weiter vorgehen sollte. Arionas hatte zumindest teilweise Recht gehabt. Wenn der Schreinhüter ihr nicht weiterhelfen konnte, war die Welt der Mogmieds eine Sackgasse gewesen. Dann musste sie dieses Volk verlassen.

***

Ihr Durst war gelöscht, die Vorräte aufgefüllt. Sogar einige Früchte hatte sie vorgesetzt bekommen. Die nach verkohltem Apfel aussehende Schale ließ sie zuerst zögern. Sehr appetitlich wirkte es nicht. Aber für den erwartungsvoll dreinblickenden Moglan und zwei weitere Mogmieds, die sich ihm inzwischen angeschlossen hatten, überwand sie ihre Scheu. Die Frucht schmeckte ganz passabel, wenn sie von dem holzigen Nachgeschmack absah.

„Warum nennt ihr uns eigentlich immer Zapfenträger?“, fragte Melissa nach einer Weile. Sie warteten immer noch auf Arionas. Mehrfach hatte sie nun in den Wald gerufen, aber keine Reaktion erhalten.

„Weil ihr das seid."

„Wie meinst du das?" Melissa setzte sich auf und betrachtete den Mogmied.

„Ihr habt zwischen euren Beinen einen Zapfen hängen."

Erschrocken wichen die drei Mogmieds zurück, als Melissa in lautes Lachen ausbrach. Dabei wurde ein Teil ihrer Gedankenlast genommen und in den Mülleimer geworfen. Melissa versuchte es klarzustellen, aber sie musste immer wieder lachen. Ihre Bauchmuskeln taten ihr bereits weh, als Arionas vor ihr stand.

Als sie sein ernstes Gesicht und seinen breitbeinigen Stand sah, musste sie erneut loslachen. „Zapfenträger", war alles, was ihre Kehle neben dem Gelächter verließ.

„Melissa, was ist los? Du hast mich gerufen."

Sein absolut ernsthaftes Auftreten nahm ihr schließlich den Spaß. Nach und nach beruhigte sie sich, atmete einige Male tief durch, ehe sie ihm antworten konnte. Sie würde Arionas oder irgendeinen anderen Mann wohl nie mehr normal anschauen können, ohne an dieses Wort zu denken.

„Gut, dass du wiedergekommen bist. Moglan will uns zum Schreinhüter bringen. Bevor du fragst, ich weiß auch nicht so recht, was der macht oder was er überhaupt ist. Aber wenn einer Informationen zu meiner Mutter hat, dann wohl er. Behauptet der kleine Kerl da zumindest", sagte Melissa und zeigte auf Moglan.

„In Ordnung, ich komme mit."

Überrascht darüber, dass er sich so schnell beruhigt hatte, nickte sie. „Danke, Arionas. Und es tut mir leid, dass ich so harsch zu dir war. Ich hatte Hunger und glaub mir, es ist keine gute Idee, mich hungrig werden zu lassen." Sie lächelte, um die Stimmung aufzuheitern. Erst als er sich abwandte, bemerkte sie die roten Ränder um seine Augen. Sie erschrak. Arionas hatte geweint. *Oh Gott, doch hoffentlich nicht meinetwegen*, flehte sie. Nein, das war lachhaft. So, wie sie Arionas bisher kennengelernt hatte, war er nicht so leicht aus der Ruhe zu bringen.

Seine Familie.

Es war noch keine zwei Wochen her, dass er seine komplette Familie verloren hatte. U*nd ich Trampeltier habe ihn angeschrien.* Sie nahm sich vor, in den nächsten Tagen aufmerksamer zu sein. Sie wollte ihn nicht verhätscheln, aber endlich etwas Verständnis für ihn aufbringen.

KAPITEL 12

Moglan beherzigte Melissas Einwand, die Strecke nicht zu laufen. Stattdessen rief er einige Mogmieds zu sich.

„Hast du was Bestimmtes vor?“, fragte Melissa ihn, als er die Mogmieds in einem Kreis um sie herum anordnete.

„Eins sollte genügen, oder?“ Zustimmendes Gemurmel war zu hören. „Melissa, du musst aus dem Kreis verschwinden.“

Er stellte sich zu seinen Kameraden und vollendete damit den Kreis. Die Augen des Mogmieds schlossen sich, ohne eine weitere Erklärung abzugeben. Alle streckten ihre Arme aus und berührten die Fingerspitzen ihres Nachbarn. Melissa hörte, wie die Luft zu knistern begann. Selbst die Kiesel unter ihren Füßen vibrierten auf einmal. Es kitzelte, war aber zugleich herrlich entspannend. Die Mogmieds begannen einen Singsang. Es klang wie ein Chor von Basssängern.

Auf einmal stiegen die Kiesel in die Luft und wirbelten herum. In der Mitte des Kreises bildete sich ein Luftstrom. Melissa konnte kaum noch die kreisenden Steine erkennen, so schnell rasten sie umher. Dann erst erkannte sie, dass sich die Kiesel zusammenfügten. Stück für Stück entstand ein Gebilde. Sie vergaß die Vibrationen unter ihren Füßen, starrte gebannt auf das Schauspiel. Es schien, als ob die gesamte Natur innehielt.

„Was machen die da?" Arionas Gesichtsausdruck zufolge machte ihm das Ganze keine Angst, aber wirklich glücklich war er mit den Vorkommnissen auch nicht.

„Ich denke, sie … bauen etwas."

Die Form des Kieselstroms wurde immer deutlicher. In der Mitte hatte sich eine längliche, breite Form herausgebildet. In diesem Augenblick entstanden zwei Beine. *Nein, zwei Vogelfüße,* korrigierte sie sich.

„Ich glaube, sie bauen einen Vogel", sagte Melissa leise.

Arionas sog zischend die Luft ein. „Aber wofür? Welchen Nutzen haben wir von einem Vogel aus Stein?"

„Keine Ahnung." Sie zuckte mit der Schulter. „Vielleicht ist es auch nicht für uns."

Arionas Augenbrauen wanderten dichter zusammen. Sicherlich würde Moglan ihr bald erzählen, was es damit auf sich hatte. Inzwischen war sie sich sicher, einen Vogel vor sich zu haben, auch wenn er ein wenig von ihrer Vorstellung abwich, nicht nur aufgrund der enormen Größe. Er besaß nicht nur zwei Flügel, sondern vier. Allerdings wirkten die zwei am hinteren Ende des Körpers, als ob sie nur zur Zierde dienten. Sie waren viel zu winzig, als dass sie eine Funktion erfüllen konnten.

Der Rücken des Vogels erinnerte Melissa mehr an den eines Pferdes. Und der Kopf war ebenfalls viel zu breit. Am meisten irritierte sie jedoch, dass der Vogel keinen Schnabel besaß, sondern ein Gesicht. Ein von Federn bedecktes Gesicht. Sie schüttelte den Kopf. Egal, nach welchem Vorbild diese Statue gebaut wurde, dieser Vogel konnte vermutlich kaum fliegen.

Die Mogmieds endeten mit ihrem Gesang. Das fertige Gebilde wirkte befremdlich, jagte ihr einen Schauer über den Rücken.

„Vielen Dank, Freunde", rief Moglan. Er nickte jedem einzeln zu und verbeugte sich vor ihnen. Erst danach verschwanden die anderen.

„Was ist das für ein Ding?", konnte Melissa nicht mehr länger zurückhalten.

„Das ist ein Pegasus. Es wird uns zum Schreinhüter bringen."

„Pegasus, wie das Pferd aus der griechischen Mythologie?", entfuhr es Melissa. *Na, da ist aber einiges schief gelaufen bei der Überlieferung,* dachte sie. Der Mogmied starrte sie irritiert an. Natürlich. Er kannte Griechenland nicht. Melissa winkte ab. „Was meinst du damit, es bringt uns zum Schreinhüter?" Ihr kamen auf einmal Zweifel, dass es wirklich nur eine Statue war. Melissa ging einen Schritt näher. Sie betrachtete die zusammengefügten Steine. Alle waren nahtlos ineinander übergegangen. Ein weiterer Schritt. Moglan winkte sie zu sich heran.

„Trau dich. Es wird bald schlüpfen."

Schlüpfen? In dem Augenblick hörte sie ein leises Knacken. Am Hals der Statue bildete sich ein Riss. Ein weiterer am Flügel. Melissa glaubte einen Schrei zu hören. Es klang wie ein kreischendes Wiehern.

Sicherheitshalber wich sie einige Schritte zurück. Dieser Steinkoloss war ihr nicht geheuer.

„Du brauchst keine Angst zu haben, Melissa. Der Pegasus tut niemandem etwas."

„Jaja", sagte sie nur und wich weitere Schritte zurück. Erneut drang ein lautes Knacken an ihre Ohren. In der nächsten Sekunde brach der Stein endgültig. Der Pegasus sprengte seine Hülle in alle Richtungen. Hauchdünne Schalenreste flogen auf sie zu. Gerade noch rechtzeitig konnte sie sich auf den Boden werfen.

„Moglan!", rief sie wütend. Dieser stand auf einmal hinter einem dichten Busch.

„Entschuldigt. Ich habe vergessen, dass ihr euch keinen Schutz herbeizaubern könnt." Der Kopf verschwand beinahe zwischen den Schultern des Mogmieds.

„Schon gut. Warne uns das nächste Mal nur vor", sagte sie, stand auf und klopfte die Steinreste aus ihrer Kleidung. Dann sah sie sich nach Arionas um. Er hockte auf dem Boden, eine Hand am Schwertgurt, die andere auf der Erde. Seine Augen waren auf den Pegasus gerichtet. Mit weit ausgebreiteten Flügeln schlich es zu Arionas und nahm ihn ins Visier. Der Wind, der von den wild um sich schlagenden Schwingen verursacht wurde, wirbelte die Haare aus seinem Gesicht.

„Was will dieses Vieh von mir?", fragte er leise und warf ihr einen hastigen Blick zu.

Melissa gab die Frage an Moglan weiter. „Er sucht sich bei jeder Neuerschaffung einen Reiter aus. Normalerweise ist das immer derjenige, der ihn ruft." Der Mogmied verschränkte die Augen vor der schmächtigen Brust und starrte Arionas eifersüchtig an.

„Man kann auf dem Pegasus reiten? Trägt es denn mein Gewicht?“ Auf einmal schien Arionas interessiert. Er richtete sich auf und streckte vorsichtig eine Hand nach dem Tier aus. Die flatternden Bewegungen wurden weniger, aber der Pegasus kam nur sehr zögerlich auf Arionas zu. Ein Laut entrang sich seiner Kehle, als ob es ihn fragen wollte: Freund oder Feind?

„Hab keine Angst“, hörte Melissa ihn flüstern.

Der Hals des Wesens ruckte zu ihm herunter. Jetzt konnte sie das Gesicht besser betrachten. Sie schnaubte. Es hatte Ähnlichkeit mit einem Onkel ihres Vaters. Der war genauso faltig an den Wangen. Sie hatte ihn schon lange nicht mehr gesehen, aber vermutlich hatte die Anzahl der Falten in seinem Gesicht eher zugenommen.

Jetzt war das Gesicht ganz nah an Arionas Hand. Melissa war froh, das erste Mal an diesem Tag ein Lächeln auf seinen Zügen zu sehen. Erst schnupperte der Pegasus an seinen Fingern. Moglan stand noch immer neben ihr und schmollte. Aber zu ihrer Verwirrung begann er hämisch zu grinsen. Sie wollte ihn gerade fragen, was los war, als Arionas aufschrie.

„Unflätiges Vieh“, brüllte er es an und hielt sich die Hand.

Melissa sah Blut. Erschrocken rannte sie zu ihm.

„Alles in Ordnung?“, fragte sie. Das Blut kam aus einer kleinen Wunde in seiner Handfläche. Ausgerechnet die Hand, die schon bei den vorangegangenen Tierangriffen verletzt worden war. Entweder hatte Arionas unsägliches Pech oder die Tiere der fremden Welten mochten ihn einfach nicht.

„Ja, es geht schon. Dieser Pegasus hat mich gebissen.“

In weiser Voraussicht hatte sie einige Pflaster und Mullbinden in ihren Rucksack gepackt. Ein Kichern riss sie aus ihrer Suche. Moglan sah Arionas belustigt an. Ein Blick von ihr brachte ihn jedoch schnell zum Verstummen. Die Wasserflaschen flogen zusammen mit der Zahnbürste in hohem Bogen hinter ihr zu Boden. Endlich fand sie das Gesuchte.

Nachdem sie das Blut abgewischt hatte, erkannte sie einen Biss mit vielen kleinen Abdrücken. Sie waren nicht tief. Ein Pflaster reichte aus, um die Verletzung abzudecken.

„Wusstest du, dass so etwas passiert?“, wandte sie sich schließlich an Moglan.

„Wir sollten los“, sagte der nur schnell und tapste auf den Pegasus zu.

„Moglan?“ Melissa legte so viel Ernsthaftigkeit in die Stimme, wie es ihr möglich war.

„Ja, ich wusste es. Jetzt wisst ihr es auch“, gab er zurück und verschränkte die Arme erneut vor der Brust.

„Du hättest uns warnen können“, warf sie ihm vor.

Doch Moglan sah nur zu Arionas und zuckte mit den Schultern. „Er hätte halt nicht so nah herangehen sollen. Dafür ist das Ritual jetzt beendet. Der Zapfenträger ist jetzt Reiter des Pegasus.“

„Was ist denn das für ein blödes Ritual?“, warf Melissa ein.

„Der Pegasus kennt jetzt sowohl den Geruch als auch den Geschmack seines Reiters. Er findet ihn von nun an überall, wenn dein Kamerad ihn ruft.“

Überrascht zog sie die Augenbrauen hoch. Das war mal ein nützlicher Aspekt. Wenn Arionas auf dieser Welt in Gefahr geriet, musste er den Pegasus nur rufen und er kam.

Nach einigen erfolglosen Versuchen auf den Rücken zu gelangen, zauberte Moglan eine Treppe aus den Kieseln. Arionas näherte sich dem Pegasus bedächtig. Ständig behielt er den Mund im Auge, während er aufstieg.

„Woher weiß der Pegasus, wohin ich will?", fragte Arionas, als sie endlich alle auf dem Rücken saßen.

Melissa saß hinter Moglan und streichelte dem Vogelpferd über die Federn des Flügels. Sie spürte währenddessen ein sanftes Brummen unter ihren Schenkeln. Dem Pegasus schien das Kraulen zu gefallen. *Auf diesen Federn kann man sicher angenehm schlafen,* dachte sie. Bevor sie noch auf dumme Ideen kam, übersetzte sie die Frage von Arionas.

„Denk einfach daran und lenk ihn", antwortete Moglan.

Arionas setzte die Anweisung gleich in die Tat um. Ohne Vorwarnung erhob sich der Pegasus in die Luft. Melissa schrie laut auf. Ein Kribbeln erfasste ihren ganzen Körper. Aber es war nicht das leichte Ziehen, das sie verspürte, wenn sie die Macht aus dem Amulett übernahm. Nein, dieses Kribbeln erinnerte sie mehr an den Sturz im Freefall-Tower des Hansaparks. Ihr wurde schlecht, als sich der Pegasus in einer Schraube in die Luft drehte. Sie kniff die Augen zusammen.

In ihren Ohren pfiff der Luftstrom. Es wurde immer lauter, übertönte sogar das Rauschen in ihren Ohren und dennoch hörte sie Arionas Jubelschreie. Die nasskalte Luft schlug ihr ins Gesicht, legte einen dünnen Film auf ihre nackte Arme, als sich die Flugbahn endlich beruhigte. Viel länger hätte Melissa dieses Schlingern nicht ausgehalten, ohne sich zu übergeben.

„Das ist wunderschön“, rief Arionas über seine Schulter und strahlte.

Nicht unbedingt das Wort, was Melissa benutzt hätte, aber solange es ihn glücklich machte, war sie es ebenfalls. Als sie ihren Blick schweifen ließ, bemerkte sie, dass sie schon einige Hundert Meter in der Luft waren. Ihr wurde schwindelig. Die Lichtung der Mogmieds war eine helle Insel in einem grünen Meer. Die Bäume bogen sich im Wind, verursachten Wellen in ihren Wipfeln. Am Horizont erkannte sie das Gelbe Meer vom Vortag. Weiter draußen wandelte sich die Farbe in ein dunkles Orange. Um die Übelkeit vollends zu vertreiben, atmete sie mehrmals tief ein.

Der Pegasus schraubte sich immer höher hinauf. Bei den Flügelschlägen musste sie sich fest an den Mogmied klammern, ansonsten hätten die ruckartigen Bewegungen sie abgeworfen. Weit vor ihr gab es ein Gebirge. Dutzende Berge ragten in die Luft, versperrten ihr die weitere Sicht. Vereinzelt entdeckte sie Punkte an der Seite des Gebirges, die sich bewegten. Egal, was es war: Wenn sie es bereits aus solcher Entfernung erkennen konnte, musste es außergewöhnlich groß sein.

„Wie lange fliegen wir zum Schreinhüter?“ Es war gar nicht so leicht gegen den Wind anzubrüllen. Ständig fuhr ihr eine Bö in den Mund und ließ sie ihr Wort verschlucken.

„Vermutlich werden wir erst morgen ankommen. Wir müssen uns für die Nacht einen Rastplatz suchen.“

Melissa blinzelte zur Sonne hinauf. Es war noch hell, aber am Vortag hatte sie sich auch gewundert, wie schnell es dunkel geworden war.

***

Ihre Zähne klapperten vor Kälte, so durchgefroren war sie. Selbst ihre Kleidung fühlte sich an, als ob sie frisch aus dem Gefrierschrank kam. Endlich senkte sich der Pegasus gen Boden. Sie hielten auf eine freie Fläche am Fuß des Gebirges zu. Der Berg schirmte sie vor dem Wind ab. In eleganten Bahnen senkte sich der Pegasus ab, bis die Füße den Erdboden berührten. Ungelenk ließ sich Melissa von dem Rücken fallen. Der Aufprall war hart und brannte auf ihrer Haut, aber besser hätte sie nicht absteigen können. Sie hatte das Gefühl komplett erfroren zu sein. Wahrscheinlich würde es Stunde dauern, bis sie auch nur einen Finger benutzen konnte.

„Ich werde nach Feuerholz suchen", sagte Arionas, dessen Schritte ebenfalls steif wirkten, als er zu einer Baumansammlung ging. Der Pegasus folgte ihm.

„Gute Idee", murmelte Melissa. „Danke."

Sie sah, wie Moglan von dem Rücken sprang, als ob ihm die Kälte nichts ausmachen würde.

„Gibt es hier etwas zu essen, Moglan?", fragte sie.

„Alles, was du wünschst. Was brauchst du? Ich kann es dir herbeizaubern", ereiferte er sich.

„Ein heißer Kakao, dazu ein Kasslerbraten, Kartoffeln und Rotkohl", flüsterte sie zwischen ihren aufgeplatzten Lippen hervor.

„Was ist Kakao?", fragte Moglan und stellte sich neugierig neben sie. „Vielleicht, wenn du es mir beschreibst …"

„Ach, vergiss es. Was esst ihr Mogmieds?" Erst da fiel ihr auf, dass keiner bisher etwas gegessen hatte.

„Unsere Nahrung kommt aus der Erde. Wir nehmen nur das zu uns, was der Boden hergibt."

„Und was esst ihr im Winter?", fragte sie irritiert. „Habt ihr keinen Schnee? Keinen Frost?"

„Von so etwas habe ich noch nie gehört." Moglan setzte sich neben sie und zauberte ihr einige Beeren auf einem Blatt herbei. Es sah aus wie ein Fruchtsalat, so bunt waren die einzelnen Bestandteile. Während sie aß, begann er mit einer blauen Kugel zu spielen, die er sich schnell herbeizauberte. Mit seinen klobigen Beinen saß er breitbeinig da und sah dem rollenden Ball fasziniert hinterher, wie es die Neigung der Anhöhe hinunterlief. Gleich darauf hielt er eine weitere Kugel in Händen. Diesmal rollte er sie zwischen seinen Beinen hin und her.

„Es gab nicht genügend Feuerholz in der Nähe", rief Arionas, als er wiederkam.

„Moglan, kannst du auch Feuer machen?", fragte Melissa.

„Natürlich", rief er aus und warf sich in die Brust. Er erhob sich, suchte ein paar Steine zusammen und legte diese in einem Kreis zwischen sich und Melissa. Dann sah Moglan sie an, lächelte kurz und klatschte zweimal in die Hände.

Eine wohlige Wärme schlug ihr entgegen, sorgte für eine Gänsehaut auf ihrem gesamten Körper. Sie sah die Flammen, hörte jedoch kein Prasseln.

„Danke schön", lächelte sie zurück und rückte näher ans Feuer.

Sichtlich stolz setzte er sich wieder, diesmal näher an sie heran. Er warf Arionas einen Blick zu, den sie nicht deuten konnte. Dieser verdrehte nur die Augen und griff nach einigen Beeren, bevor er sich ebenfalls niederließ.

„Mogrinan hat mir erzählt, dass Gensira dich geschickt hat, um uns zu helfen“, begann Moglan ein Gespräch.

„Das ist nicht richtig.“ Sie wollte gerade erklären, warum sie in der Welt der Mogmieds war, als ihr einfiel, dass Moglan vermutlich ebenso wenig wie seine Kameraden wusste, was eine Mutter war. Auf eine Fragestunde hatte sie jetzt keine Lust, also sagte sie nur: „Ich bin im Auftrag der Novensil hier.“

„Funktioniert dein Amulett auch mit Magie?“, fragte er.

„Keine Ahnung“, antwortete Melissa ehrlich und holte es unter ihrem T-Shirt hervor. Ihre Finger strichen über den Außenring. Sofort spürte sie das Kribbeln in ihrem Nacken. Kurz schloss sie die Augen, konzentrierte sich auf ihr eigenes Ich. Dann verschwand das Gefühl.

Kaum öffnete sie ihre Augen wieder, spürte sie die Blicke von Arionas auf sich ruhen. Sie sah ihn an. Auf Anhieb konnte sie keine Spur von seinen bisherigen Zweifeln erkennen. Doch da lag etwas anderes in diesen dunklen Seelentoren. Am liebsten wollte sie darin eintauchen, dem ganzen auf den Grund gehen, aber ein Stupsen am Arm holte sie zurück.

„Willst du etwas trinken?“, fragte Moglan und reichte ihr einen Kelch voll mit einer gelborangen Flüssigkeit. Melissa befürchtete, dass es das Wasser aus dem Meer war. Ihre trockene Kehle forderte aber jede Flüssigkeit ein, die ihr geboten wurde.

Sie nahm den Kelch, reichte sie nach einem tiefen Schluck an Arionas weiter. Das Wasser hatte einen bitteren Nachgeschmack, der erst nach einigen Sekunden auftrat. Melissa schüttelte sich.

„Ich leg mich jetzt schlafen", sagte Melissa zu ihren beiden Gefährten. Arionas nickte nur.

„Ich übernehme die erste Wache. Der Zapfenträger kann mich ja in der Nacht ablösen", rief Moglan.

Ehe Arionas etwas einwenden konnte, sprang der Mogmied auf und lief zu einem erhöhten Vorsprung. Melissa dachte sich nichts weiter dabei. Nachdem sie sich eine bequeme Stelle auf den Steinen gesucht hatte, holte sie ihre Decke hervor und schlief beinahe sofort ein.

Sie konnte nicht sagen, wie lange sie geschlafen hatte, als Arionas sie an der Schulter rüttelte. Mühsam schlug sie die Augen auf. Das Feuer brannte hell und wärmte sie. Inzwischen konnte sie wieder alle Körperteile spüren. Allerdings blieb das Feuer die einzige Lichtquelle. Der Mond war hinter einer bedrohlich dichten Wolkenwand verschwunden.

„Zwischen den Bäumen sind wieder schimmernden Gestalten", sagte er.

Als ob dies magische Worte waren, wurde sie schlagartig wach. Tatsächlich. Dort schwebten langsam Geister auf sie zu. Der Pegasus stand hinter Arionas und rollte mit den Augen. Für einen kurzen Moment glaubte sie, von ihm niedergetrampelt zu werden, aber Arionas stand auf und legte ihm die Hand auf den Hals. Im Gegensatz zu ihrem Herzen, beruhigte sich der Pegasus.

„Weck Moglan auf", sagte Melissa und zog ihr Schwert.

„Du willst kämpfen?", fragte er, während er den Mogmied mit den Füßen anstieß.

„Was bleibt uns anderes übrig? Wir sind zu weit von dem Steinquader entfernt."

Moglan öffnete die Augen und warf Arionas einen bösen Blick zu. Dann grummelte er etwas Unverständliches in seine Richtung. Ehe Melissa sich versah, verschwand Arionas vor ihren Augen. Stattdessen tauchte ein mannshoher Stein auf. Melissa schrie erschrocken auf. Die Geister hatten sich ihr bereits zur Hälfte genähert.

„Moglan. Warst du das?"

Dieser zuckte nur mit der Schulter, drehte sich wieder um und schloss die Augen. „Er hat es nicht anders verdient. Jetzt weiß er wenigstens fürs nächste Mal, dass er mich freundlicher wecken soll", murmelte er.

„Kriegt er denn darunter Luft?"

„Als Stein braucht er nicht zu atmen", erwiderte Moglan und streckte ihr seinen Rücken entgegen.

„Verdammt, Moglan. Wir werden angegriffen!", brüllte sie ihn an.

Das Wort Angriff schien in ihm eine Kehrtwendung hervorzurufen. Umständlich sprang er auf und stierte in alle Richtungen. Sie sah, wie sein gesamter Körper zu zittern begann. Die Geister waren schon ganz in der Nähe.

„Von wem? Wo? Wir müssen hier weg", stammelte er.

„Ach, was du nicht sagst", erwiderte sie bissig und zeigte auf Arionas. Der Pegasus betrachtete Arionas mit schief gelegtem Gesicht. Dann begann er an dem Stein zu knabbern.

Der Mogmied stieß einen erschrockenen Schrei aus, als er den ersten Geist entdeckte. Er ignorierte Melissas Versuche, ihn auf Arionas aufmerksam zu machen. Stattdessen begann er zu laufen.

„Moglan, du Feigling. Komm sofort zurück", schrie sie ihm hinterher, aber der hörte nicht auf sie. Er rannte den Berg hinauf und verschwand schließlich hinter einem Felsvorsprung.

Blitzschnell drehte sie sich um und suchte die Geister. Drei erkannte sie. Einer davon war definitiv ein Klarin, das Melissa in Filano im Käfig angegriffen hatte. Vielleicht war es an den Verletzungen gestorben und verfolgte sie. Sie schüttelte den Kopf. An so etwas durfte sie gar nicht denken. Stattdessen ließ sie sich auf das Amulett ein. Die Geister waren bereits tot, da lief sie nicht Gefahr, jemanden zu töten. Kaum erfasste sie das kühle Denken, versuchte sie auf den Pegasus zu springen. Mit einem gewaltigen Satz landete sie auf dem Rücken. Allerdings flog sie genauso schnell in hohem Bogen wieder zu Boden. Anstatt es noch einmal zu versuchen, machte ihr Körper etwas anderes als sie erwartet hatte. Sie begann ebenso wie der Mogmied zu laufen. Ein Teil von ihr strebte danach, Arionas zu beschützen.

„Was wollt ihr von mir?", rief Melissa über die Schulter.

Stille.

Entweder konnten die Geister nicht reden oder sie wollten es nicht. Auf jeden Fall folgten sie ihr. Sie atmete erleichtert aus, als sie sah, dass die Geister den Stein in Ruhe ließen. Die Umgebung wurde immer dunkler, je weiter sie sich von dem Feuer entfernte. Bald schon sah sie kaum noch den Weg, dem ihre Füße folgten. Ab und an blitzte für einen Wimpernschlag der Mond zwischen der gewaltigen Wolkendecke hervor. Allerdings nie lang genug, um ihr ein Versteck zwischen den Felsen zu zeigen. Ihr

Herz schlug im Takt ihrer Schritte, während ihr Atem totenbleiche Wolken vor ihrem Mund verursachte.

Moglan blieb verschwunden. Sie verfluchte den Winzling. Wahrscheinlich kauerte er in irgendeiner Felsspalte, während sie von den Geistern verfolgt wurde. Alle drei blieben ihr dicht auf den Fersen. Jedoch kam sie nicht mehr so schnell voran, wie zuvor. Der Weg wurde unebener, ließ ihr kaum genug Platz, um vorwärtszukommen. Sie fragte sich, was diese Geister von ihr wollten. Es konnte kein Zufall sein, dass sie in beiden Welten auf die durchsichtigen Gestalten traf. Ob jemand sie auf sie hetzte?

Melissa keuchte. Der Anstieg wurde steiler. Aber wer würde ihr solche Wesen schicken? Der einzige Feind, den sie sich bisher gemacht hatte, war Cerumak. Und der saß auf der Gefängnisinsel fest und besaß keine Armee von Geistern. Zumindest hatte sie davon in Traveste nichts gesehen.

Für einen hoffnungsfrohen Moment konnte sie sich dem Blick ihrer Verfolger entziehen, indem sie hinter einem Felsen verschwand, aber der bot ihr auf Dauer nicht genügend Schutz. Wer außer Cerumak kam noch in Frage? Schweiß rann ihren Nacken hinab, kühlte die Haut ab. *Sein geheimnisvoller Auftraggeber,* schoss es ihr durch den Kopf. Ihre Hand ratschte über den Felsen, als sie eine Kurve etwas zu rasant nahm. Irgendwer hatte Cerumak beauftragt, sie zu rufen. Bis jetzt hatte sie keine Zeit gehabt, sich darüber Gedanken zu machen, aber was, wenn derjenige ihr nun die Geister auf den Hals gehetzt hatte? Hinter ihr tauchten wieder ihre Verfolger auf. Melissa verdrehte die Augen. Warum ausgerechnet sie?

***

Sie rannte vor den Geistern in einer Schleife davon, bis die Nacht beinahe vorbei war. Die Wolken verzogen sich in der morgendlichen Dämmerung. Alle Versuche etwas gegen die Geister zu unternehmen, scheiterten. Gegenstände flogen durch sie hindurch, selbst Bäume hielten sie nicht auf. Als sie ihr Schwert gegen einen der Geister einsetzte, merkte sie schnell, dass es nutzlos war. Dafür kassierte sie eine Lähmung in ihrer linken Hand. Zwar konnte sie den Arm noch einsetzen, aber ohne Hand, war er ziemlich nutzlos. Selbst, als sie versuchte mehr Abstand zwischen sich und die Geister zu bringen und den Berg in einem großen Bogen hinab lief, holten sie nach kurzer Zeit wieder auf. Egal, was sie versuchte, es blieb erfolglos und sie hatte keine Ahnung, wie sie diese Geister loswerden konnte.

Zu allem Überfluss wurde sie von Seitenstechen geplagt. Ihre Wut auf Moglan stieg. Der konnte etwas erleben, wenn sie ihn jemals in die Finger bekam. Ohne ihn wären sie mit dem Pegasus einfach verschwunden. *Aber nein. Er musste Arionas ja in einen Stein verwandeln.*

Sie kniff die Augen zusammen, als die Sonne hinter dem Horizont aufstieg. Ein leises Schreien ließ sie aufblicken. Es war einer der Geister. Sie sah gerade noch, wie er versuchte, den Sonnenstrahlen auszuweichen und in den Schatten zu gelangen, in dem sich seine beiden Begleiter aufhielten. Doch bevor er diesen erreichte, stieß der Geist mit den menschlichen Zügen ein schmerzhaftes Kreischen aus. Erst knisterten die Ränder der Erscheinung, schienen zu verbrennen, wie ein überbelichteter Film. Dann ging alles rasend schnell. Hätte Melissa geblinzelt, wäre ihr entgangen, wie sich der Geist auflöste. Fasziniert blieb sie stehen. War es so einfach? Tageslicht tötete Geister? *Nein, töten ist wohl das falsche Wort,* korrigierte sie sich. Die anderen beiden Geister verschwanden in einer Rauchwolke. Diesmal wirkte es jedoch gewollt. Es gab kein Schreien und auch kein Knistern.

Sie verharrte noch einige Minuten an Ort und Stelle, wollte sicher sein, dass ihre Verfolger wirklich aufgegeben hatten. Scheinbar war sie tagsüber vor den Angreifern sicher. Erleichtert atmete sie aus. Sie knetete ihre linke Hand, die inzwischen von einem feinen Kitzeln durchzogen war. Den ersten Finger konnte sie bereits bewegen.

Sie verdrängte den Schmerz in ihren Waden, als sie mit dem Aufstieg begann. Am Fuß des Gebirges war die Steigung zu ihrer Erleichterung noch nicht so extrem. Sie kam gut voran und erreichte ihren Rastplatz schneller, als sie gedacht hatte. Der Pegasus stand immer noch vor dem Stein und knabberte auf Höhe von Arionas Gesicht.

„Moglan?“, rief sie den Berg hinauf.

Ein Büschel weißer Haare tauchte zwischen den glatten Felsen auf. Melissa konnte nicht erkennen, wo er sich versteckt hatte. Es sah beinahe so aus, als ob er sich direkt aus dem Stein erhob, als gäbe es dort ein Loch.

„Sind diese Schimmerschweber weg?“, hörte Melissa seine tiefe, dröhnende Stimme.

„Ja, alle weg“, versicherte sie ihm zwei weitere Male, ehe er endlich aus seinem Versteck kroch.

„Was waren das?"

„Ich vermute, dass es Geister waren. Die Seelen der Toten oder sowas in der Art", schob sie hinterher, als Moglans Augen größer wurden. „Aber im Moment sind wir sicher. Du kannst doch nicht einfach davonlaufen." Ihren eigenen vorwurfsvollen Ton zu hören, ließ sie zusammenfahren.

„Du bist doch auch weggelaufen", gab er zurück und erstickte Melissas Zurechtweisung im Keim.

„Ja, aber …" Schnell schloss sie ihren Mund wieder, wusste nicht, was sie sagen sollte. Sie verschränkte die Arme. „Ja, aber das wäre alles nicht passiert, wenn du Arionas nicht verwandelt hättest."

„Er hat es verdient", maulte Moglan.

„Dennoch rechtfertigt es nicht, ihn in einen Stein zu verwandeln." Sie wurde laut, während sie wild gestikulierte. Nachdem sie einmal tief durchgeatmet hatte, konnte sie ruhiger fortfahre. „Mach es rückgängig, bevor der Pegasus ihm Löcher ins Gesicht nagt."

Moglan schien kurz mit sich zu hadern, aber schließlich flüsterte er einige Worte, die das Amulett nicht für sie übersetzte. Sofort danach verschwand der Stein und wurde zu Arionas. Zuerst starrte er leer geradeaus. Arionas wirkte verwirrt, dann sah er Moglan.

„Du Wicht hast mich in einen Stein verwandelt!", brüllte er außer sich vor Wut. Mit wenigen Schritten war er bei dem vor Schreck grölenden Moglan und packte ihn am Genick.

„Lass mich los, du elender Zapfenträger, oder ich verwandele dich wieder."

Moglan strampelte, schlug um sich und trat

nach Arionas, aber der hielt ihn fest. Melissa betrachtete die Szene amüsiert. Krieger gegen Magier. Sie wollte schon immer wissen, wie solch ein Kampf ausging. Im Moment schien Arionas die Oberhand zu behalten. Er ließ Moglan nur wenig Bewegungsfreiheit. Doch dieser wehrte sich mit ein paar blauen Kugeln, die knisterten, sobald sie Arionas trafen. Jedes Mal zuckte ihr Begleiter zusammen, doch umso fester packte dieser den Mogmied am Genick.

„Schluss jetzt ihr zwei“, rief sie über die wüsten Beschimpfungen hinweg, die der jeweils andere sowieso nicht verstand. Beide ignorierten sie. „Auseinander oder muss ich erst eingreifen?“, brüllte sie.

Arionas hielt als erster in seinen Bewegungen inne, was ihm einige erfolgreiche Tritte von Moglan bescherte. Als sie sich vor ihm aufbaute, beruhigte der sich jedoch schnell. Beide hatten noch die Fäuste geballt, aber immerhin ließen sie voneinander ab. Sie starrten Melissa an.

„Wenn wir den Schreinhüter heute noch erreichen wollen, müssen wir weiter.“ Mit einer ausladenden Handbewegung zeigte sie auf den Pegasus und verneigte sich. Im Augenwinkel sah sie, wie Moglans Faust ein letztes Mal nach Arionas Knie schlug. Ehe dieser reagieren konnte, sprang Moglan einige Schritte nach vorn und stieg auf den Pegasus. Melissa schüttelte den Kopf.

Der Rest des Fluges verlief ereignislos. Diesmal setzte sie sich jedoch zwischen Arionas und Moglan. Das letzte, was sie gebrauchen konnte, war eine Schlägerei in der Luft. Moglan tat so, als wenn nur Melissa und er auf dem Rücken saßen. Auch als er ihr den Weg erklärte, tat er so, als ob sie den Pegasus lenkte.

Schließlich landete der Pegasus vor einer Höhle. Sie befanden sich mitten auf einem Berg. Der Wind zog an ihrer dünnen Kleidung und der Anstieg war so steil, dass Melissa sich nach vorn lehnen musste, um nicht rückwärts hinunterzupurzeln.

„In die Höhle da müssen wir gehen. Allerdings müsst ihr davor warten", erklärte Moglan.

„Warum das?", fragte Melissa und runzelte die Stirn.

„Der Schreinhüter wird euch nicht vertrauen, deswegen muss ich allein gehen. Aber sobald ihr hereindürft, rufe ich dich." Moglan nickte Melissa zu, warf einen bösen Blick zu Arionas und lief dann in die dunkle Öffnung. Die Finsternis umschloss ihn beinahe sofort und Melissa konnte ihn schon nach wenigen Schritten nicht mehr sehen. Seine tapsenden Schritte vernahm sie jedoch noch eine Weile. Sie erklärte Arionas, worauf sie warteten.

„Was erwartest du von dem Schreinhüter?", fragte Arionas nachdenklich.

Melissa zuckte mit den Schultern. „Ich weiß nicht. Ich weiß ja nicht einmal, was er eigentlich ist. Vielleicht sowas wie ein Priester."

„Du musst doch wissen, warum du die Reise mit dem Pegasus auf dich genommen hast."

„Arionas, ich verstehe deine Sorge, aber lass uns nicht wieder darüber streiten. Du weißt, dass ich meine Mutter suche."

„Natürlich weiß ich das. Bisher jedoch hattest du immer einen Grund zu einem Ort zu reisen. Aber jetzt …" Er ließ den Satz zunächst unvollendet.

Melissa wusste nicht, was er ihr damit sagen wollte und schüttelte nur verständnislos den Kopf. „Du wirst unvernünftiger, Melissa."

„Werde ich gar nicht", empörte sie sich. „Ich habe gute Gründe hierher zu kommen. Moglan sagte mir, dass sich der Schreinhüter vielleicht an meine Mutter erinnern würde."

„Und dann? Glaubst du, er weiß, wer hinter ihr her war? Das hier ist kein Sprint, Melissa, es ist fünf Jahre her. Vielleicht brauchst du Jahre, um sie zu finden. Du kannst nicht erwarten, dass es sofort klappt." Seine Worte saßen. In ihrer Vorstellung glaubte sie, dass sie ihre Mutter innerhalb von wenigen Tagen finden und nach Hause bringen würde. Doch was, wenn Arionas recht hatte? Was, wenn sie ewig nach ihrer Mutter suchte und sie doch nie finden würde? Konnte sie damit ihr Leben zerstören, das sie sich auf der Erde aufgebaut hatte? Bevor sie etwas erwidern konnte, kam Moglan heraus und winkte sie freudestrahlend zu sich.

Arionas senkte den Kopf und schüttelte ihn. Er wirkte enttäuscht. *Schreinhüter, Schreinhüter,* sagte sie sich immer wieder. *Darauf muss ich mich konzentrieren. Alles andere kann ich später noch mit Arionas besprechen.*

Die Höhle umschloss sie. Es war ein langer Gang, der immer tiefer in die Dunkelheit hineinführte. Moglan zauberte mit seiner freien Hand eine Kugel, die vor ihnen schwebte und den Weg erleuchtete.

„Gleich sind wir da", sagte Moglan.

Melissa spürte ein Kribbeln, das durch ihren Körper floss. Ihre Nackenhaare stellen sich auf. Das Ziel des Kribbelns schien ihr Magen zu sein.

Würde der Schreinhüter ihr weiterhelfen können? Oder würde Arionas Recht behalten? Sie hoffte auf Ersteres.

Moglan machte einen unverhofften Hüpfer. Er zog kräftiger an ihrer Hand. Sie musste lächeln. Dafür, dass der Mogmied zuerst so viel Angst vor ihr gehabt hatte, war er jetzt umso mehr darauf aus, sie glücklich zu machen.

Bevor sie weiter darüber nachdenken konnte, bemerkte sie ein Leuchten direkt vor sich. Es kam von einer Öffnung, die durch eine undurchsichtige Barriere geschützt war. Die von Moglan erschaffene Kugel löste sich in Luft auf. Sie spürte, wie sich ihr Magen zusammenzog. *Bitte lass Arionas nicht Recht haben,* flehte sie. Sie stand vor der Barriere und zögerte. Das königsblaue Schimmern dieser Trennwand erinnerte sie an den Schild auf der Gefängnisinsel von Traveste. Als sie ihre freie Hand austreckte, fühlte sie, wie sich ihre Haare aufstellten. In Traveste war diese Barriere tödlich gewesen. Sie drehte sich zu Arionas um. Der schien dasselbe zu denken.

„Was ist los, Melissa?“, fragte Moglan.

Sie schüttelte ihre Bedenken ab. „Nichts“, sagte sie, bevor sie die Luft anhielt und den Schritt durch den Schild trat. Es fühlte sich, als müsste sie in ein tiefes, unbekanntes Gewässer springen. Melissa spürte ein Ziehen, als sie hindurchging, doch es verschwand sofort wieder.

„Wow“, entfuhr es ihr. Sie stand in einer Höhle. Mal wieder. Aber diese Höhle unterschied sich so dermaßen von den anderen, dass Melissa kurz das Gefühl hatte, nicht einmal in einer zu stehen. Ein für

Mogmiedverhältnisse gigantischer Baum wuchs in der Mitte. Wieder war es ein Baum, der nur vier Äste aufwies und aus Lianen zu bestehen schien. Einer der Äste reichte bis zum Eingang und stieß beinahe gegen ihren Kopf, während ein anderer die Öffnung in der dreieckig zulaufenden Decke der Höhle anstrebte. Ein schmaler See befand sich direkt zu Füßen des Baumes. Blumen wuchsen aus dem Wasser heraus, einige von ihnen leuchteten. Weiß, Gelb, Rot und Grün. Blau war jedoch die Farbe, die am häufigsten auftrat. Selbst an der Wand wuchsen sie.

Sie hob ihre Hand und strich über die Blüten von diversen Blumen. Weich. Melissa hatte das Gefühl, dass sie unter ihrer Berührung beinahe auseinanderfielen. Wie Erinnerungen, die man verzweifelt versuchte zu halten und doch in viele Einzelteile zerbröselten. Feinfühlig strich sie über die Blätter, die unter ihren Fingerspitzen nachgaben. Vor ihren Augen blitzte es einmal auf. Sie sah diese Welt. Allerdings war sie voller lebender Mogmieds. Tausende von ihnen. Weitere Bilder blitzten auf, doch kein weiteres konnte sie so deutlich erkennen, wie das der lebhaften Mogmiedwelt.

Als sie ihre Hand zurückzog, hielten winzige Widerhaken sie fest. Kaum jedoch trennte sie die Verbindung, schienen die Blüten ineinander zusammenzufallen. Selbst die Farbe verblasste, verlor an Glanz. Sie suchte nach einem Behälter, der wie ein Schrein aussah, konnte jedoch nichts finden.

„Seid gegrüßt, Menschen", hörte Melissa jemanden sagen.

Sie drehte sich um. Als sie den Sprecher fand, musste sie beinahe loslachen. Vor ihr stand eine

Mogmiedversion von Yoda. Auf einen Stock gelehnt, starrte er sie aus wachen Augen an. Die Haare waren so dünn, dass sie nur noch in einzelnen Strähnen nach hinten hingen. Und sein Gesicht warf mehr Falten, als ein Mops.

„Vielen Dank für die Audienz, Schreinhüter", sagte Melissa.

„Dieses Privileg habt ihr Moglan zu verdanken. Er bestand auf diesen Besuch in der heiligen Höhle der Mogmieds."

Melissa wusste nicht, wie sie den Schreinhüter einschätzen sollte. Wollte er ihr helfen oder war er von ihrer Anwesenheit genervt? Außer seinen Lippen bewegte er gar nichts. Dieser Mogmied war seltsam, so anders, als die, die sie bisher kennengelernt hatte.

„Hat Moglan auch gesagt, warum ich hier bin?"

„Ja, aber das heißt nicht, dass ich es verstanden habe."

„Ähm, soll ich es dir dann noch einmal erzählen?", fragte Melissa irritiert.

„Nein, das habe ich nicht gesagt."

Okay, George Lucas muss definitiv mit einer meiner Vorfahrinnen durch die Welten gereist sein und den Schreinhüter getroffen haben, dachte sie. Sie hatte keine Ahnung, was dieser kleine Kerl von ihr wollte.

„Sag mal, muss ich dich verstehen?", entfuhr es ihr, bevor sie die Worte stoppen konnte.

Diesmal bewegte sich der Schreinhüter. Sein Kopf ruckte nach oben. Er war größer, als es zuvor den Anschein gehabt hatte. Der Stock, auf dem sein Kopf zuvor gelegen hatte, reichte ihm jetzt nur noch bis zur Brust.

„Für jemanden, der ein Anliegen hat, bist du aber nicht sonderlich geduldig. Du solltest dich beruhigen", erwiderte er, als ob er mit einem Kind redete. „Ich kann deinem Wunsch nicht nachkommen."

„Was meinst du? Ich dachte, ich habe eine Abmachung mit eurem Anführer", empörte sich Melissa.

Sie ging einen Schritt auf den Schreinhüter zu. Der blieb seelenruhig stehen und betrachtete sie von oben bis unten.

„So jung und so stürmisch." Ihr Gegenüber schüttelte den Kopf, während Moglan mitleidig nickte.

„Ich bin wohl älter als ihr beide zusammen", schnaubte Melissa.

„324." Die Stimme des Mogmied blieb ganz ruhig.

„Was 324?" Ihre Lippen wurden zu einem schmalen Strich.

„Monde. 324 Monde bin ich alt."

Melissa erstarrte in ihren Bewegungen. „Mogrinan hat mir erzählt, dass ihr nur fünf Monde alt werdet."

„Da hat er auch Recht, aber nur, weil alle anderen Mogmieds Magie nutzen." Der Schreinhüter bewegte sich das erste Mal rückwärts. Sein Gang war schwungvoll, beinahe schon übermütig.

„Heißt das, wenn die Mogmieds keine Magie nutzen würden, wären sie alle so alt wie du?" Sie konnte es immer noch nicht fassen. Arionas stand unbeteiligt neben ihr und betrachtete eine der Blumen. Als er sie berührte, zog er seine Finger sofort wieder zurück. Die Blüten leuchteten einmal auf, als wollten sie ihm drohen, ehe sie wieder genauso strahlten wie zuvor.

„Korrekt."

„Warum nutzt ihr dann noch Magie, wenn ihr so lange leben könnt?" Moglan stand neben dem fast einen Kopf größeren Schreinhüter und sah ihn neugierig an.

„Warum ein langes Leben wählen, was voller Verlangen nach Dingen ist, wenn man ein kurzes Leben voller Erfüllung haben kann?“, erwiderte der Schreinhüter.

Melissa hätte eine Menge Antworten gehabt, aber die behielt sie vorerst für sich. Der Schreinhüter wirkte nicht sonderlich erpicht auf eine lange Unterhaltung. Er machte die ersten Schritte von ihr fort.

„Dein Anliegen wirst du nicht erfüllt wissen.“

„Erklärst du mir auch warum?“, fragte Melissa ein wenig freundlicher als zuvor. Das hohe Alter des Mogmieds beeindruckte sie ungewollt.

„Wir schließen eine erneute Vereinbarung. Erst wenn du deine Artgenossen von hier vertrieben hast, werde ich dir erlauben, einen Blick in den Schrein zu werfen“, erwiderte der Schreinhüter und breitete die Arme aus.

„Ich weiß nicht einmal, ob ihr mir helfen könnt. Warum sollte ich das tun? Außerdem sehe ich hier nirgendwo diesen Schrein.“

Das erste Mal mischte sich Moglan ein. „Diese Höhle ist der Schrein.“ Melissa sah sich überrascht um. Sie hatte sich den Schrein wie die Bundeslade in Indiana Jones vorgestellt. Gold, mit Rubinen überzogen und von innen heraus leuchtend. Sie schüttelte den Kopf und lauschte Moglans Worten. „In ihr sind alle unsere Erinnerungen. Wir sterben früh, aber jedes Jahr zur selben Zeit kommen wir zu dieser Höhle und speichern unsere Erinnerungen hier ab. So bleibt das Wissen der Mogmieds erhalten.“

„Warum macht ihr das?“ Im Augenwinkel sah sie, wie Arionas die Hand knetete, mit der er die Blüte berührt hatte.

„Wenn das Volk der Mogmieds zum Beispiel von einer Krankheit bedroht wird, können wir im Schrein erfahren, ob die Krankheit schon einmal existierte und wenn ja, welches Heilmittel es dagegen gibt. Es ist sehr hilfreich“, sagte Moglan, als müsste er das extra betonen. Er sah sich hilfesuchend nach dem Schreinhüter um, aber der ging flotten Schrittes zur Mitte der Höhle auf den Baum zu.

Melissa verstand den Sinn hinter solch einer Einrichtung. Jederzeit auf Erinnerungen der Generationen vor ihr zurückgreifen zu können, würde ihr einiges ersparen. Das wäre eine sinnvolle Einrichtung im Amulett gewesen. Sie überlegte, ob sie anfangen sollte, ein Tagebuch zu schreiben, um es den nachfolgenden Generationen leichter zu machen. Die Erinnerungen des Gemäldes auf ihrem Dachboden hielt nicht ewig.

„Habt ihr denn schon nachgeschaut, ob es einen Zauber gibt, euch gegen die Menschen zu wehren?“, fragte Melissa und schob ihre Gedanken beiseite.

Das Bein des Schreinhüters blieb mitten in der Luft hängen. Moglans Mund blieb offenstehen. Es herrschte Stille zwischen den vier Anwesenden. Auch Arionas richtete seinen Blick von seiner Hand zu Melissa.

„Alle Zauber, die existieren, werden als Erinnerung mit unserem Samen ausgeworfen. Wenn wir neu wachsen, kennen wir bereits alles Notwendige. Angriffszauber gehören nicht dazu, da die Mogmieds ein friedliches Volk sind“, erklärte der Schreinhüter und senkte den Blick.

Melissa hielt die Luft an. Ein salziger Geschmack legte sich ihr auf die Zunge. „Ihr habt noch nicht nachgeguckt", entfuhr es ihr. Sowohl Moglan als auch der große Mogmied zuckten zusammen. Es stimmte. „Warum nicht?"

Auf einmal sackten die Schultern des Schreinhüters nach vorn. Er lehnte sich wieder auf seinen Stock. Nichts war mehr übrig von dem schwungvollen Gang, den sie noch wenige Sekunden zuvor an ihm gesehen hatte. Jetzt wirkte er alt und gebrechlich, als ob er gleich zu Staub zerfallen würde.

„Es gibt Regeln für den Schrein." Moglan zögerte mit der Antwort, sah immer wieder zu dem Hüter. Aber der schien mit den Gedanken weit entfernt zu sein. Sein Blick ging ins Leere. „Wir dürfen den Schrein nur betreten, um das Wissen anzusammeln. Unsere Novensil hat es unter Strafe verboten, dass ein Mogmied sich mit der Vergangenheit des Volkes auseinandersetzt. Wir sollen für die Zukunft leben, nicht für das Vergangene." Wieder sah er zu dem anderen Mogmied. Moglan zögerte. „Außer dem Schreinhüter. Er ist der einzige, der das Wissen des Schreins kennt."

Melissa blickte zum Schreinhüter. Der sah immer noch ins Leere, konnte oder wollte sich nicht äußern. „Wenn es etwas im Schrein gäbe, wüsste er es doch. Warum sagt er es nicht?"

„Er darf nicht. Kein Mogmied darf es, außer das gesamte Volk entscheidet sich einstimmig dafür. Genrisal wollte nicht, dass sich ein einzelner Mogmied das Wissen der Vergangenheit zunutze macht. Daher hat sie es verboten."

„Welchen Sinn hat solch ein Schrein, wenn ihr nicht darauf zugreifen könnt? Und ihr haltet euch auch jetzt noch daran, wenn ihr in Gefahr seid?", vergewisserte sich Melissa.

„Natürlich. Genrisal ist unsere Novensil. Wir wollen sie nicht verärgern."

Melissa zog die Augenbrauen hoch. Sie konnte es nicht fassen. Nur, um irgendeine Göttin nicht zu verärgern, waren diese kleinen Wesen bereit ihr komplettes Volk aufs Spiel zu setzen. Sie ließ sich zu Boden plumpsen, setzte sich in den Schneidersitz und verschränkte die Arme vor der Brust. So mancher Beobachter, hätte sie für ein bockiges Kind gehalten, das nicht mehr weitergehen wollte, aber Melissa grübelte. Ihr musste ein Weg einfallen, um den Mogmieds zu helfen, damit sie an das Wissen aus dem Schrein kam. Nach einer Weile griff sie nach einer Blume, die nicht weit entfernt von ihr verführerisch leuchtete. Mit den Fingerkuppen strich sie über die blauen Blüten.

„Was sagst du da?", fragte Moglan.

Der Schreinhüter erwachte aus seiner Starre. Ruckartig richtete er sich auf. „Was ist?", fragte Melissa.

„Du sagtest gerade etwas über Magieblockade. Was meinst du damit?", erkundigte sich Moglan. Seine dröhnende Stimme warf einen unnatürlichen Hall in der Höhle zurück.

„Magieblockade? Ich? Nein", erwiderte sie bestimmt.

„Doch, hast du", mischte sich nun auch der Schreinhüter ein.

Melissa sah sich hilfesuchend zu Arionas um. „Habe ich gerade die Unterhaltung gestartet?"

Ihr Begleiter nickte. Jetzt war sie endgültig verwirrt. Wie konnte sie etwas sagen, ohne es mitzubekommen? *Vermutlich genauso, wie ich kämpfen kann, ohne es jemals gelernt zu haben*, erklärte sie sich selbst. Melissa seufzte. Da hatte wohl wieder das Amulett seine Finger im Spiel. Erneut strich sie über die Blütenblätter. Da wurde sie von einer wahren Bilderflut übergossen. Unzusammenhängende Fragmente aus der Sicht eines Mogmieds. Zuerst spürte sie die Furcht des Mogmieds, der das ganze beobachtete. Dann sah sie den Angreifer. Die missgestaltete Version eines Lebewesens zwischen einem Menschen und einem Reptil.

Gleich darauf sah sie königsblaue Energie, die aus dem Kopf eines Mogmieds gezogen wurden. Sie spürte, wie ihre Knie nachgaben. Jemand stahl die Lebenskraft dieses Mogmieds. Pflanze. Lebensblätter. Melissa kaute. Als nächstes beobachtete sie, wie die Fäden aufhörten und der Mogmied in einen Haufen Staub zerfiel. Der Angreifer schien verwirrt, scharrte in den Überresten mit den Krallen, aber dann verschwand er. Als letztes sah Melissa, wie der Staub sich zu regen begann, bis er sich wieder zu einem vollständigen Mogmied zusammengesetzt hatte.

Melissa löste die Finger von der Blume. Sofort endete die Bilderflut. Sie schwankte, konnte sich gerade noch am Boden abstützen, ehe sie mit dem Kopf aufgeschlagen wäre.

„Melissa?" Arionas Stimme lenkte sie durch den grauschwarzen Nebel, der sie umfangen hielt.

Sie stöhnte. In ihrem Mund spürte sie einen pelzigen Belag, als hätte jemand ihre Zunge gegen einen ausgefransten Waschlappen ausgetauscht. Übertrug der Schrein auch Geschmackserinnerungen? Wenn ja, waren diese Blätter ziemlich ekelig.

„Alles in Ordnung?", erkundigte sich Arionas.

Melissa öffnete die Augen. Er war direkt über ihr. So nah. Pulsierende Lichter der Höhle umspielten seinen dunklen Haarschopf. Eigentlich hatte sie sich aufrichten wollen, aber sein herber Duft brachte sie aus dem Konzept.

„Ähm …", war alles, was sie sagen konnte. Sein Geruch gefiel ihr, vertrieb den pelzigen Geschmack.

„Was ist passiert?", fragte Moglan. Dieser saß neben ihr und hielt ihre Hand. Seine Finger strichen über ihre Haut, beruhigten sie.

„Blume … Bilder …", antwortete sie stockend. Sie war immer noch durcheinander, wusste nicht genau, wo sie sich befand. Was war gerade passiert?

Da hörte sie jemanden keuchen. Laut und tief zugleich. Ein Mogmied. „Unmöglich", sagte der Schreinhüter im nächsten Augenblick. „Was hast du gesehen?"

Melissa fasste sich an den Kopf, hielt ihn mit beiden Händen fest. Sie war sich sicher, dass er sonst abfallen würde, so sehr vibrierte er. Melissa atmete einige Male tief durch. Ihre Verwirrung zog sich zurück, ihre Gedanken wurden klarer. Knapp berichtete sie, was die Bilder ihr gesagt hatten. Währenddessen wurden die Augen von Moglan so groß wie Tischtennisbälle. Er sprang auf und ab, als sie endete.

„Genrisal hat dich wahrlich geschickt", dröhnte er.

Melissa stöhnte. „Warum denn diesmal?"

„Wie hast du das gemacht?", mischte sich der Schreinhüter ein. Er lehnte sich auf seinem Stock vor.

„Was meinst du?“ Melissa wusste nicht, was sie angestellt hatte. Sie war nur beinahe in Ohnmacht gefallen, nachdem sie die Bilder gesehen … Bilder … Erinnerungen … Schrein. „Habe ich auf den Schrein zugegriffen?“, fragte sie leise und schloss die Augen.

„Ja.“

War ja klar, dachte sie.

„Ohne meine Erlaubnis“, schob der Schreinhüter hinterher.

„Entschuldigung. Das wollte ich nicht.“

„Du kannst den Novensil danken, dass du kein Mogmied bist. Sonst hätte ich dir jetzt all deine Erinnerungen entziehen müssen“, sagte der Größere der Mogmieds.

Keinerlei Erinnerungen mehr? Was war das denn für ein Leben? Melissa schüttelte sich. Darüber wollte sie lieber nicht nachdenken.

„Und was soll ich jetzt deiner Meinung nach tun?“

„Wir finden sicher eine Lösung, nicht wahr, Schreinhüter?“ Moglan sah seinen Kameraden von unten an und zog dabei eine solche Unschuldsmiene auf, dass Melissa beinahe losgelacht hätte. Sie versuchte in der faltigen Mimik des Schreinhüters eine Entscheidung zu erkennen. Doch der starrte sie nur an. Sollte sie wegschauen? *Ist das ein Test, wie vertrauenswürdig ich bin*, fragte sie sich. Oder würde er ihr durch den Augenkontakt ihre Erinnerungen stehlen? *Flucht wäre eine Lösung*, dachte sie. Aber dann konnte sie die Mogmieds nicht nach ihrer Mutter ausfragen. Es half nichts. Sie musste vor Ort bleiben, um Informationen zu erhalten.

„Wenn ihr mich fragt, machen wir gar nichts“, sagte sie daher. Ihr gefiel diese Idee.

„Die Gesetze der Mogmieds sehen nicht vor, jemand Fremdes zu bestrafen, der den Schrein betritt und auf die Erinnerungen zugreift. Aber laut Genrisal ist es auch unmöglich. Also, ich frage noch einmal. Wie hast du das gemacht?" Die Stimme des Schreinhüters war so leise, dass sie diese beinahe nicht verstand.

„Keine Ahnung." Melissa verzog den Mund und zuckte mit den Schultern. „Ich habe die Blume berührt und dann waren da diese Bilder. Hör zu, Schrei... Sag mal, hast du eigentlich einen Namen?"

„Ja, aber den habe ich mit dieser Aufgabe abgelegt."

„Na gut, Schreinhüter." Melissa betonte den Titel. „Seit ich das Amulett habe, passieren mir ständig solche Sachen. Nimm es einfach als gegeben hin."

Sie ließ ihm einen Moment, drehte sich zu Arionas um.

„Die sind wirklich verrückt, diese Kleinwüchsigen", bemerkte Melissa leise und drehte ihren Finger neben dem Kopf.

„Der Kleine hat mich in einen Stein verwandelt. Mir brauchst du das nicht zu sagen", erwiderte Arionas. „Können sie dir jetzt in Bezug auf deine Mutter helfen?"

„Ich vermute schon, aber sie wollen nicht."

Arionas schüttelte den Kopf. „Warum nicht?"

„Wenn ich den Schreinhüter richtig verstanden habe, soll ich erst den Mogmieds helfen, die anderen Menschen zu vertreiben. Vorher wollen sie mir nichts sagen. Dabei liegt die Lösung vor ihnen."

Da kam ihr eine Idee. Wie sie vermutete, waren die Mogmieds äußerst naiv. Vielleicht konnte sie das Volk mit ihrem neu erlangten Wissen erpressen. Schnell drehte sie sich um. Moglan sah hilflos zum

Schreinhüter auf, als erwarte er die Erleuchtung von ihm. Sie musste sich beeilen, wenn sie noch etwas erreichen wollte.

„Hört zu. Ich weiß, wie ihr euch beschützen könnt. Wenn du mir sagst, was mit meiner Mutter passiert ist, werde ich dem Volk der Mogmieds helfen. Versprochen."

Sie hielt dem bohrenden Blick des Schreinhüters statt. *17 Jahre und schreckt nicht vor Erpressung zurück. Wo soll das enden,* fragte sie sich selbst. Moglans plötzliches Auf- und Abspringen lenkte ihre Aufmerksamkeit zu ihm.

„Das hast du doch bereits dem Mogmied versprochen", warf Moglan ein und stoppte in seinen Bewegungen. Sie spürte förmlich, wie seine Skepsis durch die kühle Luft zu ihr herüber waberte. Ihre Wangen wurden heiß. Am liebsten wollte sie jetzt in den See springen, um sich abzukühlen. Dieser war nicht weit von ihr entfernt. Seine Oberfläche zwinkerte ihr verführerisch zu. Darin ließ es sich sicher gut baden.

„Ja, habe ich, aber ihr wollt ja scheinbar euren Teil der Abmachung nicht einhalten. Deswegen muss ich es auch nicht." Melissa sah die Bestürzung in Moglans Gesicht.

„Natürlich wollen wir unser Versprechen halten, nicht wahr, Schreinhüter?" Er schien entrüstet, stieß seinem Kameraden die wulstigen Finger in die Brust.

„Selbstverständlich halten wir uns an getroffene Vereinbarungen", erwiderte der Schreinhüter mit einem seltsamen Unterton.

„Dann sagt mir, was mit meiner Mutter passiert ist." Melissas Stimme klang harscher, als sie eigentlich wollte.

„Zuerst versprichst du mir und allen Novensil, denen du verpflichtet bist, dass du uns beistehen wirst, wenn die Menschen wieder angreifen. Du wirst für uns arbeiten, egal, was ich dir gleich sagen werde. Und du wirst den Mogmieds erklären, wie sie sich gegen die Menschen schützen können." Auch wenn es kaum möglich schien, war die Stimme ihres Gegenübers noch tiefer geworden. Bedrohlich tief. Melissa stimmte sofort zu. Allerdings kamen ihr Zweifel, als sie an den Wortlaut dachte, den der Schreinhüter verwendet hatte. *Egal, was ich dir gleich sagen werde.*

„Da du vor den Novensil geschworen hast, werde ich dich nun an unserem Wissen teilhaben lassen", verkündete der Schreinhüter feierlich, wenn auch mit misstrauischem Unterton. Er lehnte sich wieder einmal auf seinen Stock, sah sie erneut aus schmalen Augen an.

„Vor fünf Monden erschien ein Mensch in unserer Welt, der dir glich." Melissa wollte schon triumphierend aufschreien, beließ es aber bei einem leisen Seufzen. Der Schreinhüter strich mit seinen nackten Füßen über eine Blume. „Der Mogmied, aus dem Mogrinans Spore hervorgegangen ist, hat damals beobachtet, wie dieser Mensch von schimmernden Wesen attackiert und verschleppt wurde."

Kaum berührte Melissa ebenfalls eine der Blüten, spulte ein Film vor ihrem inneren Auge ab. Sie sah ihre Mutter, allein in der Dunkelheit der Nacht, auf einer Steinwiese. Hektisch drehte sie sich in alle Richtungen. Ihr linkes Bein zog sie hinter sich her, als ob sie vor etwas davonrannte. Geister. Überall. Zehn, zwanzig. Melissa konnte nicht alle zählen. Zu viele. Ihre Mutter zog ein Schwert, hieb auf die Geister ein.

Kein Erfolg. Eines der durchsichtigen Wesen glitt durch sie hindurch. Sie hörte Vanessas Schrei nicht, aber sie konnte die Angst spüren. Die Geister umzingelten sie, nahmen sie in ihre Mitte. Melissa ging einen Schritt vor, streckte die Hand aus, wollte ihrer Mutter helfen. Doch es war zu spät. Die durchsichtigen Wesen lösten sich an Ort und Stelle in Luft auf. Ihre Mutter war nicht mehr zu sehen.

Melissa schrie. Jemand packte ihre ausgestreckte Hand und zog daran, bis sie die Höhle wieder vor sich sah.

Sie spürte den Druck um ihre Schultern, als Arionas sie in die Arme schloss. Fest presste er sie an seine Brust. Es dauerte einen Moment, ehe sie zu schreien aufhörte. Immer wieder stammelte sie den Namen ihrer Mutter. An ihrer Wange spürte sie Arionas' Herzschlag. Stark, beruhigend. Nach und nach verschwanden die Bilder aus ihren Gedanken. Nur der Moment, in dem ihre Mutter mit den Geistern verschwunden war, brannte sich in ihre Augen.

„Da dies die einzige Erinnerung an einen Menschen vor fünf Monden in unseren Aufzeichnungen ist, muss es der Kamerad sein, den du suchst. Erst vor zwei Monden tauchte deine Rasse wieder auf", hörte sie den Schreinhüter sagen. Ob nun aufgrund von Arionas Arm über ihrem Ohr, ihrer geistigen Entfernung zur Höhle in diesem Augenblick oder seiner Höflichkeit: seine Stimme klang leise, beinahe mitfühlend.

„Geht es dir wieder besser?", fragte Arionas sie, nachdem sie einige Zeit keinen Schluchzer mehr von sich gegeben hatte.

Sie schloss die Augen. Für einen friedlichen Moment genoss sie die Nähe zu ihm, strich mit den Fingerspitzen kaum wahrnehmbar über das Hemd, das er trug. Nur noch einen Augenblick, bat sie innerlich. Aber Arionas packte sie an der Schulter und drückte sie von sich fort. Sie senkte den Blick, aber Arionas suchte ihn.

„Ja, geht schon wieder." Melissa nickte ihm zu. „Es waren Geister. Sie wurde von Geistern entführt."

Arionas ließ sie los, strich sich gedankenverloren über den Arm, an dem ihn die Geister berührt hatten. „Glaubst du, sie halten sie immer noch gefangen?"

„Ich habe keine Ahnung. Ich weiß ja nicht einmal, wo diese Geister herkommen. Leben sie in einer eigenen Welt? Wie finden sie mich? Sind es vielleicht gar keine Geister, sondern ein eigenes Volk, das jemandem dient? Ich wünschte, ich hätte jemanden, der mir all diese Fragen beantworten kann." Melissa ließ den Kopf hängen, starrte auf den Höhlenboden. Die unebene Fläche beruhigte sie.

„Wir finden sie", flüsterte Arionas und drückte sie ein letztes Mal an sich.

Melissa nickte, dann wandte sie sich an Moglan. Sie hatten ihr Versprechen gehalten. Nun war es an ihr, den Mogmieds zu helfen. „Wann haben die Menschen das letzte Mal angegriffen?"

KAPITEL 13

Der Weg zurück zur Siedlung verlief ereignislos.

In der Nacht blieben die Geister fern, dennoch hielten alle drei abwechselnd Wache. Melissa wusste nicht, ob sie vernichtet waren oder einfach nur nicht wiederkamen. Aber ihr sollte es Recht sein. Immerhin musste sie sich dann darüber keine Gedanken machen. Als sie endlich die Siedlung erreichten, war Melissa müde. Sie hatte die letzte Wache gehalten und war die halbe Nacht wach geblieben.

„Ist der Mogmied zu sprechen?“, fragte sie und schmunzelte, als Moglan sofort verschwand. Er war wirklich viel zu übereifrig. Aber sie war froh, dass man ihr in dieser Welt mehr Freundlichkeit entgegenbrachte, als in der letzten. Einige Minuten später stand sie in der Hütte des Mogmied.

„War dein Besuch erfolgreich?“, fragte der Mogmied.

Das Bild von ihrer schreienden Mutter sprang ihr vors Auge, versetzte sie in einen kurzen Schockmoment. „Ja und nein. Ich habe vielleicht eine Lösung für euer Problem.“

„Wirklich?“ Der Mogmied sah sie neugierig an.

„Ich konnte auf den Schrein zugreifen und habe eine Erinnerung gesehen. Sagen dir Lebensblätter etwas?“

Mogmied lief auf und ab. Nach einer Weile nickte er.

„Es gab vor langer Zeit auf unserer Welt diese Blätter. Allerdings wächst die Pflanze nicht mehr, an der sie hingen.“

„War ja klar.“ *Warum einfach, wenn's auch kompliziert ging?* Jetzt hatte sie eine Möglichkeit, den Mogmieds zu helfen und dann gab es diese dämlichen Blätter nicht mehr. „Gibt es wirklich nirgendwo Restbestände?“

„Nein, unsere Welt ist abhängig von unserem Leben. Als das Volk der Mogmieds zahlreicher war, blühte diese Welt in allen erdenklichen Farben. Wenn es unserem Volk nicht gut geht, stirbt auch diese Welt. Unsere Magie entstammt ihr. Es steckt in jedem Busch, jedem Stein. Viele Pflanzen sind in den letzten zwei Jahren zusammen mit einigen Mitgliedern unseres Volkes ausgestorben. So auch die Lebensblätter.“

Melissa zögerte. „Ich weiß dann nicht, ob ich euch helfen kann.“ Sie rief sich die Erinnerung an den Mogmied vor Augen, der von dem Menschenreptil angegriffen worden war. Etwas sagte ihr, dass sie die Pflanze auf jeden Fall brauchten. „Wir versuchen es einfach mal. Trommel alle anderen Mogmieds zusammen. Ich versuche es euch zu erklären.“

„Es reicht, wenn du es einem Mogmied beibringst. Wenn es ein Zauber ist, und ihn einer von uns beherrscht, lernen wir ihn ohne Probleme.“ Der Anführer ging aus der Hütte heraus. Melissa folgte ihm.

„Wen soll ich unterrichten?“, fragte Melissa schließlich.

„Eigentlich hätte ich dir Mogrinan geraten, aber der befindet sich auf der Reise zu den anderen Siedlungen. Daher wird Moglan dir zur Seite stehen. Der Unterricht muss umgehend starten.“ Der Mogmied hob die Hand und wedelte mit den Fingern. „Wenn die Sonne hochsteht, startet ihr. Ruh dich bis dahin aus.“

***

Nach einer Weile weckte Arionas sie. Ein Schauer schoss durch ihren Körper und erfrischte ihre Zellen, als er sie berührte.

„Wollen wir anfangen?“ Moglan stand neben ihr, wobei er nervös von einem Bein aufs andere sprang. Sie hoffte, dass sie ihm erklären konnte, was sie im Schrein gesehen hatte. Zwar hatte sie auch einige Gefühle in der Erinnerung empfunden, aber woher sollte sie wissen, was ein Mogmied davon benötigte, um sich in Staub aufzulösen?

Ein letztes Mal streckte sie sich, bevor sie sich erhob.

„Na dann mal los.“

Die nächsten Stunden bis zum Sonnenuntergang versuchte sie Moglan alles beizubringen, was sie gesehen hatte. Doch egal, wie sehr Moglan sich anstrengte, er löste sich nicht auf. Stattdessen lief er bei jedem Versuch, der schief ging, hektischer über die Lichtung.

„Das ist alles meine Schuld. Ich bin nicht gut genug. Mogrinan hätte es viel besser gekonnt“, jammerte er nach einer Weile.

„Du schaffst das. Wir versuchen es weiter“, versuchte sie ihn anzutreiben, aber Moglan zog an seinen weißen Haaren. Er sah verzweifelt aus. Melissa wusste nicht, wie sie ihm helfen sollte. So oft, wie er seine Stimmung änderte, kam sie kaum hinterher.

„Du lernst jetzt gefälligst weiter. Von dir hängt es ab, ob dein Volk überlebt. Als reiß dich zusammen“, versuchte sie ihn zu motivieren.

Moglan hielt mitten in der Bewegung inne. „Den Druck halte ich nicht aus. Lass es jemand anderen machen“, flehte Moglan.

„Ach, jetzt komm. Dein Anführer hat Vertrauen in dich“, sagte sie und kniete sich zu ihm. „Und ich ebenfalls.“

Moglan wirkte zerknirscht und hin- und hergerissen. Sein Blick wanderte von Melissa zu dem großen Baum und zurück. Irgendwann nickte er und stellte sich wieder vor sie.

Trotz seiner Bemühungen gelang es ihnen nicht, bis zum Anbruch der Nacht. Melissa trug nur ihr T-Shirt, spürte die Kälte sofort, als die Sonne am Horizont versank. Eine Gänsehaut zog sich über ihren Körper.

„Lass uns Schluss machen für heute“, schlug Arionas vor.

Etwas später saßen sie am Feuer.

„Und, Melissa, wie weit seid ihr gekommen?“, erkundigte sich der Mogmied.

Melissa stöhnte auf. Diese Frage hatte sie umgehen wollen, auch wenn die Wahrscheinlichkeit gleich Null gewesen war, dass die Mogmieds sie nicht stellen würden. „Noch klappt es nicht, aber wir machen morgen weiter.“ Sie lächelte aufmunternd, auch wenn sie sich in dem Moment nicht so fühlte.

„Und was, wenn es nicht klappt?“, hörte Melissa einen Mogmied zu ihrer Linken sagen. Sie hörte zustimmendes Tuscheln von einigen weiteren.

„Dann soll es nicht sein. Wir versuchen unser Bestes, aber uns stehen nicht alle Ressourcen zur Verfügung“, gab Melissa zurück.

„Was meinst du damit?“, fragte ein Mogmied mit besonders tiefer Stimme.

Es war merkwürdig, zwischen all diesen kleinen Wesen zu sitzen. Arionas und sie ragten über sie hinweg und mussten auf sie hinabsehen.

„In der Erinnerung hat der Mogmied Lebensblätter gegessen. Fragt mich nicht, wofür die gut sind, aber scheinbar funktioniert es nicht ohne diese Pflanze.“ Melissa riss die Arme hoch und zuckte mit den Schultern. Die Erde, auf der sie saß, war mit Moos ausgelegt, aber die Kiesel spürte sie trotzdem. Sie sah die Enttäuschung in den Augen der Mogmieds. Jedem schien klar zu sein, dass es in ihrer Welt keine Lebensblätter mehr gab. Melissa wurde wütend. Es mussten mehr Mogmieds leben, damit die Pflanze wachsen konnte. Damit aber mehr Mogmieds leben konnten, brauchten sie die Pflanze. Es war ein Teufelskreis. Obwohl das Feuer wohlig flackerte und eine beruhigende Wirkung auf Melissa hatte, herrschte in der Runde eisiges Schweigen.

„Haben die Zapfenträger nicht Exemplare von all unseren Pflanzen mitgenommen?“, warf ein Mogmied nach einer Weile ein.

Er schien alt zu sein, da er kaum noch königsblaue Flecken besaß. Vielleicht war er dabei gewesen, als die ersten Menschen in dieser Welt angekommen waren.

„Glaubst du, sie haben auch Lebensblätter mit auf ihre Welt genommen?“, fragte Melissa und versuchte unbeteiligt zu wirken.

„Keine Ahnung. Wenn ich mich richtig erinnere, haben diese Zapfenträger keine feste Welt, in der sie leben. Sie sind Händler oder so etwas.“ Der alte Mogmied starrte angestrengt ins Feuer, als hoffte er dort die Antwort auf alle Fragen zu sehen.

„Aber sie müssen doch eine Welt haben, in der sie handeln. Irgendwo müssen sie eure Magie doch verkaufen.“

Nun mischte sich Moglan ein. „Über ihre Arbeit als Händler hat sich Mogrinan einmal mit ihnen unterhalten. Also nicht wirklich unterhalten. Mehr so eine Verständigung mit Händen und Füßen. Er hat von einer Welt erzählt, die ein einziger Handelsplatz sein soll.“

„Du weißt nicht zufällig, wo diese Welt liegt, oder?“ Eine solche Welt konnte sonst wo sein. Ohne Koordinaten würde sie kaum die Richtige finden.

„Nein“, sagte Moglan traurig.

Stille erfüllte die Luft. Nicht einmal vom Feuer war ein Knistern zu vernehmen. Wie auch, wenn kein Holzscheit darin lag, um zu knacken? Die Stimmung am Feuer war abgekühlt. Irgendwann stand Moglan auf und verließ die Runde. Er lief zu seinem Kokon. Melissa dachte erst, er würde schlafen gehen, aber nach einigen Momenten tauchte er wieder auf. Moglan kletterte den Baum hinab und lief zurück zum Lagerfeuer.

„Ich weiß nicht, ob es dir hilft, aber einer der ersten Zapfenträger hat mir dies hier gegeben.“ Er stockte. „Ich meine damals, als sie noch nett gewesen waren“, schob er schnell hinterher, als wäre es ihm unangenehm, einen Gegenstand von seinen Feinden aufbewahrt zu haben.

Er reichte Melissa etwas, was wie ein altes Lasagneplattenstück aussah, das geschimmelt und verkümmert war. Zögerlich nahm sie es in die Hand. Da erst erkannte sie, dass es abgestorbene Rinde war, die hell genug war, um darauf zu schreiben. Und genau das schienen die Menschen getan zu haben. Melissa erkannte einige Symbole auf der Rinde wieder. *Eine Sprache,* dachte sie hoffnungsfroh.

„Warum hast du das all die Zeit aufbewahrt?“, fragte Melissa abgelenkt.

Er zuckte mit den Schultern. „Es sah hübsch aus.“

Melissa musste schmunzeln. Als alles hätte sie es bezeichnet, aber nicht hübsch. Mit dem Finger glitt sie über die Symbole, spürte ihnen nach. Sie hielt die Rinde so, dass sie die Schrift erkennen konnte. Einige kamen ihr bekannt vor. Das eine sah aus wie ein Korb. Ein Quadrat mit einem Halbkreis oben drauf. Das andere war eine Flamme. Melissa kramte ihr Amulett hervor. Tatsächlich. Die beiden Symbole waren Koordinaten für eine Welt. Sie lachte auf. Ihre nächsten Nachbarn erschraken und ein Mogmied sprang sogar auf.

„Entschuldigt, aber ich weiß, wo ich die Händler finden kann. Sie haben eine Adresse hinterlassen.“

Sprachlosigkeit erfasste die Mogmieds. Arionas, der durch die aufgeregte Stille aus seiner Starre erwachte, sah sich irritiert um.

„Aber was willst du denn jetzt machen? Willst du zu ihnen reisen?“, fragte Moglan.

Melissa nickte. „So dachte ich mir das. Wenn ich die Lebensblätter herbringe, könnt ihr sie dann anbauen?", fragte sie.

Die Mogmieds sahen sich alle irritiert an. Jeder schien darauf zu hoffen, dass der andere antwortete. Melissa lächelte gequält. Jemand musste den kleinen Wesen dringend beibringen, Entscheidungen zu treffen. So konnte das nicht weitergehen. Dennoch wartete sie geduldig auf eine Antwort.

„Ich denke, wir könnten diesen Versuch wagen", entschied der Mogmied, nachdem sich alle Blicke auf ihm vereinigt hatten. „Aber einer von uns sollte dich begl…"

„Ich, ich, ich …" Ehe der Mogmied zuende sprechen konnte, sprang Moglan auf und in die Flammen hinein. Hastig entfernte er seinen Arm aus den tanzenden, blauen Lichtern und wedelte mit dem verletzten Körperteil. Einige seiner Artgenossen schüttelten den Kopf über sein ungeschicktes Verhalten. Melissas Mundwinkel zogen sich nach oben. Sie hatte mit einer solchen Reaktion gerechnet. Moglan schien einen Narren an ihr gefressen zu haben.

„Ich melde mich freiwillig", rief er aus, zwang sich, den verletzten Arm ruhig zu halten und presste die Lippen aufeinander.

„Es ist zu gefährlich mitzukommen. Die Händler erkennen dich vielleicht." Melissa wusste nicht, ob sie zwei Personen mitnehmen konnte. Bei Arionas hatte sie nie Schwierigkeiten gehabt, aber noch jemand?

„Mach dir keine Sorgen. Ich kann mich mit Magie tarnen", ereiferte sich Moglan.

„Außerdem weißt du nicht, wie das Kraut aussieht", sagte der Mogmied.

Melissa wollte gerade widersprechen. Hatte er vergessen, dass sie die Pflanze schon in der Erinnerung gesehen hatte? Doch da erhob sich Arionas und verließ die Runde ohne Vorwarnung. Melissa erhob sich ebenfalls, wollte ihm nachgehen, doch Moglan hielt sie zurück.

„Wir müssen das erst klären", erinnerte er sie. Ein letzter Blick. Arionas drehte sich nicht noch einmal um. *Bestimmt war er müde,* dachte Melissa. Dennoch setzte sie sich nur mit Widerwillen wieder hin.

***

„Und du meinst, das ist die beste Vorgehensweise?", fragte Arionas skeptisch.

Melissa schmunzelte. „Es fällt auf jeden Fall nicht auf", sagte sie.

Ein graubrauner Sack hing auf Arionas Rücken. Zwei Bänder umschlungen seine Schultern, zwei weitere seine Hüfte. Allerdings trafen sich diese Gurte nicht. Plötzlich bewegte sich eines der unteren Bänder und ein blauer Blitz schoss den kurzen Weg bis zu Arionas Gesicht.

„Du verdammtes Minimonster. Was fällt dir ein?", zischte Arionas. Er packte den Sack und zog ihn mit einem heftigen Ruck von seinem Rücken. Kaum löste er die Verbindung, erkannte Melissa wieder Moglan. In hohem Bogen flog der Mogmied durch die Luft. Ein dumpfer Knall ertönte, als er auf einem Kieselbett landete.

„Beschwer dich nicht. Es war nichts Schlimmes", sagte Moglan, rappelte sich auf und stierte ihn wütend an.

„Was hast du gerade getan?" Arionas Muskeln spannten sich unter seinem T-Shirt an.

„Gar nichts." Der Mogmied verschränkte die Arme vor der schmächtigen Brust. Arionas kam einige Schritte auf ihn zu. Moglan wich zurück und lief zu Melissa. „Es war nur zu deinem Vorteil", dröhnte er hinter ihrer Hüfte hervor.

„Moment, ihr zwei. Seit wann könnt ihr euch verstehen?", unterbrach Melissa die beiden Streithähne. Arionas verzog missmutig das Gesicht, zuckte mit den Schultern und schwieg.

„Ich habe ihm die Fähigkeit gegeben, uns zu verstehen. Solange er in der Nähe eines Mogmieds ist, spricht er auch unsere Sprache."

„Sowas könnt ihr?", fragte Melissa und zog überrascht die Augenbrauen hoch.

Moglan nickte. Melissa kam ein Gedanke. Diese Mogmieds hatten viele Fähigkeiten. Teilweise ähnlich denen in ihrem Amulett. Sie fragte sich, ob an ihrer Brust ebenfalls ein mit Magie gespicktes Artefakt hing. Bisher hatte sie es immer für göttliche Kräfte gehalten. *Und weit und breit kein Novensil, der mir Fragen beantworten könnte!*

„Warum habt ihr euch denn nicht von vornherein mit den Menschen verständigt?", erkundigte sie sich, nachdem sie ihre Gedanken wieder in eine der vielen überquellenden Schubladen in ihrem Kopf schob.

„Weil es kribbelt und juckt, wenn man spricht", mischte sich Arionas ein und kratzte sich von außen am Hals.

„Dieses Jucken wirst du jetzt dein Leben lang haben", antwortete Moglan gehässig.

„Du winziger ...", begann Arionas.

„Moglan, stimmt das wirklich?“ Melissa stellte sich zwischen die beiden. Die Stimmung wurde ihr zu aggressiv.

Erst druckste ihr Gegenüber herum, doch dann verneinte er. „Nach ein paar Minuten vergeht es wieder. Dein Sprachorgan muss sich erst an die Aussprache gewöhnen“, murmelte er.

„Das war eine gute Idee. Wir müssen zusammenarbeiten, wenn wir zu den Händlern reisen“, verkündete Melissa.

Trotzdem erkannte sie im Augenwinkel, wie Moglan seltsame Zeichen in Richtung Arionas machte. Was auch immer die beiden hatten, sie hoffte, dass sie es bereinigen konnten. Ihr Gefühl sagte ihr, dass diese Reise gefährlich werden würde.

Moglan kletterte wieder umständlich auf Arionas und verwandelte sein Äußeres in eine Art Rucksack. Melissa fasste nach der Hand von Arionas. Der Wind frischte auf, als wollte er sich von ihr verabschieden, ihr noch ein letztes Mal über das Gesicht streichen. Blatt - Flamme - Korb.

Kribbeln. Windstille. Gerüche, die ihr in keiner Form bekannt vorkamen, gemischt mit Schweiß. Melissa öffnete ihre Augen wieder. Hektisches Treiben. Alle paar Sekunden wurde sie angerempelt. Sie stand neben dem inzwischen vertraut erscheinenden Steinquader. Arionas an ihrer Hand. Loslassen wollte sie auf keinen Fall. Die Menge, die sich vor, neben und hinter ihr befand, schob sie gleichzeitig in alle Richtungen. Eingeschlossen wie eine Nuss im Nussknacker. Um zu entrinnen musste Melissa die Verbindung zu Arionas lösen, aber dann würde sie ihn vermutlich nie wiedersehen. Von überallher hörte sie Laute, spürte sie Unmut in der Stimmung, roch sie etwas Unbekanntes.

„Los, verdammtes Weib", ertönte hinter ihr eine raue Stimme.

Jemand packte Melissa an der Schulter und schob sie vorwärts. Erschrocken drehte sie sich um. „Pfoten weg, du schmieriger Bastard", entfuhr es ihr, als sie sah, wer sie da berührte. Ein Mensch ja, aber einer von der ekelhaften Sorte. Sämtliche Zähne waren schwarz, das Zahnfleisch war eitrig gelb und Melissa glaubte auf der Zunge einen mindestens spateldicken Belag zu erkennen. Die restliche Erscheinung war auch nicht einladend. Wenn sein Hemd einmal weiß gewesen war, hatte es seine beste Zeit schon hinter sich. Die viel zu weite, spakige Weste roch nach verwestem Vogel.

Sie war froh, als ein weiterer Rempler sie von dem Mann forttrug. Vor Schreck ließ sie beinahe Arionas los. In letzter Sekunde grub sie ihre Fingernägel in sein Fleisch und hielt ihn so in ihrer Nähe.

KAPITEL 14

„Komm, Melissa. Dort hinten ist eine freie Gasse“, sagte Arionas und wies auf einen Weg etwa zwanzig Schritte vor ihnen. Ständig wurden sie angestoßen, zurückgedrängt und zur Seite geschubst. Melissa fühlte sich nicht wohl in dieser Menge. Prinzipiell hatte sie nichts gegen Menschenansammlungen, aber ihr kam es vor, als ob sich sämtliche Einwohner der Welten in diesem Augenblick auf dem Markt versammelt hatten und gegeneinander rannten. Um sicherzugehen, dass Arionas direkt hinter ihr war, drehte sie sich um. Das Stimmgewirr sorgte dafür, dass ihr Kopf schmerzte. Sie legte eine Faust an den Kopf und drückte fest zu, wollte den Lärm ausblenden.

„Hast du Schmerzen?“, erkundigte sich Arionas.

„Schmerzen ist das falsche Wort. Ich habe eher das Gefühl, dass mein Kopf gleich platzt. All diese verschiedenen Sprachen machen mich kirre, aber es geht schon.“ Melissa nahm die Hand vom Kopf und winkte ab. „Na los, geh schon weiter“, forderte sie ihn mit einem Lächeln auf.

„Dämlicher Zapfenträger“, hörte sie eine tiefe Stimme flüstern, kurz nachdem sie sich wieder umgedreht hatte. Rasch blickte sie sich um. Moglan war noch immer ein Rucksack.

„Halt deinen Mund", brummte Arionas zurück und ein unterdrücktes Stöhnen war zu hören.

Als Melissa sich umdrehte, wandte Arionas sich ab und versuchte, interessiert zu einem Mann ganz in ihrer Nähe zu gucken.

„Es ist so voll", sagte Melissa und wischte sich den Schweiß von der Stirn. Arionas betrachtete sie mit diesem undurchdringlichen Blick. Was er wohl dachte? „Glaubst du, wir finden hier die Lebensblätter?", fragte Melissa unauffällig in den Rucksack.

„Wenn dieser Zapfenträger hier nicht so träge wäre", murmelte Moglan. Arionas knurrte, schlug mit dem Ellbogen in die Illusion auf seinem Rücken.

„Wie bitte?" Melissas Gesicht kam ihm nahe, als wollte sie ihren Kopf kurz an der Schulter von Arionas ausruhen.

„Bestimmt, denn einen Markt gibt es hier", sagte Moglan diesmal kleinlaut.

„Gut, dann lass uns los. Je eher wir uns auf die Suche machen, desto schneller können wir wieder von hier fort", sagte Arionas, während seine Augen abgelenkt einigen winzigen, fliegenden Kreaturen folgte.

„Wir müssen nach einem Pflanzenhändler suchen." Melissa suchte die Menschenmenge ab, der sie für einen Augenblick entkommen war. In der Gasse war es schattig, modriger Gestank kroch ihr in die Nase. Die Luft war hier so dick, dass sie glaubte, ihre Nasenlöcher würden verstopfen. Gleichzeitig wehte ein trockener Wind durch die Gasse, der winzige Sandkörner mit sich trug und ihr die Haut im Gesicht abtrug. Erst als sie einen Schritt zurück in die schützende Menschenmenge machte, spürte sie die klebrige Flüssigkeit unter ihren Schuhen.

Sie zog einen braunen Schleimfaden hinter dem angehobenen Bein her. Der Geruch, der sich dabei von der klebrigen Masse ausbreitete, erinnerte sie an Würstchen, die auf dem Grill verbrannten.

Mit einem kräftigen Hieb trennte sie die klebrige Masse in der Mitte durch. Arionas stand neben ihr und hatte wieder diesen traurigen Blick.

„Alles okay?", erkundigte sie sich.

Arionas nickte. Glauben konnte sie es kaum, aber wenn er nicht reden wollte, musste sie das respektieren. Er wusste, dass sie für ihn da war und sie jederzeit ansprechen konnte.

„Ich denke, dort vorn fangen wir an." Melissa übernahm das Kommando. Sie stürzte sich in die Menschenflut, versuchte den Wellen auszuweichen, die sie wegzutreiben drohten. Dabei ließ sie sich nicht vom Gesang der Sirenen einfangen, die in dieser Welt wie ein Verkäufer auf dem Fischmarkt nach einigen Stunden Arbeit klangen. Zwar schaute sie immer wieder über das Menschenmeer hinweg, aber sie hielt direkt auf ihren geplanten Hafen zu. Arionas drohte mehr als einmal von ihr getrennt zu werden. Aber wie durch ein Wunder schafften es alle drei bis zum Ziel.

Sie erreichten den ersten Stand. Ein Tisch, darüber eine lose im Wind flackernde Plane als Dach. Vor ihnen standen etwa sieben andere Leute, die auf den Händler einstürmten. Genau konnte man die Zahl der Wartenden nicht nennen, denn sie schwankte ständig. Der Verkäufer schien mit jedem gleichzeitig zu reden. Er rannte hin und her und schlug schon mal so manchem potenziellen Kunden auf die Finger, wenn der etwas zu stehlen versuchte.

Dieser Ort war so anders, als alles, was Melissa bisher in ihrem Leben gesehen hatte. In einiger Entfernung sah sie so etwas wie eine Siedlung. Häuser in demselben Beige, wie der Sand auf dem sie stand. Davor massenweise Planen, die im aufkommenden Wind schaukelten. Holzgestänge versuchten diese Planen an den einzelnen Verkaufsständen zu bändigen, waren aber wenig erfolgreich.

Die Käufer dieses Marktes waren so vielfältig wie die Blätter eines Baumes. Das einzige, was sie gemeinsam hatten, war die Tatsache, dass jeder einzelne ein Mensch war. Manchmal war das nur schwer zu erkennen, vor allem wenn die gesamte Haut mit wilden Verzierungen überzogen war. Bei einem vorübergleitenden Individuum musste Melissa mehrmals hinschauen, ehe sie erkannte, was mit dem Gesicht des vermutlich jungen Mannes passiert war. Es war über und über mit Holz bedeckt. Fingerdicke Splitter steckten in seiner Haut, die bereits mit dem Holz verwachsen schien. Melissa fragte sich, ob es eine Strafe gewesen war, denn sie konnte sich nicht vorstellen, freiwillig solche Qualen zu ertragen. Als sie jedoch tiefer in die Menge blickte, erkannte sie immer wieder Männer und sogar eine Frau, die unterschiedlich viel Holz an ihrem Körper zur Schau trugen.

Melissa zögerte, ehe sie sich doch mit ihrem ganzen Körper in die Käuferschlacht warf. Sie ließ Arionas' Hand los. Der kämpfte darum, an Ort und Stelle stehen zu bleiben.

„Ich suche Lebensblätter", rief sie nach einigen Minuten über die anderen Kunden hinweg. Der Händler hatte sie vollkommen ignoriert und so langsam ging ihr diese gezielte Ignoranz auf den Keks. Sie war beileibe kein geduldiger Mensch, aber man sollte meinen, dass es so etwas wie eine Reihenfolge geben würde. Doch der Händler sprang immer zu demjenigen, der am lautesten schrie. Also wurde sie laut.

Der Händler richtete das erste Mal seinen Blick auf sie und schnalzte mit der Zunge. „Hallo, edle Dame. Lebensblätter suchst du?" Er fuhr sich mit dem Zeigefinger über die fleischigen Lippen.

„Ja, wisst Ihr, wo ich welche finde?", versuchte sie es mit der höflichen Anrede, die sie in Traveste gelernt hatte.

„Selbstverständlich. Jeder weiß das hier", sagte er und lachte. „Aber was bist du bereit dafür zu bezahlen?"

Melissa schluckte. Welche Währung wurde hier benutzt? Sie schaute sich um, konnte aber kein Muster erkennen. „Was kostet es mich denn?", fragte sie daher mit einem Lächeln.

„Also, wenn du so fragst", erklärte der Händler mit einem schmierigen Grinsen und leckte sich über die Zunge. Er deutete mit beiden Händen in seinen Schoss und hob vielsagend die Augenbrauen.

„Das ist …" Melissa wusste vor Empörung nicht, was sie sagen sollte und drehte sich weg. Der rothäutige Händler warf sich das Tuch, das von seinem Kopf hing über den Mund und rief ihr einige obszöne Worte hinterher. Sie spürte, wie das Amulett Besitz von ihr ergreifen wollte. Das Verlangen, sich gegen diesen Vorschlag angemessen zur Wehr zu setzen, wurde unerträglich. Es kostete sie jedes Mal mehr Kraft, sich dagegen zu behaupten.

„Dieses miese Arschloch“, fluchte Melissa, als sie wieder bei Arionas stand.

„Will er dir nichts sagen?“, fragte Arionas.

„Doch, er würde schon, aber dieser verdammte Sohn einer Wüstenhexe“, Melissa drehte sich bei diesen Worten erneut dem Händler zu und warf ihm einen feurigen Blick zu, „verlangt einen unverschämten Preis dafür.“ Sie kämpfte noch immer mit sich. Ein Teil von ihr wollte umkehren und sich dem Händler entgegenstellen.

„Hast du vielleicht im Rucksack noch genügend Geld?“, fragte Arionas und zwinkerte ihr aufmunternd zu.

„Ganz sicher nicht“, erwiderte sie und drehte sich zurück zu Arionas. „Der Dreckskerl verlangt kein Geld von mir.“

„Was denn dann?“, hörte sie die tiefe, verwirrte Stimme des Mogmieds auf seinem Rücken.

Arionas trat einen Schritt vor Melissa und ergriff den Knauf seines Schwertes. Der Händler grinste nur dümmlich und winkte Arionas mit einem Dolch zu.

„Lass gut sein. Wir finden jemand anderen, der uns hilft.“ Melissa legte ihre Hand auf seinem Oberarm.

„Soll ich den Zapfenträger verzaubern?“, fragte Moglan. Das erste Mal seit ihrer Abreise schien er einer Meinung mit Arionas zu sein.

„Kannst du ihm eine lange Nase zaubern?“, fragte Melissa mit einem diabolischen Lächeln auf den Lippen. Ehe sie es verhindern konnte, sprach Moglan einige Worte, die sie nicht verstand. Ein winziger, blauer Blitz brach aus dem Schultergurt und zischte um die Menschen herum in Richtung des Händlers.

„Bist du verrückt. Was, wenn dich jemand sieht?“, entfuhr es Arionas.

Eine Antwort bekam er nicht. Am Stand brach ein Tumult aus, als ein schriller Schrei ertönte. Melissa konnte einen kurzen Blick auf den Händler erhaschen, der nun mit einer erdknollengroßen Nase bestückt war. Seine Hände tasteten hektisch über das neu gewachsene Fleisch, das immer weiterwuchs. Dann verdeckte eine Traube von Menschen den Blick auf die Attraktion.

„Schnell, lasst uns hier verschwinden, ehe jemand uns verdächtigt“, reagierte Arionas als erster. Er packte Melissa an der Hüfte und riss sie mit sich. Gegen den Strom liefen sie in Richtung der Sandhäuser. Schweiß rann ihr den Nacken hinab bis in den Kragen des T-Shirts.

„Das war lustig“, bemerkte Moglan auf ihrer Flucht und kicherte.

Melissa stimmte ihm zu und grinste übers ganze Gesicht. „Wie groß wird die Nase?“, fragte Melissa, während sie eine schmächtige Frau zur Seite stieß, die mit äußerst neugieriger Miene in die andere Richtung unterwegs war.

„Beinahe so groß wie sein Kopf, hoffe ich.“

Melissa lachte auf. Nun konnte Moglan sich nicht mehr halten und röhrte vor Lachen. Immer wieder sahen sich die Leute zu ihnen um. Arionas war geistesgegenwärtig genug, um so zu tun, als gäbe er diese tiefen, grunzenden Geräusche von sich.

„Das wirkt nicht unbedingt unverdächtig“, murmelte Arionas zwischen zwei Lachanfällen.

„Stimmt“, kicherte Melissa und atmete tief durch. „Aber hast du sein Gesichtsausdruck gesehen? Er hat es nicht anders verdient.“

„Jetzt reicht es“, erhob Arionas die Stimme. Melissa verschluckte sich an ihrem Lachen. „Verhalt dich einmal wie die Trägerin!“

Melissa blieb der Mund offen stehen. „Tue ich das nicht schon die ganze Zeit?“, fragte sie verwirrt und schüttelte den Kopf. „Ist es so schlimm, wenn ich einmal etwas Spaß habe?“

Arionas schüttelte den Kopf. „Du verhältst dich wie ein kleines Kind, das ihren Willen nicht schnell genug bekommt. Bitte, Melissa. Ich weiß, dass du es besser kannst.“

Melissa biss sich auf die Unterlippe und wich seinem Blick aus. Vielleicht hatte er Recht. Es war nicht besonders erwachsen, über die übergroße Nase eines Mannes zu lachen. Sie seufzte. „Es tut mir leid. Ja, du hast Recht. Es ist nur …“ Sie hielt inne, schaute sich die Betriebsamkeit des Marktes an. Das war nicht der richtige Ort, um mit Arionas über ihre Situation zu reden. „Ach, vergiss es. Lass uns bitte später darüber reden.“

„Du weißt nie, ob es ein später gibt“, murmelte er und seine Stimme stach ihr direkt ins Herz.

Melissa keuchte. Der Schmerz, den er mit so wenigen Worten ausdrücken konnte, war unglaublich. Sie konnte nicht anders und nahm ihn in den Arm. „Ich weiß, dass du im Moment nicht glaubst, dass es ein Leben nach deiner Familie gibt, aber vertrau mir. Wir werden es durchstehen. Gemeinsam.“

Sie drückte ihn fest an sich, wollte ihm zeigen, wie sehr sie für ihn da war. Sein Duft war allgegenwärtig, bohrte sich in ihr Bewusstsein und nahm sie völlig ein. Da wurde ihr etwas klar, das sie selbst noch nicht ganz begreifen konnte. Er brauchte sie, genauso wie sie ihn brauchte. Und das machte ihr Angst. Langsam rückte sie von ihm ab, musste ihre Gedanken sortieren.

„Gemeinsam?", fragte er leise und suchte ihren Blick.

Die Hoffnung in diesen dunklen Augen ließ sie schlucken. Versprach sie ihm gerade zu viel? Legte er nun alle Hoffnung in die Freundschaft zu ihr? Konnte sie ihm das bieten? Ihr Herz sagte ja, aber ihr Verstand war ein einziges Chaos. Sie konnte keine Entscheidung treffen. Nicht jetzt. Nicht hier. Aber sie wollte ihn auch nicht verprellen. Also hörte sie auf ihr Herz. „Gemeinsam", hauchte sie und drückte seine Hand erneut, ehe sie sich umwandte. Melissa musste sich ablenken, durfte jetzt nicht daran denken, was sie gerade in Gang gesetzt hatte.

Sie ging vorbei an pompösen Pfeifen und dem dazugehörigen Kraut und vorbei an einem Stand, der Schmuckstücke anbot, die seltsame Ähnlichkeiten mit der Machart des Amuletts aufwiesen. Nur im Augenwinkel nahm sie die unterschiedlichen Waren wahr. Etwas erregte ihre Aufmerksamkeit. Eine Tür zu einem Lagerhaus.

Eigentlich ein Nebeneingang. Sie glaubte Kampfgeräusche aus dem Innern des Hauses zu hören, war sich aber nicht sicher. Dieser Markt war zu laut, ihre Gedanken waren zu laut. Die Tür zog sie magisch an, als ob sie ihr alles versprach, wonach es sie sehnte.

Sie berührte die Tür und stieß sie auf. Melissa stolperte in die Dunkelheit. Zunächst konnte sie nicht erkennen, was vor ihr lag. Sie blinzelte ein paar Mal.

Langsam schälte sich ihre Umgebung aus den Schatten. Sie befand sich offenbar in einem Lager der Händler. Regale säumten ihr Blickfeld, gefüllt mit den seltsamsten Sachen. Melissa entdeckte Sattel mit verzierten Taschen, von einzelnen Sonnenstrahlen erhellte Kristalle und einige mit den verschiedensten bunten Wappen verzierte Kelche. Jede Ware war fein säuberlich in die Regale geräumt.

Auf einmal spürte sie ein grausames Prickeln im Nacken. Hatte sie vorher schon um ihre Kontrolle gekämpft, verlor sie diese nun innerhalb eines Moments. Das Prickeln kroch hinauf, bis in ihren Verstand, löste jede Barriere in Luft aus, die sie gegen das Amulett aufgebaut hatte.

Ein Geräusch hinter ihr war das Letzte, was sie bewusst wahrnahm. Gleich darauf war es, als ob jemand ihr Bewusstsein in eine Kiste sperrte. Ihr Blickfeld verengte sich, sie sah nur vereinzelte Bilder aufblitzen. Ab und an spürte sie einen Treffer an ihrem Körper, aber nichts, was sie ausschaltete.

Sie hatte keine Ahnung, was passierte, suchte nach einem Ausweg aus ihrer Kiste, doch das Amulett wehrte sich gegen sie. Die Bilder wurden häufiger, hatten alle einen roten Schimmer am Rand.

Es kostete sie alles an innerer Kraft, um die Kontrolle soweit zurückzuerobern, dass sie wieder etwas sehen konnte.

Um sie herum herrschte Chaos. Kein Regal stand mehr. Vereinzelte Holzsplitter lagen zersplittert oder davongefegt auf dem Boden. Sämtliche Waren hatten sich über den sandigen Teppich ergossen, bildeten einen beinahe schützenden Mantel über zwei Männer, die vor ihr lagen. Melissa spürte, wie ihr flau im Magen wurde. Sie spürte, dass ihre Hand ausgestreckt war, wusste aber nicht, warum.

Auf einmal bemerkte sie im Augenwinkel ein Wackeln nahe der ersten Leiche. Eines der Schwerter, die in dem leblosen Körper steckten, erhob sich, schwebte einen Moment lang in der Luft und raste dann in Melissas ausgestreckte Hand. Mit verkniffenem Mund betrachtete sie die blutverschmierte Klinge, zog ein Tuch aus einem der Regale und begann das Schwert zu putzen. Ein Zittern erfasste sie, als ihr klar wurde, dass die Kälte ihr Herz vergiftete. Sie hatte das getan.

„Warst du das?", entfuhr es Arionas nach einigen Augenblicken. Innerlich fuhr sie zusammen, doch äußerlich reagierte sie auf seine Anwesenheit mit keiner Bewegung.

„Ist doch offensichtlich", murmelte sie trocken und sah zwischen dem Schwert und dem toten Mann hin und her.

Im Innern schrie sie, wollte ihm sagen, dass nicht sie es gewesen war.

„Melissa." Seine Stimme war so schwach und doch kam er auf sie zu. Auch wenn sie die Panik in seinen Augen sah, hob er die Hand und berührte ihre Wange. Die Wärme löste etwas in ihr aus, das sie nicht mehr aufhalten konnte. Melissa knickte ein und fiel unkontrolliert. Arionas konnte sie vor einem allzu schmerzhaften Aufprall auf dem Boden bewahren.

„Melissa?", flüsterte Arionas, während er ihre Wange streichelte.

Sie stöhnte. Ihre Hand griff an ihr linkes Bein. Ein Krampf. Das konnte nicht normal sein. Jemand strich ihr die verschwitzten Haare aus dem Gesicht.

„Was ist passiert?“, fragte Melissa nach einer Weile. Schwerfällig erhob sie sich von dem Sandboden. Arionas stützte sie weiterhin, denn ihr Oberkörper schwankte bedrohlich.

„Melissa, bei Genrisals Eingeweiden, dir geht es gut.“ Moglan sprang von Arionas Rücken, hatte sich zurückverwandelt.

„Moglan, bleib ein Rucksack. Was, wenn jemand hier hereinkommt?“, unterbrach Arionas den Absprung des Mogmieds.

Mit Flüchen auf den Lippen richtete Moglan es sich wieder auf seinem Rücken ein.

„Arionas, was ist hier passiert?“ Melissas Stimme zitterte, als sie ihre Frage erneut stellte. Ein lauter Schluchzer entfuhr ihrer Kehle, als sie die Leiche des aufgespießten Händlers und das Chaos im hinteren Bereich des Lagers sah. Unter keuchenden Atemgeräuschen warf sie sich an seine Brust. Hastig schlang er die Arme um sie.

„War … war ich das?“, fragte sie ungläubig. „Bitte sag, dass ich das nicht war!“

„Ich weiß es nicht. An was kannst du dich erinnern?“, erkundigte sich Arionas und seine Finger streichelten in gleichmäßigen Zügen über ihren Rücken.

„Ich weiß nicht. Keine Ahnung.“ Melissa schüttelte den Kopf. „Bring mich weg von hier. Bitte“, schluchzte sie.

Arionas packte sie unter dem Rücken und den Knien und hob sie hoch. Melissa lehnte sich bei

Arionas an. Draußen angelangt, setzte er sie in den Schatten der Gasse.

„Versuch dich zu erinnern, Melissa. Dort drinnen ist etwas Seltsames passiert und wir müssen herausfinden, was es war."

„Ich will nicht, ich will nicht", jammerte sie.

„Lass sie doch in Ruhe", mischte sich Moglan ein. Immer wieder streichelte Arionas ihr über den Rücken, hielt sie fest, bis ihr Schluchzen leiser wurde. Nur noch vereinzelt drangen die abgehackten Laute aus ihrer Kehle. Musste sie wirklich darüber nachdenken, was passiert war?

„Ein Gefühl sagte mir, dass ich in dem Haus mehr erfahren würde." Sie atmete schwerfällig ein, blickte zu Boden. Arionas kniete neben ihr im Sand der Gasse.

„Und hast du etwas erfahren?", half Arionas ihr auf die Sprünge.

„Nein." Noch einmal atmete sie tief durch, spürte die Tränen in ihren Augen. „Ich weiß nicht. Kaum betrat ich das Lager, spürte ich eine Präsenz. Ein Mann war da. Ich wollte ihn fragen, ob er schon einmal etwas von Lebensblättern gehört hatte, da erkundigte er sich, wie viel ich für das Artefakt haben wollte. Verwirrt fragte ich ihn, was er von mir wollte. Alles ging so schnell. Ich weiß nicht …" Ihre Atemfrequenz nahm rapide zu, sie öffnete die Augen.

„Ganz ruhig. Ich bin bei dir. Niemand wird dir Schmerzen zufügen. Beruhige dich", raunte er mit seiner sanften Stimme.

Es dauerte eine ganze Weile, bis sie wieder zu sprechen begann. Einige Einheimische gingen an ihnen vorbei, sahen kurz zu ihnen hinab und liefen weiter. Niemand bot seine Hilfe an. Sie wurden ignoriert wie Unrat in den Straßen. Melissa störte es nicht. Sie hatten vermutlich Recht, wenn sie bedachte, was im Lager lag.

„Der Mann kam auf mich zu, redete irgendwas …", Melissa machte eine wegwischende Handbewegung. „… von einem äußerst wertvollen Artefakt. Dann kam er auf mich zu und wollte mir an die Brust gehen. Dieser Dreckskerl musste von dem Amulett gewusst haben." Melissa schloss die Augen. Ein Schauer durchfuhr ihren Körper. Ganz langsam fuhr sie fort. „Doch da wartete ein weiterer Mann auf mich. Er packte mich, fing an mich zu würgen. Es war wie mein erster Angriff auf Traveste. Ich war wie festgenagelt, konnte mich nicht wehren, hoffte einfach nur, dass es schnell gehen würde. Und dann verschwimmen meine Erinnerungen. Das letzte woran ich mich erinnern kann, ist ein Gedanke: Ich flehte darum, dass das Amulett mir auch diesmal aus der Patsche helfen würde." Erneut schüttelten Schluchzer ihren Körper, während sie sich an den Hals fasste. „Sie wollten mich umbringen!"

Arionas machte beruhigende Geräusche, streichelte ihr über den Kopf.

„Bitte sag mir, dass nicht ich dieses Lagerhaus so zugerichtet habe, dass nicht ich diese Männer so grausam getötet habe. Sag es mir", verlangte Melissa.

Ihre Hände hatten den Kragen seines T-Shirts gepackt. Melissa schüttelte ihn, so dass er immer wieder über die grobkörnige Mauer des Hauses ratschte. Er packte sie und hielt sie in ihren Bewegungen auf. Gleich darauf sackte Melissas Oberkörper nach vorn.

„Ich war es." Melissa schüttelte kraftlos den Kopf. „Ich erinnere mich nur an Gefühle, aber nicht, was genau passiert ist."

Auf dem Rücken von Arionas bewegte sich Moglan. „Vielleicht kann ich helfen. Der Wahrheitszauber funktioniert immer. Selbst wenn du dich nicht offensichtlich daran erinnerst."

Wollte sie das wissen? Ihr reichten die Bilder der Toten vor ihrem inneren Auge. Musste sie da noch Gewissheit haben?

Nach einer Weile, der erste Händler hatte bereits versucht, sie zu vertreiben, nickte Melissa. Eine dünne, blaue Kugel zischte an Arionas' Kopf vorbei, direkt in Melissas Brust.

„Was hast du gemacht, nachdem du gewürgt wurdest?", stellte Moglan die erste Frage.

Melissa presste die Handballen auf die Schläfen, wollte die Antwort nicht wissen.

„Es war wie eine Frage. Als ob mich das Amulett gefragt hat, ob ich Vertrauen in es hätte. Ich stimmte zu. Meine Hand packte das Schwert, aber ich konnte es nicht kontrollieren. Ich konnte nur zusehen." Melissa riss die Augen weit auf, blickte auf die gegenüberliegende Mauer.

„Und dann?", fragte Moglan gnadenlos nach.

„Ich habe ihm das Schwert in den Bauch gerammt", stammelte sie.

„Was war mit dem zweiten Händler?", fragte Arionas.

„Er griff nach dem Amulett und da habe ich … Nein!" Melissa schrie auf. Sie hob die Hand, empfand den Moment nach. Ihre Pupillen rasten von links nach rechts, ihre Arme verschränkte sie vor der Brust und ihr Oberkörper wiegte hin und her.

„Was hast du getan?", beharrte Arionas.

Melissa kämpfte gegen die Antwort. „Ich hab meine Hand gehoben und befahl den vor mir stehenden Regalen auf ihn einzustürzen. Im nächsten Moment … war es wie eine Druckwelle. Regale zerschmetterten, die Einzelteile rasten auf den Händler zu. Der wurde nach hinten geschleudert, direkt auf die Stangen. Gleichzeitig zersplitterten noch in der Luft die Kristalle und bohrten sich in seine Brust. Arionas, ich wollte das nicht", flehte sie.

„Ich weiß, ich weiß." Mit seinen Fingern strich er ihr über den Kopf, nahm sie in den Arm, bis ihre Verzweiflung nachließ. Doch sie spürte, dass sie ihn mit diesen Worten, mit ihren Taten, von sich getrieben hatte. Obwohl er sie in den Armen hielt, war sie ganz allein.

KAPITEL 15

Es wurde bereits Abend, als sich Melissa erhob. Arionas wirkte nicht überzeugt, dass es ihr so gut ging, wie sie behauptete. Sie lächelte sogar, aber er glaubte ihr trotzdem nicht.

Für die Nacht fanden sie eine Unterkunft in einer Scheune, die an Sauberkeit zu wünschen übrig ließ, aber das war ihr egal. Hauptsache ein Nachtlager, auf dem sie vergessen und verdrängen konnte, was passiert war.

„Melissa, kann ich dir etwas zaubern?", fragte Moglan bemüht, als sie im Stroh lagen.

„Nein danke. Ich bin einfach nur müde", erwiderte sie und legte ihren Kopf auf ihre Arme.

„Dann halte ich Wache", ereiferte sich Moglan. Melissa stimmte mit einem Brummen zu.

„Schleimer", murmelte Arionas, blieb jedoch ebenfalls sitzen, um den Eingang zu beobachten. „Da kommt niemand", sagte sie, auch wenn sie sich dessen nicht sicher war.

„Einmal hat man dich auf dieser Welt schon angegriffen. Und sie wussten, wer du warst. Sie wussten um das Amulett." Arionas schüttelte den Kopf. „Ich passe auf."

„Das musst du nicht“, sagte sie schlaftrunken. Sie war erschöpft und ihr Widerstand schlief längst. Diese Reise saugte ihr sämtliche Kraft aus den Muskeln, dem Verstand und dem Herzen. Sie war ausgelaugt. Dennoch kam sie nicht umhin, sich um Arionas zu sorgen. Auch er brauchte den Schlaf. Er kam zu ihr, setzte sich neben ihren Kopf.

„Lass mich dich beschützen, bitte“, flehte Arionas. „Das, was du getan hast, ist unfassbar für mich. Aber für dich muss es noch viel schlimmer sein. Dieser Kontrollverlust. Ich kann mir nicht vorstellen, wie sich das anfühlt.“

„Grausam und tödlich“, kommentierte sie voller Schmerz. Melissa musste sich zusammenreißen, um nicht erneut in Tränen auszubrechen. „Danke, Arionas“, hauchte sie schließlich.

„Wofür?“, fragte dieser ehrlich überrascht.

„Ich mute dir viel zu und bin nicht immer nett zu dir. Und du bist der perfekte Begleiter. Dafür bin ich dir unendlich dankbar.“

Sie schaffte es gerade noch, ihren Satz zu beenden, ehe ihre Augen zufielen und sie in einen komatösen Schlaf sank.

***

Sie verbrachten den folgenden Tag damit, sich von einem Händler zum nächsten durchzufragen. Arionas trug Moglan erneut als Rucksack.

„Dieser Händler sieht vielversprechend aus“, sagte Arionas und zeigte auf einen Mann, der einen Stand mit Pflanzen und Tieren besaß. Melissa zögerte näherzutreten. Am Stand arbeiteten sieben kräftige, junge Männer, alle mussten in etwa ihr Alter haben. Sie kämpften mit den Pflanzen, hielten die Tiere in den Käfigen und führten sie potenziellen Käufern vor. Einen der Männer hatte es am schlimmsten erwischt. Er musste auf eine Pflanze achten, die drei Mal so groß war wie er und deren Blüten aus Fingern zu bestehen schienen. Ständig tippte ihn eine Blüte an, stupste ihn oder griff nach einem Kind, so dass er sich um nichts anderes kümmern konnte. Melissa bekam Mitleid, ging auf den Händler zu, stieß sogar einige Käufer beiseite, um eine Antwort zu erhalten.

„Hei, habt Ihr Lebensblätter?“, fragte sie lautstark.

„Gibt nur zwei Händler, die sowas verkaufen. Sie besitzen keinen festen Stand, sondern verkaufen ihre erworbene Beute immer an einen anderen Händler.“

„Sprechen hier eigentlich alle dieselbe Sprache?“, fragte Moglan, als Melissa zurückkehrte.

„Ähm, keine Ahnung. Ich denke nicht“, sagte Melissa. „Aber du hast Recht. Sonst könnten sich alle nicht verständigen.“

„Vermutlich haben sie eine eigene Sprache, nur für diesen Markt“, sagte Arionas. „Aber das ist unwichtig. An welche Händler verkaufen diese Diebe ihre Beute?“

„Das konnte er mir nicht genau sagen. Er wollte eine Bezahlung für diese Information. Es wird Zeit, dass wir rausfinden, womit man hier bezahlt.“

„Wie willst du das machen?“, fragte Arionas

„Na, lass mal überlegen. Wir sind auf einem Markt. Viele Menschen tummeln sich hier. Entweder wir stehlen ein Portemonnaie …“, schlug sie voller Sarkasmus vor.

„Melissa“, warf Arionas vorwurfsvoll ein.

„… oder haben wir eine andere Wahl?“, verzog sie das Gesicht.

„Da vorne scheint gerade jemand etwas zu kaufen“, rief Moglan nach einer Weile.

„Ihr wartet hier und steht Schmiere, verstanden?“, sagte Melissa und verschwand sofort danach.

Hastig und doch möglichst unauffällig drängelte sie sich durch bis zu dem Stand. „Entschuldigt bitte“, begann sie eine Frau anzusprechen. „Womit wird hier bezahlt?“

Die Frau zeigte auf die Steine in ihrer Hand. Melissa zog eine Augenbraue hoch. „Steine?“

„Tiskras“, erklärte die Frau kurz angebunden.

„Wärt ihr bereit, mit mir zu tauschen? Ich habe hier eine Flasche, die immer wieder mit Wasser gefüllt werden kann, ohne auszulaufen“, sagte Melissa und zog aus ihrem Rucksack eine der Trinkflaschen heraus. Vermutlich würde sie sie schmerzlich vermissen, aber wenn sie dafür etwas Geld bekam, war es für einen guten Zweck. Ihr Vater musste davon ja nichts erfahren. Der wusste sowieso nicht, wie viele Plastikflaschen und Dosen über die Jahre verschwunden waren, weil sie Eva immer wieder Essen mitgegeben hatte.

Die Frau beäugte sie misstrauisch, nahm die Flasche gründlich unter die Lupe, ehe sie zustimmte. Bevor sie es sich anders überlegte, eilte sie zurück zu Arionas.

Melissa hielt in ihrer Hand einen eckigen Stein, in den merkwürdige Zeichen eingeritzt waren und zeigte ihn Arionas

„Was ist das?“, fragte Arionas.

„Damit bezahlen sie auf diesem Markt. Es heißt Tiskra, glaube ich.“ Sie untersuchte das Stück, fand jedoch nichts Außergewöhnliches daran. „Keine Sorge, ich habe es gegen meine Trinkflasche getauscht. Jetzt haben wir wenigstens einen Anhaltspunkt für die Bezahlung“, erklärte Melissa leise.

„Das war nicht klug.“ Arionas schüttelte immer wieder den Kopf.

„Kannst du die nachahmen, Moglan?“ Ihre Hand wanderte unauffällig hinter das Ohr von Arionas und zeigte dem Mogmied das Stück.

„Ja, das kann ich. Allerdings muss ich mich dafür zurückverwandeln.“

Es dauerte nicht lange, da fand Melissa ein leerstehendes Gebäude. Arionas ging mit dem Mogmied hinein, während Melissa draußen vor dem Vorhang, der als Tür diente, Wache hielt. Niemand sollte sehen, was Moglan tat, sonst würden sie entweder verhaftet oder gleich getötet werden. Es wunderte sie sowieso, dass noch niemand über die toten Händler in dem Lagerhaus redete. Melissa rechnete jeden Augenblick damit, dass sie verhaftet werden würde. Sicher hatte sie jemand gesehen oder gehört. Sie konnte sich einfach nicht vorstellen, damit davon zu kommen. Ihr Herzschlag beschleunigte sich, als sie an den Vortag dachte und der Druck in ihrem Kopf wurde stärker. Sie schloss kurz die Augen, um durchzuatmen. *Keinen Zusammenbruch riskieren*, dachte sie immer wieder. *Ich schaffe das.* Wie ein Mantra sagte sie sich die Worte immer wieder, bis sie halbwegs daran glaubte.

„Ich bin fertig“, hörte sie schließlich. Melissa steckte kurz den Kopf durch den Vorhang und nickte.

„Klasse, gib Arionas die Steine und kommt wieder raus.“

Nur unter Grummeln übergab Moglan das Geld an Arionas und kletterte anschließend umständlich auf den Rücken. Sie fragte sich, ob Moglan schwer war. Arionas jedenfalls ließ sich nichts anmerken. Dennoch war es eine abstruse Situation.

„Ich fühle mich wie bei einer dieser Apps. Mission: Vervielfältige die Münzen. Kombiniere Mogmied mit Originalmünze. Bringe die neuen Münzen zum Händler, um das nächste Abenteuer freizuschalten", murmelte Melissa. Arionas sah sie verwirrt an und sie winkte ab. „Sobald wir die Lebensblätter haben, verschwinden wir von hier."

„Dann lass uns hoffen, dass wir sie noch vor Sonnenuntergang finden. Noch eine Nacht will ich hier nicht verbringen", sagte Arionas.

„Und wenn nicht, dann suchen wir halt weiter, Arionas. Ich habe den Mogmieds versprochen, ihnen zu helfen und wenn das nur mit diesen verdammten Lebensblättern funktioniert, dann geht das halt nur so."

„Hörst du, Zapfenträger? Sie will uns helfen." Moglan kicherte amüsiert.

„Wir werden ihnen helfen, aber bedenke, dass wir hier in einer Welt sind, die uns bisher nicht sehr freundlich gesinnt war", sagte Arionas.

Ein Schauer durchfuhr ihren Körper, als er sie daran erinnerte. „Ich halte meine Versprechen", erklärte sie mit fester Stimme. Dennoch schaute sie sich immer wieder voller Sorge um.

***

Der Pflanzenhändler schickte sie zu einem entlegenen Platz. Unter ihren Schuhen knirschte der

Sand. Viel zu laut. Egal, wer am Ende dieses Weges auf sie wartete, diejenigen wären gewarnt. Und auf einmal bog die Gasse abrupt ab. Der Pfad führte sie direkt auf einen Häusereingang zu. Es gab keine Abbiegungen mehr, keine Fluchtmöglichkeit. Die Straße war eine Sackgasse. Melissa konnte die Wände links und rechts berühren, ohne die Arme komplett auszustrecken. Ein Blick nach oben verriet ihr, dass die Gebäude mindestens drei Stockwerke hoch waren. In jeder Etage waren senkrecht langgezogene Fenster. Wie Augen eines gigantischen Monsters starrten sie auf Melissa hinab, verfolgten ihren Weg.

Arionas folgte Melissa, die nur unter Zögern den ersten Schritt in den Hauseingang wagte. Das schwindende Licht erinnerte sie an den baldigen Sonnenuntergang. Hoffentlich würden sie vor Einbruch der Nacht dieses Haus wieder verlassen können.

„Hallo?", rief Melissa.

Die schnarrende Stimme ertönte direkt vor ihr, so dass sie erschrocken innehielt. Rechts neben ihr befand sich ein Fenster, das jedoch mit schweren Vorhängen abgedunkelt war. Sie konnte ihren Gegenüber nicht genau erkennen. Einzig einige Umrisse schienen sich neben ihr zu bewegen. Ein Schatten trat vor, gerade so groß wie Arionas.

„Hast du schon einmal von Lebensblättern gehört?", fragte Melissa. Verwirrt hielt sie in der Beobachtung des Zimmers inne.

„Ich glaube, du hast mit mir gesprochen, Melissa", sagte Arionas.

„Okay." Sie wiederholte ihre Frage.

Etwas bewegte sich schwerfällig über den Holzboden. Ihr Gegenüber zog sein Bein nach. Mit einem Lahmen konnten sie fertig werden.

„Ich weiß nicht, ob ich euch trauen kann", schnarrte die Stimme. „Tretet ans Fenster."

Melissa bewegte sich auf den Vorhang zu und hob ihn an.

Sonnenlicht flutete das Zimmer. Winzige Körner fanden ihren Weg in das Haus. Zusammen mit dem aufgewirbelten Staub bildete es einen wunderschönen Kontrast in den Sonnenstrahlen. Jedes Möbelstück schien farblich aufeinander abgestimmt, gehörte exakt an die Stelle, an der es derzeit stand. Obwohl das Zimmer karg eingerichtet war, wirkte es dennoch vollständig möbliert. Selbst die schwarzen Verzierungen an den Wänden schienen in sich stimmig. Vielleicht lag das aber auch an den Kisten und Schränken, die den Raum füllten.

Sie versuchte, etwas von ihrem Gegenüber zu erkennen. Doch dieser stand in den Schatten, so dass Melissa nur den Umhang erkennen konnte, der den Körper verhüllte.

„Warum seid ihr hier?"

„Wir suchen Lebensblätter", erklärte Melissa ehrlich.

„Melissa, es ist keine kluge Idee", flüsterte Arionas ihr zu, als er sie eingeholt hatte. „Irgendetwas stimmt hier nicht." Arionas schüttelte den Kopf, so dass ihm einige seiner Locken ins Gesicht fielen. Automatisch strich er sie fort. Es war eine unbewusste Handlung, aber sie mochte es, wenn er es tat. Es war etwas Vertrautes, obwohl sie ihn noch gar nicht so lange kannte.

„Melissa weiß schon, was sie tut“, murmelte der Rucksack.

„Da bin ich mir manchmal nicht so sicher“, flüsterte Arionas zurück.

Sie wandte sich wieder dem Händler zu, erklärte ihm im Ansatz, wofür die Blätter waren. Vielleicht konnte sie so Mitleid in ihm hervorrufen.

„Ich warne dich ein letztes Mal, Moglan. Lass es sein“, hörte sie Arionas hinter sich.

Erneut drehte sie sich um. „Was ist denn los?“

„Er tritt mich die ganze Zeit.“

Melissa stöhnte. „Reißt euch zusammen. Das ist kein Spaziergang hier. Immerhin geht es um Moglans Volk!“

„Aber …“, begann Moglan.

„Nein! Sie hat recht. Denk an dein Volk. Willst du, dass sie alle sterben?“, zischte Arionas.

„Das will ich nicht“, rief Moglan etwas zu laut.

„Na also, dann schweig endlich.“

„Folgt mir“, erklärte der Besitzer des Ladens.

Sie verließen das Gebäude. Wieder bestand die Tür nur aus einem Vorhang. In der Hitze dieser Welt war das sicher besser. Der strahlende Sonnenschein nahm ihr einen Moment lang die Sicht. Im Augenwinkel erkannte sie, dass der Garten von anderen hohen Gebäuden umschlossen war. Die Sonne lugte gerade noch über den Rand eines Gebäudes, als wäre sie neugierig, was gleich passieren würde.

Der Händler vor ihr war ein seltsames Wesen. Kein Mensch. Anstelle von Haut, überzogen Schuppen den Körper, wie die eines Fisches. Glänzende Augen starrten Melissa an, als ob das

Wesen sie sofort packen und verschleppen wollte. Die schwarzen Ovale blinzelten nicht einmal. Der Umhang, der das Wesen umgab, war vollkommen durchnässt, hing schlaff an dem nach vorn gelehnten Körper herunter. Als Melissa allerdings den Blick nach unten wandte, erschrak sie kurz. Das Schleifen, das die gehört hatte, war kein lahmes Bein, sondern ein Schwanz. Blaugrün und im Sonnenlicht schillernd glitt der Schwanz über den Rasen, hinterließ eine Furche im Grün.

Nicht weit von ihnen befand sich ein Teich. Melissa kombinierte die ihr gebotenen Tatsachen und kam zu dem Schluss, dass das Wesen eigentlich im Wasser lebte. Das Gesicht war dem menschlichen nicht unähnlich. Der Kopf war jedoch deutlich schmaler, wirkte zu klein für solch einen hochgewachsenen Körper.

„Die Blätter", fragte Melissa nach. „Sind sie hier?"

„Dies ist der Garten der Pflanzen. Jede Pflanze, die es gibt, wächst hier", schnarrte das Wesen und deutete um sich. „Wenn du sie findest, kannst du sie käuflich erwerben."

Melissa nickte. „Frag Moglan, ob er hier irgendwo die Blätter sieht. Ich bin mir nicht sicher und will mich nicht übers Ohr hauen lassen", rief Melissa Arionas zu.

Gleich darauf gab Arionas ihr ein Zeichen und deutete auf eine Palme nicht weit von ihr.

„Melissa, hier stimmt etwas nicht", sagte Arionas.

Melissa wedelte mit der Hand nach hinten. Sie waren so kurz davor, die Lebensblätter zu bekommen. „Was wollt ihr für diese Blätter dort haben?", fragte Melissa den Fischmann vor sich.

„Das kommt darauf an, was du zu bieten hast", sagte ihr Gegenüber und stierte sie an. „Trägerin!"

Melissa hielt den Atem an. Er wusste, wer sie war!

Der Händler gab seltsame Geräusche von sich, schien damit aber nicht Melissa zu meinen. Dafür stieß Moglan einen dröhnenden Schrei aus. Hektisch versteckte er sich hinter Melissas Beinen und zeigte immer wieder nach oben.

Melissa folgte der Hand und entdeckte auf Anhieb drei Menschen auf den Dächern. Als sie sich umsah, tauchten immer mehr Umrisse auf. Ihr Herz setzte für einen Moment aus, nur um im nächsten Augenblick mit voller Macht erneut zu schlagen. Eine kurze Weile lang spürte sie nichts als das harte Pochen in ihrer Brust. Der Garten schien still zu stehen. Niemand bewegte sich. Melissa spürte die unbändige Macht, die sich in ihr aufbaute. Sie wollte kämpfen. Nein, das konnte sie nicht tun. Es waren zu viele. So viele Tote konnte sie nicht mit ihrem Gewissen vereinbaren.

„Melissa, lass uns hier verschwinden", zischte Arionas.

Er wollte sie beschützen, das merkte sie. Das wusste sie. Dennoch verharrte sie an Ort und Stelle. Er war einfach eine zu gute Seele. Deswegen musste sie es genau anders herum machen und ihn beschützen. Anders ging es nicht.

Melissa sah, dass er ihren Zwiespalt erkannte. Er wusste, was sie vorhatte und blieb dennoch an ihrer Seite. Sie schluchzte, als ihr klar wurde, dass Arionas ihr immer beistand. Egal, was sie tat. Dieses Vertrauen war es, das ihr Herz überflutete und ihr die Kraft gab, dem Amulett zu widerstehen.

Der Händler wandte sich an Melissa, während sie einen Schritt zurück machte. Sollte sie dem Rat von Arionas folgen und verschwinden? Dann würden die Männer sie verfolgen und vermutlich töten.

Nein, es gab nur einen Weg, wie sie die Mogmieds retten konnte. Dazu musste sie die Personen auf den Dächern ausschalten, die allesamt mit gebogenen Schwertern bewaffnet waren. Die Gesichter der Männer waren größtenteils von Tüchern verborgen, die sich um den Kopf und den Hals schlangen. Melissa drehte sich um sich selbst und zählte die Männer siebzehn. Nein, damit konnten sie unmöglich fertig werden. Sie würde den Kampf meiden.

Das schien auch Arionas zu merken, denn er zog sie mit sich. Sie wehrte sich nur halbherzig gegen seine Flucht, bis er auf einmal kurz stehenblieb und stutzte.

„Was ist?", zischte sie und schaute über die Schulter.

„Dein blaues Auge schimmert, während das braune in Flammen zu stehen scheint."

„Das ist das Licht", erklärte sie kalt und lief weiter. Wenn er fliehen wollte, würde sie genau das tun. Melissa wollte auf ihn hören, das hatte sie sich geschworen und endlich wollte sie es auch einmal umsetzen. So viel Kontrolle erkämpfte sie sich über ihren Verstand.

Sie erreichten den Vorhang, rannten ins Haus. Arionas überholte sie. Ein letzter Blick über die Schulter verriet ihr, dass die meisten der Beobachter vom Dach sprangen, andere geschickt hinunterkletterten. Nur ein kleiner Teil blieb auf den Dächern zurück.

„Moglan, lauf gefälligst schneller. Die Kisten", brüllte Arionas über die Schulter hinweg.

Melissa schnappte sich den Mogmied und hob ihn hoch. Hinter ihnen tauchten die Verfolger ab. Moglan schrie leise auf, als sie ihn berührte. „Du bist eiskalt!“

Hinter einer Ecke war Arionas stehen geblieben. „Melissa, egal was gerade in dir vorgeht, kämpf dagegen an“, flüsterte er.

Da tauchten auch schon die vermummten Angreifer in dem engen Flur auf. Arionas schnappte sich Moglan und warf ihn sich über den Rücken. Die Angreifer brüllten durch den Flur, als sich Melissa ihnen kurz entgegenstellte.

„Arionas, verschwinde“, rief sie, als sie sich unter einem Schwerthieb hinweg duckte. Das gebogene Schwert knallte gegen die Wand, ließ sie erklingen. Gleichzeitig erhob sich Melissa und packte die Kehle ihres Gegners. Sie hob ihn vom Boden und schleuderte ihn mit voller Wucht in seine Kameraden. Wie Kegel fielen die Männer in dem engen Flur um, ließen Melissa genügend Zeit zu fliehen.

„Nein!“, schrie Arionas und war versucht, zu ihr zu laufen. Sein Schrei ließ Melissa innehalten.

„Du gönnst mir auch gar keinen Spaß“, rief sie und rannte weiter. Arionas hastete hinter ihr her. Durch das dunkle Wohnzimmer, bis in die schmale Gasse. Zwischen den Häuserwänden wurde es jetzt, da die Sonne verschwunden war, schnell dunkel. In dieser Dämmerung lief Melissa mit aller Kraft davon.

„Zum Stein“, rief Melissa und beschleunigte ihren Antritt. Hinter ihnen tauchten immer mehr der vermummten Männer auf, ebenso auf den Dächern über ihnen.

Doch anstelle sie anzugreifen, überholten sie sie und liefen vor. *Sie schneiden uns den Weg ab,* dachte sie. Das durfte sie nicht zulassen.

„Wir müssen schneller werden." Arionas keuchte heftig, hatte Moglan noch immer auf dem Rücken, aber Melissa verstand ihn. Die Wände um sie herum verschwammen, wurden zu einer halbdunklen Mauer am Rande ihres Sichtbereichs. Sie war nur froh, dass die Hitze nachgelassen hatte. Tatsächlich war es in der Gasse erstaunlich kühl. Und je länger sie darüber nachdachte, desto mehr befürchtete sie, dass diese Kälte von ihr ausging.

Erst als sie aus der Gasse heraus waren, wurden es wärmer. Zwischen den hochgewachsenen Händlern und der Schar an Käufern konnten sie untertauchen. Mit ihrem ganzen Gewicht warf sie sich zwischen die Menschen. Ein empörter Aufschrei klang in allen Welten gleich, stellte sie schnell fest. Der Sand, auf dem sie lief, ließ sie bei abrupten Richtungswechseln wegrutschen. Mehr als einmal rammte sie dabei einen Käufer.

Melissa rannte immer weiter. Ihr Gesicht war stur nach vorne gerichtet. Hinter ihr hörte sie ihre Verfolger laut brüllen. Das Gedränge wurde immer enger. Sie hoffte, dass es ein gutes Zeichen war und die anderen nicht vorankamen.

Der vorderste Verfolger brüllte die Besucher des Markts an, die ihm den Weg versperrten. Zu ihrem Entsetzen wichen die Käufer tatsächlich aus. Melissa stöhnte, rutschte in den nächsten Marktbesucher.

„Melissa", hörte sie auf einmal hinter sich. Sie blieb stehen und sah gerade noch, wie Arionas hinfiel.

Der Staub des Sandes hob sich und umhüllte ihn. Hastig wollte er aufstehen, aber in der Sekunde brüllte einer der Verfolger etwas. Ein Marktbesucher neben Arionas packte ihn am Kragen und zog ihn hoch, während er Moglan von ihm herunterzog. Arionas wehrte sich, doch es schien seinen Gegner nicht zu kümmern.

Kaum jemanden interessierte der Kampf. Der Großteil nutzte diese Ablenkung, um sich an anderen Besuchern vorbeizudrängeln.

Melissa sprang ihm zur Hilfe. Ein gezielter Schlag gegen den Hals des Marktbesuchers und er ließ Arionas fallen. Gleichzeitig stahl sie Moglan aus den Händen des Fremden und warf ihn über ihre Schulter. Alles ging so schnell, dass sie kaum Zeit hatte, die Kontrolle über ihren Körper zurückzuerobern. Wie von allein rannte sie bereits wieder los, ohne auf Arionas zu achten.

„Melissa, warte auf mich." Arionas war einige Schritte hinter ihr. Sie winkte ihm, machte Zeichen, die er scheinbar nicht verstand.

Keuchend stolperte er voran. „Bereite das Amulett vor", rief er ihr zu. Melissa holte es hervor. Kaum schimmerte das Amulett in der Abendsonne, wandten sich ihr die Blicke der Umstehenden zu. Sie verbarg es in ihren Händen.

Kreis - zwei verschlungene Stäbe -

Arionas war nur noch einen Schritt entfernt. Ihr Herz blieb stehen. Im nächsten Moment blieb die Welt stehen. Seine Verfolger froren in ihren Laufbewegungen ein. Selbst die Geräusche ließen nach. Es war totenstill. Genauso wie damals auf Traveste. Die Zeit blieb einfach stehen. Doch diesmal sah sie kein Zeichen eines Adlers. Nur Arionas kam auf sie zu. Als seine Finger sich in ihre legten, wurde es schlagartig laut, ehe das Licht sie umschloss.

KAPITEL 16

„Arionas, alles in Ordnung?“ Die Worte platzten aus ihr heraus, kaum dass sie in der Welt der Mogmieds waren.

„Ja, danke. Und bei dir?“

Melissa konnte seinen Tonfall nicht einordnen, aber es wirkte, als wusste er nicht genau, wer sie war.

„Mir ist ein wenig schwindelig. Ich glaube, ich habe einen Sonnenstich. Diese extreme Hitze hat mir nicht gutgetan“, Melissa unterbrach sich selbst, als Arionas erleichtert keuchte. „Was?“

„Nichts. Alles ist in Ordnung“, sagte er und lächelte.

Irritiert schüttelte Melissa den Kopf. Diesen Kerl würde sie wohl nie vollends verstehen. „Was haben die nur mit Moglan gemacht? Der will gar nicht mehr aufwachen“, überlegte sie laut.

„Wahrscheinlich sollten wir ihn zu seinen Artgenossen bringen“, schlug Arionas vor und deutete an, ihr den Mogmied abzunehmen. Nur allzu gerne nahm sie das Angebot an. Eine bleierne Müdigkeit überkam sie, ließ ihre Arme, Beine, selbst ihre Gedanken schwerfällig werden. Jeder neue

Satz in ihrem Kopf musste erst eine zähflüssige, breiige Masse abschütteln, ehe er nach vorne treten durfte. Es bedurfte ihrer vollen Konzentration, um zu nicken. Ein langgezogenes Gähnen verließ ihren Mund, während sie stumm nebeneinander herliefen. Melissa genoss die Ruhe, die diese Welt ausstrahlte, auch wenn sie wusste, dass es eine tödliche Ruhe war. Kaum hatten sie Moglan abgeliefert, legte sich Melissa schlafen. Sie spürte, wie ihr Bein bereits zuckte, als Arionas sie ansprach.

„Jetzt war die ganze Reise umsonst", murmelte er neben ihrem Schlaflager.

„Was meinst du?", fragte Melissa schlaftrunken.

„Wir haben keine Lebensblätter gefunden. Zudem taucht jetzt die Frage auf, wer die Angreifer in dem Garten und der Lagerhalle waren und warum sie uns angegriffen haben."

Mühsam schlug sie noch einmal die Augen auf. Arionas lag dicht neben ihr und sah sie traurig an. „Wer sie waren, weiß ich auch nicht, aber warum kann ich, glaube ich, beantworten. Ich denke, er war ebenso hinter dem Amulett her, wie der Händler in dem Lager."

„Aber woher wussten sie davon?" Arionas drehte sich auf den Rücken, verschränkte die Arme hinter dem Kopf.

„Keine Ahnung. Die wissen nicht, wohin wir verschwunden sind, also können sie uns auch nicht folgen", sagte sie. Ihre Augenlider nahmen das Gewicht eines Elefanten an und fielen ihr wieder zu.

„Da wäre ich mir nicht so sicher", murmelte Arionas.

„Was meinst du?" Melissa hörte ihre eigene Stimme kaum, so sehr nuschelte sie.

„Sie haben Moglan erkannt. Scheinbar wussten sie, welcher Rasse er angehörte, denn sie haben ihn als erstes ausgeschaltet."

Melissas Verstand stolperte über diesen Gedanken. Damit hatte Arionas nicht ganz unrecht. „Es kann aber auch nur Zufall gewesen sein. Moglan ist nicht unbedingt der schnellste von uns dreien."

„Dennoch. Mir kam es so vor, als ob diese Männer wussten, was Moglan war. Hoffen wir einfach, dass sie nicht herkommen. Es waren gute Kämpfer."

„Mhm", stimmte Melissa zu, befand sich gedanklich allerdings in ihrem Bett zuhause. Sie vermisste die Ruhe ihres *Maschinenraums*. Dort gab es nur sie und ihre Sammlung an Kuriositäten. Gedanklich ging sie durch ihren Raum, strich über die Buchstaben an ihrem Schrank. Das letzte, was sie wahrnahm war der Wind, der ihr in regelmäßigen Abständen über die Wange strich.

***

Drei Tagen lebte Melissa nun bereits unter den Mogmieds. Sie hatte das kleine Volk in ihr Herz geschlossen. Kurz nachdem sie aus der Marktwelt zurückgekehrt war, hatte der Anführer bekannt gegeben, dass Moglan einige Wurzeln der Lebensblätter gegriffen hatte, bevor sie fliehen mussten. Die Mogmieds machten sich daran, die Blätter schnellstmöglich einzupflanzen und ließen sie mithilfe der Magie wachsen. Innerhalb weniger Stunden hatten sie einen ausreichenden Vorrat des Gewächses. Diese Zeit nutzte sie, um sich zu erholen.

Ihre einzige Aufgabe war es, den Mogmieds immer wieder zu erzählen, was sie im Schrein erfahren hatte. Moglan war ihr fleißigster Schüler. Er bemühte sich mehr als alle anderen, zu verstehen, was sie ihnen erklärte. Es gelang ihm als erster, sich in Luft aufzulösen und wieder aufzubauen. Allerdings konnte niemand sagen, wie dieses Verfahren den Mogmieds gegen die Menschen helfen sollte.

Arionas nutzte die Zeit, um mit dem Pegasus einige Ausflüge zu machen. Es schien ihm Spaß zu machen und ihn abzulenken, auch wenn sie ihn immer wieder auf einem Baum sitzen sah, wo er traurig in den Himmel blickte.

Einen Tag nach ihrer Rückkehr ging Melissa mit Arionas zum Gelben Meer, wo sie endlich baden konnte. Ein seltsames Erlebnis für Melissa. Das Wasser trug sie nicht so, wie sie es von der Erde gewohnt war. Sie musste ständig in Bewegung bleiben, um nicht unterzugehen. Eigentlich wollte sie ihren Kopf waschen, aber sie zögerte. Die seltsame Farbe des Wassers war ihr nicht geheuer. Als Arionas allerdings ins Wasser sprang und sie nass machte, gelangten einige Tropfen in ihren Mund. Ihr Verstand sagte ihr, sie sollte den Geschmack von der Zunge kratzen. Doch dann hielt sie inne. Erdbeeren. Das Wasser schmeckte wie Erdbeeren, die zu groß geworden waren. Ein Hauch Süße, aber viel Wasser. Arionas schickte weitere Schauer zu ihr, bespritzte sie, als ob sie kleine Kinder wären. Zuerst wollte sie meckern, aber dann sah sie seine strahlenden Augen. Das erste Mal seit sie hier waren, schien er glücklich zu sein. Und das machte sie glücklich. Melissa wusste nicht warum, aber sie brauchte ihn, wollte für ihn sorgen und ihn lachen sehen. Vielleicht, weil sie seine Familie nicht hatte retten können. Vielleicht, weil sie Schuldgefühle ihm gegenüber hatte. Was es auch war, sie wollte ihn lachen sehen. Nichts anderes. Also lächelte sie und rief: „Na warte."

Im nächsten Moment stürzte sie sich mit einem Grinsen auf ihren Gefährten. Melissa konnte nicht sagen, wie lange die Wasserschlacht andauerte, aber irgendwann krochen die beiden an den Kieselstrand, ließen sich lachend fallen.

„Ich habe vermutlich die Hälfte dieses Meeres in meinem Bauch", sagte Melissa und streckte diesen demonstrativ raus.

„Ja, das sehe ich", erwiderte Arionas grinsend.

„Hey", rief sie aus und schlug ihm mit der flachen Hand auf die Brust, so dass es knallte.

„Du wagst es mich zu schlagen? Mich, deinen Mann?" Arionas Stimme klang künstlich wütend, als er sich aufrichtete und über sie beugte. Melissa zuckte nur mit den Schultern und funkelte ihm trotzig entgegen.

Mit einem Aufschrei packte er ihre Handgelenke und presste sie neben ihrem Kopf auf den Boden. Beide hielten in ihren Bewegungen inne. Melissa hatte plötzlich das Gefühl, dass die Zeit anhielt. Arionas Gesicht war ihrem ganz nah, schwebte über ihr. Ihr Körper war wie elektrisiert. Seine nassen Locken fielen nach vorn, tropften auf ihre Wangen. Ihre Augen zuckten zwischen seinem offen stehenden Mund und seinen Augen hin und her. Nähe. Seine Nähe vernichtete jeden vernünftigen Gedanken.

„Melissa ...", hauchte er.

Ihre Umgebung verschwamm. Alles, was sie sah, waren die dunklen Augen, die verführerisch vor ihr schimmerten. Langsam kam er näher. Melissa war überwältigt von der Intensität ihrer Gefühle. Auf einmal wusste sie, dass Arionas mit ihr verbunden war. Keine Ahnung, die sich gemächlich seinen Weg an die Oberfläche wühlte. Nein, sie wusste es einfach.

Als seine Nase ihre berührte, ging ein Beben durch ihren Körper. Melissa schloss die Augen. Sie war aufgeregt. Er würde es wirklich tun. Dann spürte sie seine Lippen auf ihren. Das Kribbeln wurde intensiver, zentralisierte sich in ihrem Magen, wärmte sie. Seine Lippen strichen sanft über ihre, liebkosten sie. Warum hatte sie so lange gewartet, um das zu spüren?

Doch so sehr sie das Gefühl auch genoss, so sehr machte es ihr Angst. In ihrem Innern breitete sich ein Widerstand aus, den sie sich nicht erklären konnte. Was sollte das? Sie wollte diesen Kuss genießen. Warum kämpfte sie dagegen an?

„Melissa!", hörte sie einen Mogmied rufen.

Als sie die Augen öffnete, schwebte Arionas Gesicht über ihr. Sie sahen sich einige Augenblicke lang an. Melissa erkannte deutlich die Verwirrung in seinem Gesicht. Er ließ ihre Handgelenke los, doch selbst dann konnte sie sich noch nicht endgültig von ihm lösen. Sie spürte sein Gewicht auf ihrem Oberkörper. Ihr war die ganze Situation unangenehm. Hatte er gemerkt, dass sie aufgehört hatte oder schob er es auf den Mogmied?

„Melissa, ich …", begann er, aber Melissa drehte sich von ihm fort, ehe er weiterreden konnte. Der Ruf gab ihr die perfekte Ausrede, um sich aus seinem Griff zu befreien.

„Du hast gerufen, Moglan?“, rief sie dem Kleinwüchsigen entgegen, als sie ihn erkannte. Mühsam stand sie auf. Verzweifelt zwang sie sich nach vorn zu sehen. Jetzt nur nicht umdrehen, sagte sie sich immer wieder in Gedanken. Sonst würde sie wieder schwach werden. Auf ihren Lippen spürte sie immer noch den warmen Atem von Arionas. Es war ein bezaubernder Moment gewesen, der ihr den Atem geraubt hatte.

Der Mogmied bremste hastig vor ihr ab, ergriff ihre Hand und zog sie von Arionas fort.

„Hat er dir wehgetan? Soll ich ihn verzaubern?“

Melissa überlegte kurz. Wenn er wieder ein Stein wurde, musste sie sich nicht mit ihm auseinandersetzen. Ihm nicht erklären, was sie selbst nicht wusste.

„Nein, danke. Es ist alles in Ordnung. Warum bist du hier?“

Moglan funkelte Arionas ein letztes Mal an. „Zapfenträger. Überall. Sie greifen unsere Siedlung an.“

Melissa schnappte sich ihr T-Shirt und zog es über. Ihre Hose bekam sie nicht mehr zu fassen. Mit weiten Schritten rannte sie Moglan davon. Arionas war dicht hinter ihr.

Bevor sie ankam, hörte sie im Wald bereits Schreie und wütende Mogmiedbeschimpfungen. *Hoffentlich haben sie sich an Plan B gehalten,* dachte sie. Plan A, weggelaufen, schien ihnen nicht gelungen zu sein. Als sie auf die Lichtung trat, war sie überrascht über den Anblick. Die Menschen hatten sämtliche Mogmieds zusammengetrieben. Dabei waren es gerade einmal fünf Männer. Allerdings drohten sie ihnen mit überdimensionalen Schlagstöcken, aus denen blauweiße Strahlen schossen. Jeder Strahl, der die Haut eines Mogmied traf, sorgte dafür, dass er an Ort und Stelle liegen blieb.

„Hört auf damit“, donnerte Melissas Stimme über die Lichtung, als einer der Menschen dem zappelnden Mogrinan auf den Kopf schlug.

Doch nur die Mogmieds hielten inne. *Verdammt,* dachte sie. Sie hatte die falsche Sprache verwendet. Melissa musste näher heran. Jeden Schritt, den sie näher kam, wurde einer vom kleinwüchsigen Volk verletzt. Einer der Menschen hielt einen Mogmied fest, während sein Kamerad ihm eine Art Fliegermütze aufsetzte. Noch einmal beschleunigte sie ihre Schritte.

Der Körper des Mogmieds knisterte, warf Funken, während nach und nach die königsblauen Flecken darauf verschwanden. Als sich der letzte Fleck in Luft auflöste, zitterte der Mogmied, ehe er unter einem leise hallenden Puff in sich zusammenfiel. Staub rieselte von der Stelle, an der der Mogmied wenige Sekunden zuvor gehangen hatte.

„Nein!“, brüllte Melissa aus Leibeskräften. Das Kribbeln in ihrem Nacken kam schneller als sonst. Sie war von der Macht des Amuletts übermannt, ehe sie es verhindern konnte.

Diesmal reagierten die Menschen endlich. Zwei Männer, die ein weiteres Opfer gefunden hatten, drehten sich zu ihr. Melissa, nur noch einen Schritt entfernt, sprang ab und trat einem von ihnen mit angewinkelten Beinen gegen die Brust und streckte dann ihre Knie durch. Melissa stieß sich vom Brustkorb ab. In der Luft machte sie einen Rückwärtssalto und landete auf ihren Füßen. Um den Sprung abzufedern, ging sie in die Hocke.

„Hei", rief der andere Mann ihr entgegen und ließ den Mogmied los.

„Magieblockade", rief sie über ihre Schulter. Kurz sah sie, wie ein gefangener Mogmied innehielt, aus einer winzigen Tasche an seiner Hüfte einige Lebensblätter zog und sie sich in den Mund stopfte. Gleich darauf versiegten die blauen Funken, die zuvor aus seinem Kopf geströmt waren. Die Augen ihres Gegenübers funkelten, aber das störte Melissa nicht. Sie richtete sich zu ihrer vollen Größe auf.

„Lass die Mogmieds in Ruhe und verschwinde von hier." Trotzdem sie nur mit einem T-Shirt und ihrem Bikini bekleidet war, fühlte sie die Sicherheit, die das Amulett ihr bot, die sie wie einen Ganzkörperanzug ummantelte. Arionas stellte sich neben sie.

Der Mann lachte auf, wobei ein unsicherer Blick zu seinem Kameraden flackerte, der am Boden lag und nach Luft rang. „Männer, kommt mal her. Die Magiezwerge haben Freunde gefunden."

Sofort reagierten die anderen drei Männer. Sie ließen von den bisher gefangenen Mogmieds ab, als hätten sie keine Angst, dass sie verschwinden würden. Tatsächlich liefen sie nicht weg. Einige verharrten sogar mit einem neugierigen Blick an Ort und Stelle, während der Rest nur langsam zurückwich. In nicht allzu ferner Zukunft wäre das ihr Untergang. Sie musste etwas dagegen unternehmen. Als sie Moglan hinter sich bemerkte, grinste sie.

„Mädchen, verschwinde von hier. Das sind Geschäfte, die dich nichts angehen", bemerkte einer der Männer hinter ihr. Er musste der älteste sein. Melissa sah ihn an, versuchte zu erkennen, ob er unter den Angreifern der Marktwelt gewesen war.

Wenn dem so war, zeigte er nicht, dass er Melissa oder Arionas erkannte. Sein Haar wurde über der Stirn bereits grau, was einen seltsamen Kontrast zu seinem faltenlosen Gesicht bot.

Moglan hetzte an ihr vorbei und winkte den anderen Mogmieds zu ihm zu kommen. *Endlich,* dachte Melissa. *Ein Mogmied mit Angst ist doch nicht so schlecht.* Sie wartete noch einige Sekunden, in denen sie den Männern freundlich zulächelte und die Hände wie zur Entschuldigung hob. Als sie hinter sich keinen Ton mehr vernahm, wusste sie, dass Moglan alle vorbereitet hatte. Schlagartig änderte sich ihre Miene. Das Lächeln verschwand. Stattdessen sprühte sie vor Energie, so dass sie das Gefühl hatte, ebenso zu glühen, wie die Mogmieds bei der Benutzung ihrer Magie.

„Mogmieds, jetzt“, sagte sie leise und nickte Mogrinan und Moglan zu. Alle Mogmieds hielten sich an der Hand.

Melissa drehte sich wieder zu den anderen Menschen um. „Das Volk der Mogmieds wird euch kein weiterer Magielieferant sein.“

„Wer will das verhindern? Du?“, sagte der Mann am Boden. Er erhob sich und ging auf sie zu. Melissa verharrte, wich nicht zurück vor dem zwei Köpfe größeren Mann. Er blieb direkt vor ihr stehen und sah auf sie herab. „Wer bist du, dass du dich uns in den Weg stellst?“

„Wer seid ihr, dass ihr über das Leben der Mogmieds entscheidet?“, fragte Melissa zurück.

„Netter Versuch“, sagte er und verzog den Mund. „Tritt beiseite, Mädchen. Von dir wollen wir nichts.“

„Nein.“

Anstelle einer Antwort packte er sie an den Oberarmen und wollte sie gerade zur Seite schieben, als Arionas eingriff. Er schlug dem Mann mitten ins Gesicht. Dieser war nicht darauf vorbereitet und wehrte sich zuerst nicht. Seine Männer wurden laut und traten hinter ihn.

„Schon gut. Ich vermute, er will nur sein Mädchen verteidigen. Hätte ich auch nicht anders gemacht." Nachdem er sich gefasst und seine Nase betastet hatte, spuckte er Arionas an. Angewidert wandte der sich ab. Melissa stand seelenruhig da und wartete auf das eine Geräusch.

Gerade, als der erste Mann einen langen Stock hob und auf Arionas richtete, hörte sie es. Sie brauchte sich nicht umzudrehen, um zu wissen, dass die Mogmieds sich der Reihe nach auflösten und zu Staub zerfielen. Die Reaktion der Männer sagte ihr alles, was sie wissen musste. Diese hielten in ihren Bewegungen inne und starrten vollkommen verwirrt hinter sie.

„Was passiert hier, Gerald?" Der Große drehte sich zum Grauhaarigen. Dieser ignorierte ihn allerdings und starrte auf die Mogmieds. Als das letzte Geräusch verklang, erwachten die Männer aus ihrer Starre. Alle redeten auf den Grauhaarigen ein.

„... Einkommen verschwunden ..."

„Du hast versprochen, dass sie immer da sein werden"

„... kein Geld ..."

Mit einer einzigen Bewegung brachte er sie alle zum Schweigen. „Du hast das gemacht. Erklär dich, Weib. Sonst habe ich hier vier sehr hungrige Männer", drohte er ihr mit knurrender Stimme.

Melissa bereute, nicht mehr angezogen zu haben. Ihre knappe Bekleidung brachte die Männer definitiv auf falsche Gedanken. Ihr eiskalter Verstand arbeitete bereits an einer Möglichkeit, dies als Ablenkung zu nutzen. Sie selbst war nur noch Betrachterin des Geschehens, behielt allerdings so viel Kontrolle, dass sie jederzeit eingreifen konnte, sollte ihr die Macht zu Kopf steigen.

„Ihr habt kein Recht, die Mogmieds zu töten, daher haben sie beschlossen, sich selbst zu vernichten."

„Das ist eine Lüge!", entfuhr es dem Grauhaarigen.

„Siehst du hier irgendwelche Mogmieds?" Sie streckte ihre Arme aus und zeigte über die Lichtung.

„Was hast du damit zu tun? Warum stehst du auf der Seite dieser primitiven Kreaturen?", mischte sich der Große ein.

„Das geht euch nichts an. Verschwindet von hier. Es gibt hier nichts mehr, was euch interessieren könnte."

Melissa drehte sich um und ging davon. Wind kam auf, wehte durch ihre Haare, zog an ihrem T-Shirt. Hinter ihr brach ein Tumult aus. Die Männer schrien auf.

„Das ist ein Trick!", brüllte einer der anderen Männer.

„Bestimmt gehört sie zu der Bande, die mit dem Mogmied auf dem Markt aufgetaucht ist. Erinnerst du dich, Gerald? Da war auch ein Mädchen dabei", rief ein anderer. Scheinbar hatten Arionas und sie einen bleibenden Eindruck auf dem Markt hinterlassen.

Im nächsten Moment hörte sie einen Schrei. Rasch fuhr sie herum und sah gerade noch, wie Arionas direkt hinter ihr zu Boden fiel. In seiner Schulter klaffte ein fingerdickes Loch.

„Nein“, schrie Melissa und war für einen Moment wieder sie selbst. Sie machte einen Schritt auf seinen leblos daliegenden Körper zu.

Doch dann sah sie, dass der Stock einer der Männer auf sie gerichtet war. Bevor sie daran denken konnte, warf sich ihr Körper bereits zur Seite und entkam so einem zweiten Schuss. Im Fallen griff sie sich einige der größeren Kieselsteine. Während sie aufstand, holte sie aus und bewarf die Waffe, die auf sie gerichtet war. Ohne zu wissen, was es war, richtete sie ihren Beschuss auf den Kristall am oberen Ende des Stocks. Jeder Kiesel traf.

Als sie keine Steine mehr hatte, startete sie durch. Die Wolken verschluckten die Sonne. Es wurde dunkler. Im Zickzack und mit einer Geschwindigkeit, die ihr selbst neu war, rannte sie auf die Männer zu. Zumindest eine Waffe schien sie ausgeschaltet zu haben, aber sie zählte drei weitere. Melissa rannte an dem Grauhaarigen vorbei. Ihn hatte sie als geringste Gefahr eingestuft.

Ausholen. Zuschlagen. Treffer. Der erste Mann war ausgeschaltet. Ein junger Kerl mit braunblonder Kurzhaarfrisur. Während er fiel, griff sich Melissa seine Waffe und schleuderte sie herum. Dabei traf sie einen weiteren Mann. Er taumelte zurück. Jetzt erst reagierten die anderen, richteten ihre Waffen auf sie. Doch die Männer zögerten. Melissa nutzte diesen Moment und schaltete mit einem heftigen Schlag auf den Kopf den nächsten Gegner aus. Der zweite Stock gelangte in ihren Besitz. Ein lauter Knall ertönte. Erst glaubte Melissa, dass es der Treffer gewesen sein musste, aber dann hörte sie den Hall. Donner. Ein Gewitter zog auf. Jetzt standen ihr nur noch der Grauhaarige und der Große gegenüber.

„Was im Namen der allmächtigen Novensil ist das für ein Weib?", hörte Melissa die Stimme des Grauhaarigen.

Sie blieb angriffsbereit gegenüber den beiden stehen. Ihr Blick glitt über die vier am Boden liegenden Männer. zwei bewusstlos, einer stöhnte leise und hielt sich den Kopf. Bei Arionas musste sie schlucken. Er rührte sich nicht. Mühsam versuchte sie die Konzentration des Amuletts aufrechtzuerhalten, aber sobald sie Arionas Verletzung sah, drohte sie wieder sie selbst zu werden. Alles in ihr drängte zu ihm, wollte ihm helfen. Er musste schnell in ein Krankenhaus, da war sie sich sicher.

„Verschwindet von hier und kehrt nicht mehr zurück", presste sie zwischen ihren Zähnen hervor, während sie Arionas im Augenwinkel erneut sah.

Ehe sie es verhindern konnte, verschwand die Kraft aus dem Amulett. Sie war wieder sie selbst. Der erste Tropfen fiel auf ihre Nase. Erneuter Donner. *Nur nichts anmerken lassen,* dachte Melissa. Der Wald war nicht weit entfernt. Wenn sie jetzt loslief, konnte sie sicher vor den Männern fliehen. Genug Lauferfahrung hatte sie in den letzten Wochen gesammelt.

„Du sprichst unsere Sprache und die der Mogmieds. Du bist nicht von unserem Volk und offensichtlich ..." Er betrachtete sie von oben bis unten und blieb an ihren nackten Beinen hängen. „... auch kein Mogmied. Wer bist du, dass du uns, der wir vom wandernden Volk abstammen, Befehle erteilst?"

Melissas Neugierde war geweckt. Abgesehen davon, würde sie in ihrem jetzigen Zustand wohl kaum gegen die beiden Männer antreten können. Sie musste versuchen vom Kampf abzulenken. Es begann zu regnen. Sie machte einen Schritt auf Arionas zu. Ihre Gegner blieben stehen. „Was ist das wandernde Volk?"

Der Große zog die linke Augenbraue hoch, was seinem Gesicht etwas beinahe Nachdenkliches verlieh. Melissa ging weiter, bis sie vor Arionas stand. Ihre Beine zitterten. Er durfte nicht tot sein. Nicht er auch noch.

Sie hielt die Waffen auf die Männer gerichtet. Melissa kniete sich so hin, dass sie Arionas untersuchen konnte, gleichzeitig aber auch ihre Gegner im Blick hatte. Der Regen wurde stärker, durchnässte ihr T-Shirt.

„Jeder kennt das wandernde Volk. Wir sind …" Er unterbrach sich selbst, schien nach einer richtigen Bezeichnung zu suchen. „… Händler."

„Mörder seid ihr", warf Melissa ein, während sie eine der Waffen zur Seite legte und den Gegner von Arionas untersuchte. Regen fiel auf seine geschlossenen Augenlider. Er zuckte nicht mal, war bewusstlos.

„Das eine schließt das andere nicht aus. Wir sind Beschaffer außergewöhnlicher Waren. Dies erfordert manchmal außergewöhnliche Arbeitsmethoden."

Melissa hörte kaum zu. Das Loch in Arionas Schulter klaffte weit offen. Seine Brust war rot eingefärbt, doch die wasserfallartigen Tropfen wischten alles fort. Ihre Hände zitterten, als sie nach seinem Puls tastete. Bange Sekunden verstrichen. Ein Pochen. War das ihr Herzschlag, den sie spürte oder seiner? Oder doch nur das Trommeln des Regens auf ihren Fingern?

„Was habt ihr mit ihm getan?", rief sie und richtete die Waffe deutlich auf den unbewaffneten

Grauhaarigen. Der Regen schien ihm nichts auszumachen.

„Er ist selbst schuld. Der Schuss galt dir. Er hat sich in den Weg geworfen."

Entsetzt sah sie zu Arionas. Was hatte er getan? Sie griff sich an die Brust. Das Amulett klebte am T-Shirt. Die Umrisse waren deutlich zu sehen. Eigentlich hätten die Männer es schon längst erkennen müssen. Aber ihr war es in diesem Moment egal. Arionas hatte sich für sie vor eine Waffe geworfen. Sie richtete sich auf, warf den Männern einen finsteren Blick zu. In ihr flackerte Wut auf. Und Wut hatte ihr bisher immer im Kampf geholfen.

„Gebt mir eure Waffen oder ich werde jedes einzelne Körperteil von euch nacheinander mit diesen Waffen abtrennen."

Der Grauhaarige wich einen Schritt zurück, während der Große seine Augenbrauen zusammenzog. Dicht hinter ihr hörte sie ein Schaben. Einer der anderen Männer war wieder bei Bewusstsein und befreite sich vom durchnässten Boden. Bevor er endgültig zu sich kommen konnte, drehte Melissa sich, riss ihr Bein nach oben und trat ihm mit voller Wucht ins Gesicht. Sofort fiel der Mann hin und blieb liegen.

„Muss ich deutlicher werden?", fragte Melissa und stellte sich angriffsbereit mit den Waffen hin.

Ein Teil von ihr wollte den Knopf betätigen, der die blauen Blitze aus dem Stock schießen ließ, wollte die Männer vernichten. Ein starker Teil. Es kostete sie viel Kraft, diesen zu bekämpfen und sie schwankte. Lange würde sie das nicht mehr schaffen.

„In Ordnung. Wir verschwinden", sagte der Große auf einmal.

„Das hast du nicht zu bestimmen, Gerald. Sie ist nur ein Mädchen. Seit wann wirst du damit nicht fertig?"

„Seit dieses Mädchen ein Amulett um den Hals trägt, was von den Novensil geschmiedet wurde. Kannst du den Schimmer nicht sehen?"

Die Augen des Grauhaarigen ruckten zu ihr, ihm klappte der Mund auf. Seine Bestürzung stand ihm ins Gesicht geschrieben.

„Welchen Schimmer?", fragte Melissa, als sie an sich hinabsah. Sie sah gar nichts.

„Den Schimmer, den jeden Gegenstand umgibt, der von den Novensil geschaffen wurde. Das wandernde Volk hat die Gabe, es zu sehen. So gelingt es uns, immer die wertvollsten Gegenstände zu erkennen", beantwortete der Große ihre Frage.

Ah, dachte sie. *Das erklärt die beiden Händler, die das Amulett sehen konnten, obwohl es von Stoff überdeckt gewesen war.*

„Dann wisst ihr auch, dass ihr hier verschwinden solltet."

„Allerdings." Der Große ging bereits, während der Grauhaarige noch zögerte. Seine Fäuste ballten sich. Melissa konnte es nicht fassen. Trotzdem er vermutlich ahnte, wer sie war, ließ er nicht locker. Seine Gier musste seinen Überlebensinstinkt übersteigen. Ein finsterer Blick bohrte sich in ihre Augen. Hass flammte darin auf. Kurz glaubte sie, diesen Blick schon einmal gesehen zu haben, aber dann verschwand der Gedanke wieder. Melissa machte sich keine Gedanken darüber, was mit den verbliebenen drei Männern passieren würde. Dafür mussten die Mogmieds Sorge tragen.

Gerald zog den Grauhaarigen mit sich. Als die beiden schließlich im Wald verschwanden, atmete Melissa erleichtert durch. Sie ließ sich direkt neben Arionas fallen.

„Rede mit mir", flüsterte sie ihm ins Ohr, aber nichts geschah. Der Regen prasselte nicht mehr auf ihren Rücken. Sie lehnte sich über Arionas, schützte sein Gesicht. Nach einer gefühlten Ewigkeit glaubte sie einen Atemzug von ihm zu sehen. Seine Brust hob sich. Er lebte! Sie konnte es noch schaffen, ihn in ein Krankenhaus zu bringen. Solange musste sie ihn nur noch am Leben halten.

Auch auf die Gefahr hin, dass die beiden Männer noch in der Nähe waren, rief sie zu den Staubhaufen, die inzwischen zu einem Matschklumpen geworden waren. „Mogmieds erwacht!"

Ohne auf das Ergebnis zu warten, packte sie Arionas gesunden Arm, legte ihn über ihre Schulter und hievte ihn hoch. Dabei stöhnte er auf.

„Entschuldige, wenn ich dir weh tue, aber ich muss dich zurück zur Erde bringen. Dort können dir die Ärzte helfen." Mühsam kämpfte sie um jeden kleinen Schritt. Jedes Mal brach sie beinahe zusammen. Sie musste auf die Kraft im Amulett zurückgreifen, um ihn oben zu halten. Er war schwerer, als er aussah. Als das Kribbeln nachließ, gelang es ihr endlich, mehrere Schritte zu machen, ohne dass sie unter der Last einknickte.

„Halt durch, Arionas. Halt durch", brachte sie unter knirschenden Zähnen hervor.

Sie machte den ersten Schritt in den Wald, als sie ein Rascheln hinter sich hörte. Zuerst glaubte sie, einer der Männer wäre erwacht, aber als sie einen letzten Blick über die Schulter warf, erkannte sie mehrere Staubwirbel. Wie winzige Tornados tanzten sie auf der Stelle. Von den Beinen an, setzten sich die Mogmieds wieder zusammen. Melissa konnte nicht genau sagen, wer sich dort regenerierte, doch sie hatte keine Zeit, um sich einzeln zu verabschieden.

„Achtet auf euch, Mogmieds", rief sie noch, dann trat sie in die Stille des Waldes.

KAPITEL 17

Der Regen hatte aufgehört. Dennoch stolperte Melissa immer wieder. Der Weg durch den Wald war beschwerlich. Die Wege waren schlammig. Sie blieb immer wieder an Wurzeln hängen, musste Arionas über diese heben. Selbst die Kraft im Amulett konnte nicht verhindern, dass sie außer Atem war, als sie den Wald zur Hälfte durchquert hatte. Ihr kühler Verstand verhinderte, dass sie durchdrehte. Er trieb sie an, ermahnte sie, was passierte, wenn sie versagte oder die Kontrolle einforderte. So machte sie einen Schritt nach dem nächsten.

„Melissa, warte!", hörte sie auf einmal hinter sich.

Nein, keine weiteren Verzögerungen, dachte sie. Sie spürte, dass Arionas schwächer wurde. Immer seltener hörte sie ein Stöhnen aus seinem Mund. Blut tropfte aus seiner Brust auf den Waldboden, vermischte sich dort mit den Wasserpfützen.

„Melissa." Erneut ertönte das Rufen eines Mogmieds, gepaart mit einem Klimpern. Wenn sie sich nicht täuschte, war es Mogrinan. Nicht stehenbleiben. An jeder Stelle ihres Körpers spürte sie ihren

Herzschlag. Gerade schob sie Arionas Beine über eine Wurzel, die mitten über den Weg wuchs.

„Bleib doch stehen." Ein Blick nach hinten verriet ihr, dass es tatsächlich Mogrinan war. Und er trug ihren Rucksack und die zwei Schwerter. Er kam näher, hatte sie beinahe erreicht. Da riss er überrascht die Augen auf. „Dein Kamerad tropft", rief er aus und stellte sich neben sie.

„Er tropft nicht, er ist verletzt. Ich muss ihn zu einem Arzt bringen", keuchte sie, als sie den Oberkörper von Arionas über die Wurzel hievte.

„Verletzt? In euch drin sieht es ja merkwürdig aus." Mogrinan kam näher und betrachtete die Wunde.

Als er einen Finger hob, zischte Melissa. „Bist du verrückt? Es ist sicher schmerzhaft genug für ihn. Da musst du nicht auch noch darin herumstochern."

Mogrinan trat einen Schritt zurück und senkte den Kopf. Gleich darauf ruckte er wieder auf. „Ich kann helfen." Seine weißen Haare leuchteten auf, als ein Sonnenstrahl darauf fiel.

„Wie? Willst du ihn mit Magie heilen?", fragte sie sarkastisch und ging weiter.

„Genau."

Melissa hielt inne. „Geht das denn? Ich meine, wir sind Menschen? Du weißt doch gar nicht, wie wir aufgebaut sind."

„Das macht nichts. Ich schaffe das. Es ist das mindeste, was ich tun kann." Mogrinan ließ seinen Blick über den Boden huschen, drehte sich um seine eigene Achse. Dann legte er ihre Habseligkeiten vor sich. „Auch wenn Moglan mich dafür hassen wird. Er mag Arionas nicht", schob er murmelnd hinterher. „Ah, da ist es ja schon. Felsenkraut."

Triumphierend rupfte er einige Stängel eines graubraunen Krauts mit gezackten Blättern aus der Walderde und eilte zu Melissa.

„Leg ihn hin“, ordnete Mogrinan an. Ganz vorsichtig senkte sie Arionas Körper auf einen Moosteppich. Sein Gesicht war farblos, was einen Stich in ihrem Herzen verursachte. Schnell kniete sie sich neben Arionas Kopf und strich ihm die nassen Locken aus dem Gesicht. Dann strich sie mit ihrer Hand über seine Stirn.

„Was machst du da?“, erkundigte sie sich.

Mogrinan war im Begriff die Blätter zwischen seinen Händen zu zerreiben. Ein frischer Geruch drang ihr in die Nase.

„Das Felsenkraut hilft uns, wenn wir verletzt sind. Wir durchsetzen es mit Magie und legen den Brei auf die Verletzung. Dadurch verschließt sich die Wunde.“

Er flüsterte noch einige Worte, die Melissa nicht verstand und legte im Anschluss den matschig gekneteten Brei auf seine Wunde. Arionas stöhnte laut auf, als Mogrinan ihn berührte.

„Wie lange dauert es, bis es wirkt?“ Sie wandte den Blick nicht von Arionas ab.

„Bei uns wenige Augenblicke. Aber bei euch kann ich es nicht sagen.“ Mogrinan legte Arionas die Hand auf die Schulter. Melissa nickte ihm dankbar zu. Sie hoffte, dass es helfen würde. Ansonsten hätte sie gerade lebenswichtige Zeit verschwendet. Mit dem Handrücken wischte sie sich den Regen von der Stirn. Die Macht des Amuletts hatte sie abgelegt. Die Augenblicke verstrichen. Verzweifelt versuchte sie sich abzulenken, betrachtete Bäume, die über ihr ragten. Melissa fühlte sich so klein unter diesen Gewächsen. Und so verloren, wenn Arionas wirklich sterben würde.

Tropfen kühlten ihr Gesicht, als sie von den Blättern der Bäume fielen. Arionas lag noch immer still da. Sie biss sich auf die Lippen. Warum rührte er sich nicht? Mogrinan hatte ihm doch geholfen. Der graubraune Brei füllte die Wunde in Gänze aus, aber nichts passierte.

„Warum wirkt es nicht?", rief Melissa verzweifelt aus.

„Ich weiß es nicht. Unsere Körper reagieren von ganz allein auf das Felsenkraut", sagte Mogrinan und hob entschuldigend die Schultern.

„Na großartig. Wegen deinem Hokuspokus habe ich kostbare Zeit verschwendet. Er muss zu einem Arzt", zischte Melissa.

Sie packte Arionas unter der Schulter und zog ihn mit aller Kraft hoch.

„Melissa. Ich wollte nur helfen."

„Vielen Dank dafür", rief sie sarkastisch zurück. „Ohne dich wäre ich jetzt schon am Stein."

„Schrei nicht so, Melissa", hörte sie schwach neben ihrem Ohr.

Vor Schreck hätte sie Arionas beinahe fallen lassen. Schnell griff sie nach. Aus eigener Kraft konnte er sich nicht halten. Seine Augen waren offen, aber die Augenlider flatterten unkontrolliert.

„Bei allen Novensil. Du bist wach. Wie geht es dir?" Langsam ließ sie ihn zu Boden, wo er sich hinsetzte. Als er versuchte, sich mit dem verwundeten Arm abzustützen, brach er zusammen. Melissa setzte sich hinter ihn, stützte seine aufrechte Sitzhaltung.

„Es geht schon“, antwortete er und presste die Lippen aufeinander.

Melissa sah auf die Wunde. Zu ihrer Überraschung war der Brei mit seiner Haut verwachsen. Graubraune Verästelungen zogen sich durch die oberste Hautschicht, als hätte sich das Kraut dort fest verankert. Das Kraut nahm die Farbe seiner Haut an. Ein letzter Rest Grau blieb allerdings zurück. Arionas wollte sich aufrichten.

„Spinn nicht rum. Du bist schwer verletzt“, unterbrach sie ihn und drückte ihn zurück. Entweder wollte oder konnte er sich nicht wehren, aber er ließ sich von ihr herunterdrücken. Erneut schloss er die Augen.

„Eigentlich müsste er sofort wieder laufen können“, bemerkte Mogrinan in einem Moment der Stille.

„Ich glaube, damit warte ich noch einen Moment“, antwortete Arionas.

Melissa sah Mogrinan in die Augen. „Es tut mir leid. Ich hätte nicht an euch zweifeln dürfen. Und danke“, sagte sie. Sie wollte so viel damit aussagen. Die Hilfe für Arionas, das Leben der letzten paar Tage und das Wissen über ihre Mutter. Der Mogmied winkte ab, wirkte aber dennoch äußerst stolz.

„Das hast du nur Genrisal zu verdanken. Sie hat uns und diese Welt geschaffen.“

Melissa zog die Augenbrauen hoch, konnte sich die Macht nicht vorstellen, die zu solch einer Erschaffung nötig war.

„Kannst du eine Trage bauen, die wir hinter uns herziehen können, Mogrinan?“, fragte sie und versuchte das erste Mal darauf zu achten, wie die Sprache der Mogmieds klang. Die tiefe Stimme der Mogmieds war ihr von Natur aus nicht gegeben, aber sie hörte Laute, die sie sehr an das dumpfe Kreischen von Affen erinnerten.

„Glaubst du, du kannst ihn allein zurück in die Siedlung bringen?", erkundigte sich Mogrinan, während blaue Funken über seinen Fingerspitzen tanzten.

„Ehrlich gesagt, will ich zurück in meine Welt. Dort warten Verpflichtungen auf mich."

Sie vermisste Eva und ihren Vater. Wahrscheinlich wären beide bitterböse auf sie, aber da musste sie durch. Zudem musste sie dringend mit ihrer Großmutter reden. Melissa wurde das Gefühl nicht los, dass Lina mehr wusste, als sie zugab.

„Oh nein, wir wollten ein Fest zu deinen Ehren ausrichten. Dank dir können wir wieder in Freiheit leben. Keine Bedrohung mehr durch die Zapfenträger", sagte Mogrinan mit trauriger Miene.

Melissa machte ein zerknirschtes Gesicht und sah zu Arionas. Der hatte die Augen geschlossen und tastete mit den Fingern über die vormals verletzte Stelle. Arionas zuckte zusammen, als er ein wenig fester auf die verschlossene Wunde drückte. Er brauchte Ruhe, kein Fest.

„Das ist nett, aber ich muss zurück."

„Ich verstehe es. Aber Moglan wird sehr enttäuscht sein."

„Warum das denn?" Moglan hatte anfangs solche Angst vor ihr gehabt, dass er ihr kein Wort geglaubt hatte.

„Nun ja, es ist abwegig, aber Moglan hat in dir seinen Demana gesehen", sagte Mogrinan, während er die Trage fertigstellte.

Ihre Miene musste ihre Frage widerspiegeln, denn Mogrinan beantwortete sie, ehe Melissa sie stellen konnte.

„Unser Demana ist der Mogmied, zu dem wir eine besondere Bindung spüren. Derjenigen, mit dem wir unser Leben verbringen wollen."

Melissa lachte auf und Mogrinan stimmte ein. Ein fröhliches Lachen, das ihr Herz erweiterte. Nach all den Ereignissen der letzten Wochen hatte sie bereits geglaubt, dass ihr Herz sich in eine winzige Kammer verwandelt hatte, in der kein Platz für Glück war. Nur für die Schatten und die Dunkelheit, die die Verantwortung als Trägerin mit sich brachten. Aber nun ging es ihr besser. Mogrinans Worte erklärten ihr, warum sich Moglans Auftreten ihr gegenüber so sehr gewandelt hatte und warum er Arionas in einen Stein verwandelt hatte. Er wollte vermutlich nur die Konkurrenz ausschalten. Arionas schmunzelte ebenfalls.

„Du hast Recht, das ist abwegig", sagte Melissa, nachdem sie sich wieder beruhigt hatte. Sie wischte sich eine Träne aus dem Augenwinkel, ehe sie tief durchatmete und aufstand. „Begleitest du mich noch zum Steinquader?", fragte sie Mogrinan.

„Ja, gerne. Ich kann dir auch den Transport von Arionas erleichtern."

Bevor sie etwas sagen konnte, öffnete sich vor ihren Augen ein Durchgang im dicht bewachsenen Wald. Die Wurzeln zogen sich zurück, Büsche machten Platz. Selbst die Bäume schienen ihren Stamm vom Weg fortzubiegen, so dass der Pfad hell erleuchtet war. Fern am Horizont lauerten noch dunkle Wolken, aber vorerst war es der Sonne gelungen, sie zu vertreiben.

Melissa griff sich die Trage und begann Arionas zu ziehen.

„Mich würde echt interessieren, wie das mit der Magie funktioniert“, murmelte Melissa vor sich hin.

„Diese ganze Welt ist voller Magie. Deswegen können wir die Pflanzen fragen, ob sie uns Platz machen. Oder das Felsenkraut, ob es uns heilt.“

„Ihr unterhaltet euch mit Bäumen?“, fragte Melissa belustigt. Sie musste an die Menschen denken, die regelmäßig in den Wald gingen und Bäume umarmten. Aber das konnte sie sich bei den Mogmieds beim besten Willen nicht vorstellen.

„Mit der Magie in ihnen“, schnaubte Mogrinan verächtlich. „Genrisal gab allen Lebenden in dieser Welt Magie.“

So liefen sie eine Weile nebeneinander, unterhielten sich über die Welt der Mogmieds. Als Arionas merkte, dass Melissa ihn transportierte, wollte er aufstehen. Nachdem sie Arionas das dritte Mal ermahnt hatte, liegen zu bleiben, reichte es ihr.

„Du bleibst gefälligst liegen oder ich bitte Mogrinan, dich festzubinden.“

Melissa legte einen dunklen Unterton in ihre Stimme, wollte ihm klar machen, dass sie es ernst meinte. Diesmal schien er es verstanden zu haben, denn er rührte sich nicht mehr, bis sie beim Steinquader ankamen.

„Vielen Dank, Mogrinan, dass du mir geholfen hast“, begann sie sich zu verabschieden.

„Wir stehen in deiner Schuld, Melissa. Gibt es etwas, was ich dir noch schnell herzaubern kann?“

Melissa sah zu Arionas. Ein Vergessenszauber wäre wohl nicht schlecht. Ihr Gefühl sagte ihr immer noch, dass es ein Fehler gewesen war, Arionas zu küssen. Allerdings konnte sie nicht herausfinden, warum. Sie mochte ihn. Da war sie sich ebenfalls sicher. Schließlich schüttelte sie den Kopf. „Ich denke nicht."

„Wie verabschiedet man sich in deiner Welt?", fragte Mogrinan nach einer kurzen Pause.

„Unter Freunden umarmt man sich."

„Sind wir denn Freunde?", fragte Mogrinan und spielte dabei mit den Zehen in den Kieseln.

Zur Antwort legte sie Arionas ab und ging auf den Mogmied zu. Als sie ihn in den Arm nahm, stieß er ein freudiges Glucksen aus. Mogrinan war der erste Mogmied gewesen, den sie auf dieser Welt gesehen hatte. Es schien nur logisch, dass er auch der letzte war. Bevor Melissa die Welt verließ, schüttelte sie noch den Kopf über die Begeisterungsfähigkeit der Mogmieds. Sie hoffte inständig, dass die Mogmieds überleben würden. Vielleicht konnte sie in einigen Monaten mal nach ihnen sehen.

***

Ihr Zimmer. Endlich. Die Dämmerung hatte eingesetzt und färbte den Himmel hellrosa.

„Du musst dich ausruhen. Ich bring dich in dein Zimmer", sagte Melissa und unterdrückte ein Gähnen. Arionas zu stützen war doch anstrengender gewesen, als sie vermutet hatte.

„Schon in Ordnung. Ich glaube, das kurze Stück schaffe ich allein. Geh deinem Vater Bescheid sagen, dass du zurück bist."

Sie zögerte kurz, denn er hatte Recht. Ein paar Schritte und er würde in seinem Bett liegen. „Nein, ich bestehe darauf. Was ist, wenn du hinfällst?"

Arionas richtete sich auf. „Du brauchst keine Angst haben", flüsterte er und strich ihr über die Wange. „Er wird nicht wütend sein. Hätte er die Macht, das Amulett zu nutzen, wäre er vermutlich schon vor langer Zeit zu ihr gereist."

Sie legte ihren Kopf in seine Hand, schloss die Augen. Seine Haut war so weich, so warm. Hier war sie sicher, genau zwischen diesen Fingern. Es fühlte sich richtig an. Melissa öffnete die Augen. Sie kannte ihn erst eine kurze Zeit, aber er schien genau zu wissen, was in ihr vorging. Am liebsten wollte sie ihn dafür anbrüllen, aber seltsamerweise machte es ihn nur noch attraktiver für sie. Melissa drehte sich um.

„Du hast Recht. Ich werde ihm Bescheid sagen", murmelte sie und ließ ihn stehen.

Rasch verließ sie das Zimmer. Sie wandte sich nicht mehr um. Kaum betrat sie den Flur im Erdgeschoss, hörte sie den Fernseher. Vermutlich die zehnte Wiederholung von Stirb langsam, aber Phillip sah sie sich immer wieder an.

„Dad?", fragte sie ins Wohnzimmer.

Ein Rascheln, dann Poltern, als die Fernbedienung herunterfiel. Ruhe. Ihr Vater stand auf, aber Melissa konnte sich nicht überwinden den letzten Schritt ins Wohnzimmer zu machen. Dafür kam ihr Vater umso schneller um die Ecke geschossen.

„Melissa. Gott sei Dank. Du bist zurück." Er schloss sie in seine Arme und presste sie fest an sich, so dass sie durch sein herbes Parfum atmen musste. Sie war froh, wieder zu Hause zu sein. Erst jetzt merkte sie, wie sehr ihr Vater ihr schon in der kurzen Zeit gefehlt hatte. Als er sie endlich losließ, atmete sie durch. Melissa blickte zu Boden, vermied Augenkontakt mit ihm, aber es kam, wie es kommen musste. „Du hast Hausarrest für das nächste halbe Jahr."

Melissa schloss die Augen. Das hatte sie verdient. Vermutlich sogar noch viel mehr. Dennoch musste sie schlucken. Wie gut, dass Eva sowieso oft genug bei ihr war. Da würde das halbe Jahr schnell vorbeigehen.

„Jetzt, da wir die Strafe geklärt haben, erzählst du mir erst mal, wo du warst. Warum trägst du kaum Kleidung? Wo ist Arionas?", fragte er und zog sie aufs Sofa.

„Das ist eine lange Geschichte. Arionas liegt oben und erholt sich von seiner Verletzung." Ihr Vater war gerade dabei den ersten Schritt in Richtung Treppe zu machen, als sie ihn am Arm packte. „Schon gut. Ein Mogmied hat ihn mit Magie geheilt. Er ist nur noch ein wenig schwach." *Hoffe ich zumindest,* schob sie in Gedanken hinterher.

Sie erzählte ihrem Vater die ganze Geschichte, von Anfang an. All das Erlebte laut auszusprechen, erleichterte ihre Gedanken. Kaum erzählte sie von den Geistern, hielt ihr Vater die Luft an. Doch er ließ sie ausreden. Als sie endete, fasste er sich an den Hinterkopf.

„Ich frage mich, wie du damit fertig wirst. Fremde Welten, Geister, Magie. Und du sitzt vor mir, als wäre es das natürlichste der Welt."

Erstaunt hob sie den Kopf. Wenn sie recht überlegt, kam sie besser damit klar, als es eigentlich der Fall sein dürfte. Klar machte sie sich Gedanken, was sie noch alles erwartete, aber gleichzeitig fühlte sich alles so vertraut an, als ob sie es schon ein Leben lang gewusst hatte.

„Vielleicht liegt es mir im Blut, wie es so schön heißt", sagte sie und zuckte mit der Schulter.

Einen Moment lang schwiegen die beiden. Melissa betrachtete ihren Vater. Sein Bart war seit Tagen nicht mehr gestutzt worden. Und seine Augenringe gruben tiefe Schatten in sein Gesicht. Ihr schlechtes Gewissen kam hervorgekrochen und schlug ihr gegen die Stirn.

„Es tut mir leid, dass ich verschwunden bin. Aber ich musste gehen. Immerhin wissen wir jetzt, von wem Mama zuerst entführt worden ist. Dieser Typ im Umhang muss zu den Geistern gehören."

„Ich verstehe dich ja, Melissa. Vermutlich hätte ich nicht anders gehandelt." Das hatte sie bereits geahnt. „Aber du bist erst 17 Jahre alt und begibst dich in Welten, die ich mir nicht einmal vorstellen kann. Das ist viel zu gefährlich. Schon bei deiner Mutter habe ich mir Sorgen gemacht, aber sie war immerhin erwachsen und hatte schon einige Erfahrungen. Du hingegen wusstest vor einem Monat nicht einmal etwas von der Existenz des Amuletts."

„Dad, ich habe eine Aufgabe. Du hast Oma Lina gehört. Es bleibt mir nichts anderes übrig, als den Welten zu helfen", verteidigte sie sich.

„Ja, aber du wurdest nicht in diese Welten gerufen. Dort bist du allein hingereist."

Melissa atmete schwer ein und aus. Er verstand es nicht. Und sie wusste nicht, wie sie ihm das klar machen konnte. Deswegen versuchte sie es auf einem anderen Weg. Sie musste ihn von der Tatsache abbringen, dass sie allein gereist war.

„Hör zu. Ich weiß nicht, was ich mit diesem Wissen anfangen soll. Mama muss diesen Angriff überlebt haben. Immerhin kehrte sie noch einmal zurück zur Erde und deponierte das Amulett in der Katze. Die Frage ist nur, wohin sind die Geister mit ihr als erstes verschwunden?“ Melissa grübelte.

„Die Entführung auf der Welt der Mogmieds kann noch ein Zufall gewesen sein, aber als sie hier erneut entführt wurde, war klar, dass es jemand auf sie abgesehen hat“, bemerkte ihr Vater. Seine Hand spielte in seinem Bart, wie jedes Mal, wenn er angestrengt nachdachte.

„Es muss also einen Grund geben, warum sie sie mitgenommen haben. Wenn ich mal raten darf, dürfte es ihre Tätigkeit als Trägerin des Weltenamuletts betreffen“, sagte sie und zog die Augenbrauen sarkastisch nach oben.

„Wahrscheinlich.“ Ihr Vater stimmte ihr zu. „Was wissen wir über die Entführung deiner Mutter?“, fragte Phillip nach einer Weile.

„Zuerst war sie in dieser frauenhassenden Welt. Von dort wurde sie weggerufen, aufgrund eines weiteren Notfalls. Sie verließ die Stadt und reiste zu den Mogmieds. Dort kam sie an und wurde von den Geistern entf…“ Melissa stutzte. Irgendetwas passte nicht an dieser Geschichte, aber ihr wollte partout nicht einfallen, was es war. Ein Gedanke, der verzweifelt Aufmerksamkeit suchte, aber kein Publikum fand, das ihm zuhören wollte. „… von den Geistern entführt. Vermutlich wurde sie in eine andere Welt gebracht. Sie muss entkommen sein. Dann kam sie nach Hause, versteckte das Amulett und warnte dich. Bevor wir verschwinden können, taucht der Kerl in dem Umhang auf und nimmt Mama mit. Wohin auch immer. Das ist sinnlos.“ Sie stand auf und wanderte durchs Wohnzimmer. „So finden wir Mama nie." Melissa zog das Amulett unter dem T-Shirt hervor, betrachtete es.

„Doch werden wir. Beruhige dich. Immerhin wissen wir jetzt, wie sie das erste Mal entführt wurde. Das ist mehr, als vorher."

„Aber es ist frustrierend. Wozu habe ich dieses verdammte Ding, wenn ich nicht einmal zu einer einzelnen Person reisen kann?" Das Amulett flog auf die Couch und blieb dort neben Phillip liegen. Dessen Körper versteifte sich.

„Du hast es aus gutem Grund, wie du erfahren hast. Vermutlich wirst du noch einige Aufgaben abarbeiten müssen. Immerhin war das Amulett die letzten fünf Jahre auf Eis gelegt."

Etwas, was ihr Vater sagte, ließ sie aufhören. In ihrem Kopf wurde ein Denkprozess angestoßen. Fünf Jahre. Mutter verschwunden. Welt der Mogmieds. Frieden, bis vor zwei Jahren. Melissa hielt die Luft an. Die Mogmieds hatten nie gesagt, dass sie ihre Mutter gerufen hatten. Sie hatten keinen Grund dazu. Außerdem hatten sie das Weltenamulett nicht gekannt. Sie drehte sich auf dem Absatz um und rannte aus dem Wohnzimmer.

„Melissa?", rief ihr Vater, aber da erklomm sie bereits die ersten Stufen. „Wo willst du hin?"

„Dachboden", antwortete Melissa und raste die zweite Treppe hinauf.

Im Vorbeilaufen knipste sie die winzige Lampe am Treppenansatz an. Es gab keinen Grund, warum die Mogmieds Vanessa gerufen haben könnten. Aber wer hatte es dann getan? Ihre Finger strichen über die Backsteine an der Mauer, fühlten die Risse darin. Diese Mauer spiegelte gerade ihr Innerstes wider. Entzweigerissen ob der Frage, wo ihre Mutter war und ob Melissa sie wirklich finden konnte. Sie erreichte die Tür, brach beinahe hindurch, mit so viel Wucht rannte sie dagegen. Wie funktionierte das Bild? Melissa beschloss, keine Zeit zu verschwenden. Kaum berührte ihr erster Fuß den Dachboden, rief sie schon:

„Großmutter? Oma? Ich habe eine Frage."

Hektisch riss sie an dem Laken über dem Gemälde, bis es endlich zum Vorschein kam. Direkt hinter ihr kam ihr Vater durch die Dachbodentür. Sie sah seinen fragenden Blick, achtete aber nicht darauf. Zuerst musste sie wissen, ob es eine Antwort auf ihre Frage gab.

„Was schreist du hier so rum, Kind?", erwachte das Gemälde zum Leben. Linas Abbild begann sich zu regen und aus dem Bilderrahmen zu steigen.

„Wer ruft mich in andere Welten?", fragte Melissa, ohne auf die Frage einzugehen.

„Bringt dir denn keiner Manieren bei?" Die durchsichtige Erscheinung schüttelte den Kopf und warf Phillip einen missbilligenden Blick zu. Dieser setzte gerade zu einer Erwiderung an, aber Melissa blieb hart.

„Wer?", fragte sie harsch und schob nur leise ein kurzes „bitte" hinterher.

„Natürlich die Wesen aus der jeweiligen Welt." Ihre Großmutter winkte ab, als wäre es eine Selbstverständlichkeit. „In jeder Welt stehen Steinquader, die sowohl als Transportpunkt, als auch als Kommunikationsmittel dienen. Dadurch wirst du gerufen."

„Wenn das nicht der Fall ist, wer sonst könnte mich rufen?" Melissas Herz raste. Sie war auf der richtigen Spur, das spürte sie. Ihre Großmutter hielt in ihren ausschweifenden Bewegungen inne.

„Niemand sonst. Das Amulett wurde genau für diesen Zweck geschaffen. Damit die Welten die Trägerin rufen können."

In Melissa keimte ein Verdacht auf. „Was ist mit den Novensil? Sie haben doch das Weltenamulett erschaffen."

„Allerdings. Nun, es wäre möglich, dass sie dich ebenfalls rufen können, schließlich ist es ein göttliches Amulett. Worum geht es hier eigentlich?" Ihre Großmutter stemmte die Hände in die Hüfte.

„Mama wurde in eine Welt gerufen, die nicht nach ihr verlangt hatte. Allerdings warteten in dieser Welt Geister auf sie. Es muss also eine Falle gewesen sein. Und so wie es aussieht, von einem der Novensil." Melissa fühlte sich gerade wie Miss Marple, zumindest was das Enträtseln des Aufenthaltsortes ihrer Mutter anging. Ihre Hand wanderte an die Stirn, massierte diese.

„Sagtest du Geister?", fragte ihre Großmutter nach.

„Ja. Sie sehen so ähnlich aus wie du, nur wenn man sie berührt, dann lähmen sie deine Körperteile. Keine schöne Erfahrung", murmelte Melissa.

„Als ich jung war, habe ich einem Volk geholfen, das unregelmäßig von eben solchen Kreaturen heimgesucht wurde. Sie glaubten, dass es die Seelen der Verstorbenen waren, die im Leben danach Rache für begangenes Unrecht verübten. Ein sehr spirituelles Volk. Ley'alok hießen sie. Ich habe nie herausgefunden, woher genau diese Geister kamen."

„Wie konntest du diesem Volk helfen?", erkundigte Melissa sich.

„Mir fiel nach einiger Zeit auf, dass diese Kreaturen nur in der Nacht angriffen. Ihr Schwachpunkt war das Sonnenlicht. Mittels einer Vorrichtung, die die Ley'alok erbauten, gelang es uns mit Gebeten jederzeit Sonnenlicht zu produzieren. Wie gesagt, die Ley'alok sind ein sehr spirituelles Volk. In meinen letzten Jahren als Trägerin reiste ich erneut zu ihnen. Die Ley'alok hatten in der Zwischenzeit miteinander verbundene Spiegel auf ihrem gesamten Planeten errichtetet, so dass sie nur einen Schalter umlegen mussten und das Sonnenlicht innerhalb kürzester Zeit auch in der Nacht schien."

Melissas Augenbrauen rutschten nach oben. Das hörte sich nach einer unmöglichen Vorrichtung an. So etwas zu bauen, musste ewig dauern. Melissa musste an den Bau der Chinesischen Mauer denken. Das hatte mehrere Jahrhunderte gedauert. Und diese Wesen bauten so etwas Gigantisches in einer Generation?

„Die Welt der Ley'alok ist sehr, sehr klein. Nicht zu vergleichen mit unserer Erde", erklärte ihre Großmutter auf ihre unausgesprochene Frage hin.

„Glaubst du, die Ley'alok wissen, woher die Geister kommen?"

„Vermutlich haben sie eine Ahnung, aber dass sie es wirklich wissen, bezweifle ich."

Melissa dachte nach. *Wenn die Ley'alok mir sagen können, wo die Geister herkommen, könnte ich nach Mama suchen. Vielleicht wissen sie, wer hinter der Entführung steckt.*

„Hast du eine Ahnung, wieso einer dieser Novensil Mama entführen würde?", fragte sie ihre Großmutter.

Diese schüttelte den Kopf. „Es gibt zwölf Novensil und einige Kinder von ihnen. Diese haben Fähigkeiten, die denen der Novensil sehr ähnlich sind. Jeder von ihnen könnte Vanessa entführt haben, aber warum weiß ich nicht. Immerhin waren es die Novensil, die uns mit dem Amulett beauftragt haben. Es gibt keinen vernünftigen Grund für solch eine Entführung. Wir gehören ihnen sowieso schon."

„Keinen den wir kennen", rief Melissa aus und trat gegen das Pult, das unter dem Glockenspiel stand.

„Beruhig dich, Kind", ermahnte ihre Großmutter sie.

„Entschuldige. Es nervt nur, wenn man nicht herausfinden kann, was mit der eigenen Mutter passiert ist."

Melissa bohrte mit dem Finger im Staub, das auf dem Pult lag. Sie strich über die Oberfläche und spürte das splittrige Holz darunter. Nach einem kurzen Moment richtete sie ihren Blick wieder auf ihren Vater.

„Ich weiß, was du fragen willst und die Antwort ist nein", sagte er mit einer ausgestreckten Hand in ihre Richtung.

„Aber …"

„Nein, Melissa. Und diesmal wirst du auf mich hören müssen", sagte er und hob die Hand. Das Amulett baumelte an seinen Fingern. Unwillkürlich fasste sich Melissa an die Brust. Verdammt, sie hatte es aus Trotz aufs Sofa geworfen und vergessen, es wieder umzulegen.

„Dad, das ist nicht fair", erwiderte sie. Melissa konnte es nicht verhindern. Sie klang wie ein bockiges Kind, dem nicht erlaubt wurde, weiter auf dem Spielplatz zu spielen.

„Du bekommst das Amulett erst wieder, wenn du mir versprichst, nicht zu diesen Ley'alok zu reisen."

„Phillip", mischte sich nun ihre Großmutter ein. „Die Ley'alok sind ein friedliebendes Volk, was sich darauf konzentriert, die höchste Ebene des menschlichen Verstandes zu erreichen. Die meiste Zeit des Tages beten sie. Und wenn sie das nicht tun, beackern sie ihre Felder."

„Trotzdem. Es ist bereits gefährlich genug, wenn sie in eine Welt gerufen wird. Da muss sie nicht auch noch die Gefahr suchen, indem sie selbst in fremde Welten reist. Sie ist immer noch meine Tochter" Ihr Vater beharrte auf seinem Standpunkt und so, wie er gerade auf seine Lippen biss, bezweifelte sie, dass sie ihn umstimmen konnte.

„Was, wenn mich eine Welt ruft, während du das Amulett verwaltest?"

„Du wirst schon nicht sofort wieder in eine Welt gerufen werden. Und selbst wenn, wird diese Welt warten müssen. Das haben sie die letzten fünf Jahre auch gemacht."

Melissa blickte ihn zornig an, ballte die Fäuste. Sie wusste nicht, was sie noch erwidern sollte. Er hörte sowieso nicht auf sie. Also lief sie an ihm vorbei, würdigte ihn keines Blickes mehr und stampfte die Stufen herunter.

Arionas stand am Fuß der Treppe und war im Begriff sich hinaufzuziehen. „Geh wieder ins Bett. Du brauchst Ruhe", schnauzte sie ihn an und ließ auch ihn stehen.

„Was ist passiert?", fragte er, drehte sich um und kam ihr hinterher. Melissa knallte ihm die Tür vor der Nase zu, doch das hielt ihn nicht auf. „Hei", rief er nur, als er sie wieder öffnete und eintrat. In vollem Lauf schmiss sich Melissa bäuchlings aufs Bett. Einen Moment lang blies sie ihre Luft in die Kissen, bevor sie wild auf das Bett einprügelte und mit den Füßen trat. Gleichzeitig schrie sie ihre Wut in den Stoff. Als sie wieder einmal Sauerstoff brauchte, setzte sie sich ruckartig auf und gestikulierte wild in Arionas Richtung.

„Da will man etwas Gutes tun. Will die eigene Mutter, seine Frau, finden. Und was bekommt man als Dank? Er hat mir das Amulett abgenommen." Arionas setzte sich auf den Rand ihres Bettes. Er nickte verständnisvoll. „Bald verbietet er mir auch noch zur Schule zu gehen oder zu atmen", übertrieb sie. Ihre Stimme wurde dabei laut und quietsche.

Arionas nahm ihre rechte Hand und hielt sie zwischen seinen. Mit dem Daumen strich er zärtlich darüber. „Er meint es gut. Ich kann ihn verstehen. Phillip …" Er stockte kurz. „Phillip will dich vor Gefahren bewahren."

„Soll ich ihn etwa in die Welten mitnehmen? Das kann ich nicht machen, es ist zu …" Melissa stockte. Arionas hatte Recht. Sie machte sich Sorgen um ihren Vater. Er besaß keine Waffen, würde sich nicht verteidigen können. „Okay, ich verstehe, warum er sich Sorgen macht, aber das braucht er nicht. Ich kann mich verteidigen."

„Das ist es ja. Dein Vater weiß nicht, welche Fähigkeiten in dir verborgen liegen. Er hat nie gesehen, wie du dich oder mich verteidigst", erklärte Arionas eindringlich.

„Was schlägst du vor? Soll ich ihn angreifen und es ihm zeigen?", fragte sie ironisch.

„Natürlich nicht." Arionas schüttelte den Kopf. „Habt ihr Kämpfe auf der Erde? Gibt es Tage, an denen ihr eure Kräfte messt?"

Melissa überlegte, genoss noch einen Moment das Streicheln auf ihrer Haut, ehe sie eine Strähne aus ihrem Gesicht strich und ihm so die Hand entzog.

„Ich glaube nicht." Von den olympischen Spielen wollte sie ihm lieber nicht erzählen. Wie sähe es aus, wenn sie antrat und alles gewann. Nein, sie würde etwas anderes finden müssen, um ihren Vater zu überzeugen. Bis dahin brauchte sie jedoch Ruhe. „Du hast eine schwere Verletzung. Sieh zu, dass du dich ausruhst, sonst zwing ich dich dazu", ermahnte sie ihn spielerisch.

Arionas lachte, gab ihr einen Kuss auf die Wange und stand auf. „Gute Nacht." Er schenkte ihr ein Lächeln, bei dem ihr Herz einen Sprung machte, dann verließ er das Zimmer. Kaum war er raus, ließ sie sich in die Kissen fallen und stöhnte auf. Was war nur los mit ihr? Einerseits wollte sie nichts lieber, als durch seine Haare fahren, ihm über die Wange streichen. Sobald sie an den Kuss dachte, fühlte sie seine Lippen wieder. Sie wollte noch einmal das Kribbeln spüren, das sogar ihre Knochen vibrieren ließ. Aber gleichzeitig wollte sie vor ihm davonlaufen.

„Wie kann ein Mensch nur so widersprüchliche Empfindungen in einem Körper beherbergen?", murmelte sie in sich hinein und seufzte. „Scheiß Hormone!"

KAPITEL 18

Der nächste Tag verlief nicht sonderlich erfolgreich für Melissa. Sie merkte, dass sie in den letzten Wochen in der Schule einiges verpasst hatte. Sie hinkte mit dem Stoff hinterher. Eva war wütend und ließ das Melissa durch eisiges Schweigen spüren. Nicht mal ein Blick von ihrer besten Freundin war ihr vergönnt. Und Arionas hatte sie zu Hause gelassen, damit er sich erholen konnte. So musste sie den kompletten Tag allein verbringen. Niemand unterhielt sich mit ihr. Es erinnerte sie schmerzlich an die Zeit auf der Gefangeneninsel, als sie aus der Gemeinschaft ausgeschlossen worden war. Melissa wollte am liebsten sofort wieder verschwinden.

Als die Schule endlich vorbei war, rannte Melissa zu ihrem Rad. *So schnell wie möglich weg,* dachte sie immer wieder. Kette aufschließen, Fahrrad aus dem Ständer ziehen. Melissa war geübt, im schnellen Verschwinden. Bisher aber meist, um dem großen Andrang im Fahrradständer zu entkommen, wenn alle Schulschluss hatten. Diesmal wollte sie einfach nur allen davonlaufen.

„… ist in letzter Zeit so oft krank“, hörte sie eine Mädchenstimme. Allerdings konnte sie der Stimme kein Gesicht zuordnen.

„Ja, aber hast du sie dir heute mal angeguckt? Sie sieht schrecklich aus, als ob sie vierundzwanzig Stunden durchgängig wach bleibt“, antwortete eine weitere Stimme.

„Meinst du, sie hat was Ernstes? Krebs oder sowas?“

„Wer weiß, sie war schon vorher seltsam. Vielleicht ist sie auch einfach verrü…“ Die Stimme versiegte, als sie um die Ecke zum Fahrradständer bogen. Melissa sah ihre beiden Klassenkameradinnen an und lächelte. Beide lächelten unsicher zurück, fuhren sich beinahe zeitgleich durch die mit blonden Strähnen durchzogenen Haare. Am liebsten wollte sie den beiden ihr Fahrrad entgegenwerfen, aber dazu fehlte ihr die Kraft des Amuletts. Also konzentrierte sie sich darauf immer wieder denselben Satz im Kopf zu sagen. *Ich habe zwei Welten im letzten Monat gerettet, während ihr euch die Fingernägel lackiert habt.* So gelang es ihr, an den beiden vorbeizugehen, keinen Ton zu sagen und sich dann aufs Rad zu schwingen.

„Glaubst du, sie hat uns gehört?“

Melissa schluckte den Kloß in ihrem Hals herunter. Ihr war bewusst, dass sie nicht sonderlich beliebt in ihrer Klasse war, aber das in aller Deutlichkeit zu hören, war etwas völlig anderes.

„Und wenn schon“, antwortete die Zweite. „Hast du ihr dämliches Grinsen gesehen?“

Melissa ärgerte sich. Vor ein paar Wochen hätten ihr solche Bemerkungen nicht die Brust zugeschnürt, nicht die Luft zum Atmen genommen. Aber seitdem sie das Amulett gefunden hatte, war sie emotionaler geworden. Auch wenn es kindisch war, aber sie wünschte den beiden einen Platten, den sie nicht so schnell repariert bekamen. Dann bog Melissa um die Straßenecke.

Erst die Stille und Ungleichmäßigkeit der Wände im Maschinenraum beruhigten sie. Melissa lag in ihrem Bett, starrte auf die Zahnräder an der Decke. Auf Hausaufgaben konnte sie sich nicht konzentrieren. Es störte Melissa, dass Eva wütend auf sie war. Würde sie ihre beste Freundin jetzt verlieren? Es klopfte an der Tür.

„Darf ich eintreten?", fragte Arionas durch die Tür.

Melissa überlegte einen Moment. Wollte sie ihn jetzt sehen? Konnte sie den Gedanken an ihren ersten und zweiten Fehler als Trägerin verkraften, wenn sie dabei war, einen dritten Fehler zu machen? Sie wollte Eva nicht verlieren, weil sie ihr nicht die Wahrheit sagen durfte. Aber das Amulett konnte sie auch nicht so einfach aufgeben.

„Herein", rief sie endlich.

„Melissa, ist alles in Ordnung? Du sahst so traurig aus, als du aus der Schule kamst."

„Eva ist wütend auf mich", entglitten ihr die Wörter, ehe sie den Auftrag dazu erteilte.

„Ich verstehe", sagte er und nickte.

„Sie redet nicht mit mir, sieht mich nicht mal an." Melissa warf die Hände in die Luft. „Als ob ich irgendetwas falsch gemacht hätte."

„Und was sollte das sein?"

Melissa blies ihre Wangen auf und presste die Luft zwischen ihren geschlossenen Lippen heraus. „Ich habe das Amulett, erlebe unglaubliche Dinge und erzähle es nicht meiner besten Freundin."

„Und warum erzählst du ihr nichts?", fragte er leise.

„Weil sie mich für verrückt erklären würde. Auf der Erde kennt niemand die Geschichte des Amuletts. Ich müsste sie schon mit in eine andere Welt nehmen, damit sie mir glaubt."

„Verstehe", antwortete er ruhig. Es dauerte einen Moment, ehe er weitersprach. „Und was hindert dich daran?"

„Die Worte von jemandem." Melissa erzählte ihm von dem alten Mann, der sie auf der Heimreise von Traveste zur Erde abgefangen hatte. Dass er sie gewarnt hatte, jemandem von ihrer Aufgabe zu erzählen.

Beide lagen auf dem Bett und schwiegen. Sie hatte gut daran getan, Arionas hereinzubitten. Ihr Herz schmerzte nicht mehr wie ein frischer Bluterguss auf der Haut.

„Woher weißt du, dass er jemand Gutes war? Vielleicht will derjenige dich manipulieren."

„Daran habe ich noch gar nicht gedacht." Melissa stöhnte und drehte sich auf den Bauch. „Na ja, er hat mich nicht angegriffen und mir einige Hinweise gegeben."

„Was, wenn er dich nur manipulieren wollte? Stell dir vor, er hat vor, dich zu einer einsamen, jungen Frau zu machen, die niemanden hat, der sie unterstützt."

Melissa wollte etwas erwidern, doch schließlich seufzte sie. „Muss das alles so kompliziert sein?"

„Ich denke, du trägst bereits eine starke Bürde mit dir herum. Da musst du dir nicht noch eine weitere auferlegen."

„Meinst du, ich soll es ihr sagen?", fragte sie und wandte ihr Gesicht in seine Richtung. Arionas drehte sich auf die Seite, so dass ihre Köpfe nah beieinander lagen. Zu nah, aber sie hielt seinem Blick stand, schaute nicht weg oder wandte sich ab.

„Ich möchte dir zu nichts raten, was dich quält", antwortete er und Melissa spürte, dass er auswich.

„Arionas, ich bitte dich um deine ehrlich Meinung. Wenn du an meiner Stelle wärst, wie würdest du handeln? Sprechen oder schweigen?" Melissa sah, wie sein Blick zwischen ihren Augen hin und hersprang und schließlich beim rechten, dem Blauen, hängen blieb.

„Wäre ich an deiner Stelle, würde ich es ihr sagen wollen. Eure Leben scheinen eng miteinander verbunden zu sein und es quält dich, nicht mit ihr sprechen zu können." Er hob die Hand, die bis dahin still auf seiner Hüfte gelegen hatte, und strich über ihre Wange.

Er hatte Recht. Immerhin ging es um ihre einzige Freundin. Und die wollte sie nicht verlieren.

„Ich sage es ihr, aber ich warte den richtigen Zeitpunkt ab. Es klingt ein wenig blöd, wenn ich ihr frei heraus sage: Ach übrigens, ich reise in weit entfernten Welten und helfe fremden Menschen mit den göttlichen Kräften aus diesem Amulett. Nachher glaubt sie noch, ich würde sie verarschen."

Seine dunklen Augen banden ihren Blick an seinen. Zärtlich glitt seine Hand über ihre Haut. Melissa konnte nicht mehr klar denken, wollte die Hand am liebsten an ihrer Wange binden. Was war nur los mit ihr?

„Soll ich mitkommen? Ich verstehe zwar kein Wort, aber ..."

„Nein, das muss ich allein machen. Aber danke für das Angebot." Ihre Stimme klang weich, fast verführerisch. Ihre Wangen verwandelten sich in glühende Hochöfen. *Jetzt ist Schluss,* beschloss sie und setzte sich ruckartig auf. Die Stimmung verflog sofort. Das Kribbeln verschwand, als seine Hand von ihrem Gesicht rutschte.

„Entschuldige, ich muss Essen kochen. Phillip kommt bald nach Hause und du solltest dich ausruhen", murmelte sie. Ein Wall baute sich rasend schnell in ihr auf. Sie nahm Anlauf, ehe er unüberwindbar wurde. Melissa versuchte aus ihrem Bett zu klettern, was sich als schwierig erwies, da Arionas die gesamte Länge einnahm. Ihr blieb nichts anderes übrig, als über ihn zu klettern.

„Melissa?", fragte er irritiert, während sie umständlich ihr Bein nachzog.

„Du kannst auch hier liegen bleiben, wenn du möchtest." Endlich. Das Bett hatte sie hinter sich gelassen. Arionas setzte sich im Bett auf, während sie die Treppe hinab in die Küche lief. Dort angekommen, atmete sie das erst einmal richtig durch. Mit aufgestützten Armen und geschlossenen Augen stand sie vor dem Küchentisch. In ihren Ohren rauschte es. So etwas hatte sie noch nie gefühlt. Nicht einmal ihrem Jugendschwarm Frederik gegenüber. Es war, als ob es ein Loch in ihrer Seele gab, das er füllte. Bisher hatte sie dieses schmerzhafte Loch immer ihrer zu früh gestorbenen Mutter zugeschrieben. Aber in seiner Nähe war es, als ob er das fehlende Stück ihrer Seele war. Sie fühlte sich vollständig. Solche Gefühle waren Melissa fremd, machten ihr Angst, ließen ihre Atemfrequenz in die Höhe schießen.

Schritte holten sie aus ihren Gedanken.

„Melissa, habe ich etwas falsch gemacht?", flüsterte Arionas. Aus dem Augenwinkel und zwischen ihren Haaren hindurch sah sie, dass er Abstand zu ihr hielt.

Noch immer stand sie vornübergebeugt über dem Tisch. Einatmen. Ausatmen. Aufrichten. Melissa gab sich in Gedanken Befehle, in der Hoffnung, dass ihr Körper gehorchte.

„Nein. Es ist alles okay. Willst du mir beim Kochen helfen?", fragte sie und zwang sich zu einem Lächeln, als sie es schaffte, ihn anzusehen.

Seine Augenbrauen wanderten aufeinander zu. Nur sehr zögerlich nickte er und stellte sich neben sie. Melissa war dankbar, dass er nicht weiter nachfragte.

Zuerst sagte keiner der beiden ein Wort, ein grausames Schweigen herrschte, während sie die Paprika schnitten. Die Stimmung in der Küche war hauchdünn wie eine Glasscheibe, die sofort zersprang, wenn man sie nur ansah.

Melissa wollte einen Gemüseauflauf machen. Da Arionas ihr helfen wollte, musste sie notgedrungen mit ihm reden. Nach einer Weile kam es Melissa nicht mehr allzu gezwungen vor. Dennoch fühlte sie sich unwohl. Im Hintergrund lief eines der Radios ihres Vaters. Als ihr Vater endlich nach Hause kam, atmete Melissa erleichtert auf.

„Hi Dad, wie war es auf der Arbeit?", stürzte sie sich sofort auf ihn.

„Wie immer", antwortete Phillip verwirrt, formulierte es wie eine Frage. „Es riecht gut. Ich brauche dringend etwas zu essen, sonst kann ich heute Abend nicht das neue NAS anschließen."

Während ihr Vater den Tisch deckte, holte sie den Auflauf aus dem Backofen.

„Wie geht es ihm heute?“, fragte ihr Vater leise und nickte in seine Richtung.

„Gut. Wieso?“, sagte sie ein wenig zu schnell. Phillip sah sie misstrauisch an.

„Verheilt seine Wunde? Oder sollten wir einen Arzt aufsuchen?“

„Nein, ich denke nicht, dass er einen Arzt braucht. Wir haben ja nicht mal eine Versichertenkarte für ihn.“

„In Ordnung, aber hab ein Auge auf ihn. Ich frage mich immer noch, wie der Junge das aushält. Seine Familie ist tot und er hilft dir beim Kochen. Ich wünschte, du wärst damals so hilfreich gewesen.“ Phillip schmunzelte.

Verstört blickte sie ihren Vater an. Das konnte er nicht ernst meinen. Als sie nichts sagte und ihr Kinn nicht anheben konnte, um ihren Mund zu schließen, bemerkte er scheinbar seinen Fehler.

„Nein, so war das nicht gemeint.“ Sofort hob er die Arme in einer Abwehrhaltung vor die Brust. „Es war nicht so gemeint“, wiederholte er sich.

„Dad, ich habe jahrelang geglaubt, dass Mama tot war. Ich dachte, ich sehe sie nie wieder. Glaubst du ernsthaft, ich hätte dir mit 12 Jahren kochen helfen können?“, rief sie fassungslos.

Auch wenn ihr Vater es nicht verdiente, ließ sie ihre Wut an ihm aus. Die, die sich eigentlich gegen sie selbst richtete, weil sie nicht wusste, was sie wollte.

„Da hast du Recht, aber nicht in diesem Ton, Melissa!“

Sie knirschte mit den Zähnen. „Entschuldige“, brachte sie heraus, ehe sie an ihm vorbei stürmte.

„Willst du nicht mit …“

„Keinen Hunger“, knurrte sie, bevor sie die Küche verließ. Arionas kannte sie zu gut für ihren Geschmack und ihr Vater machte Scherze über den vermeintlichen Tod ihrer Mutter.

Sie hörte auf der letzten Stufe wie ihr Vater sie rief, aber sie ignorierte ihn. Am liebsten wollte sie wieder zu den Mogmieds. Dort war das Leben unkompliziert gewesen. Keiner zwang sie zur Schule, obwohl sie ihre Mutter suchen müsste. Sie schlug gegen die angelehnte Zimmertür, so dass diese mit lautem Krachen gegen die Wand dahinter schlug. Melissa warf sich aufs Bett, spürte dem Pochen in ihrem Hals nach.

„Verdammt“, murmelte sie und presste ihre Fäuste auf die Augen. Sie hatte keine Ahnung, wie sie sich verhalten sollte. Weder ihrem Vater gegenüber, noch Arionas. Am liebsten wollte sie beiden einen kräftigen Tritt verpassen. Nichts anderes hatten sie verdient. Beide Männer hatten ihr etwas weggenommen und dafür hasste sie sie in diesem Augenblick. Die Einzige, die sie sonst immer angerufen hatte, wusste nichts von ihrer Misere. Geschweige denn, würde es verstehen.

Oder doch? Melissa war sich nicht sicher, wie Eva reagieren würde. Aber sie würde es nie herausfinden, wenn sie es nicht versuchte. Nach einer Weile griff sie zu ihrem Handy und wählte Evas Nummer.

Das Klingeln machte sie nervös. Was, wenn sie nicht mit ihr sprechen wollte? Einfach nicht abnahm oder Melissa sofort wegdrückte, sobald …

„Hallo?“

„Eva? Ich … ähm … muss mit dir reden“, stotterte Melissa ins Handy.

„Ach, jetzt auf einmal?“ Ihre Stimme klang leise, gleichzeitig glaubte Melissa ein Echo zu hören.

„Hör zu, es tut mir leid. Kannst du vorbeikommen?“ Melissa hatte ihre Stimme nicht unter Kontrolle. Diese schwankte, als säße sie auf einem Boot mit außergewöhnlich starkem Seegang.

„Vergiss es.“ Das Echo war verschwunden. Dafür konnte Melissa ihre beste Freundin umso deutlicher verstehen.

„Eva“, flehte Melissa in ihr Handy. Sie spürte, wie die Tränen in ihr aufstiegen. Mühsam unterdrückte sie diese während sie sich aufrichtete. „Ich will dir sagen, was los ist.“

„Ach Mensch, Melissa will mir endlich erzählen, warum sie beinahe einen Monat vom Erdboden verschwunden war. Ich bin gerührt.“

Melissa biss sich auf die Unterlippe. „Bitte Eva, ich muss mit dir reden, sonst werde ich wahnsinnig.“

„Tja …“ Eva ließ den Satz unvollendet, bevor sie auflegte. Melissa hielt inne. Ihr Handy hielt sie weiterhin an ihrem Ohr. Sie konnte, wollte nicht glauben, dass ihre beste Freundin sie so einfach sitzen ließ.

Melissa legte sich zurück, wollte sich beruhigen, aber es war sinnlos. Nicht auch noch Eva. Minutenlang kämpfte sie gegen ihr Unwohlsein. Sie ging ins Bad.

Ihrem Spiegelbild sah sie die Belastung an. Der Spiegel in Verbindung mit dem grellen Licht des Badezimmers zeigte ihr jemanden, den sie nicht sehen wollte, jemanden, den sie bisher verdrängt hatte.

Um ihre Augen zeichneten sich dunkle Ringe. Ihre Augenlider hingen träge herunter. Selbst der Glanz ihrer beiden unterschiedlich farbigen Augen ließ nach. Obwohl, wenn sie genau hinsah, wirkte nur das Braune matt und müde. Das Blaue schien das Licht des Deckenstrahlers zu reflektieren und … zu leuchten.

Melissa schüttelte den Kopf, schloss kurz die Lider und sah dann wieder in den Spiegel. Es war verschwunden. *Wahrscheinlich werde ich wirklich verrückt*, dachte sie, spritzte sich noch ein letztes Mal Wasser ins Gesicht und lief zurück in ihr Zimmer.

***

Sie sah ihre Mutter in einer Ecke hocken. Warum war sie so verängstigt? Geister. Überall. Sie griffen nach ihrer Mutter. Vanessa streckte verzweifelt ihre Hand nach ihr aus. Melissa kämpfte sich vorwärts. Gerade als sie die Finger ihrer Mutter berührte, verwandelte sich diese. Sie wurde durchsichtig, wurde ein Geist. Melissa schrie auf, wollte verschwinden, stolperte rückwärts. Ihre Mutter schwebte auf sie zu, die Hände auf sie gerichtet. Melissa fiel auf harten Steinboden, schrammte sich die Ellbogen auf. Die durchsichtigen Arme kamen näher, wollten nach ihr greifen, wollten Melissa verwandeln. Erneut schrie sie auf …

… und erwachte.

Ruckartig setzte sie sich auf. Ihre Kehle war rau, als hätte sie tatsächlich gerade geschrien. Ihre Bettdecke war feucht vom Schweiß. Hektisch blickte sie sich um, suchte ihre Mutter, die Geister. Doch da war niemand. Melissa war allein. Dennoch beruhigte sich ihr Herz nicht. Ihr Vater riss die Tür auf. Erst jetzt spürte sie das taube Gefühl in ihrem rechten Bein, als ob … als ob ein Geist hindurch gefahren war. Aber das war nicht möglich. Sie waren nicht hier.

„Ist alles in Ordnung?", fragte er leise, als er sich an die Kante setzte.

Melissa nickte, doch während sie das tat, merkte sie, dass es nicht stimmte. Daraufhin schüttelte sie den Kopf. Ihr Vater machte die Nachttischlampe an. Geblendet sah Melissa zur Seite.

„Ich kann das nicht. Ich kann Mama nicht in den Händen der Geister lassen", schluchzte sie. „Sie leidet, während wir hier ein entspanntes Leben führen. Ich kann sie befreien, das spüre ich. Sobald ich weiß, wo Mama ist, kann ich sie nach Hause holen. Wir wären wieder eine Familie. Mama lebt. Bitte gib mir mein Amulett wieder. Bitte, lass mich ihr helfen", bettelte sie, überschlug sich mit den Wörtern.

„Ich gebe es dir morgen früh wieder. Aber du musst mir eines versprechen." Er atmete tief durch. Melissas Körper versteifte sich. „Du meldest dich bei mir ab. Außerdem machst du dich nur am Wochenende auf die Suche und kommst Sonntagabend wieder. Wenn du etwas auf der Spur bist, muss es bis zum nächsten Wochenende warten. Noch mehr des Schulstoffs darfst du nicht verpassen. Ist das klar?", fragte er eindringlich.

„Ja, klarer als klar", stimmte sie übereifrig zu, ehe er es sich anders überlegte. Das war ein Anfang.

„Außerdem will ich nicht, dass du unnötige Risiken eingehst. Arionas wird dich immer begleiten, verstanden?"

Melissa stockte kurz. Wenn ihr Vater wüsste, dass Arionas im Moment das größte Risiko für sie war, würde er sicher nicht so entscheiden. Aber erzählen würde sie ihm das nicht. *Irgendwann wird er sowieso erfahren, dass ich mit Arionas verheiratet bin*, dachte sie, sandte aber gleichzeitig ein Stoßgebet gen Himmel.

„Ich pass auf mich auf, Dad, versprochen."

Er legte seine Hand auf ihre und streichelte ihren Handrücken. Dann nickte er ihr zu und stand auf. „Versuch noch ein wenig zu schlafen. In ein paar Stunden musst du wieder zur Schule."

***

Während der ersten Deutschstunde von Arionas, war Melissa abgelenkt. Sie konnte nicht über Eva nachdenken, da ihre Lehrerin mit einem Feuereifer dabei war, Arionas die deutsche Sprache beizubringen. Melissa fand es lächerlich, wie sie sich freute, nur weil er das Wort Baum korrekt aussprach. Allerdings musste sie ihrer Lehrerin zugutehalten, dass Arionas ein fleißiger Schüler war. Innerhalb der ersten beiden Stunden des Unterrichts, lernte er bereits sich vorzustellen und sein Geburtsdatum zu sagen. Er fragte Melissa allerdings zuerst, welches Datum es wäre, da er im dritten Mond des vierhundertsten Jahres geboren worden war. Da er achtzehn Jahre alt war, dachte sich Melissa ein Datum aus.

Die restlichen Stunden vergingen ereignislos. Eva redete nicht mit ihr, dafür brachte sie Arionas in den Pausen weitere Wörter bei. Schwierig wurde es immer nur dann, wenn sie das Sprachenwirrwarr nicht unter Kontrolle hatte. Meistens kam Eva gerade in ihren Sichtbereich oder sie musste an ihre beste Freundin denken.

Als sie zum Sport gingen, wurde Arionas jedoch seltsam still. Anfangs störte es Melissa nicht. Sie war froh, in Ruhe nachdenken zu können, aber schließlich reagierte er gar nicht mehr.

„Was ist los?“, fragte sie und hielt ihn am Oberarm fest. Dabei berührte sie seinen angespannten Muskel.

„Es ist mir ehrlich gesagt unangenehm.“ Arionas sah sich unauffällig um. „Ich bin nicht besonders gut in Sport. In meiner Klasse war ich einer der schlechtesten.“

Seine Wangen wurden puterrot und er senkte den Kopf. Melissa wartete darauf, dass er noch etwas sagte, aber Arionas schwieg. „Das war's? Das bedrückt dich?“, fragte Melissa mit offenem Mund.

Ihr Begleiter nickte, wagte nicht, den Blick zu heben. Sie suchte seinen Blick, streichelte einfühlsam seinen Arm.

„Da musst du dir wirklich keine Gedanken machen“, sagte sie. Er war sportlicher als so mancher Profisportler. „Glaub mir, du wirst hier zu den Besten gehören, nach allem, was ich von dir bisher gesehen habe.“

Nachdem sie sich umgezogen hatte, wartete sie auf Arionas. Einige Klassenkameradinnen liefen an ihr vorbei, rempelten sie aus Versehen an. Wahrscheinlich hatte sich rumgesprochen, dass sich Eva mit ihr gestritten hatte. Melissa konnte sich denken, dass viele jetzt keine Hemmungen mehr hatten, sie zu ärgern.

„Was macht ihr denn in eurem Sportunterricht? Schwertkampf schließe ich aus, aufgrund der Tatsache, dass wir keine ausreichende Schutzbekleidung tragen“, sagte er und sah an sich hinab.

„Wir werden vermutlich Leichtathletik machen, aber ich war die letzten Wochen nicht da. Also, keine Ahnung. Lass dich überraschen.“

Melissa kam auf einmal eine Idee. Bei jedem Schritt schlug das Amulett gegen ihre Brust. Wenn sie schon diese Aufgabe aufgedrückt bekam, konnte sie genauso gut davon profitieren. Egal welche Sportart heute anlag, mit dem Amulett würde sie diese sicher besser beherrschen als jeder andere. Sie grinste in sich hinein.

„Guten Morgen", begrüßte der Lehrer sie auf der Laufbahn. Melissas Grinsen wurde größer. Selbst ohne das Amulett hatte sie in den letzten Wochen reichlich Erfahrungen im Laufen gesammelt. „Wir werden heute mit dem Training für die Laufabzeichen anfangen. Jeder, der solch eines erhalten will, muss gewisse Rundenzeiten erreichen. Lauft so schnell ihr könnt und so lange ihr könnt. Ich sage euch hinterher, welches Abzeichen ihr erreicht hättet."

Arionas blickte unsicher zu den anderen Jungs, die sich bereits aufwärmten.

„Mach dir keine Sorgen. Bleib einfach bei mir, dann wird das schon." Mit einem Lächeln versuchte sie ihn aufzuheitern, aber trotzdem schaute er immer wieder auf die durchtrainierten Beine von ihren beiden Nachbarn. Melissa hätte Arionas in diesem Moment sagen können, dass die beiden seit Jahren Fußball spielten und gar nicht so erfolglos. Aber so würde er sich vermutlich mehr anstrengen.

Sie nahm sich vor, die gesamte Stunde durchzulaufen, aber auf die Krämpfe hinterher hatte sie keine Lust. Also wärmte sie sich auf. Dazu überließ sie sich bereits der Macht im Amulett. Melissa war dankbar, dass sie es langsam in den Griff bekam, ihre Gedanken währenddessen weiterhin zu kontrollieren. Und sie spürte, dass es dringend notwendig war, sich zu bremsen, denn ihr Körper wollte zum Aufwärmen Saltos machen.

„Versuch mit mir mitzuhalten", flüsterte sie Arionas zu, als sie an die Startlinie gehen sollten. Im Augenwinkel erkannte sie Arionas irritierten Blick.

„Auf die Plätze …"

Sein Blick wanderte zu ihrer Brust.

„Fertig …"

„Melissa, du kannst nicht …"

„Los!"

Melissa rannte. Die gesamte Stunde durch. Mit Arionas an ihrer Seite flog sie über die Tartanbahn und fühlte sich so frei, wie schon lange nicht mehr.

Als sie die Pfeife hörte, die alles beendete, wollte sie die Kraft des Amuletts abstreifen, aber sie hatte Angst, zusammenzubrechen und mit Krämpfen auf dem Boden zu liegen. So wollte sie sich ihren Klassenkameraden sicher nicht präsentieren.

„Ich weiß nicht, wie du das gemacht hast", empfing ihr Lehrer sie.

„Naturtalent", antwortete sie und zuckte mit den Schultern.

„Dann hat das Talent aber lange auf sich warten lassen. Du bist unglaubliche 28 Runden gelaufen. Genauso wie dein Freund hier."

Der Blick ihres Lehrers war sowohl misstrauisch, als auch voller Bewunderung. Als Melissa das sah, wandte sie sich zu Eva um. Diese sah Melissa mit zu Schlitzen verengten Augen an. Das erste Mal, seitdem Melissa ihre beste Freundin kannte, strahlte sie Hass aus. Das Hochgefühl über ihren Sieg verschwand sofort wieder. Gleichzeitig verlor Melissa den Kontakt zum Amulett. Innerhalb eines Augenblicks veränderten sich ihre Empfindungen maßgeblich. Anstelle von einem ruhigen Puls, schwoll ihr Herz an, pochte überall in ihrem Körper. Sie spürte, wie der Schmerz in ihr empor kroch. Langsam, aber stetig. Selbst die Luft schien von Schmerz erfüllt zu sein. Mit jedem Atemzug atmete sie ihn ein. Sie drehte den Kopf zu Arionas.

„Bring mich bitte weg. Schnell." Es gelang ihr kaum, ihre Stimme unter Kontrolle zu halten. Ihre Gesichtsmuskeln wollten ihr einen Strich durch die Rechnung machen und sie verraten.

Nein, nicht vor allen anderen! Das durfte nicht passieren. Arionas packte ihren Arm, ohne weiter nachzufragen. In dieser Sekunde verabschiedete ihr Lehrer sie ins Wochenende. So schnell Melissa konnte, floh sie mit Arionas vor ihren Klassenkameraden. Mit ihrer freien Hand zog sie sich am weißen Geländer entlang, die als Feldbegrenzung diente. Ihre Finger waren über und über mit Farbsplittern beklebt. Kurz vor der Kabine, erfasste sie ein Krampf in der Hüfte. Melissa stöhnte auf. Bis zur Kabine schaffen. Dort auf die Toilette. Wenn ihr das gelang, konnte sie sich zusammenrollen und warten, bis die Krämpfe vorbei gingen. Niemand würde sie vermissen.

„Warte vor dem Sportplatz auf mich, Arionas", presste sie zwischen ihren Zähnen hervor.

„In Ordnung."

Vor allen anderen Mädchen schaffte sie es in die Umkleidekabine, kramte unter Stöhnen ihre Kleidung zusammen und schloss sich auf einer Toilette ein. Eine Viertelstunde dauerten die Krämpfe an, die sie nur ertrug, weil niemand sie erwischen sollte. Dafür konnte sie durch den Schmerzschleier zumindest einem Teil der Gespräche der Mädchen belauschen.

„... für ein Auftritt?", hörte sie eine Klassenkameradin sagen. „Naturtalent? Pah, die kann doch überhaupt nichts."

„Das würde ich so nicht sagen", mischte Eva sich ein. Melissa war ihrer besten Freundin dankbar. Auch wenn sie sauer war, setzte sie sich noch für sie ein. Es half ihr dabei, die Schmerzen zu ertragen.

„Jetzt verteidigst du sie auf einmal. Warum habt ihr euch eigentlich gestritten?", fragte die erste erneut.

„Das geht nur Melissa und mich etwas an." Dumpf hörte Melissa, wie jemand rasch seine Sachen packte. Das musste Eva sein. Nur sie war so laut beim Zusammenpacken ihrer Kleidung.

„Ist auch egal. Endlich hast du gemerkt, dass sie ein Freak ist. Ist euch eigentlich aufgefallen, dass sie schon das zweite Mal so lange die Schule schwänzt?", giftete die erste weiter.

„Ja, angeblich ist sie krank. Aber ich glaube, da steckt was anderes hinter. Habt ihr ihren Vater in letzter Zeit mal gesehen? Der sieht noch schlimmer aus als sonst", ging die Nächste darauf ein. Die Stimmen hallten zu ihr hinüber, allerdings konnte Melissa nicht feststellen zu wem sie gehörten.

„Glaubst du, sie nimmt Drogen?"

„Bestimmt."

„Macht euch nicht lächerlich. Melissa verabscheut Drogen. Sie trinkt ja nicht einmal Alkohol", mischte sich Eva erneut ein.

Einen Moment lang herrschte Stille. Dann plauderten die Mädchen weiter.

„Bestimmt hat es etwas mit diesem Arionas zu tun."

„Der ist echt süß. Warum hängt er mit ihr eigentlich ab?"

„Glaubst du, zwischen den beiden läuft was?", fragte die erste wieder.

„Auf keinen Fall", ereiferte sich eine andere Klassenkameradin.

Melissa lächelte. Nur um es diesen Kühen zu beweisen, überlegte sie, ihr schlechtes Gefühl beiseite zu schieben und sich doch auf Arionas einzulassen.

„Aber hast du mal gesehen, wie sie ihn ansieht? Frederik muss sich wohl von seinem Fan verabschieden."

Verdammt, woher wussten die von ihrer Schwärmerei von Frederik? Ein Stechen in ihrem linken Oberschenken lenkte sie ab. Die Diskussion verlagerte sich nach draußen. Als sie sicher war, dass niemand mehr in der Nähe war, schrie sie laut auf. Alles, was sich in den letzten Minuten angesammelt hatte: Wut auf die Mädchen, Dankbarkeit für Eva, die sie immer noch verteidigte und an vorderster Stelle der Schmerz.

Während ihr Schrei von den gekachelten Wänden widerhallte, ging die Tür auf. Unsichere Schritte kamen näher. War doch eines der Mädchen in der Nähe geblieben? Dann fiel ihr Arionas ein. Er musste den Schrei gehört haben. Gleich darauf hörte sie die Türen der Toilettenkabinen neben sich aufgehen. Jemand blieb stehen.

„Ich bin hier", flüsterte sie. Eigentlich wollte sie nicht, dass er sie so sah, aber sie brauchte Hilfe. Seine Nähe würde ihr vielleicht helfen, sich zu entspannen. Vorsichtig setzte sie sich auf, bemüht, möglichst wenig Muskeln dabei zu nutzen. Durch das T-Shirt spürte sie die wohltuende Kälte der Mauer, die ihr einen Schauer über den Rücken jagte. Die Tür ging auf. Melissa hielt sich den Oberschenkel, der sie mit einem schwachen Nachbeben quälte.

„Melissa, geht es dir besser?“, fragte Arionas und kniete sich zu ihr.

Seine Arme schlossen sich um ihren Körper. Melissa fühlte, wie ihre Schmerzen umgehend abklangen. Die Umgebung tauchte aus den dunklen Schatten auf und zeigte ihr die Kabine in ihrem vollkommenen Dreck. Angewidert von dem Schmutz kuschelte sie sich noch enger an Arionas Brust. Das es ihr dabei auch besser ging, war ein positiver Nebeneffekt. Stumm saßen die beiden eine Weile nebeneinander. Sie hasste ihre Empfindungen in diesem Augenblick, wünschte sich, einfach nur mit Arionas zusammen sein zu können. Was war schon so kompliziert daran? Er war achtzehn, sie siebzehn. Das einzige was zwischen ihnen stand, war die Tatsache, dass sie eine Auserwählte der Novensil war und in fremde Welten reisen musste und er nach dem Tod seiner Familie glaubte, kein Glück verdient zu haben. *Also ein Klacks*, dachte Melissa und atmete tief durch.

Die Schmerzen waren vorbei. Vorsichtig drückte sie Arionas von sich und sah ihn an. Als er mit seinen dunklen Augen von oben zu ihr hinabblickte, glaubte Melissa, er würde sie küssen. Erneut fühlte sie sich entzweigerissen. Nichts lieber als das, sagte ihr Herz, aber gleichzeitig schrie ihr Instinkt, lass es sein. Ihr Instinkt war eindeutig lauter. „Lass uns nach Hause gehen“, flüsterte sie und lehnte sich gegen seine Brust.

KAPITEL 19

„Bitte Eva", flehte Melissa. Es war bereits ihr dritter Anruf bei ihrer besten Freundin an diesem Nachmittag. Die Tatsache, dass Eva sie zuvor am Tag in der Umkleidekabine verteidigt hatte, ließ Melissa neuen Mut schöpfen. Vielleicht konnte sie Eva doch noch beruhigen.

„Du kannst dir deine Gespräche sonstwo hinschieben", ertönte es aus dem Lautsprecher ihres Handys.

„Eva, komm schon. Du willst doch nicht wirklich unsere komplette Freundschaft wegwerfen, ohne dass ich mich erklären darf."

„Bitte sehr, ich bin ganz Ohr." Am anderen Ende der Leitung herrschte Stille. Melissa sah vor ihrem inneren Auge, wie Eva mit dem Handy in der Hand in ihrem Zimmer stand, den einen Arm vor der Brust, den anderen aufgestützt und mit dem linken Fuß wippend. Das tat sie immer, wenn sie wütend war oder etwas nicht nach ihrem Willen ging. Melissa schluckte. Sie wollte mit Eva reden, aber ihr sagen, welche Aufgabe sie angenommen hatte, konnte sie ihr nicht.

„Das kann ich dir nicht am Telefon sagen." Melissa überlegte zu ihr zu fahren, aber ihr Vater war sicher zuhause. Ein Trinker, bei dem man nie wusste, wie seine Laune war. Deswegen kam Eva lieber zu ihr. Außerdem hatte sie noch immer Hausarrest von ihrem Vater auferlegt bekommen. „Komm doch bitte vorbei. Lass uns reden. Ich habe auch deine Lieblingsschokolade hier." Melissa hob die Tafel Schokolade hoch und wedelte damit, als ob Eva sie sehen konnte.

Wieder herrschte Ruhe auf der anderen Seite. Evas Fuß musste einiges zu tun haben. Melissa blieb still. Jetzt hieß es warten. Auf keinen Fall durfte sie Eva drängen. Sie entschied allein was sie tat und was nicht.

„In Ordnung. Ich bin in zehn Minuten bei dir. Wenn du mir dann keine vernünftige Erklärung liefern kannst, bin ich weg." Einen Moment lang herrschte Schweigen zwischen ihnen. „Und wehe, du hast nicht die richtige Schokolade."

Melissa wollte sich gerade erleichtert bedanken, als Eva ohne Vorwarnung auflegte. Hektisch begann sie die letzten Sachen in ihrem Zimmer zu ordnen, legte alles an seinen angestammten Platz. Ihr Kissen an die Wand, ihre Decke ans Fußende des Bettes und ihren Teddy auf die Decke.

„Arionas?" Melissa rannte, ohne anzuklopfen in sein Zimmer. Ihr Begleiter lag auf dem Bett und hielt ein Buch verkehrtherum in der Hand, das eigentlich im Regal an der Wand stehen sollte. Melissa musste grinsen, als sie den Titel sah. *Per Anhalter durch die Galaxis*. Arionas hatte keine Ahnung, was er da in der Hand hielt, aber er hatte genau nach dem Titel gegriffen, der seine Situation beschrieb. Neugierig sah er zwischen den Buchseiten hervor.

„Eva kommt gleich vorbei. Wir wollen reden. Geht es klar, wenn ich dich hier eine Weile allein lasse?"

„Natürlich. Klär mit ihr eure Probleme. Dein Vater wird sicher bald nach Hause kommen. Vielleicht kann er mir heute ein paar mehr Worte eurer Sprache beibringen." Während er redete, hob er das Buch an und deutete darauf.

„Klasse. Wir sind sowieso im Maschinenraum. Dann könnt ihr euch unten hinsetzen."

Schnell ging Melissa die Treppe hinunter, lief vor der Eingangstür auf und ab. Wie konnten zehn Minuten auf einmal so lang werden? *Dieses Warten ist schlimmer als ein Kampf,* dachte Melissa und knetete ihre Finger. Sie schlich vorbei am Telefontisch, strich mit den Handflächen das Deckchen darauf gerade, ehe sie sich die Uhr im Flur vornahm und auf die Sekunde genau nach ihrer Uhr am Handy stellte.

Ding Dong. Melissa schrak zusammen. Da war ihre Freundin. Melissa öffnete die Tür. Vor ihr stand Eva mit fest aufeinander gepressten Lippen, verschränkten Armen und wippendem Fuß. Melissa Kehle war auf einmal ausgedörrt.

„Komm rein. Willst du was trinken?", krächzte sie umständlich.

Eva nickte nur und trat ein. Immerhin löste sich die Verbindung zwischen ihren Armen. Melissa ging vor und stellte zwei Gläser vor sich und Eva. Sie wusste auf einmal nicht mehr, was sie sagen sollte. Am liebsten wollte sie sich unsichtbar machen. Kurz blitzte die Frage in ihr auf, ob das Amulett ihr diesen Wunsch erfüllen konnte. Doch dann sah sie Evas aufforderndes Gesicht und sämtliche Muskeln in ihrem Magen zogen sich zusammen.

„Ich warte", sagte Eva nach einigen Momenten, in denen sie sich nur in die Augen gestarrt hatten.

„Es ist schwerer zu erklären, als du glaubst." Melissas Luftröhre verknotete sich, zumindest fühlte es sich so an, da sie kein Wort mehr herausbekam.

„Versuch es", forderte Eva.

Ihr Mund öffnete und schloss sich gleich wieder. Evas trippelnder Fuß hielt kurz inne, sie blickte Melissa erwartungsvoll an. Aber sie konnte einfach nicht reden. *Es ist zum verrückt werden,* dachte sie und ballte die Fäuste. *So schwer kann es doch nicht sein, einen Satz auszusprechen.* Melissa wurde wütend auf sich selbst und spürte, wie das Blut hinter ihrer Stirn stärker pochte.

Eva warf die Arme in die Luft und drehte sich um. „Okay, wenn du nicht willst, geh ich …"

„Warte. Ich will es dir doch erzählen." Melissa ging zum Kühlschrank, holte eine Flasche mit Orangensaft hervor. Ein Sonnenstrahl fand seinen Weg durch die Wolken und schien durch das Küchenfenster direkt auf Evas Kopf. Ihre Haare leuchteten bedrohlich auf, umrahmten ihre wütende Miene.

„Dann mach es." Eva klang genervt. Es brauchte schon einiges, um Evas sonst so fröhliche Stimmung zu zerstören. Melissas Finger zitterten.

„Es ist …" Sie suchte nach dem richtigen Wort. „… kompliziert." Vorsichtig stellte sie die Flasche ab. Wo war ihre Kraft hin? Schwankend setzte sich Melissa auf einen Stuhl, legte ihre Hände auf die Tischplatte. Ihr wurde schwindelig, fast, als wäre sie seekrank. Der Tisch war ihr Anker, hielt sie an Ort und Stelle.

„Was zum Henker hindert dich daran, mir etwas zu sagen? Mir, deiner besten Freundin." Evas Stimme wurde aggressiver.

„Das ist nicht fair." Melissa wischte sich über die Augen, hoffte, so den Schwindel unter Kontrolle zu bekommen. „Ich versuche es, aber du machst es mir ehrlich gesagt nicht leichter, wenn du mich anbrüllst." Der Schwindel verschwand genauso schnell, wie er aufgetreten war.

„Du verheimlichst mir etwas und lügst mich an", zischte Eva. „Und sag nicht, dass es nicht stimmt. Melissa, ich kenne dich. Glaubst du wirklich, ich kaufe dir ab, dass du auf einmal bolivianisch sprichst? Für wie dumm hältst du mich eigentlich?"

In Melissa rumorte es. Natürlich hielt sie Eva nicht für dumm. Aber die Art und Weise wie Eva mit ihr redete, machte sie verrückt. Ihre Haut vibrierte, stellte ihre Haare auf den Unterarmen auf. Aus dem Augenwinkel sah sie Arionas, der in die Küche trat.

Nur das Zwitschern des Vogels vor dem Küchenfenster war zu vernehmen. Evas Fuß wippte erneut, während ihre Arme sich in ihre Hüfte stemmten. Der Blick, den sie Melissa zuwarf, sollte sie vermutlich erschrecken oder dazu zwingen, etwas zu sagen. Aber Melissa fühlte nur, wie ein grollender Laut in ihrem Bauch erwuchs.

„Melissa?", fragte Arionas leise.

„Nicht jetzt." Warum musste dieser Kerl in den unpassendsten Momenten auftauchen? Ihr Gesicht war weiterhin auf Eva gerichtet, aber für einen kurzen Moment flackerte die Wut in ihrem Blick in seine Richtung.

Evas Augen weiteten sich und ihr Mund stand offen. „Du willst nicht reden. Meinetwegen. Ich verschwinde." Sie warf ihre Arme in die Luft und drehte sich um.

„Verdammt noch mal. Ich ertrage seit einem Monat etwas, was unglaublich ist und du kannst nicht einmal damit umgehen, dass ich ein Geheimnis habe?“ Melissa wollte am liebsten etwas nach Eva schmeißen, so zornig wurde sie. „Dann verschwinde doch“, schrie sie ihr hinterher und schlug gegen den Tisch. Krack! Bei dem Geräusch fuhr Melissa zusammen, sprang einen Satz nach hinten. Alle drei standen still, sagten kein Wort. Selbst die Vögel hielten in ihrem Zwitschern inne. Das, was einmal der Küchentisch war, lag zusammengebrochen zu ihren Füßen. Die Orangensaftflasche kullerte in Richtung Fenster, als wollte sie vor ihr flüchten. Ein rötlicher Schimmer umgab die Reste des Holzes, als ob es brennen würde. Aber beim nächsten Zwinkern war es verschwunden. Melissa starrte auf die Holzsplitter, die den Boden bedeckten. War sie das gewesen? Nein, unmöglich.

Als sie den Kopf hob und Eva ansah, wusste sie, dass sie es doch gewesen sein musste. Diese blickte fassungslos mit herunterhängendem Kiefer auf den Boden. Arionas stand noch immer unbewegt in der Tür.

„Ich wollte dich warnen“, sagte er leise, als wollte er nicht, dass Eva ihn hörte. Dass sie ihn nicht verstand, hatte er wohl vergessen.

„Was meinst du damit?“

„Deine Hände haben rot geleuchtet.“

„Quatsch. Ich kann doch nicht leuchten.“ *Arionas muss sich verguckt haben,* dachte sie. *Was sollte ich mit solch einer Fähigkeit anstellen?*

„Glaub mir. Es pulsierte, als wenn es Blut wäre, das deinen Körper verlassen hat und direkt in den Tisch eingedrungen ist. Die gesamte Tischplatte hat dieses schimmernde Rot angenommen, ehe sie gebrochen ist."

„Unmöglich", murmelte Melissa, war sich selbst aber nicht mehr so sicher.

„Was ist hier gerade passiert?" Eva hatte ihre Stimme wiedergefunden, allerdings klang sie ziemlich überfordert.

Melissa schloss die Augen. Aus dieser Situation konnte sie sich nicht rausreden.

***

Melissas Augen füllten sich mit Tränen. Es tat gut, über alles zu reden. Vor ihrer Brust knautschte sie ein Kissen zusammen und legte ihr Kinn darauf ab. Eva hatte eingewilligt, bei ihr zu bleiben, nachdem Melissa ihr zugesichert hatte, keine Geheimnisse mehr vor ihr zu bewahren. Jetzt saßen sie auf ihrem Bett und Melissa berichtete vom Fund des Amuletts. Allerdings erst, nachdem sie von Eva die Zusage bekommen hatte, Melissa nicht zu unterbrechen. Ihr kam die Geschichte so weit entfernt vor, dabei war es doch ihre Geschichte, ihr Erlebtes, von dem sie hier berichtete.

Eva saß ihr gegenüber auf dem Bett. Ihr Mund stand weit offen, schon seit mindestens einer halben Stunde. Zudem knetete sie ihre Finger ununterbrochen. Als Melissa mit dem Bericht von ihrem Ausflug nach Traveste endete, rührte auch Eva sich nicht. Melissa wagte nicht, ihr in die Augen zu sehen, aus Angst Abscheu oder die Verstoßung zu sehen, die sie erwartete.

„Und da sag noch einer, die Rowling wäre kreativ. Verkauf die Filmrechte an deiner Geschichte und du bist reich." Eva schüttelte den Kopf, als müsste sie erst wieder in diese Welt zurückkehren. „Mal ernsthaft. Ich habe der Geschichte gelauscht, weil sie gut erzählt war, aber was ist wirklich los mit dir?"

Melissa hatte mit solch einer Reaktion gerechnet. Sie stand bereits auf und warf die Arme in die Luft. „Ich habe es dir gesagt. Du wirst mir nicht glauben. Es ist alles exakt so passiert, wie ich es dir gerade gesagt habe. Das unten in der Küche bin auch ich gewesen. Keine Ahnung wie, aber ich war es."

Evas Blick verfolgte Melissa auf ihrer Wandertour durch den Maschinenraum. Deutlich sah Melissa das Misstrauen in ihren Augen. Sie wandte sich ab, suchte Beruhigung in ihrem Zimmer. Hier fühlte sie sich sicher, geborgen. Hier war alles, was sie war und je sein würde. Sie runzelte die Stirn. Wo kam der Gedanke auf einmal her? Aber tief in sich drin spürte sie, dass es stimmte.

„Melissa, ernsthaft. Das kannst du mir nicht weiß machen", rief Eva aus und stand ebenfalls auf.

„Doch, genau das will ich. Ich schwöre dir, es ist wirklich passiert. Was muss ich tun, damit du mir glaubst?"

Eva stand nur ein paar Schritte von ihr entfernt und legte ihre Hand ans Kinn, um gleich darauf darüber zu streichen. „Zeig mir noch etwas. Euer Tisch war schon alt, der kann auch so einfach zerbrochen sein", forderte sie.

Melissa hatte mit solch einer Reaktion gerechnet. Aber was sollte sie ihr zeigen? Mit Eva kämpfen war keine Option und die Sache mit der Telekinese beherrschte sie nicht wirklich. Sie könnte mit Eva in eine andere Welt reisen. Nein, lieber nicht. Eva würde vermutlich bei dem ersten unbekannten Tier verschwinden und solange dortbleiben, bis sie die halbe Welt erkundet hätte.

„Eva, ich kann dir nichts zeigen. Du musst mir dieses Mal einfach glauben."

„Diese Geschichte?" Evas Augen wurden groß. „Melissa, ehrlich mal, wenn ich dir erzählen würde, dass ich eigentlich eine gestaltwandelnde Halbgöttin mit Superkräften bin, was würdest du denken?" Evas Fuß trippelte schon wieder, während Melissa langsam auf sie zuging. Ihre beste Freundin wich zurück, ging einen Schritt zurück.

„Bis vor einem Monat hätte ich dich ausgelacht und dir vermutlich eine dumme Bemerkung an den Kopf geworfen. Heute würde ich fragen, ob Halbgötter auch Novensil sind."

„Nov… was?", fragte Eva verwirrt.

„Novensil scheint die eigentliche Bezeichnung für die Götter der Welten zu sein", erklärte Melissa und machte eine wegwerfende Handbewegung.

Eva sah sie misstrauisch an. Überdeutlich hörte Melissa die Uhr ticken. Jede Sekunde hatte katastrophale Auswirkungen auf ihre Gefühlswelt. Tick. Würde sie ihr glauben? Tack. Was machte Melissa, wenn Eva es nicht tat? Tick. Sollte sie ihre beste Freundin doch in eine andere Welt mitnehmen? Tack. Tick. Tack.

„In Ordnung", murmelte Eva. „Ich glaube dir." Eva sah ihr direkt in die Augen.

Erleichtert atmete sie durch. Eva meinte es wirklich ernst. „Danke", war alles, was Melissa in dieser Sekunde herausbekam. Der Kloß in ihrem Hals ließ kein weiteres Wort ihre Kehle passieren. Dafür drangen ihre Tränen hinaus. Die

Erleichterung, die daraufhin in ihrem Kopf Einzug hielt, war wie ein Stromstoß, der ihren Muskeln Befehle erteilte. Ungestüm umarmte sie Eva und warf sie dabei zurück aufs Bett.

„Schon gut", keuchte Eva und schob Melissa von sich herunter. „Aber ab jetzt keine Lügen mehr, verstanden?"

„Indianerehrenwort", sagte Melissa, richtete sich auf und machte ein Kreuz über ihrem Herzen.

Ein Klopfen an der Tür zog die Aufmerksamkeit der beiden Mädchen auf sich. Arionas trat ein.

„Ich glaube, dass Essen ist fertig", sagte Arionas und zuckte entschuldigend mit den Schultern.

„Du glaubst?", fragte Melissa belustig. Gut, das Essen von ihrem Vater sah nicht immer danach aus, aber so schlimm war es nun doch nicht.

„Dein Vater hat mir Zeichen gegeben, die ich nicht alle verstanden habe, aber da er mich nicht aufgehalten hat, als ich hochging, glaube ich, dass es richtig war."

Melissa lachte. Auch wenn Arionas schon einige wenige Wort beherrschte, musste sie seinen Sprachunterricht langsam in Angriff nehmen.

„Wir kommen gleich herunter." Sie nickte ihm zu und er verließ den Raum. Eva saß vor ihr und grinste breit.

„Nach dem Essen will ich jedes Detail wissen."

Sofort glühten ihre Wangen. Melissa wusste, was Eva meinte, stritt es aber dennoch ab. „Da gibt es nichts zu wissen, ehrlich."

Eva begann sie in die Seite zu pieken. „Lüg nicht. Ich sehe doch, wie du ihn anschaust. Das hat nix mehr mit deiner trotteligen Verliebtheit gegenüber Frederik zu tun. Du magst diesen Außerirdischen."

Mit der flachen Hand schlug sie Evas Finger weg, wollte sie davon abhalten, sie weiterhin zu triezen. Aber Eva schaffte es immer wieder, ihr zu entkommen.

„Blödsinn. Außerdem ist er kein Außerirdischer oder siehst du irgendwo an ihm was Grünes?"

„Noch nicht, aber wenn ich ihn näher untersuchen darf …"

„Untersteh dich", rief Melissa und warf sich auf ihre Freundin. Als sie dadurch beide aus dem Bett fielen, lachten sie auf. Melissas Rücken tat weh, aber das war ihr egal. Eva redete wieder mit ihr. Wenigstens eine Konstante blieb ihr im Leben, die sie nicht versaut hatte.

***

„Ich bin bald zurück", versicherte sie ihrem Vater. Phillip war besorgt, das sah sie ihm an. Aber dennoch ließ er sie gehen. Der Hoffnungsfunke, seine Frau wiederzusehen, flammte immer wieder in ihm auf.

Sie rief sich noch einmal die Worte ihrer Großmutter über die Ley'alok ins Gedächtnis.

„Sie wirken auf den ersten Blick wie Bauern. Einfache Kleidung, nicht winddichte Hütten, arbeiten, beten und schlafen. Doch hinter dieser Fassade steckt ein intelligentes Volk. All ihre Abläufe unterliegen genauester Prüfung. Jede Bewegung wird genau durchdacht, daher wirken sie oft träge oder faul. Doch sie suchen nur nach dem effektivsten Weg. In jeder freien Sekunde ihres Lebens beten sie zu ihrem Novensil. Sie glauben, dass sie eines Tages den Schlüssel zum Sinn des Lebens finden werden.

Ihre Art zu leben unterscheidet sich ziemlich zu der unseren. Erwarte also keine schnellen Ergebnisse."

Obwohl ihr Vater all diese Worte gehört hatte, wollte er sie dennoch nicht gehen lassen.

„Dad", sagte Melissa leise und umarmte ihn. „Du weißt, dass du mich nicht aufhalten kannst."

Ihr Vater seufzte. „Vanessa hatte etwas Ähnliches zu mir gesagt, kurz bevor sie verschwand." Seine Schultern fielen bei ihrem Namen nach vorn. Melissa fragte sich, ob er Schuldgefühle hatte, weil er sie angelogen hatte. „Versprich mir nur eins: Wenn du eine Welt verlässt, komm immer erst hierher, melde dich bei mir."

Melissa nickte. Das war das mindeste, was sie tun konnte. Wenn sie schnell war, würde es keine fünf Minuten dauern, bevor sie ihr Ziel weiter verfolgen konnte. Sie sah zu Arionas. Seine Verletzung war vollständig geheilt, dennoch hatte Melissa immer wieder beobachtet, wie er die Stelle massierte, auf der eine Mischung aus Magie und Felsenkraut seine Haut bildete. Sie wollte ihn noch nicht voll belasten, deshalb ließ sie ihn auf der Erde. Ihr Vater hatte versprochen, während des Wochenendes einen Intensivkurs in Deutsch zu geben. Seine Lippen waren fest aufeinandergepresst, ließen keinen Zweifel daran, dass er ihre Entscheidung nicht guthieß.

„Ich bin spätestens Sonntag wieder zurück", sagte sie erst zu Arionas und dann zu ihrem Vater.

Beide nickten ihr zu und nahmen sie noch einmal in den Arm. Als Arionas seine Hand hinter ihrem Rücken hervorzog, strich er ihr über die Wange. Es war nur eine kurze Berührung ihrer Haut mit seiner, doch für sie war es viel mehr als das. Sie ahnte, was diese Geste bedeutete. Hastig sah sie zu ihrem Vater. Seine Augen wurden schmal. Verdammt. Er hatte es ebenfalls bemerkt. Arionas würde wohl einige Fragen zu beantworten haben. Sofern sie sich verständigen konnten. Melissa hoffte, dass beide noch da waren, wenn sie wiederkam. Ihr Vater wollte gerade etwas sagen, da fiel Melissa ihm ins Wort.

„Ich muss los, jede Sekunde ausnutzen", rief sie enthusiastischer als nötig und griff nach dem Amulett.

Eule - Fisch – Waage, dachte sie

„Sei vorsichtig", hörte sie, ehe ihr Zimmer zu verschwimmen begann. Als letztes sah Melissa, wie sich ihr Vater zu Arionas umdrehte und die Arme vor der Brust verschränkte. Dann war alles weiß.

KAPITEL 20

Die Welt, die Melissa bereiste, wirkte vollkommen friedlich. Nirgendwo hörte sie Fahrzeuge vorbeirasen, keine lärmenden Fabriken. Stattdessen stand sie auf einer Grünfläche, die sich durch ihr Blickfeld wellte. In einiger Entfernung stand ein Gerät, das Melissa nicht kannte. Es sah aus wie eine gigantische Satellitenschüssel, die spiegelte. Vermutlich ein Teil der Anlage, die die Geister vertrieb. Die Luft war frisch, wenn auch von Kräutern durchzogen. Basilikum und Liebstöckel machte sie aus. Als sie einen Schritt machte, spürte sie, wie sich Feuchtigkeit auf ihre Haut legte. Auch der Sauerstoff, den sie einatmete, schien ihre Nase von innen ertränken zu wollen. Die Luftfeuchtigkeit erschwerte ihr das Atmen ungemein.

„Hallo?", rief sie in die Welt hinaus. Sie wollte diese Suche abkürzen. Oma Lina hatte gesagt, diese Bewohner hätten keine kriegerischen Absichten, also konnte sie auch nach ihnen rufen.

Sie wartete eine Weile, versuchte es erneut, aber eine Antwort erhielt sie nicht. *Warum sind die Steinquader nie in der Nähe von Siedlungen,* fragte sie sich und marschierte los. Es war jedes Mal ein Glücksfall, dass sie in die richtige Richtung lief. Diesmal entschied sie sich, die Satellitenschüssel als Richtungsgeber zu benutzen. Dorthin, wo die Schüssel zeigte, würde wohl eine Siedlung zu finden sein.

Melissa kletterte gerade auf den dritten Hügel, als sie am Fuße dessen ein beinahe durchsichtiges Wesen sah. Es ähnelte im Körperbau einem Menschen, doch der Kopf war breiter, wirkte wie ein Ballon. War das einer der Einwohner oder ein Geist? Melissa konnte es nicht genau sagen. Die Geister, die ihr bisher begegnet waren, wandelten nicht bei Tag und waren komplett durchsichtig gewesen. Also musste dort ein Ley'alok stehen. Sein Kopf war auf die Brust gesunken, die Hände waren weit in die Luft erhoben. Es sah aus, als ob er sich ihr ergeben wollte. Bisher hatte sie sich aber nicht bemerkbar gemacht und da das Wesen mit dem Rücken zu ihr stand, konnte es sie kaum gesehen haben.

Melissa beobachtete eine Weile die vollkommen stillstehende Kreatur. War es etwa eine Statue? Nein, die Haare bewegten sich. Melissa befürchtete, dass es beim ersten Windhauch davongetragen werden würde, aber nichts dergleichen geschah. Die Toga, die den beinahe durchsichtigen Körper verdeckte, wurde vom Wind gegen die Haut gedrückt. Dürre Beine kamen zum Vorschein, ebenso ein schmaler Oberkörper. Das Einzige, was übergroß erschien, war der Kopf. Um das Wesen herum lagen Geräte, die Melissa nicht kannte. *Vermutlich Arbeitsutensilien*, dachte Melissa.

Als die Kreatur keine Anstalten machte, sich jemals zu bewegen, lief sie flotten Schrittes den Hügel hinab, direkt auf das Wesen zu. Sie wollte etwas sagen, als sich das Wesen umdrehte und sie direkt ansah.

„Seid willkommen, Trägerin", begrüßte es sie. Die Lippen in dem durchschimmernden Gesicht verzogen sich zu einem Lächeln, wobei sie der Mund an das Maul eines Frosches erinnerte. Die Augen hingegen erinnerten sie an Benny, ihren Teddybären aus Kindertagen, der inzwischen aus ihrem Zimmer verbannt war und als König auf dem Dachboden zwischen aufgestapeltem Sperrmüll thronte. Rund und fast vollständig schwarz. Ein winziger, weißer Schimmer umrandete die Pupille. Der Stimme nach zu urteilen, musste es eine Frau sein, die da sprach. Es klang melodisch, besaß aber ein feines Kratzen am Ende eines jeden Wortes.

„Woher weißt du, wer ich bin?" Melissa runzelte die Stirn. Die Erscheinung vor ihr wirkte nicht so, als ob sie ihr etwas tun wollte, geschweige denn konnte. Dennoch war sie lieber vorsichtig. Nach den Angriffen von angeblich friedlichen Tieren und den Menschen auf der Marktwelt, war sie lieber einmal mehr vorsichtig. Ein Zufall konnten diese Angriffe jedenfalls nicht sein.

„Die Welten flüstern", antwortete sie.

„Wie bitte?" Was sollte das nun bedeuten? Aber sie sagte nichts. Ihre Großmutter hatte sie bereits vor den kryptischen Andeutungen hinter den Sätzen der Ley'alok gewarnt.

„Deine Ankunft kommt nicht überraschend. Folge mir, Melissa."

Jetzt kannte sie auch schon ihren Namen. Intuitiv ging sie einen Schritt zurück und stellte sich in Verteidigungspose.

„Kommt gar nicht in Frage. Verrat mir erst einmal, wie du heißt."

„Mein Name ist Kijala."

„Okay. Und jetzt: Woher weißt du, wer ich bin?", verlangte sie zu wissen.

„Nur weil eine Pflanze in den Schatten der Welten aufwächst, heißt es nicht, dass niemand sie wahrnimmt", murmelte Kijala und sah hinauf zum Himmel. Melissa folgte dem Blick und sah zu ihrem Erstaunen, dass die ersten Sterne bereits zu sehen waren, obwohl es taghell war. „Deine Großmutter, die große Kriegerin Lina, hat dich über uns informiert. Du weißt von ihr, dass wir ein Ziel verfolgen."

„Das ihr Hellseher seid, hat sie wohl vergessen zu erwähnen", sagte Melissa zerknirscht.

„Wir sehen nicht in die Zukunft. Wir lesen nur, was uns die Sterne darbieten", korrigierte Kijala sie und hob ihren Arm.

„Und die Sterne haben euch gesagt, was ich gestern mit meiner Großmutter besprochen habe?" Melissa konnte den Hauch von Sarkasmus in ihrer Stimme nicht verhindern.

„Willst du eine Antwort auf die Frage, die dich zu uns führte oder willst du dein Leben ohne deine Mutter weiterleben?", fragte Kijala und ließ sich nicht davon beeindrucken, was Melissa von sich gab.

„Lebt meine Mutter?" Sie ging einen Schritt auf Kijala zu.

„Die Antwort auf diese Frage ist für den Verlauf deines Lebens irrelevant." Kaum hatte sie das ausgesprochen, drehte sich Kijala um und ging einige Schritte. Melissa hatte es nicht erwartet, aber sie benutzte tatsächlich ihre Beine, um sich fortzubewegen. Irgendwie hatte sie damit gerechnet, dass sie wie ein Blatt im Wind davontreiben würde.

„Das hast du nicht zu entscheiden. Für mich ist es sehr wohl wichtig, ob meine Mutter noch lebt", empörte sich Melissa.

„Folge mir", sagte Kijala erneut, winkte ihr und glitt leichtfüßig über das Feld hinweg.

Melissa blieb nichts anderes übrig, als hinterherzulaufen. Bei jedem Schritt schlug das Amulett gegen ihre Brust. Sofort legte sich die Feuchtigkeit wieder auf ihre Haut. Es war, als ob jeder Schritt, den sie in Richtung der Wahrheit machte, mit Hitze bestraft wurde. Nach nur ein paar Metern hatte sie bereits das Gefühl, dass ihre Haut nie wieder trocknen würde.

„Wohin bringst du mich?"

„Ich lasse mich von deinen Wünschen leiten."

Vor ihr tauchten wie aus dem Nichts einige Häuser auf. Melissa war sich sicher, dass diese bei ihrem letzten umherschweifenden Blick noch nicht dort gestanden hatten.

Wie breitere Grabsteine ragten die am oberen Ende halbrund zulaufenden Bauten aus der Erde hervor. *Auf solch engem Raum konnten sie unmöglich wohnen,* dachte Melissa verwirrt. Die Fläche einer Wohnstätte schien kaum größer als ihr Zimmer zu sein. Wenn es hier ebenfalls so etwas wie Großfamilien gab, waren diese aufgeschmissen. Jetzt erst nahm sie weitere Ley'alok wahr. Sie standen in Gruppen vor den verschiedenen Gebäuden, die alle identisch waren.

„Dies ist der Platz, an dem du deine Antwort erhalten wirst", sagte Kijala, während die Nacht hereinbrach.

Ihre Finger fingen an zu zittern, als sie auf die erste Gruppe zuging. Vorsichtig, misstrauisch.

„Hi“, mischte sich Melissa in das stumme Beisammensein ein. Sofort wurde sie angesehen, als wäre ihr Gesicht mit quietschrosa Pusteln überzogen.

„Du störst die innere Ruhe“, hörte sie von einem Ley'alok zu ihrer rechten. Seine braunen Haare fielen in Locken bis über seine Schulterblätter.

„Entschuldigung, das wollte ich nicht“, erklärte sie ehrlich, auch wenn sie so schnell nicht aufgeben wollte. „Ich habe nur eine Frage.“

„Die Antwort findest du da drin“, sagte der Lockige und zeigte auf einen der Grabsteinbauten.

„Da drin?“, vergewisserte sich Melissa. Der Himmel sandte das dumpfe Glimmen der Sterne auf diese Welt hinab.

Ihr Gegenüber nickte und drehte sich um. Melissa fiel erst jetzt auf, dass sie keinerlei Tiere hörte. Nirgendwo war das Zwitschern von Vögeln oder das Quieken von Schweinen zu hören. Es war still, gespenstisch still. Selbst der Wind hatte aufgehört über ihre Haut zu streichen und ihr eine gewisse Abkühlung zu bieten. Sie befand sich auf offener Fläche. Keine Bäume, die sie vor ihren Gedanken oder den Ley'alok schützten. Hauptsächlich aber vor ihrer Phantasie. In das Innere eines Grabsteins zu gehen, löste nicht gerade Lobeshymnen in ihr aus.

Melissa fragte sich, wie es darin aussehen mochte. *Ob dieses Volk auch die Magie entdeckt hat,* überlegte Melissa. Sie erinnerte sich an den siebten Band von Harry Potter, in dem Hermines winziges Zelt ein gewaltiges Innenleben besessen hatte. Vielleicht war dies hier genauso. Melissa machte den ersten

Schritt darauf zu. Die Ley'alok wichen zurück. Kurz überlegte Melissa, ob sie durch die Wesen hindurchlaufen konnte, wie durch ihre Großmutter, wollte es aber lieber nicht ausprobieren. *Was, wenn im Haus* bösartige Wesen gefangen sind, ging es ihr durch den Kopf. Die Wände mussten dazu nur schallisoliert sein. Schon konnte, was auch immer darin auf sie wartete, sie auffressen, in Stücke reißen, in Scheiben schneiden.

Melissa schüttelte den Kopf. Sie musste mutiger an die Sache herangehen. *Lina hat mir zugesichert, dass das Volk nicht gewalttätig ist, also werden sie mich schon nicht in einen Löwenkäfig schubsen.*

Sie erreichte das erste Gebilde. Ihre Finger strichen über das, was aus der Nähe betrachtet wie Leder aussah, spürte wie straff gespannt es war. Raue, winzige Widerhaken blieben in ihrer Haut stecken. Es tat nicht weh, ziepte aber unangenehm. An einer Stelle überlappten sich die Zeltplanen. Das musste der Eingang sein. Ein letztes Mal atmete sie tief ein, ehe sie eine Seite nach oben schlug. Erleichtert presste sie die Luft wieder aus ihren Lungen. Keine Monster, die auf sie warteten. Im Innern des Grabsteins war es düster. Eine Lampe war nicht auszumachen, nur ein gefangenes Glühwürmchen, das verzweifelt versuchte aus der Glocke zu fliehen, unter der es gefangen war. Immerhin war dies hell genug, um den halben Raum zu erleuchten. Das Ganze kam ihr wie eine schlecht gelüftete Sauna vor. Hier konnte doch niemand schlafen. Sie schüttelte sich.

Melissa entdeckte ein Strohlager, auf dem eine zerfetzte Decke lag. Als sie genauer hinsah, bemerkte sie Insekten durch das Stroh krabbeln. Sie verzog angewidert das Gesicht. Neben dem vermeintlichen

Bett stand ein silberfarbener Kasten, dessen Sinn sich ihr nicht erschloss. Doch es war das Einzige, was sie im ansonsten leeren Raum ansprach. Das Rechteck leuchtete aus dem Innern, als trüge es eine winzige Sonne in sich.

Ihre Fingerspitzen strichen kreuz und quer darüber, spürten angenehme Kälte. Kaum jedoch endete die Irrfahrt ihrer Finger, glomm der Kasten auf. Erschrocken sprang Melissa einen Schritt zurück. Wie ein Herz, das in einem gleichbleibenden Intervall schlug, pulsierte das silberne Gerät. Stand vor ihr etwa ein technisches Gerät? Ihr bisheriger Eindruck dieser Welt war eher rückständig gewesen und nicht besonders technologisiert. Da begann sich der Kasten zu öffnen. Erst nur einen Spalt breit, dann immer schneller. Auf einmal baute das Gerät nach unten. Es lief in den Erdboden hinab und eröffnete Melissa den Blick auf eine Treppe, die ein gleichbleibendes Licht verströmte. Die Stufen führten tief in die Erde hinein. Sollte sie etwa dem dargebotenen Weg folgen? Außer einem Lager und dem Kasten befand sich nicht sehr viel in dem Grabsteingebäude. Eine Art Kommode und einige Kleidungsstücke, die locker über das Zeltgestänge geworfen waren.

Sie begann mit dem Abstieg. Ihr Weg wurde bei jeder Stufe beleuchtet. Mit dem Oberarm schrammte sie über die Erde der Wände, die nur ab und an von einem stützenden Balken unterbrochen war.

Nach einem Abstieg von vierundsiebzig Stufen gelangte sie in eine große Höhle. Trotzdem es unter Tage und Nacht war, erstrahlte dieser Hohlraum in vollem Licht. Melissa suchte nach dem Lichtschalter, fand aber nichts. *Wie machen die das,* fragte sie sich und drehte sich einmal um sich selbst. Sie sah, wie auf der anderen Seite der Höhle einige Treppen hinaufführten. Am unteren Ende stand eine Art Spiegel. Melissa konnte keine volle Sekunde hinsehen, so sehr wurde sie geblendet. Eine Weile betrachtete sie fasziniert das Gebilde, besann sich dann aber auf ihre eigentliche Intention.

„Wie soll ich hier eine Antwort auf den Aufenthalt meiner Mutter finden?", fragte Melissa leise in die Höhle hinein. In alle Richtungen führten dunkle Gänge ab. Ehe sie diese alle abgesucht hatte, wäre das Wochenende sicher vorbei.

Auf einmal erschienen auch in dieser Höhle die Ley'alok. Sie bewegten sich in verschiedene Richtungen, manche wandelten direkt nebeneinander, andere liefen einsam und huldvoll in einige Tunnel hinein. Aber niemand reagierte auf ihre Frage.

„Wo ist meine Mutter?", rief sie und lief auf eine Gruppe des Volkes zu.

„Sie ist nicht, war nie und wird nie in dieser Welt sein", antwortete einer des beinahe durchsichtigen Volks.

„Das ist schön, aber ich wollte nicht wissen, wo sie nicht ist", erklärte Melissa.

Der Ley'alok wandte sich um, zeigte ihr die kalte Schulter. Der würde ihr vermutlich nicht mehr antworten. Dafür trat eine Frau in den Vordergrund. Ihre langen, graublonden Haare schwangen hin und her, während sie auf ihn zukam.

„Deine Antwort musst du dir verdienen, Trägerin. Berichte uns von allem, was du bisher erlebt hast. Lasse kein Detail aus", sagte diese und blieb nur einen Schritt vor ihr stehen. Der Anblick der breiten Froschlippen lenkte Melissa kurz ab.

Zögernd fragte sie: „Und dann verrätst du mir, wo meine Mutter ist?"

„Die Antwort wird in deinen Ausführungen liegen."

Melissa stockte. Meinte dieses sich-um-eine-klare-Antwort-drückende Volk etwa, dass sie selbst bereits die Antwort kannte? Na, dann musste man sie nicht zweimal um einen detaillierten Bericht bitten. Den konnten sie haben. Melissa setzte sich auf den Boden. Warm war er, als ob die Sonne den ganzen Tag darauf geschienen hat. In dieser Umgebung fehlten nur noch ein paar Bäume und Melissa würde vergessen, dass sie unterirdisch war.

***

Sie hatte keine Ahnung, wie lange sie bereits erzählte. Inzwischen war sie bereits mit der Erzählung über die Mogmieds durch, aber ihr war selbst nichts aufgefallen. Langsam verlor sie die Hoffnung, doch noch einen brauchbaren Hinweis aus ihren Erlebnissen zu erhalten. Daher stoppte sie mit ihren Ausführungen. Hunderte von Ley'alok hatten sich in der Zwischenzeit um sie herum im Kreis versammelt und lauschten ihren Erzählungen. Als sie jetzt innehielt, schienen alle Anwesenden aus einem Schlaf zu erwachen.

„Fahre fort, Melissa." In der vordersten Reihe ihrer Zuhörer sah sie einen Jungen sitzen, der sie aufmunternd ansah. Sein Lächeln war einnehmend, aber Melissa wollte nicht weitermachen. Umständlich stand sie auf.

„Was bringt es mir? Ich habe keine Ahnung, wonach ich suche. Es könnte jedes Details sein, aber ich sehe keinen Zusammenhang zwischen den Geistern, die meine Mutter entführt haben und meinem bisher Erlebten." Sie lief einige Schritte auf die Ley'alok zu, drehte dann aber gleich darauf wieder um. Ihre Finger fuhren durch ihre Haare, rauften sie. Ein Knistern lief über ihre Kopfhaut. Sie spürte, dass sie der Erkenntnis nahe war, aber sie konnte ihre Finger nicht darum schließen.

„Es sind nicht die Geister, die du suchst", sagte wieder der Junge.

„Wonach denn bitte sonst? Der Typ mit dem Umhang? Das könnte sonst wer sein." Melissa winkte ab. „Ein Novensil, jemand vom wandernden Volk oder jemand, den ich noch gar nicht kenne."

„Du weißt, wer es ist." Die ersten Ley'alok standen auf, machten sich bereit zu gehen.

„Wartet", rief sie laut auf. „Ich weiß, dass einer der Novensil dahintersteckt. Nur sie hatten die Macht, Mama in eine Welt zu rufen, die keiner Hilfe bedurfte. Aber wer von denen? Ich kenne nicht einmal einen von ihnen, geschweige denn weiß ich, wie viele von ihnen so fröhlich durch die Welten hüpfen." Sie warf die Arme in die Luft. Wieder rannte sie von einem Ende des Kreises zum nächsten.

„Zweien bist du schon begegnet", erzählte der Junge beiläufig, spielte währenddessen im Sand zu seinen Füßen herum. Überrascht blickte Melissa auf. Das war die erste direkte Antwort, die sie auf eine Frage erhielt. Dafür erhielt der kleinste der Ley'alok allerdings einige böse Blicke von seinem Volk. Melissa war die Einzige, die ihm dankbar zulächelte.

„Okay, ich bin auf dem Rückweg von Traveste diesem echt alten Mann begegnet. Der roch verdächtig nach einem Novensil, aber er hat sich mir nicht mit Namen vorgestellt. Er hatte merkwürdige Tricks drauf. Ich weiß noch, dass er mein Misstrauen für eine Weile ausgeschaltet hat. Gut kann der bestimmt nicht sein, wenn er das mit mir machen muss." Melissa überlegte. Etwas sagte ihr, dass dieser alte Mann ihr nichts Schlimmes wollte. Dennoch wurde das Kitzeln auf ihrem Kopf unangenehmer.

„Und der zweite?", fragte der Junge. Diesmal sah er auf, ihr direkt in die Augen. Melissa bemerkte, dass seine Augen komplett schwarz ausgefüllt waren. Alle anderen hatten noch einen Hauch von Weiß darin, aber er nicht. Diesmal brach, für die sonst so stillen Ley'alok, ein Tumult aus. Leises Flüstern tadelte den Jungen, aber ihn schien es nicht zu stören. Stur sah er ihr in die Augen. Melissa glitt hinab in das Dunkel, erinnerte sich an ihre erste Reise mit dem Amulett. Bis heute wusste sie nicht, wohin genau es sie geführt hatte. Sie vermutete die Hölle, aber Beweise hatte sie nie bekommen.

„Der hat behauptet, einer der Novensil zu sein, die das Amulett geschmiedet haben. Ich habe ihn in einer Höhle getroffen. Methonius hieß er. Seltsam war der Kerl schon. Nachdem er die Kapuze von seinem Umhang abgenommen hatte, kamen seine Albinoaugen erst richtig zur Gel…"

Melissa stockte. Ihr Mund blieb offen, sie hörte auf zu atmen. Der Typ mit dem Umhang. Der Novensil, der Vanessa entführt hatte. In Gedanken spielte sie erneut die Szene in der Höhle ab. Angst. Die beiden Männer mit Umhang. Kälte, Zittern. Die Unterhaltung. Methonius schien überrascht gewesen, sie zu sehen. Seine Erklärungen. Der Hund. Ihre

Rückkehr. Ihre Gedanken sprangen zeitlich zurück zu dem Moment, der sie in die Höhle gebracht hatte. Kaum hatte sie das Amulett in Händen gehalten, hatte sie an ihre Mutter gedacht. Auf einmal wusste Melissa, was passiert war. Die Augen des Jungen tauchten wieder auf. Sie nahm ihre Umgebung in der Sekunde wahr, in der ihre Gedanken klar wurden. Aber genau in dem Augenblick sackte sie auf die Knie. Melissa schrie ihre Wut, ihre Dummheit hinaus in die Höhle. Ihr war es egal, dass alle Ley'alok, bis auf den Jungen erschrocken zusammenfuhren.

Die Welt der Mogmieds war bereits das zweite Mal gewesen, dass sie ihrem Herzen gefolgt war. Das Amulett der Welten hatte mit Melissas erster Berührung die Verzweiflung über den Tod ihrer Mutter gespürt und sie auf dem direkten Weg zu einer Antwort geschickt.

Wie hatte sie das nur übersehen können? Die ganze Zeit, in der sie das Amulett besaß, hatte sie längst gewusst, wo sie nach ihrer Mutter zu suchen hatte. Der Hass auf sich selbst stieg in diesem Moment ins Unermessliche. Wenn ihre Mutter länger als nötig gefangen war, nur weil sie zu blöd …

Plötzlich stand der Junge vor ihr, ergriff ihre Hand, die nach dem Schwertknauf gegriffen hatte. „Unterschätze nicht die Macht, die in dir steckt." Zuerst wollte sie seine dürren Finger wegstoßen, aber diese wenigen Worte erinnerten sie daran, was auf der Marktwelt geschehen war. Melissa wusste nicht genau, was damals mit ihr passiert war. Nur, dass sie sich der Macht im Amulett hingegeben hatte. Vollends. Keine Kontrolle mehr von ihr. Das wollte sie nie wieder riskieren.

Melissa schloss die Augen. Erst, als sie Arionas Gesicht vor Augen sah, beruhigte sie sich wieder.

Sie hoffte, dass Methonius durch ihr damaliges Erscheinen nicht vorgewarnt worden war. Sie hatte keine Ahnung, ob sie eine Chance gegen ihn hatte, aber wenn ja, dann nur, indem sie ihn überraschte. Als sie die Augen öffnete, verdichtete sich bereits ein Plan in ihrem Kopf.

„Danke. Ich danke euch von Herzen." Melissa wollte so schnell wie möglich zurück auf die Erde. Nur schnell ihrem Vater Bescheid sagen, wohin sie als nächstes reisen wollte, vielleicht etwas essen und anschließend in die Höhle.

„Zu früher Dank wird später meist bereut." Einer der beinahe Durchsichtigen sprach zu ihr aus der Menge. Wer genau, konnte Melissa nicht ausmachen, aber es war ihr auch egal. Sie war zu sehr darauf fixiert nach Hause zu kommen. Eine wahre Euphorie erfasste sie. Schauer übermannten ihren Körper, so aufgeregt war sie. Sie spürte, dass sie ihrer Mutter näherkam. Melissa lief bereits durch einen Korridor, den die Ley'alok in ihren Reihen bildeten, die Treppe in das Grabsteingebilde hinauf, als sie sich noch einmal umdrehte.

„Wenn ihr mich mal braucht, wisst ihr ja, wie ihr mich erreicht", rief Melissa.

Ruckartig drehte sie sich um und rannte die Treppe hinauf, spürte, wie sie mit jedem Schritt ihrer Mutter näherkam.

KAPITEL 21

Als Melissa wieder in ihrem Zimmer ankam, lag Eva auf ihrem Klappbett und las ein Buch. Bisher hatte Eva ihre Ankunft noch nicht bemerkt. Musste ein spannendes Buch sein, wenn es Evas Aufmerksamkeit derart fesseln konnte.

So aufgedreht, wie Melissa über ihre neuen Erkenntnisse war, musste sie ihren Überfluss an Energie kurzfristig abladen. Ihre beste Freundin zu erschrecken war dazu genau das richtige. Also griff sie zu einer Kette, die an einem der vielen Metallstangen im Maschinenraum hing. Vorsichtig ließ Melissa die schlanken Glieder über Evas nackte Beine streichen. Zuerst trat Eva nur aus, als vermutete sie eine Fliege. Aber nach einem Moment, warf sie das Buch zur Seite. Als sie Melissa erblickte, schrak sie heftig zusammen. Das Klappbrett quietschte.

„Du dumme Schnepfe. Sag doch was“, ermahnte Eva sie und warf mit dem Buch nach ihr.

Melissa bekam einen Lachanfall. Obwohl ihre beste Freundin mit verschränkten Armen vor ihr saß, konnte sie einfach nicht aufhören. Es tat so gut, nach all den Erfahrungen, endlich einmal befreit aufzulachen. Das erste Mal seit fünf Jahren hatte sie eine Spur, die sie vermutlich direkt zu ihrer Mutter führte. Am liebsten wollte sie Eva alles erzählen, sie umarmen und die Freude teilen. Doch ein kleiner Teil ihrer Vernunft sagte ihr, dass sie damit lieber noch warten sollte. Als ihr Bauch schmerzte, hörte sie endlich auf zu lachen. Ein Blick zur Uhr verriet ihr, dass sie etwa fünf Stunden in der anderen Welt verbracht hatte.

„Was machst du denn noch hier?", fragte Melissa ihre beste Freundin und griff sich die Wasserflasche neben dem Bett. Ihre Kehle war vom vielen Erzählen bei den Ley'alok trocken geworden, obwohl sie immer noch schwitzte.

„Hatte keine Lust nach Hause zu gehen. Deine Mission schien erfolgreich gewesen zu sein. Willst du davon erzählen?"

„Nein, ich muss auch gleich weiter." Rasch warf sie die Flasche wieder auf ihr Bett, drehte sich um.

„Denk daran, deinem Vater Bescheid zu sagen", hörte sie Eva rufen, als Melissa bereits auf dem Weg nach unten war. Wenn sie Recht behielt und Methonius ihre Mutter wirklich in seiner Höhle gefangen hielt, würde er sie vermutlich nicht ohne einen Kampf gehen lassen. Es musste schließlich einen Grund geben, warum er sie seit fünf Jahren gefangen hielt. Eine einzige Wolke trieb an ihrem Himmel voller Euphorie und störte das glückliche Bild, das sie sich selbst gemalt hatte. Auf dieser Wolke stand mit winzigen Buchstaben geschrieben: *Wie willst du gegen einen Gott bestehen?*

Sie lief durch den Flur, folgte dem Geruch von Sauerkraut direkt in die Küche. Ihr Vater kochte

Kassler. Melissa hörte ihren Magen knurren. Okay, etwas essen musste sie auch noch, aber dann würde sie weiter.

„Dad, ich weiß jetzt, wo ich weitersuchen muss. Ich brauche sicher nicht lange." Melissa sah ihrem Vater geradewegs in die Augen. Das sie selbst ihren letzten Satz nicht glaubte, musste er nicht erfahren. Was auch immer sie in der Höhle erwartete: ein freundlicher Empfang würde es bestimmt nicht werden.

„Bist du dir sicher? Ich habe immer noch Bedenken, was diese ganze Suche angeht."

„Keine Sorge. Ich pass schon auf mich auf. Ich war schon einmal dort und bin wiedergekommen", sagte sie, um ihren Vater zu beruhigen. Sie schnappte sich ein Glas aus dem Hängeschrank und lief zum Kühlschrank. Die Bemerkung sollte beiläufig klingen, aber sie schaffte kaum es überzeugend rüberzubringen. Ihre Sorgenwolke wurde größer.

„Du warst bereits dort? Du hast nie davon erzählt, dass du deine Mutter gesehen hast." Die Barthaare seines Schnäuzers zitterten.

„Ich wusste damals nicht, dass es dort eventuell einen Hinweis auf Mama gab. Es war meine kurze Reise in die Höhle, ganz am Anfang." Melissa blieb auf Abstand zu ihrem Vater. Etwas stimmte nicht. Wusste er mehr, als er ihr sagte? Ihr Blick flog immer wieder zu ihm hoch, während sie sich Wasser einschenkte. Im Hintergrund kochte das Sauerkraut zusammen mit dem Kassler auf der Herdplatte.

Ihr Vater wischte sich über die Augen, drehte sich fort von ihr. „Entschuldige. Ich wollte dich nicht anfahren." Phillip drehte seine Finger im Handtuch, obwohl diese trocken waren. „Diese ganze Geschichte um das Amulett war schon schwer genug, als Vanessa es getan hat, aber jetzt mit dir …" Er atmete schwer durch. „Ich weiß nicht, ob ich das durchstehe. Du bist meine Tochter."

Ihr Vater stand da, wie ein geschlagener Hund. Mitleid regte sich in Melissa und sie umarmte ihn. Einen glücklichen Moment fühlte sich Melissa an frühere Zeiten erinnert, als ihre Mutter noch dagewesen war. Melissa vermisste die Augenblicke, in denen sie sich zu dritt auf die Couch im Wohnzimmer gekuschelt hatten. Melissa hatte immer in der Mitte gelegen, gemeinsam hatten sie jedem Gewitter zugesehen, das in den Abendstunden über Schwarzenbek hinweggezogen war.

Meistens hatte ihre Mutter Geschichten erzählt, mal ernste, mal lustige. Wenn ihr Vater dann gelacht hatte, hatte die ganze Couch gebebt und sie waren mehr als einmal heruntergepurzelt. Kaum war der Gedanke in ihrem Kopf beendet, holte sie die Realität wieder ein. Ihr Vater ließ sie los und sie war wieder in der Küche, das Wasser im Topf blubberte und sie musste ihre Mutter aus der Gefangenschaft eines Gottes befreien.

„Ich pass auf mich auf, Dad. Versprochen." Sie versuchte, so viel Zuversicht in ihre Stimme zu legen wie sie konnte.

Dennoch schien ihr Vater nicht besonders überzeugt. Bevor er etwas sagen konnte, lenkte sie vom Thema ab. „Wie lange dauert das Essen noch? Es riecht lecker." Während sie sich aus Gewohnheit an den Tisch setzte, versuchte sie ruhig zu bleiben, aber ihre Euphorie wandelte sich in Energie. Unruhig wackelte sie mit ihrem rechten Bein. Obwohl sie ihre Hand darauf presste, hörte es nicht auf. Es war sinnlos. Sie musste los. Melissa spürte den Zug an ihrem Körper.

„In einer halben Stunde ist es fertig. Bleibst du noch?" Ihr Vater schien zu ahnen, wie es in ihr vorging.

„Nein, ich schnapp mir zwei Milchschnitten und dann reise ich weiter." Melissa sprang wieder auf. Dabei stieß sie ihren Stuhl vor lauter Hektik um. Ihr Vater schmunzelte, verlor das Lächeln aber sofort wieder. Mit undurchdringlichem Blick sah er sie an.

„Glaubst du, es geht ihr gut?", fragte er leise.

Melissa hielt in ihrer Bewegung zum Kühlschrank inne. Warum fragte ihr Vater sie das ausgerechnet?

„Bestimmt", wiegelte sie die Frage schnell ab, auch wenn sie nicht an dieses eine Wort glaubte.

Aber sie sah die Erleichterung auf dem Gesicht ihres Vaters und war froh, diese Lüge ausgesprochen zu haben.

„Gut. Wenn du zurück bist, müssen wir uns übrigens mal über Arionas unterhalten", hörte sie ihn sagen.

Melissa schluckte, nickte ihm noch einmal zu, überließ ihm dem Kochen und ging wieder nach oben. Verdammt, das hatte sie ganz vergessen.

Kurz überlegte sie, Arionas in seinem Zimmer zu besuchen, aber was sollte sie sagen? *Hi, bin gleich wieder weg und erzähl meinem Vater ja nichts von der Hochzeit?* Nein, wenn sie zurückkam, konnte sie ihm sicher mehr erzählen. Wenn …

***

Kühle, abgestandene Luft. Melissa roch die Höhle, bevor sie diese sah. Diesmal war Melissa auf die

Dunkelheit vorbereitet. Eine der großen, schweren Taschenlampen ihres Vaters lag in ihrer Hand, zugleich Licht- und Sicherheitsspender. *Zumindest besser als eine ausgestopfte Katze,* dachte sie. Rasch drehte sie sich um sich selbst, suchte die Höhle nach ungebetenen Gästen ab. Noch einmal wollte sie nicht solch eine Überraschung erleben. Doch sie war allein in der Höhle. Kein Methonius, kein anderer Mann mit Kapuze. Trotzdem sie freiwillig in diese Situation lief, atmete sie erleichtert aus. Jetzt konnte sie herausfinden, wo genau sie sich befand. Vor allem interessierte sie, in welcher Welt sie sich aufhielt.

Melissa machte den ersten Schritt. Ihre Turnschuhe machten auf dem Steinboden kaum Geräusche. Vorsichtig schlich sie sich durch die große Kuppelhöhle. Immer wieder erfasste der Wind ihre Haare, wirbelte sie auf, sandte aber auch Geräusch zu ihr. Irgendwo in der Nähe musste ein Ausgang sein, der vermutlich in eine Siedlung führte. Sie hörte das Beschlagen von Eisen und das Jaulen von Tieren. Dies war ihr beim ersten Mal nicht aufgefallen, aber da hatte sie auch andere Sorgen gehabt.

Endlich erreichte sie den einzigen Gang, der hinausführte. Er lag im Dunkeln, lief in einer langgezogenen Kurve nach rechts. Melissa konnte nicht erkennen, was am Ende lag. Das Pochen in ihren Fingern nahm zu, während sie die Taschenlampe fester umklammerte. Sicherheitshalber strahlte sie die Decke über sich an. So konnte sie selbst ausreichend sehen, informierte aber niemanden vorzeitig über ihre Ankunft, indem vor ihr das Licht auf die Wand fiel. Auf keinen Fall wollte sie entdeckt werden.

Ihre Füße bewegten sich automatisch, als wüssten sie den Weg. Melissa lief bereits eine Weile geradeaus, als auf einmal eine Abzweigung kam. Es sah aus, wie eine Kreuzung mitten in der Höhle. An den Wänden der einzelnen Gänge waren Zeichen angebracht, fast wie Hinweise, aber Melissa konnte keines davon lesen. Hilflos blickte sie in jeden Gang, aber alle liefen in einem Bogen, so dass sie nirgendwo etwas Genaueres erkennen konnte. Nur Steine überall. Aus einem drang ein fürchterlicher Gestank zu ihr. Dort ging sie nicht entlang. Blieben noch zwei Wege.

„Ein Stück Kreide wäre jetzt nicht verkehrt", murmelte sie leise.

Da hörte sie das Heulen erneut. Rasch horchte sie in die einzelnen Tunnel hinein. Schließlich entschied sie sich für den, der links wegführte. *In der Nähe muss der Ausgang sein,* dachte sie als sie Geräusche hörte. Der Gang wurde enger. Melissa konnte gerade hindurch gehen, aber wenn sie schwankte, schlug ihre Schulter ein ums andere Mal gegen die Wände.

Ihr kam der Weg ewig vor. Erst, als sie endlich Licht am Ende ihres Tunnels sah, atmete sie erleichtert ein. Zwar litt sie nicht unter Platzangst, aber sie hatte keine Ahnung, wie hoch die Steine über ihr gewachsen waren. Wenn einer der Tunnel einbrach, wäre sie vermutlich innerhalb eines Wimpernschlags tot. Dieser allgegenwärtige Gedanke motivierte sie nicht gerade weiterzugehen. Rasch lief sie auf das Licht zu.

Der Ausgang.

Sonnenrotes Licht umfing sie, als sie aus dem Tunnel trat. Doch gleich darauf wurde ihre Hoffnung von den Fackeln an den Wänden zerstört. Erneut stand sie in einer Höhle. Diesmal allerdings konnte sie kein Ende der Höhle ausmachen. Die Kuppel befand sich in einigen hundert Metern Höhe. Vereinzelt waren winzige Löcher kurz unter der Decke auszumachen, doch auch dort erkannte Melissa kein Tageslicht, das die Höhle erhellte. Stalaktiten hingen zu hunderten von den Decken. Es traf sie wie ein Steinschlag. Sie befand sich in einem gigantischen Höhlensystem. Vermutlich bestand die ganze Welt aus Höhlen und Tunneln. Es würde ewig dauern, ihre Mutter hier zu finden. *Wenn sie überhaupt hier gefangen gehalten wird,* zweifelte sie kurz.

Ein Berg mitten in der Höhle versperrte ihr die Sicht. Wenn sie diesen Weg verfolgen wollte, musste sie entweder hinüberklettern oder außen herumlaufen. Gerade als sie beschloss, den weiteren aber weitaus einfacheren Weg zu nehmen, entdeckte sie auf ihrem gewählten Pfad ein schwarzes Schimmern. Ihr Fuß verharrte in der Luft. Rasch zog sie ihn wieder zurück. Sie fokussierte ihren Blick auf das Flimmern, das sich ganz langsam zu einem festen Gegenstand verwandelte. Ein zweibeiniges, finsteres Wesen mit dem Kopf eines Raubvogels erschien vor ihr.

„Was zum Henker?", murmelte Melissa und zog ihr Schwert. Das Knurren und die nach vorn gebeugte Haltung des Wesens sagten ihr eindeutig, welche Absichten es hatte. Es war mindestens doppelt so groß wie Melissa. Und sie stellte sich in Verteidigungsstellung, ohne dass es ein wahrnehmbarer Gedanke war.

Ein weißer Blitz im Augenwinkel schwenkte ihre Aufmerksamkeit herum. Geblendet senkte sie den Kopf. Doch ebenso schnell, wie es aufgetaucht war, verschwand das Licht erneut. Dafür stand eine Gestalt nur wenige Schritte von ihr entfernt. Eine düstere Kapuze verdeckte das Gesicht ihres Gegenübers, aber Melissa ahnte bereits, wer vor ihr stand. Ein Kälteschauer breitete sich wie ein tosender Schneesturm über ihre Haut aus.

„Methonius", zischte sie. Einige der Flammen in ihrer Nähe erloschen. Obwohl sie nun wusste, dass ein Gott vor ihr stand, empfand sie keine Angst. Für sie war er lediglich jemand, der zwischen ihr und ihrer Mutter stand. Und dies wollte sie ändern. Ihre Bedenken über ihre Unterlegenheit wurden wie ein Erstklässler auf dem Schulhof zur Seite gestoßen.

„Trägerin", erwiderte dieser und zog seelenruhig seine Kapuze vom Kopf. Zum Vorschein kam das bleiche Gesicht und die ebenso weißen Augen, die sie bereits vor über einem Monat hatten zusammenfahren lassen. Diesmal war sie auf den Anblick vorbereitet, verzog keine Miene. Auf seiner Stirn sah sie ein Zeichen, das ihr bei ihrem ersten Besuch nicht aufgefallen war. Zwölf Ringe, die ineinander verwoben waren. Melissa ballte die Fäuste, umklammerte ihr Schwert fester.

„Was machst du hier unten bei mir? Hast du weitere Fragen zu deiner Aufgabe?", erkundigte sich Methonius.

„Mehr oder minder", knurrte Melissa. Es kostete sie einiges an Überwindung, um nicht unbedacht auf ihn einzustürmen. Aber ein letzter Funke Verstand sagte ihr, dass sie ihn so nicht zum Reden bekommen würde und töten wohl erst recht nicht. Zu ihrem Glück knisterte dieser Funke laut genug, um ihre Wut zu überwältigen.

„Dann stelle diese rasch." Eine seiner Hände wedelte ungeduldig, dennoch sah er sie aufmerksam an.

„Weißt du, was mit meiner Mutter vor fünf Jahren passiert ist?" Ein Blick zur Seite sagte ihr, dass das schwarze Wesen immer noch an seinem Platz neben dem Berg stand.

„Natürlich. Jeder Novensil hat von dem schrecklichen Unfall gehört. Es war eine Schande, denn Vanessa Neumann war eine außerordentlich begabte Trägerin." Methonius legte den Kopf schief, als erinnerte er sich an ein Ereignis weit vor ihrer Zeit. Kurz war Melissa irritiert. Ein schmerzhaftes Lächeln legte sich auf seine Züge, beinahe als bereute er ihren Tod. *War er doch der Falsche,* überlegte sie. Da fiel ihr siedend heiß ein, dass neben Methonius eine weitere Gestalt gestanden hatte. Ebenfalls mit einem Umhang und Kapuze bekleidet. *War dies ein weiterer Novensil gewesen,* fragte sie sich. Trugen alle Götter dieselbe Kleidung? Der alte Mann hatte einen Mantel getragen, keinen Umhang. Melissas Entschlossenheit schwankte. Vielleicht hatte ein anderer Gott die Kontrolle über die Geister und Methonius in eine Falle gelockt. Sie war wirklich dumm. Ein Novensil war schuld, aber sie wusste nicht, welcher.

Am liebsten wäre sie sofort wieder abgehauen. Aber dann fielen ihr die Ley'alok ein. Das Volk hatte ihr zugestimmt, als sie den Namen von Methonius erwähnt hatte. Also musste er zumindest etwas wissen. Sie straffte ihre Schultern und konzentrierte sich wieder auf ihr Gegenüber. Mit festem Blick trat sie ihm entgegen.

„Hast du meine Mutter schon einmal gesehen?"

„Das Vergnügen blieb mir bisher verwehrt. Aber ich hörte Geschichten über sie", schob er nach.

„Das hilft mir nicht im mindesten", murmelte Melissa. Sie fuhr sich mit der freien Hand über die Stirn, während sich ihr Griff um das Schwert lockerte. Sie beschloss, in die Offensive zu gehen. „Wusstest du, dass sie noch am Leben ist?" Sie fixierte die Mimik von Methonius, wollte keine seiner Reaktionen verpassen.

Es dauerte einen Moment, aber dann zog er die Augenbrauen steil nach oben. Melissa war sich nicht sicher, ob er wirklich überrascht war oder nur so tat. Für einen Moment glaubte sie ein Grinsen auf seinem Gesicht zu sehen, aber es war so schnell verschwunden, dass sie sich nicht sicher war, es überhaupt gesehen zu haben.

„Nein, diese Tatsache war mir nicht bekannt", erwiderte er schließlich.

„Wie kommt es, dass ihr Götter seid, aber nicht wisst, ob jemand am Leben ist oder nicht?"

„Nun, wir können nicht auf jeden einzelnen achten."

„Aber die Trägerin? Immerhin sollte man wissen, wann diese am Leben ist und wann nicht." Melissa sah ihm in die Augen.

„Es ist nicht so einfach, wie es sich anhört. Immerhin haben wir die Verantwortung für viele Welten. Sich auf eine einzelne Person zu konzentrieren, bedeutet, unsere anderen Schützlinge zu vernachlässigen. Und das wäre nicht recht." Methonius' Worte klangen wie zurechtgelegt. Melissa war hin und hergerissen. Hörte sie nur das, was sie hören wollte?

„Wie könnt ihr dann so sicher sein, dass sie tot ist?“ Ihr Blick huschte wieder zu dem Wesen neben dem Berg. Noch immer verharrte es still. Aber Melissa hörte ein dumpfes Grollen aus der Richtung. Etwas sagte ihr, dass sie nicht mehr lange allein bleiben würden.

„Wir erhielten aus einer verlässlichen Quelle die Information über Vanessa Neumanns Tod. Warum also zweifelst du daran?“

„Sie ist nicht auf dem Gemälde.“ Melissa war gerade etwas abgelenkt. Um sie herum tauchten aus allen Richtungen mehr von diesen schwarzen Wesen auf. Auf Anhieb zählte sie sechs weitere Raubvogelzweibeiner. Methonius schien das nicht zu stören. Er sah nicht einmal zu den Kreaturen. Entweder nahm er sie nicht wahr oder er sah in ihnen keine Bedrohung. Melissa vermutete letzteres. Immerhin war er ein Novensil, sie hingegen …

„Welches Gemälde?“, unterbrach er ihre Gedanken.

„Das, auf dem immer die Erinnerungen der letzten Generation auftauchen, ein Jahr nachdem eine Trägerin stirbt. Wieso kennst du das nicht?“ Melissas Aufmerksamkeit sprang wieder zurück zu Methonius.

Deutlich sah sie den Ärger auf seiner Stirn. Seine zusammengezogenen Augenbrauen sprachen Bände. Sie war überrascht. Bisher hatte sie geglaubt, dass das Gemälde ebenfalls von den Novensil erschaffen worden war.

„Es muss in meiner Abwesenheit beschlossen worden sein“, redete Methonius sich raus. Jetzt war Melissa sich sicher. Diese Ausrede war zu billig, als dass sie wahr sein konnte.

„Du weißt, wo meine Mutter ist", rief sie und packte den Knauf des Schwertes fester. „Du befehligst die Geister, die sie entführt haben." Sofort ertönte ein lautes Kreischen zu ihrer Rechten. Eines der schwarzen Wesen bewegte sich. Melissa nahm im Dämmerlicht die Bewegung kaum wahr und doch stand die Kreatur auf einer anderen Position als zuvor, während ihr Blick hinüberfuhr. Verwesungsgestank wehte zu ihr rüber.

„Das ist doch Irrsinn, Melissa. Woher sollte ich wissen, dass sie am Leben ist?"

„Sie ist nie bei einem Autounfall gestorben. Dieses Gerücht hat mein Vater verbreitet, weil sie einfach verschwunden ist. Aber jemand hat sie vorher aus unserem Haus entführt und die Beschreibung dieses Jemand passt erstaunlich gut auf dich." Melissa ging jetzt aufs Ganze.

„Da muss eine Verwechselung vorliegen, Melissa. Ich bin mit meiner Kraft und meinem Körper an die Unterwelt gebunden. Nur zu bestimmten Anlässen kann ich diese verlassen."

Melissa klappte der Unterkiefer herunter. „Unterwelt?" Erschrocken sah sie sich genauer um. Beinahe erwartete sie von Zombies angegriffen zu werden, die in diesen Höhlen seit Jahrhunderten Tagebau betrieben. Das Licht flackerte. Eine der wenigen Fackeln erlosch, als ein Windstoß aus einem der Gänge stöhnte, welcher ihr eine Gänsehaut verpasste.

„Korrekt. Vor einigen Jahrtausenden wurde ich zum Hüter über die Toten benannt und habe seither diesen Ort selten verlassen." Melissa hörte eine Spur Unwillen in seiner Stimme. Nachvollziehen konnte sie es allemal. Auf immer und ewig in diesem Höhlensystem gefangen zu sein, stellte sie sich nicht besonders spaßig vor. *Das erklärte auch seine blasse Haut,* dachte Melissa. Unwillkürlich empfand sie Mitleid für Methonius. Ihr Kopf legte sich schief. So lange ohne Sonne, ohne Freunde zu verbringen musste schrecklich sein. *Andererseits,* überlegte Melissa, *bekam er Besuch*. Die Gestalt von ihrem ersten Besuch hatte ziemlich lebendig gewirkt, auch wenn sie immer noch nicht wusste wer er war. Melissa schüttelte den Kopf. Sie ließ sich ablenken und das war etwas, was sie gerade überhaupt nicht gebrauchen konnte.

„Es tut mir leid, dass du hier festhängst, aber trotzdem bist du meiner Frage ausgewichen." Diesmal klang ihre Stimme nicht mehr so hart wie noch kurz zuvor.

„Ich habe deine Mutter nicht entführt", sagte er klar und deutlich.

„Aber wer dann?", entfuhr es ihr. Der Weg hatte sie hierhergeführt. Methonius musste entweder der Täter sein oder etwas wissen.

„Dies kann ich dir nicht beantworten. Warum glaubst du, dass ich derjenige bin, welcher Vanessa Neumann aus dem Verkehr gezogen hat?" Seine Stimme klang so nebensächlich, dass nur noch das intensive Betrachten seiner Fingernägel fehlte, um das Klischee zu erfüllen. Sie wusste nicht, was sie denken sollte. Methonius verhielt sich verdächtig und doch behauptete er, nichts zu wissen.

„Ist doch nicht so wichtig. Jetzt muss ich meine Suche von vorne beginnen." Melissa drehte sich fort von Methonius. Eigentlich wartete sie auf ein erleichtertes Aufseufzen, aber es blieb still. Er würde sich nicht von allein verraten, da war sie sich inzwischen sicher.

„Du verlässt uns bereits?", erkundigte er sich.

Melissa machte den ersten Schritt zurück auf den Tunnel zu, lief um einen Vorsprung herum. „Ja, ich weiß, dass meine Mutter am Leben ist und ich werde sie finden."

„Ich möchte dich nicht enttäuschen, aber es gibt hunderte von Welten. Die Wahrscheinlichkeit, sie zwischen all den Menschen und anderen Völkern zu finden, ist sehr gering." Obwohl sie ihm den Rücken zugekehrt hatte, hörte sie deutlich das Lächeln in seinen Worten. Melissa ballte ihre Fäuste. Methonius wusste etwas, aber wollte es ihr nicht sagen.

Da sah sie auf einmal ein sechsbeiniges Wesen, das von hinten zu Methonius schlich. Seine lange Zunge schliff hinter ihm auf dem Boden. Hände hatte das Wesen nicht, atmete dafür aber äußerst laut. Methonius riss seine Augen weit auf. Scheinbar hatte er das Wesen bemerkt. Er drehte sich blitzschnell um sich selbst.

„Meister, die Trägerin ist vorbereitet", rief das Sechsbein, ehe Methonius es stoppen konnte. Bevor das Wesen ihn erreichte, stockte es. Ein Ausdruck des Überraschens trat auf dessen Gesicht und dann platzte es. Melissa duckte sich unter einem Fetzen der brauen Haut, der auf sie zuflog. Aus Reflex folgte sie dem Flug des Stückchens, bis es gegen eine Wand klatschte und leblos hinabfiel.

Melissa drehte sich wieder um. Methonius stand mit dem Rücken zu ihr, den Kopf gesenkt. Auf einmal wandte er sich um. Ihre Finger griffen fest um den Knauf. Mit einem zischenden Geräusch zog sie ihr Schwert. Es war die Verlängerung ihres Willens und der forderte das Blut eines Gottes.

„Kind, ich weiß nicht …"

„Verschon mich mit deinen Lügen. Du hältst seit fünf Jahre meine Mutter gefangen. Lass sie sofort frei", drohte sie ihm.

Methonius schwieg. Seine vorher schon nicht sonderlich glaubwürdige Fassade bröckelte, als er mit der Hand abwinkte. Anstelle des hilfsbereiten Albinos stand jetzt ein Gott vor ihr. Zumindest stellte Melissa sich so die Ausstrahlung eines Novensil vor, wenn er vor seine Anhänger trat. Seine Erscheinung vergrößerte sich spürbar vor ihren Augen. All seine Energie ballte sich zu einer Faust und schlug auf sie ein, ließ sie taumeln. Melissa jedoch richtete sich sofort wieder auf, hielt dagegen. Seine Miene war zu Eis gefroren.

„Es hat auch Nachteile, wenn man Untertanen hat, die jeden Befehl exakt so ausführen, wie man ihn erteilt", rief Methonius. Ohne dass er ein weiteres Wort sagen musste, begannen die sieben schwarzen Wesen auf sie zuzugehen. Melissa war klar, dass Methonius sie auf sie hetzte. Ein gemeinsames Kreischen entrang sich den Kehlen, ermutigten Melissa, die Kräfte des Amuletts anzuzapfen, ohne daran zu denken. Ein Kribbeln. Und ihre Gedanken wurden kalt.

Da nahm sie das erste Mal wahr, dass die sieben Wesen im Gleichschritt gingen. Als wenn sie von einem einzigen Gedanken angetrieben wurden.

„Warum hast du sie entführt?", fragte Melissa den Gott der Unterwelt. Ihre Stimme klang längst nicht mehr so ängstlich und verzweifelt, wie bei ihrem letzten Gespräch. Düster und voller finsterer Versprechen brach die Stimme über Melissa hinein.

„Sie und ihr Schicksal passten gut in meine Zukunftsplanung“, antwortete Methonius. Das Grinsen um seine Lippen ließ Melissa selbst in ihrer gefühlskalten Situation erbeben.

„Was soll das heißen?“

„Das würdest du sowieso nicht verstehen.“

Melissa roch die Überheblichkeit ihres Gegenübers. Im Augenwinkel beobachtete sie weiterhin die sieben potenziellen Angreifer. Sie rückten näher, trugen den Gestank der Verwesung mit sich, den Melissa bereits einige Male wahrgenommen hatte.

„Deine letzte Möglichkeit. Sag mir, wo du sie gefangen hältst …“

„Oder was? Willst du mich mit deinen kleinen Tricks aus dem Amulett besiegen?“ Ein diabolisches Lachen ertönte in der Höhle. „Bedenke, dass wir Novensil es waren, die dieses Artefakt geschaffen haben.“

„Habt ihr gut gemacht“, erwiderte Melissa gelassen und grinste.

Zufrieden beobachtete sie, wie Methonius Mundwinkel nervös zuckten. Gleichzeitig sprangen die schwarzen Wesen vor ihn. Wie eine Mauer standen sie zwischen Melissa und ihrem Ziel.

„Ich habe andere Verpflichtungen, die meiner Aufmerksamkeit bedürfen. Ein letzter Rat von mir: Verschwinde von hier. Ansonsten wirst du sterben.“ Damit drehte er sich um.

„Wage ja nicht, mich hier stehen zu lassen“, brüllte sie ihm hinterher. Doch nur einen Augenblick später verschwand der Gott der Unterwelt in einem Lichtblitz. Zurück ließ er eine wütende Melissa, die sich schwor, diesem Novensil das Handwerk zu legen.

KAPITEL 22

Zuerst wollte sie ihm folgen. Aber sie wusste nicht, wohin er verschwunden war. Ein Knurren ertönte. Melissa war sich nicht sicher, ob es ihrer Kehle entsprungen war oder der der schwarzen Wesen. Diese bewegten sich nicht mehr, als ob sie Melissa noch eine letzte Chance zur Flucht boten. Aber das würde sie nicht tun. Vor nicht allzu langer Zeit hatte sie Calina, einer Mitgefangenen auf Traveste, geschworen, nie wieder davon zu laufen. Wenn sie jetzt verschwinden würde, bräche sie dieses Versprechen.

Sie wollte sich gegen die schwarzen Wesen stellen. Ihr kühler Verstand teilte ihr mit, dass die sieben Gegner dieser Größe und Statur kein Problem für sie darstellten. Melissa stellte sich mit einem Bein versetzt hin und blickte die Vogelköpfe erwartungsvoll an. Eine Weile geschah nichts. Es herrschte Stille, dumpfe, gewaltbereite Stille. Keine Geräusche drangen mehr aus den Tunneln. Die Wesen waren verstummt, atmeten nicht einmal. Allerdings konnte Melissa nicht sagen, ob sie dies vorher getan hatten. Wenn sie in der Unterwelt war, konnten das sonstwas für Wesen sein. Kurz blitzte das Bild von Cerberus vor ihrem inneren Auge auf. Der Höllenhund. So sahen die sieben vor ihr zwar nicht aus, aber sie konnte nicht wissen, was für Kräfte oder Fähigkeiten ihnen innewohnten. Ihr Zeigefinger begann unruhig zu trippeln. Selbst unter der Kontrolle des Amuletts kannte sie also Nervosität. *Immerhin ein Zeichen, dass ich nicht vollkommen zu einer Maschine geworden bin.*

„Lasst ihr mich passieren?“, durchbrach sie die Ruhe.

Die Antwort folgte prompt. Ebenso schnell wie die Wesen erschienen waren, lösten sie sich nun auf. Melissa war überrascht, dass es so einfach sein sollte. Eigentlich hatte sie einen Kampf erwartete, der ihr kostbare Zeit stehlen würde. Finstere Schatten erhoben sich aus den Körpern der Kreaturen, schwebten in Richtung der Höhlenkuppel. *Ein Tanz von dunklen Glühwürmchen,* dachte Melissa. Düster pulsierten sie in der Luft, umkreisten einander. Als ob die Glühwürmchen ihren wahren Platz noch nicht gefunden hatten. Fasziniert betrachtete Melissa den Abgang der Stücke ihrer vormaligen sieben Gegner. Sie schlossen sich zu langen Fäden zusammen, die nachtschwarz in der Höhle pulsierten. Melissa konnte kaum den Blick abwenden. Das Schauspiel legte sich wie ein schwerer Rucksack auf ihre Vernunft, verlangte all ihre Aufmerksamkeit und ließ ihre Arme schwerer werden. Das Schwert in ihrer Hand senkte sich gen Boden. Immer mehr Fäden fanden den Weg zueinander, schienen sich zu necken und stoben dann wieder auseinander. Nach und nach entstand so ein Strudel, in den Melissa mit ihrem vollen Gepäck eingesogen wurde.

Melissa hörte ein Wispern, leidende Stimmen, die etwas von sich gaben, was Melissa nicht verstand. Es klang beinahe so, als ob sich die dunklen Würmchen untereinander unterhielten. Jedoch dauerte es nicht lange und die Bewegungen starteten erneut. Mit aller Macht konzentrierte sie sich auf die Steine, die immer wieder hinter den dunklen Schatten hervorblitzten. Doch diesmal folgten die Glühwürmchen einem Muster. Zu ihrem Erstaunen setzten sich die Teilchen neu zusammen, wie ein riesiges 3D-Puzzle entstand vor ihr ein neues Wesen.

Kurz war sie an einen Ölteppich erinnert. Es waberte hin und her, aber gleich darauf war ein deutliches Bild zu erkennen. Ein Kopf brach aus der Oberfläche etwa drei Meter über ihr hervor wie ein nach Sauerstoff schnappendes Krokodil. Das Antlitz erinnerte Melissa tatsächlich an ein Reptil. Allerdings wurde ihr erst klar, was sich dort vor ihr befand, als sich sämtliche Fäden verbunden hatten und gen Erdboden schwebten.

Ein leibhaftiger Drache stand vor ihr. Kaum berührten die beiden krallenbesetzten Füße die Steine, brüllte das Ungeheuer auf. Melissas Ohren klingelten und sie musste diese mit beiden Händen fest verschließen, um den Ton auszuhalten. Das Geräusch kannte sie bereits von ihrem ersten Besuch. Es hatte sie aus der Unterwelt vertrieben. Der Lärm schmerzte in den Ohren, brachte ihren Gleichgewichtssinn ins Schleudern. Sie spürte den kalten Stahl des Schwertes an ihrem Kopf. Erst als der Drache beschloss, mit dem ohrenbetäubenden Lärm aufzuhören, konnte sie ihre Hände wiedereinsetzen. In schillerndem

Schwarz baute sich das Tier vor ihr auf. Die Steine vibrierten bei jedem Schritt.

„Verdammt, was zur Hölle ist das?", murmelte sie vor sich hin und stellte sich wieder in Abwehrposition auf.

Es war nicht die Größe des Drachens, die ihr Respekt vor diesem Gegner einflößte. Damit konnte sie umgehen, aber die Krallen, die todbringenden Stacheln auf dem Rücken und der messerscharfe, hauchdünne Schwanz ließen ihren Verstand auf Hochtouren laufen. Sie spielte in Gedanken verschiedene Optionen durch, um mit den Gefahren umzugehen. Ihre einzige Hoffnung war, dass der Drache kein Feuer speien konnte. Seine dampfrohrgroßen Nüstern blähten sich wie zur Bestätigung auf und schossen einen heißen Luftstrahl in ihre Richtung. Gerade rechtzeitig wich sie aus und sprang hinter den Vorsprung. Die Hitze, die ihr entgegenschlug, verbrannte ihr trotzdem die Haut.

„Na, immerhin kein Feuer", grummelte Melissa und rieb sich über eine Stelle am Knöchel, die von dem Dampf getroffen worden war.

Der Drache bewegte sich. Melissa hörte, wie er über die Steine raste. Für seine Größe bewegte er sich erstaunlich schnell und leise. Es klang wie das Rascheln von Blättern über Asphalt. Beinahe beruhigend. Rasch sprang Melissa auf die Beine, rannte los. Sie musste sich in Sicherheit bringen, bis sie eine Schwachstelle an dem Drachen fand. Ihre Schuhe klatschten auf den Felsen, während sie hinter dem Vorsprung hervor sprintete und in Richtung des Hügels in der Mitte der Höhle rannte. Sie lief direkt an dem Drachen vorbei. Einen Moment lang war er überrascht und ließ sie passieren, ohne nach ihr zu schlagen. Zielgenau warf sie ihr Schwert in ihre linke Hand, drehte es in der Luft, als wäre es ein Messer und zog es durch den dargebotenen Unterschenkel des Drachen.

Wieder ertönte ein höllischer Schrei. Melissa musste ihre kontrollierte Flucht aufgeben. Ungelenk stolperte sie Schritt für Schritt weiter. *Das hätte ich vorhersehen müssen,* dachte Melissa und fluchte über ihren Fehler.

Ein Blick über ihre Schulter. Schwarze Fasern am Schienbein tanzten um die Stelle, durch die wenige Sekunden zuvor ihr Schwert geschnitten hatte. Kein Blut. Weder auf dem Drachen, noch auf dem Schwert. Sie hatte nicht getroffen.

Unmöglich, dachte sie. Niemals hätte sie ihren Gegner verfehlt. Der Abstand war genau berechnet gewesen. Sie hatte den Widerstand gespürt. Er hatte aufgeschrien. Melissa musste getroffen haben.

Der Schrei endete. Melissa rannte neben den Berg, genau an die Stelle, an der zuvor noch eines der schwarzen Vogelwesen gestanden hatte. Dann drehte sie sich um. Die letzten Fäden um die verletzte Stelle des Drachen zogen sich zu, wie eine Naht, die kurz davor war eine Wunde zu verschließen. Der Drache blieb stehen, beobachtete ihre Bewegungen. Aber auch Melissa hielt inne. Sie brauchte dringend eine Eingebung, wie sie dieses Ungeheuer besiegen konnte. Das Gesicht ihrer Mutter tauchte in ihren Gedanken auf. Vor Schmerz verzogen, in eine kalte Zelle geworfen sah sie zu Melissa und streckte die Hand aus. Melissa presste die Lippen aufeinander, schüttelte den Gedanken ab. Keine Ablenkung, andernfalls wäre sie verloren und damit auch ihre Mutter.

Ein erneuter Dampfstoß wurde in ihre Richtung abgefeuert. Rasch duckte sich Melissa. Einige ihrer Haare wurden angesengt. Der Gestank von Ammoniak stieg ihr in die Nase, ihre Fingerspitzen spürten die verbrannten Haare.

„Entweder du gibst sofort auf oder du besorgst mir zumindest einen Termin beim Friseur, damit meine Frisur wiederhergestellt wird“, knurrte Melissa und richtete sich auf.

Kaum verschwand das Bild ihrer Mutter war ihr Kopf voller Angriffsmöglichkeiten. Melissa entschied sich für den einfachsten Weg. Frontal.

Mit langen Schritten raste sie auf den Drachen zu. Er versuchte auszuweichen, aber jetzt gereichte Melissa ihre geringe Größe zum Vorteil. Der Drache drehte sich fort und bot ihr so den Rücken dar. Ein Sprung. Mit dem linken Fuß gegen einen Felsen, gleich darauf der Absprung. Sie riss ihr Schwert hoch über ihren Kopf. Melissa sprang auf den Rücken des Tiers. Schuppen blitzten im Fackelschein auf, reflektierten ihr eigenes Antlitz. Beide Hände umklammerten den Schwertgriff, spürten die feinen Rillen darauf. Ein Zittern durchlief ihre Körper, als sie im Begriff war, den entscheidenden Stich gegen den Drachen durchzuführen. Dieser Treffer würde ihm direkt in die Organe fahren und langsam verenden lassen.

Der Wind fuhr ihr durch die Haare. Dann traf sie auf den Körper ihres Gegners …

… und flog hindurch. Ungeschickt landete sie nicht mal eine Sekunde später auf dem Boden. Mit einer Rolle fing sie ihren Sturz ab. Mit einem Knie und einem Fuß auf dem Boden stoppte sie die Drehung und drehte sich sofort um.

Der Anblick erstaunte sie. Mitten in dem Drachen klaffte ein Loch, so groß wie sie. Sie war mitten durch ihren Gegner gesprungen und ahnte bereits, was als Nächstes kam. Rasch warf sie sich zur Seite, presste beide Handballen auf ihre Ohren. Die Vibrationen im Boden kündigten den Ton an.

Das Brüllen verschwand schneller als zuvor. Wieder erschienen diese düsteren Fäden, reparierten den entstandenen Schaden. Die Luft wurde wärmer. Immer mehr Fackeln an den Wänden entzündeten sich von selbst. Es war beinahe so, als ob jemand den Gashahn für die Beleuchtung angedreht hatte. Durch die ganze Höhle zog sich ein beißender Gestank, der Melissa das Atmen erschwerte.

Obwohl das Loch noch immer in seinem Inneren klaffte, sprang der Drache plötzlich auf sie zu. Rasend schnell landete er direkt vor ihr, holte aus und schlug ihr mit einer seiner düsteren, krallenbesetzten Pranken mitten ins Gesicht. Melissa hatte keine Chance sich zu wehren. Die Bewegungen waren selbst für das vom Amulett kontrollierte Ich zu schnell gewesen. Sie wurde von den Füßen gerissen und einige Meter weit auf den Hügel geschleudert. Hart prallte sie auf. Ihre Lunge wurde leergepresst. Sie keuchte laut, als der Schmerz aus ihrem Rücken ihren Kopf erreichte. Für einen kurzen Moment sah Melissa nichts als Dunkelheit, spürte die Panik in sich aufsteigen. Sie war wieder sie selbst.

Hektisch drehte sich Melissa auf die Füße. Da stand der Drache direkt vor ihr, das Maul weit geöffnet. Sie spürte, wie die Macht zurück in ihren Körper floss, aber es dauerte zu lange. Melissa musste selbst eine Entscheidung treffen. Sie, ein ganz normales Mädchen von der Erde. Ihre Gedanken stoppten. Einzig ihr purer Überlebensinstinkt setzte sich durch. Das Schwert in ihrer Hand, sprang sie zur Seite und hieb wie eine Verrückte auf die Krallen neben ihrem Kopf ein. Das war alles, was sie tun konnte.

Plötzlich endeten ihre verzweifelten Schläge. Mit einer Rückwärtsrolle, die sie in einen Überschlag umwandelte, verschwand sie neben dem Bein der Bestie, rannte um den Schattenkörper herum und lief in die offene Höhle hinein. Nur vereinzelt gab es Deckung durch Stalagmiten. Jedoch schützten diese Melissa nicht vor den ansteigenden Temperaturen in der Höhle. Es kam ihr vor, als wollte jemand ihre Vorstellung der Unterwelt umsetzen und dazu gehörte definitiv Hitze. Ihr fehlten nur noch die Zombies, die mit ausgestreckten Armen auf sie zustolperten und fressen wollten.

Ein Zischen ertönte hinter ihr. Schwarze Masse fiel von dem Drachen ab, der Rest des Körpers verkleinerte sich. Der abgefallene Teil strukturierte sich zu einem neuen, zweiten Wesen, ähnlich einem Hund. Vierbeinig und mit gefletschten Zähnen huschte der Schatten auf Melissa zu. Auch er bewegte sich flink durch die Höhle, verschwamm bei einigen Sprüngen vor Melissas Augen.

Der Hund griff an. Sein Maul schnappte nach ihrem Bein. Als sie nach seiner Körpermitte trat, schoss ihr Fuß hindurch. Diesmal war sie vorbereitet, konnte ihr Gleichgewicht halten. Für einen Moment zog ihr Bein schwarze Fäden hinter sich her, während die zwei Hälften des Hundes innehielten. Einige Fäden versuchten sich wieder zu verbinden, aber die Unterbrechung war zu breit. Melissa legte verunsichert den Kopf schief, als die beiden Hälften in sich zusammenfielen und im Boden versickerten. Flüssiges, schwarzes Wasser, was begierig von den Felsen vor ihren Füßen aufgesogen wurde. Rasch wandte sie sich zu ihrem anderen Gegner um und wurde getroffen.

Ein zweiter ungestümer Schlag traf sie an der Brust, schickte sie meterweit über den Boden. Der Schmerz in ihrer Brust bereitete ihr weniger Sorgen, als ihre Hose, die an ihrem Hinterteil aufgerissen war.

Langsam spürte sie, wie die Hitze in der Höhle ihre Bewegungen einschränkte. Schweißperlen liefen ihren Nacken entlang bis in ihren Kragen. Melissa konnte keine Absichten in den Augen des Drachens lesen. Ein unbeschriebenes Blatt. Melissa wusste bereits, dass die Geister von Methonius gelenkt wurden. Was war, wenn diese Schatten ebenfalls Aufträge von ihm erhielten? Eine schattenartige Maschine, die Befehle ausführte.

Auch wenn ihr Instinkt vorher schon keine Bedenken gehabt hatte, so verflogen nun auch die ihren. Sie musste schnell handeln, um der Hitze zu entkommen, sonst wäre sie in wenigen Minuten gut getoastet. Nur zu gut erinnerte sie sich an den Brand im Haus von Arionas. Noch einmal musste sie diese unmenschliche Hitze nicht auf ihrer Haut spüren.

Mit einem Sprung rettete sie sich vor einem weiteren Dampfstoß. Dabei riss sie sich die Haut an den Unterarmen auf, als sie landete. Sie musste die Nüstern ausschalten oder zumindest blockieren. Aber sie hatte keine Ahnung, wie sie das anstellen sollte. Das Ungeheuer war immer noch dreimal so groß wie sie und sicher nicht bereit, einen Stalagmiten in die Nase einzuatmen.

Ihr blieb nicht viel Zeit, um sich umzusehen, ehe der Drachen wieder auf sie einstürmte. Melissa drosch so oft es ging auf den schwarzen Schatten vor sich ein, in der Hoffnung ein weiteres Stück abzutrennen. Sie musste dafür sorgen, dass sich alles soweit trennte und zwar so, dass es sich nicht wieder zusammensetzten konnte.

Ein Treffer an ihrem Kopf ließ sie taumeln, bot ihr aber zugleich die Möglichkeit vier Treffer in dem Drachen zu versenken. Wieder fiel ein Teil des Schattens ab, doch er war kaum größer als Melissas Arm. Es war zu wenig. Wenn sie in dem Tempo weiter diesen Drachen auseinandernahm, würde sie geschmolzen sein, ehe sie fertig war.

Der Schmerz des letzten Treffers kehrte zurück. Sie war verwirrt. Warum spürte sie ihn? Rasch sah sie an sich herunter. Das Amulett war noch an Ort und Stelle. Da spürte sie den Luftzug an ihrer Wange. Die Krallen des Drachen zielten auf ihren Kopf, aber sie konnte ausweichen, so dass ihre Schulter den Schlag einsteckte. Das erste Mal seit sie kämpfte, musste sie schreien. Der Hall trug ihre Stimme durch die Höhle. Die Wunde brannte, entzog ihr mehr Macht, als sie erübrigen konnte. Wie ein Wasserfall entströmte ihre Kraft zusammen mit dem Blut aus ihrem Körper.

Der Drache zeigte kein Mitleid mit ihr, schonte sie nicht. Sie lief los, wollte sich in Sicherheit bringen. Ihr kühler Verstand suchte fieberhaft nach einer Lösung. Gleichzeitig hielt sie ihr Schwert und den verwundeten Arm fest umklammert. Melissa schaffte es, um das Tier herumzulaufen, doch da raste auch schon der Schwanz auf sie zu, drohte sie zu durchstoßen. Wie ein Pfeil zischte er auf ihren Bauch zu. Instinktiv warf sich Melissa im vollen laufen auf die Knie und bog ihren Oberkörper nach hinten. Ihr Kopf war nur wenige Zentimeter unter dem glänzenden Schwanz.

Während sie sich aufrappelte, trat der Drache nach ihr, schleuderte sie zu Boden. Dabei verlor sie ihr Schwert. Hilflos rutschte sie über die Steine, bis eine Wand sie stoppte. Links und rechts von ihr befanden sich ebenfalls Felsen. Melissa erschrak. Hektisch sah sie sich um. Über ihr brannte eine Fackel, spendete Licht, als hätte es Mitleid mit Melissa. Ihr reichte ein Blick, um ihre Situation zu erfassen. Der Drache hatte sie in eine Ecke der Höhle befördert, aus der sie nicht ausbrechen konnte. Der Weg aus dieser Felsennische führte nur direkt in das weit geöffnete Maul des Drachen. Das einzige, was ihr geblieben war, waren ihre Fäuste, mit denen sie sich verteidigen konnte. Das Schwert lag unnütz neben ihrem Gegner.

Immerhin muss meine Seele keinen weiten Weg nehmen, um in die Unterwelt zu gelangen, dachte sie bitter. Ihr Körper begann zu zittern und überall zu kribbeln.

Ihr Mund öffnete sich zu einem stummen Schrei. Gleich darauf aber schloss sie ihn wieder. Die Luft brannte auf ihren Lippen und ließ sie nach einem eiskalten Lufthauch flehen. Melissa suchte nach einem Ausweg, aber ihre Verzweiflung wuchs von Sekunde zu Sekunde. Sollte das ihr Ende sein? Der Teil von ihr, der durch das Amulett beherrscht wurde, wollte dies nicht glauben, aber sie selbst wusste keinen Ausweg mehr.

Der Drache kam auf sie zu, langsam, als wollte er ihr Leid genüsslich auskosten.

„Na los, töte mich schon“, schrie Melissa ihm mit brechender Stimme entgegen.

Inzwischen zitterte sie unkontrolliert. Wenn sie es genau nahm, hatte sie weder ihre umherspringenden Gedanken noch ihren Körper unter Kontrolle. Da beugte sich der Schatten über sie. Die Fackel über ihrem Kopf loderte auf, verbreitete noch mehr Hitze. Mit ihrer gesunden Hand packte sie das Amulett unter ihrem T-Shirt. Die Symbole waren ihr schon so vertraut, dass sie glaubte, sie ihr Leben lang zu kennen.

Es war ein Abenteuer gewesen, dachte sie und ein Lächeln erschien auf ihren Lippen. Melissa wusste nicht, was es da zu suchen hatte, aber sie beließ es an Ort und Stelle. Ihr Blick wandte sich nach oben, in die Augen des Drachens. Auf einmal blinkte etwas direkt über dessen Kopf auf. Innerhalb eines Wimpernschlags formte sich eine Idee in ihr.

Melissa hielt die Luft an. Das war es!

Die Kraft aus dem Amulett strömt direkt in sie hinein, zapfte eine Fähigkeit an, die sie noch nicht kontrollieren konnte. Alle ihre Energien fokussierten sich auf den Stalaktiten über dem Kopf. Wenn sie ihn zum Fallen bringen konnte …

Bevor sie den Gedanken zu Ende denken konnte, bebte bereits die Decke. Mit den Händen an der Wand arbeitete sie sich auf die Beine, die Augen fest auf den Felsen gerichtet, der von der Decke der Höhle wuchs. Ein Grollen durchfuhr das Gewölbe, lenkte die Aufmerksamkeit des Drachen auf die Steinwände, fort von Melissa. Ein Schrei entfuhr ihr, als sie spürte, wie ihre Gedanken den Stalaktiten von seiner Basis trennten und er fiel. Direkt auf den Schatten hinauf. Weitere Teile der Decke stürzten hinab, fielen auf die auseinanderbrechenden Stücke des Drachen. Die Steine barsten bei ihrem tiefen Fall in hunderte von Geschossen. Melissa duckte sich unter den Felssplittern, hielt die Arme schützend über den Kopf. Dennoch fühlte sie, wie sich einige in ihre Haut pressten. Das Donnern hielt an, während Melissa immer noch nicht atmete. Ihre Lunge zog sich zusammen, schrie nach Sauerstoff. Aber sie zwang sich, mit dem klar zu kommen, was in ihr kreiste, bis es nicht mehr ging.

Als das Grollen endlich endete und kein neuer Aufprall zu hören war, wagte sie ihren Kopf zu heben. Sie sah zunächst nichts. Melissa musste husten, als sie einatmete. Die Luft war von winzigen brennenden Staubpartikeln erfüllt. Die Hitze gelangte so in ihr Inneres, entflammte den Damm, der ihre Wut bisher beschützt hatte. Sie richtete sich auf, ballte die Fäuste und schrie gleich darauf wild ihren Zorn durch die Höhle. Der Staub legte sich auf ihre Haut, auf ihre Stimme, ließ sie immer wieder husten. Dennoch fluchte und brüllte Melissa, bis die Wut aufgebraucht war. Keuchend brach sie zusammen, senkte den Kopf und starrte auf die Steine, die von einer Schicht überdeckt waren. Vereinzelt sah sie vor sich noch schwarze Fäden, aber sie versickerten alle im Boden, ohne sich noch einmal zusammenzufinden.

Melissa hatte es geschafft. Sie hatte die erste Hürde genommen, wenn auch nicht ohne Blessuren. Während die Macht aus dem Amulett nachließ, spürte sie die Schmerzen deutlich. Ihr Hinterkopf drohte zu explodieren, der Kratzer an ihrer Schulter brannte lichterloh. Melissa biss sich auf die Unterlippe, schloss kurz die Augen.

Nur einen Moment lang wollte sie ruhen. Sie sah auf ihre Uhr, die wie durch ein Wunder diesen Kampf unbeschadet überstanden hatte. *Zwei Minuten,* schwor sie sich. *Mehr nicht.* Ihr Körper rutschte an der Wand herunter und ihr Kopf sackte auf ihre Brust.

KAPITEL 23

Melissa schreckte hoch, riss die Augen weit auf. Vanessa rief nach ihr. Deutlich hatte sie die Stimme ihrer Mutter gehört. Direkt neben sich. Doch sie war allein. Niemand war bei ihr. Vor ihr lag ein Turm aus Steinen und über ihr flackerte eine Fackel. Etwa eine halbe Stunde war vergangen. Sie musste ohnmächtig gewesen sein.

Ihre Wunden schmerzten, als Melissa den ersten Schritt machte. Besonders ihre Schulter. Wie hatte etwas, durch das sie hindurchspringen konnte, eine feste Form annehmen und sie so verletzen können? Ihre Beine setzten sich in Bewegungen. Mühsam kletterte sie über den Schutthaufen hinweg, machte sich auf die Suche nach ihrer Mutter.

Kurz wünschte sie sich einen Begleiter in dieser düsteren Umgebung. Die Wärme hatte zwar inzwischen nachgelassen, aber dennoch schwitzte Melissa sofort. Und seitdem sie wusste, dass sie sich in der Unterwelt aufhielt, vermutete sie hinter jedem Vorsprung und jedem Felsen einen Untoten. Sobald sie auf einen zuging, spürte sie den für sie inzwischen unverkennbaren Anstieg des Adrenalinspiegels.

„Konzentrier dich, sonst schaffst du es nie zu ihr“, ermahnte sie sich selbst.

Ihr Blick huschte in alle Richtungen, suchte nach Gegnern, Hindernissen und Hinweisen zugleich. Jedes Stöhnen, was sie wahrnahm, jede Bewegung, die sie sah, ließ sie zusammenfahren und in Deckung gehen. Melissa hatte keine Ahnung, welche Gegner noch in der Unterwelt auf sie warteten. Dieser Schattendrache war sicher nicht alles gewesen. Um sie zum Aufgeben zu bewegen, musste er schon etwas mehr auffahren, aber noch einem begegnen musste sie auch nicht. Melissa folgte ihrem Instinkt und umrundete auch den großen Hügel in der Mitte der Höhle. Das kleine schwarze Vogelkopfwesen hatte versucht, sie von diesem Weg abzuhalten, also musste sie auf dem richtigen Weg gewesen sein.

Dahinter breitete sich das Gewölbe sogar noch weiter aus. Melissa entdeckte sieben weitere Tunnel, die alle in andere Richtungen zu führen schienen. Doch bei keinem hatte sie ein gutes Gefühl. Einige der Tunnel ließ Melissa liebend gern hinter sich, sei es aufgrund eines bestialischen Gestanks oder eines permanenten Geräuschs, das sie an den Schrei eines kleinen Kindes erinnerte. Nur holte dieses Kind keine Luft. Sie hoffte inständig, dass sie die richtige Wahl traf. Am liebsten wollte sie einfach an ihre Mutter denken und direkt vor ihr stehen, aber das war wohl kaum möglich.

Schließlich kam sie ans Ende der Höhle. Keiner der bisherigen Tunnel hatte sie davon überzeugt, ihn zu betreten. Vor ihr lagen nur noch zwei, aber auch diese wirkten nicht sonderlich einladend auf sie. Aus dem einen drang der Gestank nach in der

Sonne vergammeltem Seetang, während der andere vollkommen dunkel war. Weiter als das Licht aus der Höhle ihr anbot, konnte sie nicht sehen. *Also habe ich die Wahl zwischen Pest und Cholera,* dachte Melissa und stemmte die Arme in die Hüfte. Es war zum Verrückt werden. Schließlich warf sie ihre Arme in die Höhe, stellte sich mittig zwischen die Tunnel und begann mit Hilfe von Enemenemuh eine Entscheidung zu treffen. Diese fiel auf den Seetangtunnel.

Angewidert verzog Melissa die Nase. Sie sah an sich hinab und um sich herum, suchte irgendetwas, das den Gestank überdeckte, aber es gab nichts. Mit einer Hand vor dem Mund betrat Melissa den schwach beleuchteten Gang. Ihr Schwert behielt sie in der anderen, auch wenn es ihr auf einmal schwerer vorkam. Die Verletzung an ihrer Schulter hinderte sie daran, ihren Arm lange oben zu halten, so dass sie immer wieder den Gestank einatmete. Mit jedem Schritt, den sie machte, wurde der Geruch intensiver. Melissa musste zwischendurch immer wieder würgen, obwohl sie durch den Mund atmete.

Ihr schlechtes Gewissen trieb sie an. Sie biss sich auf die Unterlippe und lief weiter. Der Gang war von Fackeln erleuchtet, die sich entzündeten, sobald sie in die Nähe kam. *Fackeln mit Bewegungssensor,* dachte Melissa amüsiert.

Der Gang verlief gerade, kaum eine Kurve blockierte Melissas Sicht. Am liebsten wollte sie laufen, aber sie war nicht so dumm zu glauben, dass dies ihr letzter Kampf gewesen war. Vermutlich wurde ihre Mutter bewacht.

Sie malte sich die merkwürdigsten Gegner aus, hauptsächlich Untote, aber auch Tiere, die ineinander gewachsen waren und neue Kreaturen geschaffen hatten. Bisher wusste sie nicht, wozu Methonius im Stande war. „Sicher hat er als Gott eine Superkraft", murmelte Melissa vor sich hin und fragte sich, ob ihre begrenzten Kenntnisse über Marvels Thor als Grundlage zählten. Es half ihr die drückende Stille und Einsamkeit, die sie überkam, zu verdrängen. Eine Frage drängte sich ihr jedoch immer wieder auf: Wenn Methonius ihre Mutter gefangen hielt und Melissa jetzt töten wollte, warum hatte er es noch nicht bei ihrem ersten Besuch in der Unterwelt getan? Sicherlich hätte er genügend Kräfte oder Möglichkeiten dazu. *Hat er mich falsch eingeschätzt? Dachte er, ich würde in Traveste sterben und mich nicht auf die Suche nach meiner Mutter machen,* fragte sie sich. Aber selbst dann verstand sie nicht, warum Methonius ihre Mutter gefangen hielt, Melissa aber töten lassen wollte. Diese Frage konnte sie sich beantworten. Sie war ein Kind. Gut, eines das zurzeit das Weltenamulett trug, aber sie war vollkommen unausgebildet. Melissa konnte sich denken, dass man doch lieber die trainierte, erwachsene Variante von ihr auf seiner Seite wollte.

Sie hätte freiwillig nie gegen solch einen Schattendrachen gekämpft, aber um ihre Mutter zu befreien, hätte sie es sogar mit einem blitzschnellen, feuerspuckenden Blauwal aufgenommen. Ihre Mutter hingegen hätte sicher ohne zu zögern gekämpft. Jetzt, wo sie darüber nachdachte, fiel Melissa keine Situation ein, in der Vanessa gezögert oder sich gar zurückgezogen hatte. Ein Lächeln überzog ihre Miene, als sie an ihren letzten Urlaub dachte. Das war der Norwegenurlaub gewesen. Sie hatten in einem

Ferienhaus an der Westküste gewohnt. Phillip hatte auf mindestens drei Angelausflüge bestanden. Als sie von ihrem zweiten Ausflug am späten Nachmittag zurückgekommen waren, hatten sie sich vor den Kamin kuscheln wollen, um sich aufzuwärmen. Es hatte den ganzen Tag geschneit und sie waren mehr als durchgefroren. Den Anblick der Schneeflocken, die in die Bucht hineinflogen kamen, um sie herumtanzten und sich dann wild in die Fluten stürzten, würde Melissa vermutlich nie vergessen. Doch das gesamte Holz, das vor der Hütte gestapelt gewesen war, war gestohlen worden. Der klägliche Rest im Innern der Hütte hätte niemals für einen ganzen Abend gereicht. Daher fuhren sie zum Büro des Vermieters, das nur wenige Minuten entfernt lag. Anfangs hatte der Vermieter sich standhaft geweigert, ihnen sogar mit vorzeitigem Rausschmiss aus der Hütte gedroht. Doch Vanessa hatte sich nicht unterkriegen lassen und sich vor dem Vermieter aufgebaut. Melissa hatte das Gefühl gehabt, dass ihre Mutter in diesem Moment auf das Doppelte angewachsen war. Am Ende hatte der Vermieter kleinlaut nachgegeben. Sie waren mit neuem Holz, trockenen Anzündern und zwei Flaschen norwegischem Weins zurück zu der Hütte gefahren.

Das war eine der letzten Erinnerungen an ihre Mutter. Und jetzt musste sie eben diese so starke Vanessa aus den Händen eines Novensil befreien, von dem sie nicht einmal wusste, was er im Schild führte. Ihre Gedanken drehten sich im Kreis. Während sie weiterging, schüttelte sie den Kopf. Dabei bemerkte sie eine Bewegung im Augenwinkel. Schnell drehte sie sich um. Die ganze Zeit hatte sie sich auf den vor ihr liegenden Weg konzentriert und dabei ihren Rücken vergessen.

Tatsächlich.

Noch weit entfernt von ihr, aber in Sichtweite befand sich eine kleine Gruppe von wild durcheinanderspringenden Wesen. Sie krabbelten die Wände hoch, liefen daran entlang und sprangen wieder auf den Boden, als ob es die Schwerkraft gar nicht gäbe. Melissa konnte nicht genau ausmachen, wie viele es waren, geschweige denn, um was für Kreaturen es sich handelte. Aber einen Kampf mit solch beweglichen Gegnern wollte sie nicht riskieren. Melissa sprintete los, dicht an der Wand entlang. Ihre Brust schmerzte, sobald sie tief einatmete.

Jetzt hörte sie auch die Geräusche hinter ihr. Tappen, wie von Löwenpfoten. Es kam näher. Nicht weit von ihr entdeckte sie eine Nische. Eine Fackel befand sich darin, die sofort aufflackerte, als sie die Nische passierte. Melissa kam es vor, als wollte das Feuer ihren Verfolgern mitteilen: Hier ist der Eindringling. Kommt her.

Rasch riss Melissa die Fackel aus der vergitterten Verankerung, warf sie auf den Boden und trat drauf. Solange bis sie ausging. Ihr Körper presste sich an die Wand. Ihr Herz schlug, durch ihre Wirbelsäule hindurch und gab den Puls an die Felsen in ihrem Rücken weiter. Melissa betete dafür, dass die Wesen diese Vibrationen nicht spürten.

Die Geräusche wurden lauter. Melissa hörte erste Wortfetzen. Sie war überrascht, dass sie, wer auch immer hinter ihr war, denjenigen verstehen konnte. Damit hatte sie nach dem stummen Schattendrachen nicht geredet.

„… kampfunfähig …“

„… vermutlich in Kauf nehmen.“

„… bei der Trägerin versagen …“

Melissa wurde hellhörig. Diese Worte lenkten sie von dem ekelhaften Gestank in dem Gang ab. Wussten diese Wesen, wo ihre Mutter war? Sie hielt den Atem an, versuchte mehr zu verstehen.

„Niemals“, rief einer.

„… letzte Mal … Erscheinungsbild nicht angemessen“, widersprach ein anderer. Sie kamen näher. Melissa konnte jetzt jedes Wort der Meute hören.

„Ich gebe doch mein bestes.“

Melissa war verwirrt. Scheinbar lebten hier auch Wesen, die nicht von Methonius kontrolliert wurden. Anders konnte sie sich diese Unterhaltung nicht erklären.

„Dein bestes ist für unseren Herrn nicht gut genug.“ Die Kälte aus der Stimme der Kreatur reichte bis zu Melissa und ließ sie zittern.

„Ja, ich weiß, ihr seid besser“, sagte der erste resigniert. Auch wenn sie ihn nicht sehen konnte, stellte sie sich einen Beagle vor, der die Ohren hängen ließ. „Aber dafür stehe ich morgens früher auf und trainiere mehr. Das müsst ihr mir anrechnen“, versuchte er es noch einmal.

„Anrechnen? Pah.“ Wer auch immer dort sprach, er enthielt sich eines weiteren Kommentares. Stattdessen hörte Melissa ein Jaulen, wie das eines einsamen Wolfes.

„Los, Beeilung“, knurrte ein weiterer.

Melissa hörte Schritte auf dem Stein. Sie riskierte einen Blick um den Vorsprung. Ihre Wange spürte das kühle Gestein, als sie sich dagegen lehnte.

Die Meute war nur noch wenige Sprünge von ihr entfernt. Grüne Augen leuchteten ihr in dem Halbdunkel entgegen. Die nächste Fackel war einige Meter entfernt, so dass sie zuerst nur die Schatten der Kreaturen sah. Als sie jedoch direkt an ihr vorbeirasten, konnte Melissa einen genaueren Blick auf sie werfen. Pechschwarzes Fell überzog die Mischlinge. *Einer Rasse zuzuordnen sind diese Dinger nicht,* dachte Melissa und schaute genauer hin. Der Kopf entsprach dem einer fetten Schildkröte. Besonders das zahnlose Maul erinnerte Melissa an Old George. Mit den muskelbepackten Beinen machte das Wesen jedem Elefanten Konkurrenz. Auf dem Rücken sah Melissa winzige Flügel. Sie wunderte sich, wie dieser etwa kniehohe Körper damit abheben konnte. Ihre Augen brannten, aber sie wollte nicht zwinkern. Wenn sie jetzt nicht aufpasste, wäre sie verloren.

Doch sie machte sich umsonst Sorgen. Die Mischlinge rasten an ihr vorbei, aber bemerkten sie nicht. Erleichtert blickte Melissa ihnen hinterher. Dabei bemerkte sie einen kurzen, geringelten Schwanz, der bei allen Mitgliedern dieser Meute nach oben stand. Melissa schüttelte den Kopf. Solch ein Wesen hatte sie noch nie gesehen.

Gab es nicht mal in irgendeiner Mythologie so ein seltsames Mischwesen, fragte sie sich. So langsam kam ihr der Verdacht, dass die alten Mythologien auf wahren Tatsachen beruhten. Erst Götter, dann ein Pegasus, jetzt diese Mischlinge.

Einige tiefe Atemzüge lang versteckte sie sich in der Nische, ehe sie einen erneuten Blick riskierte. Zu beiden Seiten war der Gang wie ausgestorben. Die Meute war verschwunden. Melissa hörte sie nicht einmal mehr. Mit weiten Schritten folgte sie dem Tunnel, diesmal jedoch mit einem regelmäßigen Blick über ihre Schulter. Die Unterwelt schien jedoch leer zu sein. Sie hatte sich das Ganze eigentlich anders vorgestellt. Ein Meer von Menschen, die sich in einem Feuer wälzten und gegenseitig versuchten, den anderen herunterzudrücken, um selbst weiter hoch zu gelangen, vielleicht den Qualen einen Moment lang zu entkommen. Oder eine Art persönlicher Kinosaal, in dem der einzige Besucher an den Stuhl gefesselt ist. Auf der Leinwand werden all seine schrecklichsten Albträume immer wieder abgespielt, bis in alle Ewigkeit. Aber diese gähnende Leere hatte Melissa nicht erwartet.

Ein Schrei ließ sie in ihren Bewegungen stoppen. Gänsehaut zog sich über ihren Rücken, kribbelte bis in ihre Ferse hinein. Das war ein menschlicher Schrei gewesen. Ihre Mutter. Das musste ihre Mutter gewesen sein! Woher genau war der Schrei gekommen? Melissa horchte nach dem Hall, der bereits abklang. Entweder befand sie sich in diesem Gang oder in einem der abführenden. Sie musste sich entscheiden. Ihre Augen ruckten hin und zurück. Genau wie ihr Körper.

Hinweise. Wo waren sie, wenn man sie dringend benötigte?

Da hörte sie einen erneuten Schrei. Diesmal kein menschlicher. Sie rannte los. Vielleicht war es der Gegner ihrer Mutter. In Melissa tauchte eine Frage auf, die ihr schreckliche Angst bereitete. Versuchte sich ihre Mutter seit fünf Jahren hieraus zu befreien? Versteckte sie sich vor ihren Verfolgern und kämpfte sich durch die Unterwelt auf der Suche nach einem

Ausweg? Aber ohne Amulett würde sie nicht verschwinden können. Allein der Gedanke, so etwas zu erleben, würde sie wahnsinnig werden lassen. Nein, bisher hatte es danach geklungen, dass ihre Mutter eine Gefangene von Methonius war.

Der Schrei war aus einer Abzweigung vor ihr gekommen. Links führte der Weg abwärts durch eine Tür hindurch. Rechts in einen dunklen Gang. Melissa entschied sich für die Tür. Im Laufen sprang sie dagegen und schmetterte sie zur Seite. Auf keinen Fall wollte sie mehr Zeit verschwenden, als sie es bereits getan hatte. Der Gestank nach Seetang verflog, sobald sie durch die Tür durch war. Erleichtert atmete sie einmal tief durch. Dabei roch sie etwas anderes. Zuerst konnte Melissa den exotischen Geruch nicht zuordnen. Die Luft war erfüllt von einem lieblichen, fast schon schmackhaft leckeren, süßen Duft.

Melissa bog um eine Ecke und erstarrte. Die Steinwände waren verschwunden. Stattdessen hingen Tapeten an den Wänden, aber nicht irgendwelche. Es waren die sandfarbenen Tapeten aus ihrem Wohnzimmer. Die, die ihr Vater vor zwei Jahren angebracht hatte, als er das komplette Haus renoviert hatte. Zumindest den Teil, den sie regelmäßig nutzten. Phillip hatte oft geflucht, weil er nicht mit dem Tapetenkleister hatte umgehen können. Entweder schmierte er zu viel auf die Wände, so dass die Bahnen immer wieder verrutschen und nicht an Ort und Stelle verblieben oder zu wenig, so dass sie gar nicht erst klebten. Es hatte ihn die ganze Speisekammer gekostet, um das richtige Maß herauszufinden.

Jetzt stand sie vor exakt diesen Tapeten. Aber das war nur der Anfang. Als sie den Blick schweifen ließ, erkannte sie ihr Wohnzimmer. Es war alles an der richtigen Stelle. Der Sessel stand neben dem Tisch, die Couch war in die Ecke des Zimmers gestellt. An der Wand hingen Bilder von ihr aus der Zeit, in der es ihr nichts ausgemacht hatte nackig über den Hof zu laufen. Selbst die Größe des Raumes stimmte. Stirnrunzelnd sah sich Melissa um. War sie etwa auf die Erde gereist, ohne es zu wissen? Aber als sie über die Schulter sah, entdeckte sie hinter der Ecke die Felsen der Unterwelt. Nein, das Amulett hatte sie nicht transportiert. Aber sie fragte sich, was sich da vor ihr befand. Wenn sie es nicht besser wüsste, hätte sie schwören können, in ihrem Wohnzimmer zu stehen. Aber das musste ein exakter Nachbau sein.

Vorsichtig lief Melissa einige Schritte in das Wohnzimmer hinein. Es befand sich niemand darin. Stattdessen entdeckte Melissa die Wohnwand mit den Surroundboxen auf dem obersten Regal. Kurz fragte sie sich, ob Methonius abends hier die Füße hochlegte und den Fernseher anschaltete. Die Vorstellung eines Gottes beim Zappen durch das Nachmittagsprogramm ließ sie unverhofft schnauben.

Schnell fing sie sich wieder. Sie durchquerte den Raum und öffnete eine weitere Tür. Es war die Tür zum Flur. Selbst die Klinke fühlte sich genauso an, wie die zu Hause. Kühl, abweisend, weswegen sie eigentlich nie geschlossen wurde. Kaum hatte sie die Tür hinter sich gelassen, hielt sie erneut inne. Auch der Flur war nachgebaut. Die Treppe, das lose Geländer und der Tisch mit dem Telefon. Selbst die hässliche Lampe, von der sich Phillip nicht trennen konnte, hing an der Decke. Neben der Tür fand sie einen Lichtschalter. Sie drückte auf den Schalter und das Licht ging an. Jetzt war Melissa vollkommen verwirrt. In der Unterwelt gab es Strom? Ein leises Surren lag in der Luft. Es hörte sich an wie ein Bienenschwarm.

Sie wusste nicht mehr, was sie denken sollte. Wozu war ihr Haus hier nachgebaut? Sicher hatte ihre Mutter es nicht gebaut. Die Tapeten an der Wand im Wohnzimmer bewiesen, dass jemand anderes aktuellere Informationen geliefert hatte. Als sie das dachte, durchfuhr es sie heiß. Jemand beobachtete ihr Haus.

Sie fragte sich, wie lange sie schon beobachtet wurde. Erst, seitdem sie das Amulett gefunden hatte oder schon ihr Leben lang? Was ihr aber mehr Unbehagen bereitete war die Frage, wer sie beobachtete. Es konnte jeder sein. Von einem Gott, der ihr durch eine Kristallkugel zusah, bis hin zu jemandem in ihrem Umfeld. Vielleicht sogar jemand aus ihrer Nachbarschaft. Melissa schüttelte den Gedanken ab. Dafür hatte sie keine Zeit. Sie musste sich auf das hier und jetzt konzentrieren. Den Spion konnte sie immer noch später suchen.

Melissa fragte sich, ob das gesamte Haus detailgetreu nachgebildet worden war. Wenn ihre Mutter wirklich hier lebte, würde sie vermutlich alte Gewohnheiten nicht aufgegeben haben. Es gab nicht viele Räume, in denen sich ihre Mutter lange aufgehalten hatte. Meistens war sie im Garten gewesen und hatte die Beete gepflegt. Das war hier nicht möglich. Zumindest war sie noch auf keine Grünfläche in dem Tunnelsystem gestoßen. Aber der

Wirtschaftsraum im Erdgeschoss, in den hatte sich Vanessa immer zurückgezogen, wenn sie ihre Ruhe haben wollte.

Ein Windstoß lenkte ihre Aufmerksamkeit auf den Raum, den sie suchte. Als wollte er ihre Gedanken bestätigen und ihr den letzten Ruck geben. Die Tür stand einen Spalt offen, gerade breit genug, um einen Finger dazwischenzuschieben und ihre Neugierde zu wecken. Kurz bevor sie in die Nähe des Raumes kam, materialisierten sich auf einmal zwei Wesen links und rechts der Tür. Melissa zuckte zusammen, wich einen Schritt zurück, fing sich aber gleich darauf wieder. Hinter dieser Tür musste ihre Mutter sein. Sie wollte gerade ihr Schwert erheben und sich gegen die beiden Kreaturen erwehren, die wie ägyptische Statue aussahen, da sprach der Rechte der beiden.

„Ihr wandelt Euer Aussehen immer eher, verehrte Novensil." Seine sanfte, einlullende Stimme überraschte Melissa.

„Ich ..." Melissa stockte. Gab es etwa eine der Novensil, die sich als sie ausgab? Ihre Gedanken rasten. Sie musste es riskieren. Das war ihre Chance, ohne weiteres töten zu ihrer Mutter zu gelangen. „Ich habe Befehle von Methonius. Lasst mich passieren."

Melissa bibberte innerlich, auch wenn sie nach außen hin den Schein wahrte. Ihre Schultern waren gestrafft und ihr Blick ernst. Sie hatte keine Ahnung, was sie da tat, geschweige denn, ob sie überhaupt mit den Türstehern reden durfte. Gab es so etwas wie eine Rangordnung unter den Novensil und wenn ja, welchen nahm sie ein? Entsprach es ihrer Position mit Wachen zu reden? Wie musste sie mit ihnen reden? Melissa beschloss, so wenig wie möglich zu sagen. Genauso wenig wollte sie ihre Mimik verändern. Vielleicht konnte sie dann die beiden überzeugen.

„Natürlich, Novensil. Benötigt Ihr weitere Unterstützung?"

„Nein, damit werde ich allein fertig." Melissa glaubte, dass dieser Wächter sie sofort durchschauen musste. Für sie war es dermaßen offensichtlich, dass sie keine Novensil war, dass es eigentlich auch diese beiden sehen mussten. Schließlich war es deren Aufgabe. Ihre Hand verweilte auf ihrem Schwertknauf, auch wenn sie es betont locker aussehen lassen wollte, wirkte es auf sie nur verkrampft. Melissa spürte, wie sich ihr Hals immer enger zusammenschnürte. Als ob das noch nicht genug wäre, hatte sie das Gefühl, dass die Wände auf sie zukamen und noch einmal zusätzlich auf ihre Kehle einpressten.

„Dann nennt mir die Parole und Ihr könnt Euch der aufgetragenen Aufgabe widmen."

Melissa bekam keine Luft mehr. Die Wände prasselten auf sie ein. Sie musste eine Losung sagen. Die Wahrscheinlichkeit eine falsche zu nennen war hundertprozentig. Hinter ihrer Stirn pochte es, als sie verzweifelt nach einer Antwort suchte. Für einen kurzen Augenblick verlor sie die Kontrolle über ihre Augen. Sie huschten ängstlich von einem Türsteher zum nächsten. Der Rechte runzelte die Stirn, während der linke auf eine Antwort zu warten schien.

Ihre Gedanken überschlugen sich. Wie konnte die Losung lauten? Methonius? Vanessa? *Nein, das ist das Gefängnis eines Gottes. Ganz sicher ist es etwas Anspruchsvolleres,* dachte sie. Ein Wort oder eine

Sprache, die nur die Götter sprachen. Wie Harry Potter in der Kammer des Schreckens, als er Parsel sprechen musste, um die Kammer zu öffnen.

Egal, wie hektisch ihre Gedanken hin und her sprangen, sie kam auf keine Losung, die ihr klug genug erschien. Also beschloss sie aufs Ganze zu gehen. Innerhalb eines kurzen Moments strömte die Macht durch ihre Venen, elektrisierte jedes einzelne Blutkörperchen und schenkte ihm Energie. Die Schmerzen in ihrer Schulter waren vergessen, das Kribbeln vom Treffer am Kopf verschwunden.

Stattdessen floss ein Schmunzeln über ihre Lippen. Melissa hielt ihre Angst zurück, damit sie nicht aus Versehen wieder sie selbst wurde. Beide schienen starke Gegner zu sein. Zumindest sprachen die angespannten Muskeln dafür. Ihre Körper waren übersät mit feinen, aber sehr deutlichen Erhebungen, besonders an den Oberarmen. Waffen trugen sie nicht bei sich, zumindest keine sichtbaren und da sie nur einen Lendenschurz trugen, würden sie darunter nicht viel Platz für Waffen haben.

Da zog sie blitzschnell ihr Schwert. Keinen Wimpernschlag später rammte sie es der rechten Wache in die Brust. Es gab nur einen leichten Widerstand. Zwar streifte sie einen Knochen, der das Schwert ein wenig ablenkte, aber ansonsten lief es glatt durch die Haut. Ihrer Einschätzung nach, war das der stärkere Gegner gewesen. Seiner geringen Anzahl an Narben nach zu urteilen, musste er gute Reflexe haben. Melissa wunderte sich allerdings, dass er sich nicht wehrte. Er erhob nicht einmal seine Fäuste, sondern ließ sich ohne Gegenwehr töten. Seine dunklen, mandelförmigen Augen starrten leer in den Flur. Melissa dachte nicht weiter darüber nach. Ihr konnte es nur recht sein. Dennoch verspürte sie einen Stich in ihrem Herzen, als sie die Klinge herauszog. Ein Teil von ihr bereute, dass kein Kampf stattgefunden hatte. Der andere, dass sie erneut jemanden töten musste. Wieder ein Gesicht, das sie in den Nächten verfolgen würde. Kaum verließ der Stahl die Haut des Türstehers, löste sich der Körper auf. Nebelartiger Dunst waberte vor ihr. Rasch drehte sie sich zu dem anderen ägyptisch aussehenden Türsteher um, bereit ihm den Kopf abzuschlagen.

„Der Weg ist Euch freigegeben", sagte er und verbeugte sich. Verwirrt hielt Melissa in der Vorwärtsbewegung inne. Er ließ sie passieren?

„Und darf ich mir die Bemerkung erlauben: Eure Bewegungen im Kampf werden immer eleganter, edle Novensil", schmeichelte er ihr.

Melissa fing sich rasch, nickte ihm huldvoll zu und ging einen Schritt auf die Tür zu. Sie fragte sich mit jedem Zentimeter, ob dies eine Falle war. Da tauchte auf einmal der zweite Türsteher wieder aus dem Nebel auf. Er stellte sich wieder in seine ursprüngliche Position und wartete. Sein Kumpan schlug ihm auf die Schulter und betrachtete seine Brust. Dort, wo Melissas Klinge getroffen hatte, bildete sich eine frische, rosa Narbe auf der olivbraunen Haut. Ihre Augen wanderten zu dem anderen Wesen, das weniger Narben aufwies.

Ihre Gedanken verknüpften die Tatsachen schneller, als sie sie verstand. Diese Kreaturen mussten unsterblich sein. Die Narbe, die zurückblieb war kein Zeichen, eines überstandenen

Kampfes, sondern eines verlorenen. Überrascht zog sie die Augenbrauen hoch. Ihre Einschätzung des Kräfteverhältnisses zwischen den beiden Türstehern war falsch gewesen. Welcher Gott ließ sich solch eine Losung einfallen? *Einer, der einem kleinen Mädchen die Mutter stahl,* dachte Melissa bitter.

Ihre Finger zitterten, als diese sich dem Türknauf näherten. Melissa war aufgeregt. Erst jetzt fühlte sie, was es bedeutete, ihre Mutter wiederzusehen. Die gemütlichen Fernsehabende würden zurückkehren. Vanessa konnte der Küche wieder ihren ursprünglichen Zweck geben. Ihre Mutter wäre im Haus. Ihre Mutter. Die Frau, die sie seit fünf Jahren in den merkwürdigsten Situationen vermisste. Sei es nun im Bad, wenn Melissa mal wieder die letzten Reste aus der Zahnpastatube quetschte, weil ihr Vater auf ein neues Radio gestoßen war und vergessen hatte, neue zu kaufen. Oder wenn sie spätabends Hausaufgaben machte und niemand sie daran erinnerte, es doch am nächsten Tag zu machen. Es waren die kleinen Situationen, die ihr über die Jahre hinweg schmerzlich bewusst gemacht hatten, dass ihre Mutter nicht mehr da war. Und jetzt sollte sich das ändern.

Und wie würde ihr Vater erst reagieren? Bei der Vorstellung des Wiedersehens ihrer Eltern lief ein Schauer über ihren ganzen Körper. Sie spürte seine Freude körperlich. Es war ein erhabenes Gefühl. Aber einer der Wächter holte sie zurück auf den Boden der Unterwelt.

„Alles in Ordnung, Novensil?“, fragte er und unterbrach damit ihre Freudenschauer. Noch war es nicht geschafft. Erst einmal musste sie ihre Mutter an den Türstehern vorbeilotsen, unbemerkt durch die Tunnel der Unterwelt entkommen und die richtige Höhle wiederfinden. *Na, das mach ich doch mit links.*

Sie straffte ihren Rücken und drehte sich zu dem Wesen um.

„Natürlich. Mit deinen Fragen riskierst du gerade eine weitere Narbe", fauchte sie ihn an.

Melissa hoffte, dass sie richtig reagiert hatte. Wenn ein Novensil seine Wachen ohne Probleme töten lässt, würde er sicher keine Hilfe von diesen akzeptieren. Ihre Angst war unbegründet. Die Wachen machten ihr Platz, so dass sie ungestört den Raum betreten konnte. Diesmal konnte Melissa es nicht mehr hinauszuzögern. Sie musste hinein gehen, ansonsten würde ihre Tarnung, die nicht einmal freiwillig war, auffliegen. Und bisher wusste sie noch nicht, wie sie mit einem Gegner fertig werden sollte, der immer wieder auferstand.

Kühler Stahl. Melissa spürte die Kälte der Türklinke, obwohl es in diesem Hausnachbau angenehm warm war. Erneut zögerte sie, aber mit den Türstehern im Nacken konnte sie sich das nicht erlauben. Von daher suchte sie ihren Mut aus jeder Pore ihres Körpers zusammen und drückte die Klinke hinunter.

KAPITEL 24

Melissa stand in dem Zimmer, die Tür fiel hinter ihr ins Schloss. Licht war zwar vorhanden, aber es war zu schwach, als dass sie genauere Umrisse wahrnehmen konnte. Es war still. Zu still. Wo war ihre Mutter? Der Raum war eingerichtet wie immer. Nur, dass hier der Staub fehlte, der inzwischen zu Hause auf den Möbeln lag. Besonders auf dem Sessel. Früher hatte in diesem Raum ein roter Ohrensessel gestanden, aber den hatte Phillip auf den Dachboden verbannt, weil er ihm nicht ins Ambiente passte. Vanessa hatte damals nachgegeben, weil sie seine Aussprache von Ambiente zu komisch gefunden hatte.

Ein unbehagliches Gefühl erfasste sie und sie wusste auch genau warum. Obwohl die Wände beschrieben waren, waren sie nicht uneben. Bisher waren die Felsen ein Halt für sie gewesen, aber ausgerechnet in dem Raum, in dem ihre Mutter lebte, fühlte sie sich unwohl.

Dieser Raum unterschied sich jedoch von dem zu Hause in einer entscheidenden Kleinigkeit. Wenn sie zu Hause den Raum betrat, stand an den Wänden nicht in dunkelroter Farbe: Das ist nicht real. Immer wieder war dieser Satz mal größer, mal kleiner an die Wände geschrieben. Es war die Handschrift ihrer Mutter. Melissa schauderte. Was hatte man ihrer Mutter angetan, dass sie so etwas an jede freie Stelle der Wand gekritzelt hatte?

„Mama?“, raunte sie in die Stille hinein. Sie hoffte, dass die beiden Türsteher sie nicht hörten.

„Geh weg.“ Eine kratzige Stimme drang aus der Ecke. Sie klang, als ob sie seit Tagen nichts zu trinken bekommen hatte. Melissas Herz setzte aus. War das die Stimme ihrer Mutter? Ihr Blick huschte hin und her während sie versuchte sich an den Klang zu erinnern. Aber da war keine Erinnerung mehr. Erschrocken keuchte Melissa auf. Sie hatte vergessen, wie die Stimme ihrer Mutter klang. Bevor Melissa sich selbst dafür bestrafen konnte, was für eine schlechte Tochter sie doch war, sprach ihr Gegenüber erneut.

„Ich weiß, dass du nicht real bist“, murmelte die Stimme. Melissa verstand es erst, als der Satz wiederholt wurde. Jedoch blieb es nicht bei dem einen Mal. Wer auch immer dort im Dunkeln saß, sprach diesen Satz immer wieder aus. Als müsste sich derjenige den Wahrheitsgehalt dieser Worte klar machen. Noch konnte Melissa nicht sagen, ob es wirklich ihre Mutter war, die dort in den Schatten saß. Sie machte einen Schritt in die Richtung, aus der die weibliche Stimme gesprochen hatte.

„Du warst lange nicht mehr da, aber ich werde nicht mehr zusehen“, kreischte die Frau. Mit hektischen Bewegungen krabbelte sie in eine Ecke. Diesmal sah Melissa genau, wo die Frau war. Blonde, lange Haare blitzten aus dem Schatten auf. Als

Melissa ihre Mutter das letzte Mal gesehen hatte, waren diese schulterlang gewesen.

Melissa brauchte Gewissheit. Mit wenigen Schritten war sie in der düsteren Ecke. Ihr war es egal, ob das Ganze eine Falle für sie war und ob ein weiteres Ungeheuer aus der Unterwelt in diesem dunklen Platz auf sie wartete. Die winzige Wahrscheinlichkeit, dass dort ihre Mutter saß, fütterte ihre Hoffnung gerade lang genug, um sie jegliche Vernunft vergessen zu lassen.

„Beruhige dich, Mama. Ich bin es: Melissa." Während sie sprach, ging sie in die Knie. Sie streckte ihre Hand nach der Schulter aus, wollte darüber streicheln. Der Körper zog sich in die Ecke zurück, drückte sich gegen die Wand. Melissa konnte nicht glauben, was sie da sah. Ihre Mutter wich vor ihrer Berührung zurück. Melissa erstarrte in ihren Bewegungen. Die Schatten hinter dem Sofa, waren noch zu düster, als dass sie einen genauen Blick auf ihre Mutter werfen konnte. Die schemenhaften Züge ähnelten denen Vanessas, aber ob sie es wirklich war? Da sprang der Schatten auf einmal auf, stieß Melissa um und rannte davon. Melissa, überrascht über den plötzlichen Angriff, fiel auf ihren Hintern.

Blonde Haarsträhnen hingen wirr im Gesicht, verbargen die Augen. Aber dennoch. Melissa konnte es erkennen. In der Mitte des Raums stand Vanessa. Die Kleidung ihrer Mutter war zerrissen und schmutzig, aber bedeckte alles. Statt der früheren geraden Haltung, stand die Frau mit eingeknickten Schultern vor ihr und beobachtete sie.

Auch wenn sie es nicht zugeben wollte, aber es tat weh. Sie hatte sich das Wiedersehen anders vorgestellt. Eine herzliche Umarmung. Eine dankbare Mutter, die ihre Hände ergriff und ihr stolz zunickte. Aber ganz sicher nicht das hier. Melissa war sich für einen Moment nicht einmal sicher, ob sie diese Frau mit nach Hause nehmen wollte. Gleich darauf fluchte sie innerlich über solch einen Gedanken. Rasch rappelte sie sich auf und hob beschwichtigend die Arme.

„Hör zu, ich weiß nicht, für wen du mich hältst, aber ich bin es wirklich."

„Verschwinde", brüllte Vanessa und warf den Kopf zurück. Da sah Melissa die Augen. Beide blau, doch das Linke mit einem feinen Schimmer Braun darin. Ihre Mutter wirkte erschöpft. So müde, dass ein Leben lang Schlaf nicht ausreichen würde, um die Schatten unter ihren Augen verschwinden zu lassen.

„Nein", sagte Melissa stur, verschränkte die Arme vor der Brust und blieb stehen. So leicht würde sie nicht aufgeben. „Ich bin nicht den ganzen Weg gekommen, nur um jetzt ohne dich zu gehen."

Doch ihre Mutter drehte sich weg. „Ich sehe nicht mehr zu. Du bist nicht Melissa." Im nächsten Moment setzte sich Vanessa auf das Sofa, legte sich hin und schloss die Augen.

Verwirrt sah Melissa zu ihrer Mutter. Derjenige, der sich als sie ausgegeben hat, musste schreckliche Dinge mit Vanessa gemacht haben. Vorsichtig machte sie einen Schritt auf das Sofaende zu. Dort, wo Vanessas Füße lagen. Kaum setzte sich Melissa, zuckten die Beine nach oben. Sofort klammerten sich die Hände ihrer Mutter um ihre Knie, so dass die Knöchel hervorstachen. Erst jetzt sah Melissa, wie dünn ihre Mutter war. Die Haut spannte sich an ihren Fingern um die Knochen, als wäre es rissiges Papier, das jeden Moment reißen konnte.

Sie ließ sich nicht beirren und streckte ihre Hand wieder nach ihrer Mutter aus. Zaghaft strich sie über den dargebotenen Knöchel. Der Tritt traf sie überraschend. Blitzartig war der Fuß hervorgeschnellt und hatte zielsicher ihr Kinn erreicht.

„Au", brüllte Melissa laut auf. Sofort pochte es in ihrem Unterkiefer. Sie sprang auf und ging einige Schritte rückwärts. Mit schreckgeweiteten Augen sah sie ihre Mutter an. „Was soll das, verdammt noch mal? Ich will dich nur nach Hause holen."

„Lüg nicht. Du bist ein Trugbild, wie alle anderen zuvor auch. Meine Tochter kann nicht hierherkommen." Hoffnung keimte in Melissa auf. Es war das erste Mal, dass ihre Mutter auf etwas von ihr reagierte und nicht nur abschmetterte, was sie sagte.

„Ich habe das Amulett gefunden. Siehst du?" Umständlich kramte Melissa unter ihrem weiten T-Shirt das Weltenamulett hervor. Vielleicht konnte sie sie damit überzeugen. Erwartungsvoll hielt sie es ihrer Mutter entgegen. Diese zögerte. Haare fielen ihr wieder ins Gesicht, als Vanessa den Kopf senkte.

„Wo hast du es gefunden?" Der Ton war herrisch, aber ihr Blick schienen verunsichert. Ihre Mutter erkannte das Amulett wieder.

„In Miezi, der ausgestopften Katze von Oma. Hast du es damals darin versteckt?"

Ihre Mutter nickte unsicher. Dann trat sie von einem Bein aufs andere, drehte sich hin und her. „Das ist nicht real. Sie haben herausgefunden, wo ich es versteckt habe", murmelte sie leise. Ihre Hand fuhr durch ihr Haar, während ihre Finger sich darin festklammerten. Gleich darauf ging Vanessa in die Hocke. Ihr Körper wiegte vor und zurück. Wieder wiederholte sie die Worte in einem gleichbleibenden Ton. Melissa war nah dran zu verzweifeln. Vor der Tür standen die Wärter und sie wusste nicht, wie viel Zeit sie noch hatte.

„Meine Güte, was muss ich tun, damit du mir endlich glaubst? Ich will dich befreien." Sie wusste, dass der Ton gegenüber ihrer gerade wiedergefundenen Mutter nicht unbedingt angebracht war, aber sie wusste nicht mehr weiter.

Vanessa hörte auf zu wiegen. Misstrauisch blickte sie zu ihr auf.

„Erzähl mir etwas, das nur du und ich wissen", sagte Vanessa mit einem Mal.

Melissa überlegte. Das war nicht so einfach. Vieles, was sie wussten, waren Erinnerungen, die sie schon längst mit anderen geteilt hatte. Narben hatte sie ein paar aus ihrer Jugend, aber keine davon war geheim oder nur Melissa und ihrer Mutter bekannt. Sie versuchte etwas anderes.

„Als ich fünf Jahre alt war, musste ich ins Krankenhaus. Mir wurden Polypen aus der Nase entfernt. Hinterher durfte ich zwei Tage lang Eis essen." Melissa musste bei der Erinnerung lächeln. Das waren noch Zeiten. „Außerdem habt ihr mir damals einen pinken Dinosaurier geschenkt, den man zusammenknautschen konnte."

Vanessa schüttelte den Kopf. Sie schien nicht überzeugt. Immer wieder huschte ihr Blick hoch, um gleich im Anschluss wieder auf irgendein belangloses Möbelstück zu sehen. „Das ist wahr, aber das ist kein Geheimnis. Ihr seid Novensil. Diese

Informationen hättet ihr auf anderen Wegen erfahren können."

„Na gut, dann etwas anderes. Gib mir einen Moment." Melissa legte die Hand an ihr Kinn und strich darüber. Währenddessen erhob sich ihre Mutter wieder und schritt das Zimmer ab. Melissa mochte sich die hervortretenden Knochen gar nicht näher ansehen. Ebenso wenig die Sehnen, die bei jedem Schritt hervortraten. Aber dort, wo Melissa hinsehen konnte, in ihre Augen, dort entdeckte sie nur Bitterkeit. Tränen stiegen in ihr auf, ließen sie schluchzen. Sie musste daran denken, was passierte, wenn sie Vanessa nicht überzeugen konnte. Wenn es nichts gab, was wirklich nur ein Geheimnis zwischen ihnen war. Dann wäre sie umsonst hergekommen. Hätte umsonst Menschen auf dem Weg hierher getötet. Der Gedanke an die Toten erinnerte sie daran, dass sie sich nicht unter Kontrolle hatte. Ihre Brust schnürte sich zu. Sie hatte gemordet, vielleicht Väter von ihren Familien getrennt.

Eine Träne kullerte an ihrer Wange hinab. Nein, das war nichts, über das sie grübeln sollte. Aber wenn sie ihre Mutter wieder nach Hause bringen konnte, würde sie jemanden haben, der bereits solche Erfahrungen gemacht hatte. Sie würde mit jemandem reden, von ihrer Mutter lernen können. Da fiel ihr etwas ein.

„An meinem sechsten Geburtstag bin ich dir auf den Dachboden gefolgt. Du hast dich dort mit Großmutter über mich unterhalten. Du wolltest nicht, dass ich das Amulett bekomme, während Oma Lina meinte, dass ich es rechtzeitig erlernen sollte. Ich stimme ihr übrigens zu. Als du mich erwischt hast, hast du mir erzählt, dass du nur einen Löffel geholt hast und mir weiß gemacht, ich hätte mir das alles nur eingebildet. Schließlich ist Oma zu dem Zeitpunkt schon tot gewesen." Melissa sah die Überraschung auf dem Gesicht ihrer Mutter. Sie konnte sich einen Nachsatz nicht verkneifen. „Als sie jedoch vor anderthalb Wochen aus dem Gemälde gekrabbelt kam, wirkte sie sehr lebendig."

„Du hast Mutter kennengelernt?" Es war unverkennbar, dass Vanessas Mauer aus Misstrauen bröckelte. Der Vorschlaghammer aus Hoffnung, brachte die Mauer ins Wanken. Mit kontinuierlichen Schlägen könnte Melissa sie vielleicht vollständig zum Einsturz bringen.

„Ja, Dad hat mich zu ihr auf den Dachboden gebracht, nachdem er herausgefunden hat, dass ich in einer anderen Welt gewesen bin."

„Phillip." Vanessas Blick glitt in die Vergangenheit. Ein weiteres Loch entstand in der Mauer. Melissa ließ sich nicht verunsichern. Noch hatte sie es nicht geschafft.

„Ja, Dad vermisst dich. Genauso wie ich. Deswegen habe ich dich gesucht. Ich bin deiner Spur bis nach Filano gefolgt …"

„Du warst in Filano?", rief ihre Mutter überrascht.

„Allerdings. Ein sehr nettes Völkchen", bemerkte Melissa sarkastisch und verdrehte die Augen. Als sie wieder ihre Mutter ansah, erkannte sie etwas, was sie niemals erwartet hatte. Vanessas Mund stand weit offen, ihre Augen waren weit aufgerissen. Erschütterung.

„Mama, was ist los?" Melissa wagte einen Schritt auf sie zu. Doch diese wich zeitgleich zurück.

„Nein, das ist unmöglich. Wie hast du mich gefunden?" Ihre Mutter schlang die Arme um ihren Körper, als müsste sie die Reste festhalten, die von der einstigen Frau und Mutter übriggeblieben waren.

„In Filano hat uns eine Frau erzählt, dass du einen weiteren Notruf erhalten hast", begann Melissa, wurde aber sofort von ihrer Mutter unterbrochen.

„Was meinst du mit uns?" Der Vorschlaghammer prallte ab. Melissa war sich nicht mehr sicher, ob sie die Mauer noch zum Einsturz bringen konnte, wenn sie jetzt alles erzählte. Also fasste sie sich kurz.

„Ich habe einen Begleiter. Sein Name ist Arionas. Ich habe ihn in meiner ersten Welt kennengelernt." Melissas Ton ließ keine weitere Unterbrechung zu. „Wir wollten zu dem Steinquader zurück, als uns Geister angegriffen haben." Bei dem Wort Geister zuckte ihre Mutter zusammen. Hektisch sah sie sich um, als könnte jederzeit einer aus den Wänden auftauchen. Als Melissa sich der Aufmerksamkeit ihrer Mutter wieder sicher war, sprach sie weiter. „Gerade so konnten wir noch in eine andere Welt fliehen. Dort erfuhren wir, dass du von eben diesen Geistern entführt wurdest. Also musste ich nur noch herausfinden, wer die Geister befehligt und schon war ich hier." Von dem Schattendrachen, gegen den sie gekämpft hatte, wollte sie lieber nichts weiter erzählen.

Auf einmal bewegte sich ihre Mutter auf sie zu. Erst langsam, zögernd, aber mit jedem Schritt etwas schneller. Melissa war vollkommen überfordert, als sie sich in ihre Arme warf. Der Duft ihrer Mutter hatte sich geändert. Von dem süßlichen Geruch, der sie früher umgeben hatte, war nichts mehr übrig. Jetzt roch sie mach Ruß und Moos.

„Es tut mir leid", murmelte Vanessa immer wieder, bis ihr die Stimme brach. Früher hatte ihre Mutter ihr immer über den Rücken gestreichelt, wenn Melissa geweint hatte. Melissa versuchte es nun ebenso. Erst jetzt bemerkte sie, dass ihre Mutter genauso groß war wie sie. Melissa hatte Vanessa größer in Erinnerung. Aber vermutlich lag das daran, dass dies die Erinnerungen einer Zwölfjährigen waren. Endlich hatte sie die Mauer zerstört. Ihre Mutter hörte ihr zu und glaubte ihr. Aber das Gefühl, das sie erwartete hatte, trat nicht ein. Das Loch in ihrem Herzen, das sie seit fünf Jahren mit sich herumtrug, wurde nicht wie durch ein Wunder aufgefüllt. Es blieb genau da, wo es war, störte den Rhythmus ihres antreibenden Organs. Sie fühlte sich unwohl, weil sie nicht die Erleichterung spürte, die das Wiedersehen mit ihrer Mutter eigentlich hätte hervorrufen sollen. Peinlich berührt versuchte sie das Gefühl zu erzwingen, aber das führte nur dazu, dass sie sich schäbig vorkam.

Sie standen eine Weile Arm in Arm mitten in dem nachgebauten Arbeitszimmer, ehe sich Melissa löste. „Wir müssen von hier fort", sagte sie leise.

Ihre Mutter wischte sich rasch einige Tränen aus dem Augenwinkel. Dann straffte sie ihren Rücken. Melissa sah dennoch, wie ihre Finger zitterten. Sie konnte sich gar nicht vorstellen, wie es für ihre Mutter sein musste. Das erste Mal seit fünf Jahren gab es eine reelle Chance für sie zu fliehen. Eigentlich müsste ihre Mutter überschäumen vor Erleichterung. Doch Vanessa trat von einem unbekleideten Fuß auf den anderen und spielte mit ihren Fingernägeln.

„Als erstes müssen wir die Wachen ausschalten."

Melissa redete zu sich selbst, statt zu ihrer Mutter. Trotzdem antwortete sie.

„Unmöglich. Man kann sie nicht töten." Vanessa verschränkte die Arme vor der Brust, hob eine Hand an und kaute auf den Fingernägeln. Sie schüttelte den Kopf. „Nein, sie kommen immer wieder. Nach meinem einzigen erfolgreichen Fluchtversuch hat Methonius sie dort platziert." Wieder richtete sich ihr Blick in die Ferne. „Seither konnte ich nicht mehr entkommen."

„Jetzt bist du nicht mehr allein." Melissa ergriff die Hand ihrer Mutter.

„Was, wenn sie dich auch noch gefangen nehmen? Das kann ich nicht verantworten. Geh, lass mich zurück." Melissas Mutter packte sie plötzlich an den Schultern und schob sie zur Tür.

„Hei", rief Melissa laut, wehrte sich gegen die Hände. Für eine dermaßen abgemagerte Frau hatte ihre Mutter einen erstaunlich kräftigen Griff.

„Geh."

„Auf keinen Fall werde ich dich in der Unterwelt zurücklassen. Spinnst du?" Melissa konnte den Druck ihrer Mutter erst kurz vor der Tür stoppen.

„Vielleicht, aber ich habe all das hier nur ausgehalten, weil ich wusste, dass du und Phillip in Sicherheit wart." Mit diesen Worten riss Vanessa die Tür auf und schubste Melissa hinaus. Erschrocken stolperte sie rückwärts, ehe die Tür ins Schloss fiel.

Melissa stand auf einmal wieder vor den beiden ägyptischen Statuenmännern. Das helle Licht der Lampe blendete sie, so dass sie die Arme hob und ihre Augen vor der ungewohnten Lichtquelle abschirmte. Keiner der beiden sagte ein Wort. Doch sie sah deutlich die Überraschung in ihren Augen. Ihr war das herzlich egal. Sie spürte, wie ihre Wangen rot anliefen. Der Boden unter ihren Füßen schien die Wucht ihrer Schritte in Vibrationen wiederzugeben, als sie wutentbrannt wieder auf die Tür zustürmte.

Als sie diese öffnen wollte, wurde sie von einem der Türsteher aufgehalten. Er stellte sich ihr in den Weg, auch wenn er das, seinen huschenden Augen zufolge, nicht freiwillig tat.

„Hat sie ihre Kräfte gezeigt?“, fragte er.

Die Frage brachte Melissa aus dem Konzept. Irritiert blieb sie stehen. „Wie bitte?“

„Entschuldigt, Novensil, wenn ich so forsch klinge, aber sie hat euch regelrecht aus diesem Zimmer geworfen. Wie hat sie dies geschafft?“

„Na, indem sie mich gepackt und hinausgeschubst hat.“ Kaum hatte Melissa die Worte gesagt, fiel ihr ein, dass die beiden Türsteher sie für jemand anderen hielten. Einen Gott. Und der würde nicht von einer einfachen Frau geschubst werden. Ein heißer Schauer erweiterte ihre Blutgefäße und überschwemmte ihre Gedanken mit Ideen. Sie entschied sich für die sinnvollste. „Sie hat mich überrumpelt. Ein zweites Mal wird ihr das nicht gelingen“, knurrte Melissa. Immerhin entsprach dies der Wahrheit.

„Also hat sie keine Kräfte gezeigt?“, vergewisserte sich der Wärter erneut. Seine Augen waren schmal, als wollte er ihren Blick durchdringen.

Melissa verdrehte die Augen, zog ihr Schwert und rammte es, ohne lange zu zögern in den Leib vor ihr. Wieder waberte der Nebel auf und verschlang den Körper. Kurz verschwand die Tür hinter dem undurchsichtigen Nebel, ehe auch dieser sich auflöste. Die Gelegenheit ließ sich Melissa nicht entgehen. Rasch zählte sie die Sekunden, bis zum vollständigen Wiederauftauchen des Wesens. Sie kam auf knapp fünfzehn Mississippi, ehe er wieder vor ihr stand.

„Frag mich das nicht noch einmal, verstanden?", zischte Melissa und setzte dabei eine böse Miene auf.

Der Wärter nickte und betrachtete missmutig im nächsten Moment seine neu entstandene Narbe. Sein Kollege schmunzelte. Es würde nicht die letzte gewesen sein.

Bevor einer der beiden noch etwas sagen konnte, griff sie nach der Klinke und betrat erneut den Raum. Im ersten Moment musste sie sich an das Dämmerlicht gewöhnen. Doch auch, als sie wieder alles in dem Zimmer sah, fand sie ihre Mutter nicht. Verwirrt sah sie sich um. Eine weitere Tür gab es hier nicht. Wohin war sie also verschwunden? Melissa hielt die Luft an, lauschte den Geräuschen, die den Raum erfüllten.

Das Atmen verriet ihre Mutter schließlich. Ein Rasseln lag darin, das Melissa das erste Mal wahrnahm. Es klang wie eine einzelne Murmel, die über weit entfernten Rollsplitt kullerte. „Mama, komm raus."

Nichts geschah. Also folgte sie den Geräuschen bis in eine Ecke hinter einer Kommode. Dort hockte ihre Mutter zusammengekauert, so dass man sie nicht sehen konnte. Aber hatte sie wirklich geglaubt, dass ihre eigene Tochter sie nicht finden konnte? Was hier unten auch mit ihrer Mutter passiert war, es musste ihr mehr als nur körperlichen Schaden zugefügt haben.

Sie packte die Hände ihrer Mutter und zog sie hoch. Gegenwehr kam nicht auf. „Wie schnell kannst du laufen?“, fragte sie ihre Mutter.

Ohne den Kopf zu heben, blickte Vanessa hoch. Melissa sah, wie sie Einspruch erheben wollte und kam ihr zuvor.

„Du wirst mit mir hier verschwinden. Dad vermisst dich. Er hat sich sogar einen Bart stehen lassen“, erklärte sie mit bedeutungsvoll hoch gezogenen Augenbrauen. „Und wenn Methonius uns verfolgt, dann soll er nur kommen. Ich will sehen, wie er gegen zwei Trägerinnen besteht.“

„Du hast keine Ahnung, wozu er fähig ist. Und ich hoffe, du wirst es niemals erleben müssen.“ Melissa sah, wie eine Gänsehaut über den Oberarm ihrer Mutter lief, nur bei dem Gedanken an ihre Gefangenschaft. Es tat ihr in der Seele leid, aber sie musste härtere Methoden anwenden.

„Das wird langsam langweilig, Mama. Wir drehen uns im Kreis. Entweder du kommst mit mir oder ich werde mich selbst den beiden Wärtern dort vorne stellen. Auf jeden Fall gehe ich nicht ohne dich.“ Erpressung hatte noch immer an ihr Ziel geführt.

„Nein“, kreischte Vanessa auf und schlug die Hände vors Gesicht. Fahrig glitten ihre Finger durch ihre Haare. Ihre Augen waren weit aufgerissen. Ohne Pause wanderte sie im Zimmer hin und her. Melissa kämpfte hart dafür, dass ihre Gesichtsmuskeln dort verblieben, wo sie gerade waren.

„Du wirst mitkommen, ob du willst oder nicht.“ Melissa packte die Hand ihrer Mutter und zog sie mit sich. Gleichzeitig ließ sie die Kraft aus dem Amulett frei und zog das Schwert aus der Scheide.

Es kreischte, als wollte es sich gegen eine erneute Indienstnahme wehren. Die Schläge gegen ihren Arm von ihrer Mutter spürte Melissa kaum. Sie ging stramm auf die Tür zu und riss sie mit der Hand auf, in der sie das Schwert hielt. Im nächsten Moment schleuderte sie ihre Mutter nach vorne aus dem Raum hinaus. Vorbei an den verdutzt dreinschauenden Türstehern. Melissa behielt ihre harte Maske bei. Sie konnte ihr in den nächsten Sekunden hilfreich sein.

„Sie hat es gezeigt. Geh und informiere Methonius." Während sie redete, nickte sie einem der Wärter zu. Dieser neigte seinen Kopf und löste sich im Nebel auf.

Melissa sah vielsagend zu ihrer Mutter, zwinkerte ihr zu und deutete mit dem Daumen nach oben, während sie mit dem Rücken zu dem verbliebenen Wärter stand.

„Edle Novensil, ich habe nie an Eurer Macht gezweifelt. Darf ich der erste sein, der Euch gratuliert?", fragte der ägyptisch aussehende Wärter und verbeugte sich vor ihr. Melissa konnte keinen besseren Moment abpassen. Noch immer baumelte das Schwert in ihrer Hand.

„Jetzt", schrie Melissa und landete mit einem weiten, schwungvollen Sprung neben dem Wärter. Dieser blickte rasch auf, wusste nicht, wie ihm geschah. Da erhob Melissa bereits das Schwert und zog es durch den nackten Oberkörper. Sie vergewisserte sich nicht mehr, ob der Streich wirklich tödlich gewesen war. Wenn ja, würde der Wärter eine hässliche, langgezogene Narbe davontragen, sobald er wieder auftauchte. Wenn nicht, würde es ihn vermutlich ziemlich wütend machen.

Melissa aber drehte umgehend um und sprintete hinter ihrer Mutter her, durch den Flur, durch das Wohnzimmer und um die Ecke herum, die das nachgebaute Haus von der Unterwelt trennte. Vanessa hatte in den wenigen Sekunden einen beachtlichen Vorsprung herausgearbeitet. Kurz wunderte Melissa sich, woher sie trotz der langen Gefangenschaft solche Kraft nahm. Doch gleich darauf wurde der Gedanke unterdrückt und die Energie, die nötig gewesen wäre, um ihn fortzuspinnen, in ihre Beine geleitet. Melissa holte ihre Mutter schnell ein. Nebenbei zählte sie die Sekunden, blickte bei Sekunde zehn über die Schulter und sah zu ihrer Erleichterung niemanden. Der Streich war tödlich gewesen. Bevor sie sich der Erleichterung hingeben konnte, bremste sie ab. Obwohl Vanessa ein ordentliches Tempo vorgab, glaubte Melissa plötzlich zu schleichen. Es erinnerte sie an das Gefühl, das sie manchmal hatte, wenn ihr Vater nach einer rasanten Autobahnfahrt auf einen Rastplatz fuhr und dort die vorgeschriebenen 40 km/h fuhr.

Fünfzehn Sekunden waren vorbei.

Mit ihren geschärften Sinnen hörte sie, wie der Wärter wieder auftauchte. „Edle Novensil, was ...?" Weiter kam er nicht. Ihre Flucht war bemerkt worden. Melissa entfuhr ein Fluch, der ihre Mutter aufsehen ließ. Sie waren nicht so weit entfernt, wie Melissa gehofft hatte. Rasch traf sie eine Entscheidung. Ihre linke Hand fuhr zielsicher in die rechte ihrer Mutter. Diese zuckte unter der plötzlichen Berührung zusammen, zog die Hand zurück. Mit weit aufgerissenen Augen sah sie Melissa an. Doch sie war im Moment nicht sie selbst. Gegen den Willen von Vanessa packte sie die Hand erneut und hielt sie diesmal fest. Melissa beschleunigte das Tempo und zog ihre Mutter hinter sich her. Die Felsen wurden eine flüssige Masse in ihrem Augenwinkel. Alles verschwamm zu einem Brei, der keine Details zuließ. Mehrmals stolperte Vanessa und Melissa musste sie mit beherztem Zufassen am Ellbogen vom Fallen abhalten. Deutlich spürte sie, wie unangenehm ihrer Mutter diese Berührungen waren. Mehr und mehr entfernte sie sich von der Vorstellung über ihr Wiedersehen und die innige Verbundenheit, die damit einhergehen sollte.

„Verdammt, er ist immer noch hinter uns", brummte Melissa vor sich hin.

„Was sollen wir tun? Töten können wir ihn nicht. Und die Wärter kennen sich alle sehr gut in der Unterwelt aus. Ich denke, wir sollten ihn versuchen abzuhängen. Das sollte ich Melissa sagen." Die Worte ihrer Mutter klangen, als ob sie mit niemand bestimmten redete, fast, als führe sie Selbstgespräche. Vollkommen verwirrte sie ihre Tochter jedoch, als sie sagte: „Ich habe eine Idee."

„Ich weiß, du hast es gerade gesagt." Melissa runzelte die Stirn, drehte den Kopf und sah ihre Mutter an.

„Wirklich?" Vanessas Blick trübte sich für einen Moment, doch dann wurde er wieder fest und nach vorn gerichtet. „Entschuldige", war alles, was sie sagte.

„Kennst du dich hier unten aus?", fragte sie.

„Ein wenig. Ich hatte fünf Jahre Zeit und so manchen Fluchtversuch, wenn auch wenig erfolgreich, wie du vielleicht gemerkt hast."

Melissa strauchelte. Sollte das ein Scherz sein? Über das Gesicht ihrer Mutter zog sich ein bitteres

Lächeln. Gequält rang sie sich ein Schmunzeln ab. Was war nur aus ihrer Mutter geworden?

Ihr Verfolger kam näher. Seine Schritte waren absolut lautlos, so dass sie nicht einordnen konnte, wo er sich gerade befand, solange sie nicht nachsah. Abhängen war die beste Möglichkeit, die ihnen blieb. Aber wie sollte sie das schaffen?

Es gab nicht viele Optionen. Eine, die sie sofort wieder verwarf, war, ihre Mutter zurückzulassen und selbst die Flucht zu ergreifen. Zwar hätte sie dann eine Chance, aber zu welchem Preis? Ihre nächste Option war es, sich dem Wärter entgegenzustellen. Da sie nicht wusste, wie und ob man ihn endgültig ausschalten konnte, wollte sie dies lieber nicht riskieren.

Blieb nur die dritte Möglichkeit. Wirklich begeistert war sie davon jedoch auch nicht. Sie musste sich auf die Erinnerungen ihrer Mutter stützen, um einen Weg zu finden, der schnellstmöglich zu der Höhle führte, aus der Melissa entkommen konnte. *Mögen uns die restlichen Novensil wohlgesonnen sein,* dachte Melissa. Im nächsten Augenblick verurteilte sie sich selbst. So konnte sie doch nicht von ihrer Mutter denken. Sie schämte sich, obwohl sie ahnte, dass die Bedenken gerechtfertigt waren. Der Geisteszustand von Vanessa war mehr als fragwürdig und sie war ihre einzige Rettung? Bevor sie es sich anders überlegen konnte, stimmte Melissa ihrer Mutter zu.

„In Ordnung. Wir müssen zu der Höhle, aus der wir verschwinden können. Glaubst du, du findest einen Weg dorthin, der uns gleichzeitig von dem Ungetüm hinter uns befreit?", fragte Melissa.

Die Finger ihrer Mutter malten in der Luft scheinbar eine Wegbeschreibung nach, während ihre Füße in einer Tour weiterliefen. Im Zickzack ruckten ihre Finger von einer Seite zur nächsten. Ehe Vanessa antwortete, wischte sie mit der Handfläche ihre in der Luft gezeichneten Gedanken fort und begann von vorn. „Ja, ich kenne einen", rief sie schließlich außer Atem aus.

„Wo lang?" Melissas knappe Frage ließ ihr Zeit, um einen erneuten Blick über die Schulter zu werfen. Die Entfernung zwischen ihnen und dem Türsteher betrug kaum noch sieben Schritte. Sie fragte sich, woher er die Kraft nahm, solch ein Tempo mitzugehen.

„Wir müssen an der nächsten Kreuzung rechts."

Melissas Körper bereitete sich auf eine enge, rasante Kurve vor.

„Nein, warte. Links", rief ihre Mutter. Die Kreuzung war in Sichtweite. „Entschuldige, es ist doch rechts", korrigierte Vanessa und ein erneuter Schwall Röte schoss ihr in die Wangen.

Zweifel kamen wieder in ihr auf. Die Erinnerungen mussten von wirren Fluchtversuchen stammen. Dabei den kürzesten Weg zu finden, würde schwer sein.

„Bist du dir sicher?", fragte Melissa, bog aber gleichzeitig in einer haarscharfen Kurve nach rechts ab. Mit aller Macht riss sie auch ihre Mutter in diese enge Kurve. Die Steine, auf denen sie zum ersten Mal lief waren von einer dünnen Schicht aus Sand überzogen. Jeder Schritt wurde eine Rutschpartie. Unsicher schlidderte sie weiter, konnte nicht verhindern, ein ums andere Mal den sicheren Halt zu verlieren.

Ihrer Mutter ging es nicht besser. Melissas Arme mussten beinahe schon regelmäßig fest zupacken, damit sie nicht ausrutschte. Jedes Mal erschrak sie, wie dürr Vanessa geworden war. Früher war Melissas Mutter, auch dank ihrer Kochkünste, zwar nicht übergewichtig gewesen, aber als schlank hatte man sie auch nie bezeichnen können. Doch was die Unterwelt aus ihrer Mutter gemacht hatte, war nicht mehr als eine lieblos zusammengestopfte Vogelscheuche, die ein einfaches Leibchen trug und bei der ersten Windbö davongetragen wurde.

„Wohin jetzt?“ Vor ihnen tauchte eine weitere Kreuzung auf. Der Weg selbst endete. Es gab nur die Möglichkeit links oder rechts abzubiegen.

„Wir müssen links herum. Ich bin mir sicher.“ Der Wille zu kämpfen glomm auf einmal in Vanessas Augen auf. Melissa war selbst überrascht. Es war nur ein winziger Funke, aber er schien mit jedem Schritt Sauerstoff zugeführt zu bekommen und wuchs stetig.

Zum ersten Mal sah Melissa etwas von einer Frau, die vor langer Zeit einmal die Macht aus dem Amulett hatte nutzen können, um damit ganze Welten zu retten. Das brachte sie auf eine Idee.

„Mama, werden deine Wachen immer an derselben Stelle wiederhergestellt, an der sie getötet wurden?“

„Ich denke schon. Bisher zumindest. Warum?“

„Vertrau mir. Wenn ich es dir sage, bleib abrupt stehen und wirf dich zur Seite“, murmelte Melissa.

Sie wusste nicht, wie scharf das Gehör ihres Verfolgers war, daher wollte sie kein Risiko eingehen. Melissa konzentrierte sich. Dann sprintete sie um die Ecke. Allerdings nach rechts.

„Jetzt", flüsterte sie.

Umgehend blieben die beiden Frauen stehen. Melissa warf sich gegen den Felsen und presste sich daran. Sie wartete einige pochende Herzschläge lang, bis der Türsteher an ihnen vorbeiraste. Der Wind, den er dabei verursachte, wirbelte Melissas Haare durcheinander, stahl ihr kurz das Sichtfeld. Rasch wischte sie das Hindernis zur Seite.

„Lauf weg, Mama", rief Melissa, ohne sich umzusehen.

Einige Schritte später blieb der Wärter stehen, drehte sich um.

„Sagtest du gerade Mama?" Seine Augen wurden zu Schlitzen.

„Ganz Recht", giftete Melissa zurück.

„Du bist die echte, neue Trägerin." Der Unglaube in seiner Stimme schlug ihr wie eine Faust entgegen, hinderte sie aber nicht daran, ihren Plan weiter umzusetzen.

Eine Hand packte das Amulett, während ihre Augen zur Decke wanderten. Der Wächter machte einen Schritt auf sie zu. Sie warf all ihre Konzentration in einen gigantischen Sack. Dann stellte sie sich vor, diesen gegen die Felsen über ihrem Widersacher zu schleudern. Ein Beben ging durch den Tunnel. Rasch sah der Wächter hinauf. Seine Augen weiteten sich. Über seinem Kopf bildete sich ein Riss in der Decke. Staub rieselte auf ihn nieder, ließ seine Arme nach oben schnellen. Er ging weiter auf Melissa zu, versuchte zu entkommen. Ihr Herzschlag setzte aus, als sie ihre Konzentration härter gegen die Bruchstelle schleuderte. *Es muss gehen,* dachte sie voller Verzweiflung.

Auf einmal donnerte es. Im nächsten Augenblick senkte sich die Decke des Tunnels wie in Zeitlupe ab. Ihr Gegenüber beschleunigte, doch nur wenige Augenblicke später brach alles direkt über ihm zusammen. Bruchstücke splitterten und schossen in ihre Richtung. Melissa duckte sich, hörte aber weiteres Knacken über sich. Wie ein Spinnennetz breiteten sich die feinen Verästelungen von der ursprünglichen Bruchstelle aus.

Ihr Herz presste sich gegen ihren Rücken, zeigte ihr den Weg. Zögernd machte sie einen Schritt rückwärts. Weitere Brocken brachen aus der Decke, landeten nur knapp neben ihren Beinen. Ein Stein splitterte ab und bohrte sich in ihren Oberschenkel. Ihre Sinne erwachten aus der Starre und lösten ihre Flucht aus. Sie rannte los, verfolgt von Steinbrocken, die aus der Decke brachen. Melissa fluchte innerlich. Sie hatte es übertrieben, als sie die Decke zum Einsturz gebracht hatte, hatte die Kontrolle über die Kraft verloren. Jetzt würde sie dafür mit dem Leben bezahlen.

Melissa tauchte in den Gang ein, den ihre Mutter einige Sekunden zuvor betreten hatte. Hinter ihr krachte alles herunter. Die Luft füllte sich mit Staub, erschwerte Melissa das Atmen. Sie raste weiter. Ihre Kehle war furchtbar trocken. Verzweifelt versuchte sie zu schlucken und den Hustenreiz auszuschalten, der sich immer wieder bemerkbar machte. Vor ihr tauchte im Schein einiger Fackeln eine Gestalt auf. Vanessa. Die Erde bebte unter Melissas Füßen, zeugte von den gewaltigen Massen, die hinter ihr einschlugen. Sie brauchte sich nicht umzudrehen, um zu wissen, dass ihr Rückweg versperrt war. Wenn sie sich jetzt verliefen, konnten sie nicht zurück.

KAPITEL 25

Melissa lief bereits eine Weile, stets von ihrer Mutter geführt, als diese auf einmal stöhnte. Einen Wimpernschlag später brach sie zusammen, mitten im Laufen. Melissa hatte keine Ahnung, was für ein Zauber oder was für eine Macht ihre Mutter getroffen hatte. Sie warf sich kurz vor dem zusammengesunkenen Körper auf die Knie. Sie legte ihre Hand auf die Seite ihrer Mutter.

„Mama?", fragte sie ängstlich.

Einen bangen Moment lang glaubte sie, vor einem toten Körper zu knien, doch dann spürte sie das heftige Schnaufen unter ihren Fingern.

„Geh", forderte Vanessa sie auf.

„Verdammt noch mal. Wie oft denn noch? Ich geh nirgendwo ohne dich hin." Die letzten Worte entfuhren Melissa heftiger, als sie eigentlich wollte.

„Du musst", keuchte ihre Mutter.

„Vergiss es. Bist du verletzt?" Rasch tastete sie den dünnen Körper ab, fand jedoch keine Wunde. Einzig der Brustkorb hob und senkte sich abnormal schnell.

„Ich habe es versucht", stammelte sie zwischen den vielen Atemzügen.

„Und du versuchst es weiter." Melissa drehte ihre Mutter um, sah ihr in die Augen. Zwei ungleiche Welten, die eigentlich Zwillingsplaneten sein sollten, trafen aufeinander. Vanessas lange Gefangenschaft, die einer Supernova gleich ihre Energie stahl und sie in ein schwarzes Loch zog. Melissa konnte sich nicht mehr von dem Anblick lösen. Durch das Loch schien sie in zwei Richtungen gleichzeitig gerissen zu werden. Einerseits zu ihrer Mutter, der sie helfen wollte, doch durch Galaxien getrennt war. Andererseits ihr Instinkt, der ihr riet, wachsam zu bleiben und sich auf eine Flucht vorzubereiten. Sie hatte Angst davor, wusste nicht, was sie erwartete. Aber etwas musste sie machen, also ließ sie sich fallen. Direkt in das schwarze Loch hinein.

Was sie sah, war eine Kraft, die aufgezehrt war. Vor langer Zeit musste sie wie eine Sonne gestrahlt haben, doch inzwischen war es kaum mehr als ein winziger Funke in den Weiten des Weltalls. Verloren in den Mühen der letzten Jahre, sich aus diesem Gefängnis zu befreien. Er glühte noch, doch Melissa war sich sicher, dass niemals wieder eine Sonne daraus entstehen konnte. Die Trägerin in ihrer Mutter war verschwunden, aufgebraucht. Zurück blieb ein hilfloses Stück Staub, das nicht einmal mehr wusste, was real war und was nicht. Selbst jetzt noch erkannte Melissa Zweifel in den Tiefen von Vanessas Gedanken. Vanessa war sich nicht sicher, ob sie wirklich wach war oder nur träumte. Und dieser Zweifel warf Melissa zurück in die Gegenwart, zurück in die Unterwelt.

Melissa keuchte. Dies war das Innerste ihrer Mutter. Ihre Ängste, Befürchtungen und darüber hinaus ihre Kraft oder besser dies, was davon übriggeblieben war. Ohne ein weiteres Wort zu sagen, griff sie ihrer Mutter unter den Rücken und hievte sie mit einem Ruck auf die Beine. Vanessas Oberkörper zitterte, aber das sorgte nur dafür, dass Melissa umso fester zupackte. Ein scheues Lächeln umspielte Vanessas Lippen, gab Melissa weitere Kraft. Sie hatte das Gefühl, je mehr ihre Mutter aufgab, desto stärker wurde sie. Plötzlich war ihr, als könnte sie die Unterwelt aus den Angeln heben. Methonius besiegen. Ihre Mutter wieder zu der Frau machen, die sie einst war. Einfach alles.

„Ich halte dich", sagte sie kraftvoll und legte wie zum Beweis den Arm ihrer Mutter um ihre Schulter.

Zunächst sah Vanessa sie nur aus schwach geöffneten Augen an. Melissa konnte kaum ihre Augenfarbe erkennen. Doch mit jedem Schritt, den sie sich weiter von Vanessas Gefängnis entfernten, öffnete sie diese ein Stückchen mehr. Dennoch blieb sie wie ein Bund loser Klamotten in ihren Armen hängen.

„Komm schon, Mama. Kämpf dagegen an. Wir haben es doch sicher bald geschafft."

„Ich bin so müde", murmelte ihre Mutter, während ihr Kopf nach vorn sackte.

„Ja, nicht mehr lange und du kannst dich ausruhen. Sag mir nur, wo wir lang müssen." Melissa biss die Zähne zusammen. Auch wenn ihre Mutter nicht so schwer war wie Arionas, wurde es langsam anstrengend. Vanessa fiel es immer schwerer sich zu erinnern, welcher Weg der richtige war. Melissa musste ihr bei der letzten Kreuzung sogar einen leichten Klaps verpassen, um sie bei Bewusstsein zu halten.

„Weiß nicht." Das war alles, was sie aus ihrer Mutter herausbekam, ehe sie endgültig ohnmächtig wurde. Die Anstrengung hatte schließlich doch ihren Tribut gefordert.

„Verdammt", fluchte Melissa und setzte ihre Mutter ab. Vorsichtig lehnte sie sie gegen eine Wand. Mit all ihren Sinnen versuchte sie sich zu orientieren. Weit konnte es wirklich nicht mehr bis zur Höhle sein. Sie stand vor einer Weggabelung, die sie nicht kannte. Zwei Wege. Links oder rechts. Es war eine 50:50 Chance. Sie drehte sich zu ihrer Mutter um, betrachtete sie nachdenklich. *Welchen Weg hättest du genommen?*

Auf einmal wurde ihr kalt. Bitterlich kalt. Bisher war die Unterwelt kein Ort gewesen, an dem sie sich über das Wetter Sorgen machte musste, da es keinen freien Himmel gab. Zudem war es angenehm warm gewesen und nicht so brennend heiß wie sie vermutet hatte. Doch jetzt auf einmal sank die Temperatur so rapide, dass sie zu frösteln begann. Eiswürfel glitten ihren Rücken herunter und ließen sie erzittern, als sie sich umdrehte. Wie hatte ihr das entgehen können?

Eine Schar von Geistern war direkt vor ihr, schnitt ihr den Weg ab. Die Eiswürfel machten einen Zwischenstopp an ihrem Herzen und in ihrer Lunge. Jeder Atemzug brannte vor Kälte. Jeder Herzschlag hämmerte durch ihren Körper, als ob er den Frost durch das Pochen absprengen wollte. Sie hätte es kommen sehen müssen. Seitdem sie in der Unterwelt war, hatte kein Geist ihren Weg gekreuzt. Es war nur eine Frage der Zeit gewesen, bis sie diesen Wesen wieder begegnen musste.

„Mama, wir müssen weiter“, versuchte sie es wenig hoffnungsfroh. Ohne die Geister aus den Augen zu lassen, ging sie zu ihrer Mutter und kniete sich zu ihr. Unablässig rüttelte sie an dem schlaffen Körper, doch nichts geschah. Angst spülte durch ihre Adern, ersetzte ihr Blut. Es floss hinüber in ihre Muskeln, wurde zu ihrem Treibstoff. Dass ihre Mutter so schutzlos dalag, konnte sie nicht zulassen. Sie musste etwas unternehmen, doch alles an was sie denken konnte, war Flucht.

Also hob sie ihre Mutter hoch. Dank der Kraft aus dem Amulett gelang es ihr mühelos. Sie hatte schon beschlossen, die Flucht anzutreten, als auf einmal aus den Wänden hinter ihr ebenfalls Geister traten. Die Kälte umschloss sie nun vollends. Ihr Atem gefror auf dem Weg hinaus. Melissa begann verzweifelt gegen den Frost anzukämpfen. Sie drehte sich mit Vanessa im Arm um sich selbst. Suchte nach einem Ausweg, einem Gang, den sie übersehen hatte.

Nichts.

Nicht einmal eine Nische oder ein Felsvorsprung. Sie saß in der Falle.

Und es war allein ihre Schuld. Nicht die ihrer Mutter und auch nicht die von Arionas. Sie trug die Verantwortung.

Melissa sah zu ihrer Mutter, die immer noch bewusstlos in ihren Armen hing. Das erste Mal seit Melissas Ankunft in der Unterwelt zeichnete sich so etwas wie Entspannung auf Vanessas Zügen ab. Der gehetzte Ausdruck war verschwunden und sie schlummerte selig. Dieser Anblick bestärkte Melissa in ihrem Wunsch, ihre Mutter niemals wieder in Gefangenschaft geraten zu lassen. Entschlossen machte sie den ersten Schritt auf den rettenden Tunnel zu. Auch die Geister kamen näher. Wie ein kollektiver Quallenschwarm tanzten sie in der Luft und bewegten sich dabei langsam vorwärts. Melissa wusste, dass dies täuschte. Sie konnten schneller sein, wenn sie wollten. Aber Methonius spielte mit ihr, wollte sie leiden sehen.

„Den Gefallen tue ich dir nicht“, knurrte sie zu ihrem unsichtbaren Gegner und machte den nächsten Schritt.

„Das glaubst du“, hörte Melissa plötzlich aus dem Kollektiv. Es klang wie ein sehr trauriger Chor, der mit der Stimme von Methonius zu ihr sprach. *Vielleicht kann er ihre Stimmen kontrollieren, aber nicht die Emotionen,* dachte sie gehässig. Jeder der Geister wirkte wie eine leere Hülle, der er versuchte, Leben einzuhauchen.

„Es gibt zu viele Gründe für mich, nach Hause zurückzukehren. Du wirst kein Glück haben“, schmetterte Melissa dem Pack entgegen und straffte ihre vom Gewicht ihrer Mutter niedergedrückten Schultern.

Zu ihrer eigenen Überraschung sprang ihr das Gesicht von Arionas vor die Augen. Sie hatte nicht gelogen, es gab viele Gründe nach Hause zu kommen, aber sie hätte nicht gedacht, dass Arionas ihr stärkster Wunsch war. Auf einmal überfiel sie das Gefühl, erneut in seinen Armen zu liegen. Seinen herben Duft zu riechen und in seinen Haaren zu spielen. Seine gekringelten Strähnen waren zu verlockend, um nicht hindurchzufahren. Wenn sie wieder zu Hause war, würde sie mit ihm reden. Sie würde ihm sagen, dass sie ihn mochte. Gleich darauf schüttelte sie den Kopf, um eben diesen wieder frei zu kriegen. Methonius hatte bereits weitergesprochen, ohne dass sie die Worte gehört hatte.

„... dein Vater. Nein, eher diesen weltenverändernden Jungen aus Traveste, nicht wahr?“ Ein schauderhaftes Lachen drang aus den Mündern von hunderten von Geistern. Der Eisblock um Melissa verdichtete sich. Sie kniff die Augen zusammen.

„Was meinst du damit?“, fragte sie leise.

„Ist es dir noch nicht aufgefallen?“ Wieder dieses Lachen. „Oh, warte, bis es das erste Mal passiert. Das wird ein Spaß.“

„Du sagst mir jetzt auf der Stelle, was du weißt“, forderte Melissa und unterdrückte ihre bebenden Zähne.

„Wenn du dich ergibst, bin ich gerne bereit darüber zu verhandeln.“ Die Geister hielten in ihrer Vorwärtsbewegung inne.

„Niemals.“

„Dann wirst du nie erfahren, was durch Arionas geschehen wird.“ Die durchsichtigen Wesen bewegten sich wieder, waren nur noch wenige Schritte entfernt. Ihr wurde heiß. Schweiß trat ihr auf die Stirn, trotz der bitterkalten Umgebung.

„Du traust dich nicht einmal mir gegenüberzutreten. Und so etwas nennt sich Gott“, brüllte sie. Gleichzeitig huschte ihr Blick hin und her, überwachte jeden einzelnen Geist. Einer ersten groben Schätzung nach, kamen mindestens fünfzig Geister auf sie zu. Doch Methonius antwortete nicht mehr. Scheinbar überließ er sie ihrem Schicksal.

Prinzipiell hatte sie damit keine Probleme, aber hier unten würde sie kein Sonnenlicht finden. Sie besaß nicht einmal eine Taschenlampe, mit der sie die

Wesen hätte blenden können. Und bisher war Licht das Einzige gewesen, was diese Biester verscheucht hatte. Ihr blieb nur eine Möglichkeit und die gefiel ihr nicht. Besonders, wenn sie an die Konsequenzen ihrer letzten Begegnung dachte.

Innerhalb eines Wimpernschlags entschied sich Melissa für einen Tunnel. Dann hob sie ihre Mutter hoch und begann zu laufen. Mitten in die Geister hinein. Kaum berührte die erste Hand sie am Bein, endete ihr Lauf jedoch abrupt. Sie brach zusammen. Schmerz brauste auf, ließ Melissa aufschreien. Wie eine Sturmflut breitete sich das Eiswasser seine Bahnen in ihrem Körper. Sie konnte nicht sagen, ob es die Kälte war, die in ihr Innerstes stach oder aber die mitgespülten Konsequenzen. Sicher war nur: Es gab keinen Ausweg mehr. Sie würde die Nähe von Arionas nicht mehr spüren. Es sei denn, ihr gelang als Geist die Flucht aus der Unterwelt. Doch selbst dann würde sie ihm nicht die Schmerzen antun, die ihre Augen in diesem Moment schlossen. Um sich abzulenken, blieb sie in Gedanken bei Arionas. Wenigstens wollte sie mit einem glücklichen Gedanken sterben. Sein Gesicht tauchte vor ihr auf. In weißes Licht gehüllt. *War er tot und erwartete sie,* fragte sie sich. Stimmten die Legenden über das Licht, auf das man im Moment des Todes zuging?

Melissa wurde warm, als sie sein Lächeln sah. Es wirkte so echt. Sie wollte den Arm ausstrecken und ihm über die Wange streicheln. Doch kaum dachte sie dies, verschwand sein Gesicht. So sehr sie es auch versuchte, Arionas tauchte nicht wieder auf. Blieb verschwunden und ließ sie allein mit ihren Schmerzen.

Ein Stöhnen dicht neben ihrem Ohr ließ Melissa innehalten. Die Kälte war noch nicht zurückgekehrt, nur die Stellen, die von den Geistern berührt worden waren, brannten eiskalt. Sie öffnete vorsichtig ein Auge. Eigentlich hatte sie einen Schleier davor erwartet. Ein milchiger Ansatz, durch den sie blicken musste. Aber nichts. Keine Geister, keine Gegner. Nichts. Rasch drehte sie ihren Kopf, versuchte ihre Umgebung zu erkennen.

Der Tunnel war wie leergefegt. Einzig ihre Mutter lag neben ihr und stöhnte erneut.

„Was ist passiert?", fragte Vanessa und es klang, als ob ihre Zunge auf das dreifache angeschwollen war.

„Mein Körper", hörte Melissa ihre Mutter stammeln.

„Das waren die Geister. Sie lähmen dich, aber das geht vorbei."

Melissa war es gelungen einen Arm unter sich während ihres Sturzes zu verstecken, so dass sie diesen einsetzen konnte. Zudem spürte sie bereits ein Kribbeln in den Zehenspitzen ihres linken Fußes. Ein letztes Mal sah sie sich um, versuchte eine Antwort auf das Warum zu bekommen, doch es gab keine Hinweise. Also beschloss sie, es vorerst hinzunehmen. Aus einem ihr unerfindlichen Grund waren die Geister verschwunden und hatten sie zurückgelassen. Dass Melissa und ihre Mutter tot waren, konnten die Geister kaum annehmen, da beide noch atmeten. Ihr war es vorerst egal. Jetzt galt es den Augenblick zu nutzen und zu verschwinden.

„Was kannst du bewegen, Mama?", flüsterte Melissa.

Sie sah die Anstrengung in ihrem Gesicht, als sie vereinzelte Körperteile anhob. Schlussendlich konnte sie ihre rechte Hand, ihren Kopf und ihr rechtes Bein bewegen.

„In Ordnung. Du kommst an meine rechte Seite", sagte sie und robbte zur Wand. Mit aller Kraft, die sie aufbringen konnte, zog sie sich hoch, bis sie auf beiden Beinen stand. Sie schlich zu ihrer Mutter. Auch wenn sie immer noch die Kraft aus dem Amulett spürte, merkte sie, wie diese zu flackern begann. Wie es früher manchmal bei alten Schwarz/Weißfernseher passiert war, blitzte es immer wieder vor ihren Augen auf. Zudem knisterte es in ihrem Ohr, als ob sie schlechten Empfang hätte. Fast die komplette Zeit in der Unterwelt bezog sie ihre Kraft nun schon aus dem Amulett. Sie fragte sich, ob es Nebenwirkungen gab oder ob es irgendwann erschöpft war. Wie eine Batterie, die man entweder überladen oder vollkommen aufgebraucht hatte. Melissa steckte diese Frage in die Schublade mit der Aufschrift *Muss-ich-Oma-fragen* und konzentrierte sich wieder auf ihre Mutter.

„Gib mir deinen Arm."

„Bist du dir sicher, dass du das schaffst?", fragte ihre Mutter und ihre Aussprache klang weiterhin wie mit einer Wolldecke im Mund.

Melissa sah ihre Mutter von unten an, hielt dem Blick stand, bis Vanessa wegsah. „Ich weiß", sagte diese verlegen. „Du hast das Amulett."

Irritiert hielt Melissa inne. Diese Aussage klang, als ob es etwas Negatives war. Wenn sie zu Hause waren, wollte Melissa ihre Mutter zu diesem Thema befragen. So negativ konnte es schließlich nicht sein. Immerhin hatte sie durch das Amulett Arionas kennengelernt.

Melissa packte den lahmen Arm von Vanessa. Erneut zuckte ihre Mutter vor ihrer Berührung zurück. Es kam Melissa so vor, als ob sie immer noch nicht glaubte, was gerade passierte. Mit einem Ruck hob Melissa sie hoch.

„Wir sind hier richtig. Wenn wir diesen Gang weiterlaufen und am Ende rechts abbiegen, kommen wir in die Höhle", sagte ihre Mutter leise. Ihre Augenlider klappten zu, aber sie riss sie regelmäßig wieder auf. Einen schrecklichen Moment lang wurde sie an einen kleinen Jungen erinnert. Ein Pfeil steckte in seinem Hals, seine Überlebenschancen waren gleich null, aber er versuchte verzweifelt wach zu bleiben. Toran, Arionas jüngerer Bruder, hatte nicht überlebt.

Rasch suchte sie den Körper ihrer Mutter ab, aber eine Verletzung fand sie nicht. Es war wohl nur die Erschöpfung. Erleichtert atmete sie auf. Ein letztes Mal sah Melissa sich um, suchte nach Gefahren, aber sie fand niemanden. Keine Türsteher, keine Geister und kein Methonius. Als sie sicher war, von niemandem verfolgt zu werden, humpelte sie los und blickte nicht mehr zurück.

KAPITEL 26

„Melissa?“ Arionas saß aufrecht auf ihrem Bett und sah sie überrascht an. Ebenso verwirrt blickte sie zu ihm hinüber. Was tat er hier? Ihre Knie zitterten, als sie ihm dennoch zulächelte.

„Kannst du mir mal helfen?“ Aus einem ihr unerfindlichen Grund verließ die Kraft im Amulett sie, ließ Melissa schwanken. Ihre gefühllosen Körperteile hingen schlaff an ihr herunter. Arionas sprang rasch auf und kam ihr zu Hilfe. Er packte ihre Mutter unter den Armen und hob sie hoch. Gleich darauf legte er sie aufs Bett.

Melissa betrachtete Vanessa, während sie selbst zusammenbrach und auf dem Rücken liegen blieb. Mit großen Augen betrachtete sie die Zimmerdecke des Maschinenraums. Ihre Schulter schmerzte ebenso schrecklich, wie ihr Rücken. Eigentlich gab es kaum etwas, was ihr nicht wehtat. Arionas kam zu ihr geeilt.

„Was ist passiert?“, fragte er leise. Er kniete neben ihr und legte ihr eine Hand auf den Kopf, während die andere über ihren Handrücken strich.

Melissa schloss kurz die Augen. Sie war zu Hause. Vorerst in Sicherheit. Aber für wie lange?

Eine Frage schoss durch ihren Kopf und verlangte nach Aufmerksamkeit: Würde Methonius hinter ihr herjagen und Vanessa wieder entführen? Oder würde er es nicht mit zwei Trägerinnen aufnehmen? Sie wusste es nicht, hatte keine Ahnung zu was dieser Novensil alles fähig war oder was er vorhatte. Von daher durfte sie sich keine Ruhe gönnen.

„Hilf mir mal hoch", murmelte und kämpfte sich mühsam aus ihrer Erschöpfung.

„Geister?"

„Mhm", brummte sie zurück.

„Ist das ...?" Er beendete die Frage nicht. Ob bewusst oder nicht, er ließ sie offen zwischen sie schweben, während Arionas sie mit einem Ruck auf die Beine zog.

„... meine Mutter? Ja, allerdings. Die Flucht war zu viel für sie", antwortete Melissa, als wäre es eine flüchtige Bekannte, aber nicht ihre Mutter. Ihr Herz blutete, als ihr das klar wurde. Die Frau, die ihr Vater geheiratet hatte, war nicht mehr da. Auf ihrem Bett lag eine Fremde. Eine Unbekannte, die Melissa gerade aus der Unterwelt befreit und die früher einmal in ihrem Leben eine wichtige Rolle gespielt hatte. Und genauso betrachtete Melissa sie nun auch.

Mit Arionas Hilfe ging sie zu ihrem Bett und setzte sich auf die Kante. Der Brustkorb ihrer Mutter hob und senkte sich kontinuierlich. Sie wirkte friedlich, wenn man mal von ihren zuckenden Augenlidern absah.

„Es ist alles in Ordnung, Mama. Du bist in meinem Zimmer." Melissa machte eine allumfassende Geste. „Ich weiß, es sieht etwas anders aus, seitdem du es das letzte Mal gesehen hast."

Vanessa öffnete die Augen, sah sie das erste Mal direkt an. Die Hektik verschwand langsam aus dem Blick, die Zweifel jedoch blieben. „Wer ist da hinter dir?"

„Das ist Arionas. Ich stell ihn dir später vor. Soll ich dich zu Dad bringen?"

Vanessas Augen wurden glasig. „Phillip", hauchte sie und schien in die Vergangenheit zu blicken.

„Ja, genau." Melissa warf einen Blick zu der Uhr über ihrer Tür. Es war viertel nach vier morgens auf der Erde. Vermutlich Sonntag. Ihr Vater würde wahrscheinlich wie immer bis halb zehn schlafen. Es gab keinen Grund zur Eile. Vanessa war vorerst in Sicherheit, also konnte sie auch erst einmal schlafen, ehe sie ihrem Vater gegenübertrat.

„Hör zu, Mama. Dad schläft und du solltest das auch erst einmal tun." Melissa kam sich vor wie jemand, der gerade sein Kind ins Bett brachte.

„Mhm." Wie von selbst schlossen sich Vanessas Augen. Entweder hatte ihre Mutter nicht mitbekommen, wo sie war oder sie war am Ende ihrer Kräfte und es war ihr egal. So oder so. Melissa war es recht. Ihre Knochen spürten die Anstrengung des Tages und meldeten sich lauthals zu Wort. Mit dem Finger auf den Lippen gebot sie Arionas leise zu sein.

Dennoch holte sie das Gästebett hinter der Tür hervor, baute es möglichst lautlos auf. Eine Frage konnte sie sich nicht verkneifen.

„Was machst du in meinem Zimmer?", flüsterte sie.

„Nachdem Eva gegangen war, wollte ich auf dich warten. Irgendwann bin ich eingeschlafen." Er zuckte mit den Schultern, als wäre es normal im Bett einer Bekannten einzuschlafen.

„Und warum warst du wach, als ich hier ankam?"

„Ein grelles Licht hat mich vor einigen Minuten geweckt. Es war wie der Schimmer, wenn du ankommst. Nur einen Augenblick lang. Zuerst dachte ich, du wärst wieder zurück. Ich glaubte dein Gesicht zu sehen, aber das Licht verschwand wieder, ohne dass jemand im Raum stand."

Melissa legte sich auf die Matratze. Glückselige Erleichterung durchströmte sie, als ihre Muskeln endlich ruhen konnten. „Ein Licht? Ich kann es nicht gewesen sein. Wir hatten erst jetzt die Möglichkeit zu entkommen. Vielleicht Methonius, der wissen wollte, wo ich stecke", murmelte sie schläfrig.

„Du kannst mir später berichten, was passiert ist. Ruh dich aus."

„Mama …", begann sie. Ihre Augenlider wurden schwerer als alle Felsen in der Unterwelt.

„Ich halte Wache. Versprochen. Du brauchst deine Kraft", flüsterte er mit einer so beruhigenden Stimme, dass es Melissa nicht einmal störte, als er sie zudeckte. Dabei streichelte seine Hand über ihren Oberarm und ruhte einen Wimpernschlag lang auf ihrer Wange. Beruhigt ließ sie sich fallen und war im nächsten Moment eingeschlafen.

***

Als sie aufwachte, waren gerade fünf Stunden vergangen. Mit ihren Fingern tastete sie nach dem Ende der Bettdecke, strich dabei über weichen Stoff an ihrer Schulter, der eigentlich nicht dort sein durfte. Melissa erhob sich mühselig. Ihre Mutter lag schlummernd auf ihrem Bett. Arionas hatte auch sie zugedeckt. Die Verletzung an Melissas Schulter war mit einem Verband notdürftig beklebt. Arionas saß auf dem Computerstuhl und beobachtete sie. Als er sah, dass sie erwacht war, stand er sofort auf und setzte sich zu ihr.

„Bisher ist nichts passiert“, flüsterte er. Obwohl sie eigentlich müde sein musste, war ihr Verstand hellwach. Seine Nähe löste ein Kribbeln in ihr aus, das sich wie hundert Ameisen seinen Weg durch ihre Venen suchte. Es gelang ihr nur mit äußerster Anstrengung, sich nicht in seinen Augen zu verlieren.

„In Ordnung.“ Auf einmal fiel ihr etwas ein. Methonius hatte etwas über Arionas angedeutet. Wie hatte er ihn genannt? Den weltenverändernden Jungen. Allerdings hatte Melissa keine Ahnung, was er damit gemeint hatte. Besaß Arionas auch Kräfte, von denen er ihr nichts erzählte? Nur ihre Großmutter konnte ihr helfen. Hoffte sie zumindest.

„Entschuldige. Ich werde mich mal im Bad frisch machen. Passt du weiter auf Mama auf?“, fragte sie, sah ihm dabei aber nicht in die Augen.

„Natürlich.“ Arionas zog sich in seinen Stuhl zurück. Melissa warf die Decke zurück und stand betont gemächlich auf. Sie kam sich schäbig dabei vor, ihn anzulügen. Aber sie brauchte eine Antwort. Und die wollte sie allein haben.

Ohne Umwege wandte sie sich direkt zum Dachboden. In persönlicher Rekordzeit so früh am Morgen legte sie die Stufen zurück. Nur wenige Augenblicke später stand sie vor dem Gemälde, zog das Laken fort. Sie nahm sich vor, ihrem Vater vorzuschlagen, es ganz wegzulassen. Jedes Mal musste sie es abziehen und Phillip wieder anbringen.

Ungeduldig wartete sie ab, bis ihre Großmutter erschien. Eine Augenbraue hob sich, als Lina auf Melissas nervös trippelnden Finger sah. Mit einem Räuspern streckte Melissa ihre Hände durch.

„Melissa, mein Kind. Wie geht ...?" Ihre Großmutter streckte die Arme nach ihr aus und es sah aus, als wenn sie ihr Enkelkind umarmen wollte.

„Es tut mir leid, wenn ich dich unterbreche, aber ich habe eine Frage", murmelte Melissa leise.

„Schon in Ordnung. Was ist es denn?", fragte Lina, wirkte aber trotzdem enttäuscht.

„Ich war in der Unterwelt und Methonius, der Novensil von dort, hat mir etwas gesagt, was mich nicht mehr loslässt." Sie schluckte, sah zur Tür. Auf keinen Fall wollte sie Arionas dabeihaben. „Du erinnerst dich an Arionas? Er stammt aus einer anderen Welt und Methonius hat ihn als weltenverändernden Jungen bezeichnet. Was meint er damit?"

Ihre Großmutter sah sie mit zusammengekniffenen Augen an. „Du warst in der Unterwelt? Was hast du dort getan?"

Melissa wusste schon, dass sie von ihrer Großmutter keine Antwort erhielt, wenn sie nicht zuerst ihre Fragen beantwortete. „Ich habe Mama aus ihrem Gefängnis befreit. Bevor du fragst: Methonius hat sie entführt. Warum weiß ich nicht. Sie schläft gerade. Nachher sag ich erst einmal Dad Bescheid, dass sie lebt und ..." Melissa zögerte, biss sich in die Lippe. „... und dass es ihr den Umständen entsprechend geht."

„Junge Dame, du hast mir einiges zu erklären."

„Ja, das weiß ich. Ich verspreche auch, es zu tun, aber jetzt brauche ich erst einmal eine Antwort von dir." Melissa sah ihre Großmutter mit flehendem Blick an. Auch wenn sie wusste, dass dort vor ihr nicht ihre Oma auf und ab schwebte, unterschied sich diese Erscheinung kaum von ihrer wirklichen Oma.

Lina machte eine wegwerfende Handbewegung. „Genau weiß ich es auch nicht. Allerdings erinnere ich mich an etwas, was meine Urgroßmutter einmal gesagt hat." Melissa wartete gespannt darauf, dass sie weiterredete. „Es ging damals um Lebewesen aus fremden Welten. Sie wollte eine weit entwickelte Rasse von einem untergehenden Kontinent in eine andere Welt transportieren. Doch die Novensil haben dies verhindert. Meine Urgroßmutter wollte sich gegen die Novensil auflehnen. Aber schlussendlich hat sie es nicht getan, weil diese ihr eine Erklärung für ihre Entscheidung liefern konnten."

Scheinbar kamen sie dem Problem näher. Melissa wurde langsam ungeduldig. Immerhin wartete Arionas auf sie im Maschinenraum. Bei ihrem Glück kam er noch auf die Idee, sie zu suchen, wenn sie nicht rechtzeitig zurückkehrte. „Und welche war das?", drängte sie daher Lina zu einer Antwort.

„Einfach ausgedrückt hätten diese Lebewesen das Magnetfeld der neuen Welt dermaßen beeinflusst, dass es Einfluss auf die bisherigen Lebewesen gehabt hätte." Die Stimme ihrer Großmutter hatte sich kaum merklich gewandelt. Von ihrer warmen Erzählstimme war sie nun in eine nüchterne Erklärstimme übergegangen. Jetzt klang sie definitiv nach einer Erinnerung und nicht mehr nach ihrer Großmutter.

Na klasse, dachte Melissa. *Physik*. „Was meinst du damit?"

„Jede Welt hat ein eigenes Magnetfeld und jedes Lebewesen ist ebenfalls an dieses Magnetfeld gekoppelt. Wenn durch einen zu lange andauernden, fremden Einfluss dieses verändert wird, wirkt sich das auch auf die bisherigen Bewohner aus. Jemand, der zum Beispiel bisher eine stille Natur besaß, kann ein ausgeprägtes Selbstbewusstsein entwickeln. Was genau dabei passiert, hängt von der Welt ab, in die man gerät." Ihre Großmutter legte den Kopf schief. „Vielleicht ist es das, was Methonius dir mitteilen wollte. Das Arionas nicht für immer auf der Erde bleiben kann, ohne einen Schaden zu verursachen."

„Aber ich kann ihn nicht zurück nach Traveste schicken. Dort wartet der verrückte König auf ihn", warf Melissa ein.

„Kind, du weißt doch gar nicht ob ein einzelner Mensch solche Auswirkungen haben kann. Die Bedenken äußerten sich bei der Rettung einer ganzen Rasse. Wir sprechen hier von einer Person." Die Worte ihrer Großmutter sollten sie vermutlich beruhigen, aber Melissa spürte, wie ihr Herz in ihre Füße sackte. Vermutlich wollte es zu demjenigen, für den es ganz offensichtlich schlug. Sie musste sich konzentrieren, um nicht das Gleichgewicht zu verlieren.

„Ist alles in Ordnung?", fragte Lina.

Melissa hörte die Sorge deutlich heraus. Aber das war das letzte, was sie brauchte. Sie wollte allein sein. Nachdenken.

„Danke, alles okay. Ich werde erst einmal ..." Zerstreut zeigte Melissa mit ihren Fingern nach unten und lief los.

„Melissa, warte", hörte sie noch, ehe sie die Dachbodentür hinter sich schloss.

Direkt davor blieb sie stehen, beugte sich vornüber und atmete tief durch. Ihre Finger klammerten sich an den Stoff ihrer Jeanshose. Dieser Tag entwickelte sich nicht gerade zu einem ihrer Lieblingstage in ihrem Leben. Die Mutter, die sie vor fünf Jahren verloren hatte, war zurückgekehrt, aber nicht mal ein Schatten ihrer selbst und jetzt erfuhr sie, dass Arionas nicht für immer bei ihr bleiben konnte. Melissa setzte sich auf die oberste Stufe, blickte die Treppe hinunter. Der Anblick des Abgrunds zu ihren Füßen beruhigte sie seltsamerweise. Zeigte ihr, dass sie noch nicht ganz unten angekommen war, auch wenn sie auf dem besten Wege dorthin war.

Irgendwo tief in ihr drin musste sie es gewusst haben. Ihr Verstand hatte sie bereits während des Kusses gewarnt, dass etwas nicht stimmte. Sie fragte sich, was sie tun sollte. Auf der einen Seite mochte sie Arionas. Sehr sogar. Inzwischen war sie auch mutig genug, sich das selbst einzugestehen.

Auf der anderen Seite war sie jung. Wollte sie sich an jemanden binden, den sie vielleicht nicht mehr lange um sich haben würde? Diese Frage geisterte in ihr herum. Sie hatte zugesehen, wie ihr Vater jahrelang auf Vanessa gewartet hatte. Für ihn hatte es in der ganzen Zeit keine andere Frau gegeben. Nicht mal eine Affäre, soweit Melissa es mitbekommen hatte. Die Schattenseiten einer innigen Liebe waren ihr nicht entgangen. Wenn Phillip spät abends stundenlang vor den Fotoalben gesessen und jedes Foto ihrer Mutter minutenlang angestarrt hatte, sanft mit den Fingern darüber geglitten war. Aber am deutlichsten war ihr der schmerzliche Ausdruck in seinem Gesicht in Erinnerung geblieben. Es war nie leicht für ihn gewesen. Warum also sollte sie sich auf so etwas einlassen? Einer Liebe nachgeben, die von vornherein zum Scheitern verurteilt war? Die Alternative war, die krasseste Fernbeziehung aller Zeiten zu führen.

Diese zwei Seiten kämpften in ihr, während sie auf der Stufe saß. Ihre Finger spielten mit einem Fussel auf dem Teppich, zupften daran, bis er ganz abgerissen war. Melissa betrachtete den Fussel. Sie brauchte eine Entscheidung. Und zwar, bevor sie hinab ging und Arionas wieder unter die Augen trat. Ansonsten würde sie vermutlich einen Fehler begehen, den sie bereute, wenn sie das nächste Mal darüber nachdachte. Melissa legte den Kopf auf die Knie und kniff die Augen zusammen. Der Fussel würde ihre Lösung sein. Egal, wie die Entscheidung ausfiel, sie würde es akzeptieren. Kein Grübeln mehr. Wie ein Gänseblümchen rupfte sie ihn auseinander. *Ich riskiere es, ich riskiere es nicht.* Für jedes Stückchen, das sie abtrennte, sagte sie einen Satz in Gedanken. Fetzen für Fetzen schwebte dem Boden entgegen, brachte sie ihrer Entscheidung näher.

Ich riskiere es.

Ich riskiere es nicht.

Der Fussel war aufgebraucht. Sie konnte keine Faser mehr heraustrennen. Einen Moment blieb sie still sitzen, atmete nicht einmal. Dann klatschte sie in die Hände, stand auf. Die Entscheidung war gefallen. Keine Beziehung mit Arionas. Sie hatte sich selbst geschworen, nicht mehr darüber nachzudenken und daran würde sie sich halten.

Melissa ging die Treppe hinunter, bis sie in ihrem Zimmer ankam. Um sich gleich an ihren neuen Vorsatz zu halten, ging sie, ohne Arionas auch nur anzusehen, direkt zu ihrem Bett und legte ihrer Mutter vorsichtig die Hand auf die Schulter. Innerhalb eines Wimpernschlags war ihre Mutter wach, richtete sich kerzengerade auf.

Mit ihren Füßen trat Vanessa nach Melissa und verkroch sich in die hinterste Ecke des Bettes. „Wieso schlafe ich nicht in meinem üblichen Raum?“, schrie Vanessa aufgebracht.

Melissa musste sich vor einem heranfliegenden Kopfkissen ducken. Scheinbar hatte die Lähmung der Geister nachgelassen. Dafür glaubte ihre Mutter nicht, was sie sah. „Es war kein Traum. Du bist frei und schläfst in meinem Bett. Beruhige dich.“

Das nächste Kopfkissen blieb in Vanessas Hand mitten in der Luft stehen. Die blauen Augen ihrer Mutter huschten nervös im Maschinenraum umher. „Ich bin nicht mehr in der Unterwelt?“, fragte sie nach einer Weile misstrauisch.

Melissa atmete erleichtert durch. „Richtig. Ich habe dich nur geweckt, weil Papa bald wach wird. Wir können den Frühstückstisch schon mal decken und auf ihn warten.“

„Phillip.“ Wieder weiteten sich die Augen ihrer Mutter und der Blick verschwand in der Vergangenheit. „Glaubst du, er erkennt mich wieder?“

„Ganz sicher. Allerdings sollte ich dich warnen. Er hat jetzt einen Bart und seine Zähne sind nicht besser geworden.“ Sie führte ihre Mutter aus dem Maschinenraum heraus. Obwohl Vanessa dieses Haus kannte, schien sie bei jedem Schritt zu zögern.

„Einen Bart?“ Vanessas Augenbrauen zogen sich zusammen. „Wie lange war ich fort?“

„Fast fünf Jahre."

Vanessa ging die Treppe hinunter. Ihre schlanken Finger glitten über das Geländer, liebkosten es.

„Es sieht genauso aus wie dort, aber es fühlt sich anders an", murmelte sie leise.

Melissa ließ es unkommentiert. Ihre Mutter würde sich schon wieder zu Hause einfinden. Sie machte sich mehr Gedanken darüber, wie ihr Vater reagieren würde. Erwartete er ebenso wie sie die alte Vanessa Neumann? Würde er genauso enttäuscht und frustriert sein? Melissa konnte nicht leugnen, dass ihr der Anblick ihrer Mutter schmerzte. Diese unglaubliche Frau, die es immer geschafft hatte, Melissa zum Lachen zu bringen oder sie zu trösten, wenn sie traurig gewesen war. Diese Frau war verschwunden. Zurückgeblieben war jemand, den Melissa nicht einschätzen konnte, der vielleicht sogar eine Gefahr für ihre Umwelt war. Melissa schluckte. Wenigstens hatte sie dann etwas mit ihrer Mutter gemeinsam.

„Zur Küche geht es dort lang, nicht wahr?", fragte Vanessa.

„Mhm", stimmte Melissa zu. „Setz du dich hin. Papa hat die Küche etwas umstrukturiert, seitdem … Na ja, du weißt schon."

Ihre Mutter errötete, nickte rasch. Arionas erschien hinter ihr im Türrahmen, zog Vanessa einen Stuhl am Frühstückstisch zurück, damit diese sich setzen konnte. Das erste Mal seitdem sie auf der Erde war, lächelte ihre Mutter. *Arionas scheint bei Frauen in jedem Alter ein Händchen zu haben,* dachte sie mit einem Stich im Herzen.

„Entschuldige, ich bin unhöflich. Mein Name ist Vanessa Neumann."

„Er versteht dich nicht. Ich bringe ihm noch deutsch bei", rief Melissa über die Schulter, während sie einige Aufbackbrötchen in den Backofen schob.

„Ich gehe davon aus, dass er kein Austauschschüler ist", fragte ihre Mutter und musterte ihn neugierig.

Sie drehte sich zu ihrer Mutter um, hielt die Kaffeedose in der einen und den Messlöffel in der anderen Hand. „Nein, er ist aus einer anderen Welt. Erklär ich dir ein anderes Mal. Trinkst du Kaffee?", überlegte Melissa. Ihr wurde wieder einmal bewusst, dass sie kaum etwas über ihre Mutter wusste.

Vanessa nickte. Dabei spielten ihre Finger unruhig mit der Tischdecke. Einen Moment lang herrschte Stille in der Küche, einzig unterbrochen vom Sauggeräusch des sich öffnenden Kühlschranks und dem herausräumen der Lebensmittel.

„Hast du irgendwelche Wünsche zum Frühstück?", fragte Melissa ihre Mutter.

Ehe ihre Mutter antworten konnte, hörte Melissa die Stimme von Phillip aus dem Flur. „Wie kommt es, dass du Sonntagmorgens so früh schon reden kannst, aber sonst kaum einen Ton …" Die Stimme ihres Vaters versagte genau in der Sekunde, da er die Küche betrat und den Blick hob. Sein Mund blieb offen stehen, zeigte seine obere Zahnreihe, die immer noch dringend einer Korrektur durch einen Zahnarzt benötigte. Phillip hatte Vanessa entdeckt, die wiederum hektisch aufstand, als sie ihren Ehemann erblickte. Dabei warf sie den Stuhl um, auf dem sie eben noch gesessen hatte. Rasch bückte sie sich, hob ihn auf, verlor dabei aber nicht den Augenkontakt zu Phillip. Ihre blassen Wangen leuchteten feuerrot auf. Stille herrschte in der Küche. Vanessas Finger lagen auf der Stuhllehne, klammerten sich hilfesuchend daran.

Ihr Vater brach zuerst das Schweigen. „Va… Vanessa?"

Melissa spürte, wie bei diesem einen Wort ihre Mundwinkel zuckten und sich zu einem Lächeln ausbreiteten. Es strahlte so viel Hoffnung aus dem Gesicht ihres Vaters, dass die Mühe und Anstrengung der letzten Tage wie Schatten von der Sonne davon gescheucht wurden. Die Augen ihres Vaters weiteten sich, als Vanessa nickte. Dann überwand er seine Starre. Mit weiten Schritten lief er auf seine Frau zu, und umarmte sie. Melissa sah, wie Vanessa zusammenzuckte und instinktiv einen Schritt rückwärts machte, aber Phillip bemerkte es nicht.

Ihren Eltern stiegen Tränen in die Augen. Auch ihre füllten sich, als bräche ein fünf Jahre gehegter Staudamm zusammen.

„Bei allen Welten dieses Universums, du bist zurück", murmelte Phillip in die Haare vor seinem Gesicht.

„Dank unserer Tochter." Minutenlang standen die beiden nur da, umarmten sich. Phillips Hände glitten über jeden Zentimeter von Vanessas Rücken, als wollte er sichergehen, dass er sie wirklich in den Armen hielt. Schließlich zog er sie an den Schultern zurück und umfasste zärtlich ihr Gesicht.

„Wo warst du all die Zeit? Geht es dir gut? Wer hat dir das angetan?" Melissa schauderte bei dem Blick, den ihre Eltern sich zuwarfen. Die Liebe zwischen den Beiden schien auch nach fünf Jahren ungebrochen zu sein. Wenn es auch noch sehr zögerlich war, konnte sie deutlich erkennen, was die zwei füreinander empfanden.

„Es war ein Novensil, der mich entführt hat“, antwortete Vanessa langsam und sah ihren Mann von unten herauf an. Ihre Augen schienen förmlich danach zu flehen, nicht für eine solche Aussage bestraft zu werden. Melissa runzelte die Stirn. Hatte man ihre Mutter gefoltert, wenn sie falsche Antwort gegeben hatte? Sie wollte nicht darüber nachdenken.

„Warum hat er das getan?“, stellte ihr Vater die Frage, die sie selbst brennend interessierte.

„Ich weiß nicht genau.“ Ihre Mutter zuckte mit den Schultern. „Er verlangte immer wieder von mir, dass ich meine Kräfte zeige. Ich habe ihm oft genug versucht zu sagen, dass ich das Amulett nicht mehr und somit auch keine Kräfte besaß, aber er wollte davon nichts hören.“

Melissa ging einen Schritt auf ihre Eltern zu. „Deswegen hat er dich in der Unterwelt gefangen gehalten?“

Vanessa nickte. „Ich hatte in den letzten fünf Jahren viel Zeit zum Nachdenken. Er muss irgendetwas planen, bei dem er die Hilfe der Trägerin braucht. Allerdings verstehe ich es nicht. Wir haben unsere Fähigkeiten von dem Amulett, das wiederum von den Novensil geschmiedet wurde. Was könnte ich ihm bieten, was er und die anderen elf Götter nicht sowieso schon haben?“

„Was immer es war, anscheinend hat er es nicht bekommen“, murmelte Phillip.

„Jetzt müssen wir nur noch herausfinden, ob er immer noch diesen Plan verfolgt. Wenn ja, muss ich in nächster Zeit vorsichtiger in den Welten sein“, bemerkte Melissa.

Sie hob den Kopf und nickte. Obwohl ihre Mutter nach langer Zeit zurückgekehrt war, drückte ihre Vermutung auf die Wiedersehensfreude. Melissa beobachtete ihre Mutter, die offensichtlich nachdachte. Dabei schob sich Vanessas Unterlippe zurück. Sofort begannen ihre Zähne damit zu spielen. Dieses Ritual hatte Melissa schon früher öfter an ihrer Mutter beobachtet. Es half ihr, sich zu konzentrieren. Ein warmer Schauer durchlief Melissa, direkt in ihr Herz. Da war es. Etwas, das sie an die Frau erinnerte, die vor fünf Jahren verschwunden war. Trotz der niedergedrückten Stimmung lachte Melissa erleichtert, als sie spürte, wie das Loch in ihrem Herzen ein Stückchen kleiner wurde.

„Lasst uns frühstücken", sagte ihre Mutter und streckte die Hand zu ihr aus. Nur zu gerne nahm Melissa die Einladung an und glitt in die liebevolle Umarmung ihrer Familie.

DANKSAGUNG

Einen 2. Band zu schreiben ist meistens schwer. Man möchte die Erwartungen der Leser erfüllen und zugleich eine spannende Geschichte erzählen. Das war bei Weltenamulett - Geister der Vergangenheit zum Glück nur teilweise ein Problem, denn ich hatte das Buch bereits 2011 geschrieben. Die Überarbeitung hat mich dann zwar einige Durchgänge gekostet, aber das war es wert.

Auch dieses Buch wäre ohne so viele Menschen niemals möglich gewesen, dass es fast unmöglich ist, alle zu nennen. Wie schon bei Band 1 hat mein Arbeitskollege Carsten maßgeblichen Anteil an der Ideenentwicklung. Monatelang ist er mit mir den Plot in den Mittagspausen durchgegangen, hat immer wieder die richtigen Fragen gestellt, damit die Geschichte noch mehr Tiefgang erhielt. Aus einer einfachen Abenteuergeschichte ist ein Epos geworden. Vielen Dank an dich, Carsten.

Dann danke ich jedem einzelnen Betaleser, der sich die Mühe gemacht hat, mit mir die Details des Buches durchzugehen. Ihr habt dafür gesorgt, dass das Weltenamulett den letzten Schliff bekommen hat.

Danke deswegen an Vanessa, Bianca B., Wolfgang, Melanie, Jasmine, Bianca K. und Jenny.

Danke an meine liebe Kollegin Fabienne Siegmund, die sich das Weltenamulett sowohl als Betaleserin durchgelesen hat, als auch ein letztes Mal nach allen Änderungen. Du hast dafür gesorgt, dass Melissa nicht so fies zu Arionas ist, wie es anfangs der Fall war.

Und last but never least: Meine Leser. Ihr seid es, denen ich danken möchte, denn ohne eure Begeisterung zu meinen Geschichten hätte ich niemals den Mut gefunden, diesen Schritt ins Selfpublishing zu wagen. Danke, dass ihr mich so sehr unterstützt habt.

CENUŞĂ - ASCHE ZU ASCHE

von Stefanie Mühlsteph

1918 - Das Jahr in dem der große Krieg zwischen Maschinisten und Teslanern ausbrach. Die Magierzunft könnte dem Blutvergießen ein Ende setzen, doch ihre Gesetze verbieten ein solches Eingreifen. Trotzig widersetzt sich das technomagisch begabte Halbblut Darja diesem höchsten Gebot und soll zur Strafe durch den Todesfluch hingerichtet werden. Nur mit einer Finte gelingt die Flucht. Jedoch ist ihr nun der Tod höchstselbst auf der Spur – und ihm kann niemand entkommen.

Alle vierhundert Jahre wird
eine mächtige Hexe geboren.
Das Blöde daran ist nur,
dass sie nichts davon weiß …

Geheimnisvolle und mysteriöse Dinge haben die sechzehnjährige Schülerin Anna schon immer fasziniert. Ein ungewöhnlicher Talentwettbewerb an ihrer Schule wirkt daher wie eine Einladung, zumal es bei diesem Casting ausgerechnet darum geht, ein Rätsel nach dem nächsten zu lösen. Annas Freunde Sarah und Ben drängen sie förmlich dazu, daran teilzunehmen, denn das versprochene Preisgeld können sie alle mehr als gut gebrauchen.

Doch die Konkurrenz ist groß. Anna muss sich zum Beispiel gegen den Möchtegern-Sunnyboy Lukas und dem wahnsinnig faszinierenden Elias behaupten, während sie sich den immer schwierigeren Aufgaben stellt. Obendrein scheint die verrückte Jury rund um die Theaterlehrerin Magda gänzlich eigene, undurchschaubare Ziele zu verfolgen, woraufhin mehr auf dem Spiel steht als nur das Preisgeld.

Dabei hatte alles so harmlos angefangen … mit einem alten Hut, einem Casting und einem bunten Haufen an Schülerinnen und Schülern.

Ein alter Hut | *Ann-Kathrin Karschnick*

ISBN: 978-3-95962-924-9
340 Seiten
Hardcover
14,95 €

www.ann-kathrinkarschnick.de